⊙ 朱自清著《踪迹》封面

⊙ （英国）德温·丁格尔著《丁格尔步行中国游记》封面

⊙ 吴虞公著《万里步行记》封面

⊙ 易君左著《闲话扬州》封面

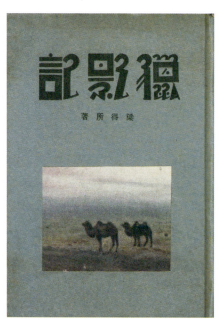

⊙ 梁得所著《猎影记》（精装本）封面

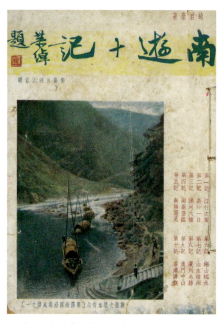

⊙ 赵君豪著《南游十记》封面

⊙ 谢婉莹著《冰心游记》封面

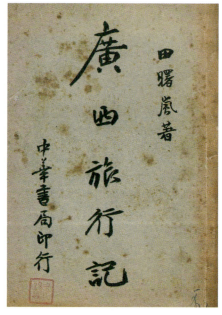

⊙ 田曙岚著《广西旅行记》封面

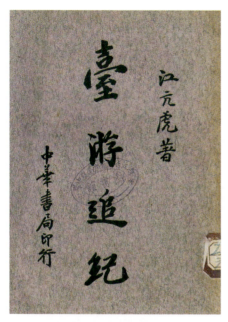

⊙ 江亢虎著《台游追纪》封面

⊙ 芮麟著《东南环游记》封面

⊙ 徐志摩著《巴黎鳞爪》封面

⊙ 胡适著《南游杂忆》封面

⊙ 庄学本著《羌戎考察记》封面

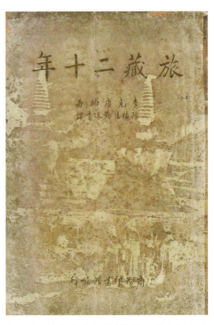

⊙（英国）麦克唐纳著《旅藏二十年》封面

⊙ 陈纪滢著《新疆鸟瞰》封面

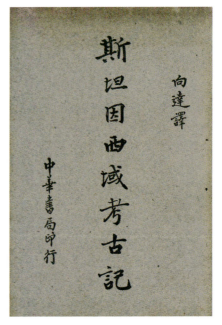

⊙（英国）斯坦因著《斯坦因西域考古记》
封面

⊙ 傅绍曾著《南洋见闻录》封面

⊙ 瞿秋白著《赤都心史》封面

⊙ 周哀轮著《1921年游者观察新俄回想录》封面

⊙ 刘薰宇著《南洋游记》封面

⊙ 褚民谊著《欧游追忆录》封面

⊙ 谭云山著《印度周游记》封面

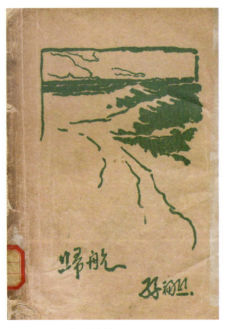

⊙ 孙福熙著《归航》封面

⊙ 齐如山著《梅兰芳游美记》封面

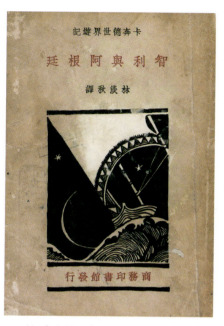

⊙ (美)卡奔德著《智利与阿根廷》封面

⊙ (匈)法拉果著《阿比西尼亚印象记》封面

⊙ 卢锡荣著《欧美十五国游记》封面

⊙ 仲跻翰著《东西洋考察记》封面

⊙ 梁启超著《新大陆游记节录》封面

⊙ 胡叔异著《战后西游记》封面

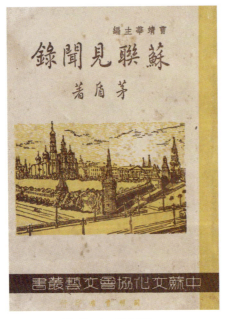

⊙ 茅盾著《苏联见闻录》封面

⊙ 罗孝建著《中国海员大西洋漂流记》封面

旧平装游记过眼录

翁长松　著

上海远东出版社

图书在版编目(CIP)数据

旧平装游记过眼录/翁长松著. —上海：上海远东出版社,2023
ISBN 978 - 7 - 5476 - 1913 - 1

Ⅰ. ①旧… Ⅱ. ①翁… Ⅲ. ①游记－版本－研究－中国
Ⅳ. ①I207.62

中国国家版本馆 CIP 数据核字(2023)第 084510 号

策　　划	黄政一
责任编辑	黄政一
封面题签	翁长松
封面设计	李　廉

旧平装游记过眼录

翁长松　著

出　　版	上海远东出版社
	（201101　上海市闵行区号景路 159 弄 C 座）
发　　行	上海人民出版社发行中心
印　　刷	上海锦佳印刷有限公司
开　　本	710×1000　1/16
印　　张	25.25
插　　页	5
字　　数	467,000
印　　数	800
版　　次	2023 年 7 月第 1 版
印　　次	2023 年 7 月第 1 次印刷

ISBN 978 - 7 - 5476 - 1913 - 1/I・374
定　　价　188.00 元

序 言

熊月之

　　翁长松先生有三好,即三大嗜好,藏书、旅游与文史。自20世纪70年代始,他便悉心搜罗古籍,旧书店是他最爱驻足之地,觅书购书是他最大乐趣。日积月累,已有2万多册,足称"大户"。府上居室"书友斋"之内,环壁皆书,遍地古籍,几无插足之处。对于旅游,他起步早,范围广,理解深。早在中学时代,他就萌发行万里路之志。"文革""大串联",方届志学之年,他便不畏险阻,勇毅出游,虽曾路遇火车相撞事故,差点殒命,但初衷不改,乐游不疲。迄今足迹已遍及欧亚美非澳五大洲30多个国家和地区,国内从江南到塞北,从东海之滨到雪山之巅,所有名山大川,古都新城,几乎无所不至,有些地方更是一游再游,深度体验。文史是他安身立命的支撑。早在1974年,他就在上海大报上发表文章,牛刀小试。改革开放以后,更是文思泉涌,佳作迭出。在他的名下,迄今已有文章七百余篇,三百余万字,著作11部,包括《书友斋笔谈》(2002年)《名人和书》(2004年)《聊不完的话题》(2007年)《旧平装书》(2008年)《漫步旧书林》(2008年)《漫步旧书林续集》(2010年)《话书说游集》(2013年)《书里书外小记》(2014年)《清代版本叙录》(2015年)《文人纪事》(2020年)《六十年得书记》(2022年)。这部《旧平装游记过眼录》,则是他的第十二本著作。稍稍将这些著作浏览一过,你就会情不自禁地掩卷浩叹:涉猎之广,思辨之深,考释之精,结论之妥,诚覃思竭虑、精心结撰之佳构也。

　　自古以来,藏书、旅游、文史之"三好",必得有钱、有闲、有识之"三有"支撑。长松出身平常人家,既无祖辈余荫,亦无富户旁助,之所以能"三好"兼得,关键在其有识。他藏书起步之时,正值"读书无用论"甚嚣尘上,其过人之处,在于不畏浮云,自有定见,坚信文明终将战胜愚昧,读书必然有用,藏书必有价值。起步早,使得他能够在那些被寻常人弃若散屣的古籍面前,慧眼识珠,低价购进,掘到第一桶金。若干年后,整个社会一觉醒来,古籍收藏蔚然成风时,他已着一先之鞭,积累颇丰。于是,有识转化为有书有钱,聚书的能量、收藏的空间也由此大增。

长松有识，还表现在他藏书选择方面。他的藏书虽不乏线装珍本，但以旧平装为主。所谓旧平装，既与近代以前传统线装书有异，又与1949年以后新平装有别，在图书界专指1912年以后、1949年10月1日以前，即中华民国那一特定时期所出版的洋装书。这一选择极为睿智，因为此类图书既有史料价值、时代意义，还有审美价值。民国历史只有38年，是已逝时代中，距离当下最近的一段，生活其间的很多人还活着，记忆犹新；发生在其间的很多事还余音袅袅，影响犹存。这决定了此类藏品在日后旧书市场上具有超强的流动性。就文献价值而言，虽比不上近代以前的线装书，但随着时光的流逝，将日趋稀少，也就日益珍贵。再者，数量较大，易于选择，售价远比线装书为廉。事实证明，这一收藏策略完全正确。

长松有识，还在于过人的研究能力上。他天资聪颖，后天勤奋，广师名家，如蜂采蜜，又邃于思考，遂成大器。他的很多研究均独辟路径，自成一家。比如对于清代版本叙录的研究，所涉版本之多，如内府刻本、原刻本、精刻本、彩绘本、写刻本、抄本、翻刻本、影刻本、活字本、石印本、丛书本、袖珍本等，搜罗之丰，分别之细，辨识之精，很少有人能望其项背。他的藏书大多与他的学术兴趣有关。这样，书中蕴含的知识，便能源源不断地被转化为新的文化产品。他的那么多论文、著作，多与这些藏品有关。这样，对于藏品的价值，他就比别人更有切身感受，更有发言权。他的那些论文与著作，在一定意义上也是对那些藏品的介绍、鉴赏与估价。这样，他就获得了藏品持有人与鉴赏人的双重身份。

长松有识，更在于其职业选择上。中学毕业以后，他被分配在厂里做工人，那是计划经济时代的共性，个人没有什么职业选择的自由。及至改革开放以后，个人对于职业的选择空间大了，他便进入高校学习，从一线工人转变为学校教师，后升宣教科长。再后来，换岗挪位，进入蜚声中外的华亭集团、锦江国际集团，成为旅游管理专业人才。于是，工作与旅游合为一体，旅游就是工作，工作就是旅游，一干数十年，其乐奚似！君不见，很多旅游爱好者，都是在节假日，或是在退休以后，才能一圆其纵情山水、放飞自我的旅游梦。似长松如此很早就将梦想与现实融为一体的，能有几人！孔子云："知之者不如好之者，好之者不如乐之者"，所事即所好，所好即所乐，乃人生职业最为曼妙的境界。仅此而言，长松已是稀见有福之人！

长松有识，特别在于其善于将各项所长，集拢一起，聚为特长。这部《旧平装游记过眼录》，便是这一特长之结晶。他从所藏、所读过的数百种旧平装游记中，选出知名作家、学者、记者、教师、演员、军人、官吏等所著的具有代表性的游记图书125种，一一考证、分析、点评，汇成此书。旧平装，是其所藏；旅游，是其所行；过眼录，是其研究所得。旅游是一种将所闻之境转变为所历之境的过程，阅读游记则是一种纸上旅游。有旅游实践者理解之游记，与无此实践者理解之游记，味道自然不可同日而语。民国人物笔下的各种记载,包括奇异多姿的地形地貌,色彩缤纷的自然景观,浓郁醇厚的民俗民风,悠久厚重的人文历史,经富有旅游实践的长松深度解读,则平添一种在场性、生动性、立体性与可信性。长松既是上海市历史学会会员,也是上海市作家协会会员,文史两栖而兼长,为文史料扎实,言必有据,而又意境高远,轻灵洒脱。这,也许与他广游博览、饱受明山秀水疏瀹心灵有关。

读书治学,撰文著述,是读有字之书;择业、旅游是读无字之书,而藏书,则两者兼而有之。长松两书并读,两业俱佳,确实学识过人,世事洞明。藏书增值,读书增识,出书淑世扬名,旅游怡情养心,三位一体而又各有光芒。我曾对长松戏言:浙人善贾,于兄有征。下贾谋货,中贾谋金,上贾谋权,君谋于书。昨以旧书购入,今以善本售出,如许藏书,笼而统之可增值几何?以不贾为贾,岂非儒贾、雅贾、极高明而道中庸之贾?长松呵呵不答,偷笑,一脸霞光。

翁长松与我有三缘,业缘,同在史学园地耕耘,同在历史学会,专业相近;地缘,他进入历史学界第一站,系1974年在漕溪北路40号进修历史学,那是我后来长期供职的单位。他记述历史所的一草一木、一桌一凳,我都感到分外亲切;人缘,他所师从的老师、所结交的朋友,多与我重叠。我们志趣相投,交流自多。长松于我,是有多重关系的多闻之友、直谅之友。他出书,命我为序,不敢不从。我先睹为快。于是,有了这篇阅读体会,以为鼓吹。

2023 年 3 月 23 日

序 二

翁长松

　　游记在我国源远流长，先秦时期可见其滥觞。在《山海经》《尚书·禹贡》中就有一些记述山川的文字。到了汉代，则见其涓涓细流，《史记·河渠书》《汉书·地理志》中都有对山情水势专门记载。东汉人马第伯的《封禅仪记》中有较为生动的描述攀登泰山的情形，可视为现存最早游记文字。此后，至唐宋两代，我国游记散文逐步走上成熟时期，代表作品有唐代柳宗元《永州八记》、宋代王安石《游褒禅山记》、苏轼《石钟山记》、陆游《入蜀记》等。明清两代为我国古代游记的繁荣昌盛时期，这一时期的多数文人喜欢游山玩水，明代代表人物有袁宗道、袁宏道和袁中道三兄弟，袁宏道是中坚力量，代表作品有《游苏门山百泉记》，以及旅行家徐弘祖旅游巨篇《徐霞客游记》。清代游记代表有姚鼐《登泰山记》、袁枚《游桂林诸山记》等篇，清代游记散文呈现出百花争妍、多姿多彩的景象。

　　俱往矣！当历史车轮驶入20世纪，伴随辛亥革命枪声和"五四"新文化运动的爆发，新思想、新文化犹如银河落九天，大珠小珠落玉盘，晶莹剔透，渗入人心，许多作家、学者和文化人，趋之若鹜，以前所未有开放胸怀，吐故纳新，努力吸收西方游记散文的精华，使我国现代游记从思想意境到内容形式都发生了巨大的变化，一种符合时代旋律和潮流的白话新文学、新游记脱颖而出。

一

　　我国现代文学史上的游记作品所以会呈现出多彩多姿、色彩斑斓、星光璀璨的景象，这与当年社会政治、经济、文化密切相关。民国早期的社会政治虽然纷争不停，却也出现过短暂的统一稳定局面，为中国赢得短暂的社会"蜜月期"。顺应时代呼唤，人民愿望，孙中山先生领导和发动了辛亥革命，推翻腐朽封建帝制创立共和制，这是中国历史上一次伟大的革命飞跃，然而由于中国资产阶级的幼稚性和软弱性,导致胜利果实沦落到阴谋家袁世凯手中,他倒行逆施,演出了一场复辟帝制拙劣闹剧,结果出现"你方唱罢我登场"的北洋政府统治时期的军阀混战,最终北洋系在自己内院的厮杀、乱哄哄中被国民党北伐军赶下了台,这是历史的选择和必然。中国历史的发展大势是分久必合,中国历史上的乱世都是军阀混战,但是没有一个军阀统治能够长远的,由乱而治是历史发展的趋势和潮流。

1927年4月18日,南京国民政府的建立,从形式上结束了我国四分五裂的局面,全国行政、司法、教育、军事、外交都趋于统一,给随后十年的经济、文化、教育的发展提供了外部环境。伴随经济发展,中国城市、交通建设及都市居民生活质量也得到较快发展和提高。尤其是上海、北京等大都市出版社编辑、记者、作家和教师等作为新型知识分子的群体,其经济收入都有稳定增长。著名新闻记者戈公振对民国初年报界编辑、记者等群体的收入做过统计:报馆总经理月薪约300元左右,总编辑(总主笔)150元至300元之间,编辑均为80元左右,记者因专事发电报或专事通信,月薪在100元左右。教师工资也不低,小学教师月薪工资基本上在二三十元之间,一个中学校长可以100元至120元,有时候甚至达到150元,大学教授的工资300元左右。这类人群大都有稳定的经济来源,兜里有钱,所以也成了都市人出游的主力军。公路和火车交通的发展,也是促进当时旅行业发展的重要诱因。学者贾鸿雁在《民国时期游记图书的出版》中认为民国时期,公路、铁路、水路和航空等建设取得长足进步,成为旅行近代化的直接诱因,其中公路和铁路的快速发展对大众旅行影响尤巨,一些过去地处偏僻、交通不便的景点逐渐为人们所认识,甚至成为旅游热点。旅游业的发展及民众对旅游关注和参与的提升,也诱发游记图书出版热的连锁反应。据统计,民国时期出版游记图书596种,其中再版清以前游记34种,民国时期创作游记及编选游记图书562种,其中国内游记324种,域外游记219种,中外兼收者19种。但伴随岁月沧桑旧平装游记现已流失损毁严重,一书难求,如今只能在善本拍卖会上偶尔见其芳容,然而书价已今非昔比,每册价位皆在上千上万元左右,一些珍稀的旧平装书甚至高达数十万元,例如周树人(鲁迅)、周作人兄弟合编的《域外小说集》(1909年东京版)初版本,在2007年末北京的一次善本拍卖会上就以29.7万元成交,可见旧平装的稀罕和珍贵。

二

我是个旅行迷,早在中学时代就萌发漫游祖国大江南北、名山胜水的梦想。1966年"文革"爆发,"大串联"运动席卷全国,那年16岁初中生的我也卷入这股"大串联"的洪流之中,经风雨,见世面。第一站是踏上北去的列车去北京。当年列车的速度犹如老黄牛拖车,慢得令人发愁。一路上绿皮火车人满为患,难有可坐之席位,我们只能挤站在车厢走道中艰难熬着。当年我们同学是结伴从上海西站出发的,经过长达16个小时才到达南京下关车站。一路上实在太累了,我们下车入住南京工程学院的"串联"招待所就入睡了。当晚我却发起高烧,一度处于昏迷状态,后在南京工程学院医务室大夫的救治和同学的照顾下,才转危为安。为抓紧"串联"和旅行,休息一天后,我又拖着虚弱疲惫不堪的身躯,与同学辗转来到浦口火车站挤上火车继续北上。旅途多风险,一路不太平。当年火车调度极度混乱,我们的列车在济南站附近的白马坡停车让车时却意外遭到火车追逐撞车,为此差点命丧黄泉。好在命大!当时,我没有待在车厢内休息,而是下车活动躲过一劫,只是放在车上的旅行包沾上了他人受伤的血迹。飞来的意外惊吓也没动摇我继续北上。好不容易熬过一路上风险和磨难,风尘仆仆的到达梦寐已久的首都北京。凭学生证入住了一家"串联"接待站。当夜虽寒风凛冽我却急不可耐地去了天安门广场溜达,虽没赶上毛泽东的大检阅,却见到了雄伟壮丽的天安门城楼及尚未被拆毁完的旧城墙。这是我人生第一次出门远行,虽艰险,却也长见识,在心中也播下了爱旅行的种子。

我爱旅行,也是个爱阅读、爱藏书的书迷。即使在"文革"中"读书无用论"的喧嚣气氛下,我仍然相信读书可以增长知识,愉悦身心,陶冶情操,摆脱平庸。1973年春,我徜徉在福州路上,在上海古籍书店先后购入顾炎武《日知录集释》(清刻本)、朱语村《历代名臣言行录》(清文瑞楼印本)、李祖陶《史论五种》(清复古斋印本)等多种清版线装本及民国《丛书集成》袖珍本《尚书今古文注疏》《十七史商榷》《廿二史考异》《明史纪事本末》等百余种。后又在上海古籍书店对面上海旧书店凭单位介绍信在二楼"内供处"购入了数种文史读物,如陈启天《商鞅评传》(1925年版)、陈鹤声《司马迁年谱》(1931版)、陆侃如《中国文学史简编》(1932版)等;新文学游记读物,朱自清《踪迹》、孙伏园《伏园游记》、艾芜《漂泊杂记》、茅盾《见闻杂记》、赵超构《延安一月》、徐志摩《巴黎鳞爪》、余新恩《留欧印象》等。

有书真可贵,无事小神仙。书读多了,人的思想就会活跃起来,萌发了我试着写些读书小文向《文汇报》投稿,却受到理论部主任张启承先生重视和鼓励,不久被吸纳为报社通讯员,也是在他的推荐下我进入上海社会科学院上海历史研究所(漕溪北路40号)学习和培训。当年上海历史研究所环境幽雅,拥有沪上一批知名的历史学家方诗铭、汤志钧等,他们亲自为我们授课,传授史学,释疑解惑,使我们学员大受教益。所内的资料室藏书极为丰富,更有我爱读的文史读物,我如鱼得水,在书海中尽情畅游,汲取知识养料,可以说这是我人生读书最多、最快乐、获得史学知识最多的青春岁月。

斗转星移，伴随岁月的演绎及自身的努力奋发，我于上世纪 80 年代先后获得中央广播电视大学首届中文系专科、上海教育学院历史系本科毕业文凭。我的人生也因此发生转折和变化，从一线工人转为教师及宣教科科长，90 年代初又被推荐和提拔为一家国企集团的中层管理干部，至此也拥有了一间独立的办公室，"躲进小楼成一统"，有了更多自由读书和撰稿的时间和空间。机遇总会留给有准备的人。不久我先后被沪上著名的华亭集团、锦江国际集团作为人才引进，也成为旅游管理方面的主任和高级政工师。从此旅游不仅是我的个人爱好，也成为我的职业生涯，一干数十年，乐在其中，直至到龄退休。此后，又被上海市旅游协会聘为《上海旅游年鉴》编辑部编辑，继续发挥余热。人生何谓幸福？我认为凡人生所从事的工作能与自己爱好志趣相一致，那就是幸福人生。俗话说："近水楼台先得月。"事实也是如此，日久天长，一路走来，我因工作之便足迹遍及五大洲 30 余个国家和地区，以及国内 32 个省市自治区的主要城市和名山大川，圆了我少年的旅行梦。

三

古人说："读万卷书，行万里路。"这话说得精辟，也精湛，凸显读书和旅行的密切关系，也是我国历代知识分子所崇尚和追求的思想理念。试看古今的大诗人、大作家和大学问家，都经历过读书和漫游相结合的生涯，从古代的司马迁、李白、杜甫、苏轼、陆游、徐霞客，到近现代的胡适、郭沫若、茅盾、巴金、朱自清、徐志摩、赵君豪等因为有这样信念和追求，所以也都创作出许多脍炙人口的游记名篇。游记顾名思义，即指讲述旅行经历的文章，游记文章往往带有议论、抒情、社会考察色彩，有被赋予历史与人文内涵的特点。自新文学开篇以来，游记犹如新文学中一朵鲜活靓丽的奇葩，多彩多姿，妙趣横生，尽情绽放，像阳光雨露，透亮心肺，令人爱不释手。

我爱旅行，也爱藏书，我现拥有藏书 2 万余册。2009 年 3 月 22 日，《东方早报》记者吴慧（文字）、刘林（摄影）在采访我的书房"书友斋"时记道："一抬眼发觉已藏身书海中。要说翁先生的书房设在客厅，倒不如直接说翁家客厅就是书房。客厅三面墙，被三排材质、颜色、纹理都不同的书橱占满，一点地方不留，只留两个出入口。这才真正应了那句被无数人套用过的名言——他不在书房，就在通往书房的过道里。"我的书房几乎成了"书巢"。我的藏书不仅数量多，而且不乏珍贵的古籍善本，还有稀罕旧平装书。何谓"旧平装"？即指新中国成立前（1949 年 10 月 1 日）出版的中文旧平装本书。中文旧平装铅印本的书籍，早在清末已经出现，但现存绝大多数的旧平装都是在1911年辛亥革命至1949年9月间出版的,有精装本或平装本。据初步统计,民国时期出版的旧平装图书有10万余种,其中不少具有很高的学术价值,集中反映了这一时期的思想文化学术成果。现从我收藏及阅读过的数百种旧平装游记中,选出知名作家、学者、记者、教师、演员、军人、官吏、职员等所著的具有代表性的游记书籍125种(其中69种不见贾植芳主编的《中国现代文学总书目》有记录,可谓稀罕版本,可起到拾遗补缺之作用),经过我的多年深入阅读、研究、考证及叙录和点评后,编纂完成这本具有历史的、个性的、学术的、通俗的、图文并茂的《旧平装游记过眼录》。书中有叙述和描绘20世纪上半叶海内外各国和地区地貌地形和社会制度、有呈现色彩缤纷的山水和自然景观、有反映文化厚重的历史人文、有反映五光十色浓郁民俗民风、有色彩斑斓城市乡村风貌及旅行者所见所闻和感受的游记佳篇。这些游记时间跨度长则达百余年,短则也距今70余年。而且这些游记大多由商务印书馆、中华书局、世界书局、良友图书公司等著名出版社编辑出版发行的,不论是书籍的装帧、文字、纸张和印刷都是一流上乘的,因此数十年来颇受出版界、读书界及藏书家们的推崇和好评。

春去秋来,多年来凭着我个人的嗜好和兴趣,孜孜不倦淘书和藏书,甚至走出国门,也不忘在旧书铺、旧书摊或旧书集市中,寻寻觅觅,大浪淘沙,有道不尽说不完的收获和故事。每次访书归来,手提几本旧书,步履总是那么轻快,急于赶回家门,一本本小心地擦拭修整,摩挲再三,挑灯夜读,若有所发现,如获至宝。斗转星移,经历数以百计如饥似渴的反复淘书、买书和阅读,有所新发现和新收获,犹如大快朵颐,愉悦无比。对读书我绝不走马观花,而是一丝不苟,仿佛蜜蜂在万花丛中采蜜般忙碌和认真,凡有所感触,都会将瞬间闪烁的思想火花用笔记录下来,日积月累,也留下了数十册读书札记。读书是快乐的,读旧平装更是处处惊喜,旧平装的封面大多出之名家之手,新颖别致,寓意深刻,予人以思想及启发。例如徐志摩的书做得非常漂亮,封面画均十分养眼,如《巴黎鳞爪》,整个封面底色以黑色铺排,象征那"沉淀在底里阳光照不到的"生活原色,画面则不规则地布置了女性的红唇、媚眼、隆鼻及纤手秀腕、美足玉腿等的图像,看上去显得有些凌乱、迷幻、艳丽、魅惑乃至于肉欲,实则这正是映入徐志摩眼睑的巴黎一鳞半爪,象征现代巴黎的缤纷迷狂和杂色的同一,看似一个"荒唐、艳丽、甜蜜的梦",却是眼前现实的存在。在现实中寻求理想,在不如意中追寻梦境,这是人生之大境界。此封面设计虽出之闻一多先生之手,但这幅封面画是颇切合徐志摩的个人气质的,此乃闻先生独到也且高明之处也。

四

旧平装书与我国传统的古代雕版线装图书在我国近现代史上齐驾并驱过多年，但它们毕竟不一样。我国古代雕版印刷历史悠久，现据实物考证早在唐代已发明雕版印刷术。到了宋代伴随雕版印刷的发展，雕版印书日趋发达，官府、私家与书坊竞起刊刻，书业几乎遍及全中国。其中浙江、四川、福建、江西成为中国宋代四大刻书中心。这四大刻印中心对于所刻印的书籍，通常也是精挑细选。由于雕版印刷技术的发展，使书籍传播速度加快，传播的形式比较固定了。我国现存唐咸通九年（868）王玠出资刻印卷子本《金刚经》，距今已有1155年历史，依然保存完好，这是人类印刷史上的奇迹。但事物总充满辩证法，利弊并存，雕版印刷毕竟太麻烦，效率低下。物竞天择，雕版印刷自然会被现代高科技印刷术所取代。但近现代印刷出版的图书虽快捷高效，却也暴露出不足和瑕疵，印刷出版的书籍往往不足百年就会泛黄发脆，无法继续阅读和保存，沦落为"弃儿"。因此，抢救、保存和传播旧平装，现已落到新中国诞生后的我们这代读书人藏书人的肩上，这是责任，也是义务。现在摆在我眼前的这批好不容易淘来的旧平装游记，我认为有义务和责任将它们收藏和保存好，同时要整理、记载、介绍和传承、传播好。为此，多年来我以孤灯和书卷为伴，在反复研读和选择的基础上，撰写和编纂了这本集旧平装游记思想、文化内涵及风格和版本的过眼录。全书围绕作者、版本及天下河山、人文景观、异域文化风情和社会民俗民风的思想内容和精彩故事，达到图文并茂的展现效果，也为天下旅游工作者、大专院校师生及广大旅行爱好者，提供了一本雅俗共赏的旧平装游记史专著。

五

《旧平装游记过眼录》全书共计125篇，以出版时间为序，分为国内游记、海外游记两辑，生动细腻地叙述和展现了胡适、郭沫若、茅盾、巴金、朱自清、冰心、郁达夫、郑振铎、徐志摩、高尔基、斯诺、范长江等创作的游记美文佳作。他们以睿智的眼光和广阔的视野及犀利的洞察力和敏锐的审美眼光，不仅为山水传神，还为时代写照，风格多姿多彩，绚丽夺目，笔触从中国延伸到海外，从自然延伸到社会，还把描绘和反映社会风尚、城乡风貌、风俗人情等社会现象积极注入游记之中，也极大的丰富和深化了游记思想灵魂和文化内涵。这是时代的呐喊，人民的呼唤，也是对游记作品领域的深耕和拓展。例如茅盾在抗日战争特殊的历史背景下撰写的这本

《见闻杂记》，将笔的触角深入到战时动荡的社会场景之中，对游记的思想内涵及题材内容达到极大的拓宽和释放；贴近社会讲真话，勇敢地将国统区物资短缺、物价飞涨，造成民不聊生的社会现状，揭露和呈现出来；将重庆百姓出城躲空袭，大西北"市场"及生活场景也描绘得非常传神，为我们生动展现和保存了 20 世纪 40 年代我国西北大后方的一道道社会生活风景线。

六

民国是个极其复杂的社会年代，观察民国犹如坐过山车，时上时下，有民国十年（1927—1936）和平黄金时期，有全面抗战八年（1937—1945）战火纷飞艰难时期，还有反国民党独裁四年（1946—1949）的内战时期。但即使在那样错综复杂历史背景下，中国知识分子和文人还是创作和发表了许多精彩的游记，也涌现出一批职业各异、风格独特的游记作家，比如当年留学法国尚未成名的巴金所创作的《海行杂记》，成功记录和描绘了他从上海出发，漂洋过海，最后到达法国巴黎过程中的异国情趣、海洋风光、民俗民风和船上生活场景。军旅作家易君左《闲话扬州》，描绘和反映当年扬州人的生活风俗习惯，涉及扬州的妓女、赌博、吸鸦片，这些都是当时的事实，并没有捏造的成分，也许书中有些地方显得偏颇，有轻佻的语言，引发了一场轩然大波，惹上一场全国轰动的官司，也成了现代文坛中一件奇闻怪事。

此外，上海的中学教师田曙岚创作的《广西旅行记》别具一格，全程记录了他骑自行车自上海出发，"费时将近两年，历县一百有二，计程约一万六千里"的旅行历程，展现沪上教师不畏艰难、酷爱旅行的形象；同时也成功记录了广西苍翠秀丽的自然风光和名胜古迹，成为旅行的壮举和佳话。旧平装游记不仅以浓郁笔墨展现多姿多彩的自然天地、名山大川、人文景观及旅行者的壮行，还闪烁和反映出特有的时代商业广告的现代气息和氛围，例如上海中国旅行社 1936 年版的赵君豪创作的《南游十记》就是一本典型的代表性作品，记录他游长沙，登临南岳，走访衡阳、广州、澳门、香港的情景，还插入数十种有关书业、金融、商业百货等广告，让人见识和领略到当年商业广告的热烈及出版社所具有的强烈现代市场竞争和商业意识。假如手中没有触摸过这本游记，让人真不敢相信当时出版商已将现代商业广告效应发挥到如此高的境界，绝妙无比。

书比人寿长，但岁月无情，许多旧平装游记的纸张现已发脆甚至发霉。数年来，我在家中翻阅与抄录史料时，常因气味难闻引发家人抗议。一度曾萌发打退堂鼓，偃旗息鼓，放弃继续阅读和研究的想法。但理智及对旧平装游记的嗜好和发之内心的使命感，使我还是坚持下来了。我知道这些存世至今的稀罕旧平装，现在不及时阅读、整理和保护，就会随着时光岁月而灰飞烟灭，失去阅读、收集、抢救、抄录和传播的机会。因此我不能半途而废，而是变压力为动力，坚持抓紧阅读、汲取和选择好书中的思想精粹、见闻独特、史料稀罕的文字和图片资料，为后人研究留下一些珍贵的文献和史料。为此，我在撰写和编纂时也尽量选录原汁原味图片，一幅一幅的仔细推敲和审阅，逐字逐句的回味，确保为后人研究提供原始的、精准的和珍稀的文献史料和图片，也为无法读到过这些稀罕读物的读者提供一本精准性、高标准、高品位，图文并茂、别具一格的游记版本史专著。使读者一册在手，即可轻松的步入历史长河的时间隧道，与旧平装游记作品作一次亲密的接触与相吻，也可为传承先辈游侠和作者们的开拓和创造精神的发扬光大，谱写新篇章，创造新辉煌。

七

综观旧平装游记特点，大致可归纳为六性：

趣味性。旅游本是一项极具趣味性的活动，人们通过旅行的实践，与大千世界的亲密接触，长见闻长见识，获得身心愉悦的放飞。读游记，可间接的感触到这种扑面而来的旅行趣味性，故人们将其美曰：纸上旅行。比如读芮麟《东南环游记·三百里间春似海》篇，就会被书中对杭州游趣味性描绘所吸引和感染。芮麟1934年4月从上海出发，游西湖，登莫干山，复经湖州游碧浪湖等的过程。那年芮麟24周岁，风华正茂，杭州之行，使他深受旅游新鲜和乐趣的感染，请听："杭州的山水，是浓妆淡抹，无乎不相宜，一年四季，无时不迷人的。但我总觉得，在这红满枝头、绿满湖边的仲春天气，分外令人迷恋和陶醉。我，恰于这分外令人迷恋、分外令人陶醉的仲春天气，投入了它的怀抱！"这种发自内心对杭州浓妆淡抹的美好山水的赞叹，佐证出旅游之美的趣味性。

可读性。游记创作，作者往往采用散文表现手法。散文特点自由自在，形散神聚，语言优美，可读性强。读游记自然会有一种赏心悦目可读性的感觉。朱自清是散文大家，他以文字之美享誉现代文坛，这在《踪迹·绿》中被展现得淋漓尽致："到了汪汪一碧的潭边了。瀑布在襟袖之间；但我的心中已没有瀑布了。我的心随潭水的绿而摇荡。那醉人的绿呀！仿佛一张极大极大的荷叶铺着，满是奇异的绿呀！"朱自清以精致、圆润、柔软的文字，透过一个"绿"，把梅雨潭之美展现得玲珑剔透，美妙无比，展现他文字之美的艺术魅力，也使他的游记散文极具可读性。

时代性。好的游记富有历史时代性的印记。教育家侯鸿鉴在《寰球旅行记》中不仅涉及四大洲的广袤地区及游览和观摩美欧名城古都的名胜古迹、学校和公园等，还将当年的美国华盛顿的白宫、国会大厦、林肯纪念堂，旧金山的华侨学校及英国伦敦的白汉金宫等时代特征也展现得淋漓尽致。史地学家傅绍曾对南洋华侨所处的时代性是了如指掌,在《南洋见闻录·新加坡华侨生活状态》篇中说:"南洋华侨以商业为主,农工次之,英属荷属与美属皆然。其各地之商权,大半在吾侨胞之手。"甚至"偏僻之区,虽山陬海隅,浓荫曲路,亦有华侨商贩踪迹。"将当年华侨足迹遍及南洋和经济上显赫地位的时代性特点,叙述得一目了然,清清楚楚。

红色性。旧平装游记中不乏思想红色性的旋律。例如在《雪山草地行军记》中,作者杨定华通过回忆和叙述1934年10月中央主力红军为了摆脱国民党军队的包围追击,被迫实行战略大转移,退出中央根据地进行长征的亲身经历。不仅让人读到了长征途中红军爬雪山、过草地艰难和恶劣环境,还让人看到红军在长征过程中每天风吹雨打太阳晒的艰辛和苦难,"走了七、八十里,到达宿营地时,各人只能找一点草叶子垫着屁股,坐在湿透了的草地上。因为白天行军的疲劳,自然而然地会打起瞌睡,那只好两人或三人背靠背地睡着,不管谁一动弹就一起惊醒。有些人由于肉体的疲劳,倒在地上睡着了,衣服全部湿透了,半夜狂风挟着雪花吹来,冷到寒风刺骨醒来",又饿又冷,冷得直打颤和发抖,但他们并不悲观失望,反而异口同声说:"同志,你已经为独立、自由、幸福的中国尽了最后一口气。"此情此景,令人动情和景仰,红军无愧为钢铁汉。

文献性。游记具有历史的、珍贵的和研究价值极高的文献性。爱国人士黄炎培撰写的《延安归来》,就是一本具有广泛历史影响力的文献读物,初版就印5 000册,这也是我见过的旧平装游记初版本发行量较多的印数。

小默在《欧游漫记》(上海生活书店1935年4月初版)中说:"近来游记一类的货色在文学市场售出不少,单是欧洲游记,也有好几种,恐怕快可以上'游记年'的封号了。"从中透露出20世纪30年代的上海确实掀起了一股旅行的浪潮,为此出版界也是推波助澜出版了许多中外游记读物。我曾统计过自己收藏的数百种20世纪二三十年代游记单本初版印刷数,发现黄炎培《延安归来》及郭沫若《苏联纪行》印数最高,皆为5 000册,其余仅为2 000至3 000册,甚至也有数百册的。《延安归来》能达到如此高的印刷和发行量及影响力,它不仅将一个真实的延安红色政权介绍和传播于国统区广大人民的心中,客观上为解放全中国起到思想舆论的先导作用。尤为可贵之处还记录了黄炎培与毛泽东的一番坦诚、精辟的"历史周期率"对话,探讨和找到如何解决历史上"人亡政息"政权交替周期律的问题:"只有大政方针决之于公众,个人功业欲才不会发生。只有把每一地方的事,公之于每一地方的人,才能使地地得人,人人得事。把民主来打破这个周期率,怕是有效的。"以民主的力量来打破这个周期率,这是毛泽东和黄炎培的思想共识,也是一切共产党人和进步民主人士的共识,凡讲民主、凡一切从人民利益出发的政党,政权才能长治久安。

史料性。游记中所刊载的照片、图片和文字资料极具史料性价值。据我的统计《旧平装游记过眼录》中所涉及的历史性照片和图片就多达千余幅之多。这些照片皆由当年撰稿者所亲历亲见过程中拍摄的,所以极具珍贵和稀罕性,也极具史料性。其中《西行漫记》中的毛泽东、《旅藏二十年》中的班禅喇嘛、《印度周游记》中暴露上身的甘地、《阿比西尼亚印象记》中埃塞俄比亚老国王海尔萨拉西、《胡蝶女士欧游杂记》中的胡蝶等著名现代人物像;《欧美考察记》中的意大利"威尼斯马科教堂圣鸽",《西行逐日记》中的"1935年纽约市街"风貌,《欧游追忆录》中"拿破仑故乡风景""巴黎妇女形象和服装",《菲律宾考察记》中"菲律宾女士像",《中国的一日》中"黄河桥畔的牛皮筏"等现代人物及活动图片场景;《中国的西北》中的"岷山原始森林"、《南游杂记》中"桂林城外滩江情景"、《南洋猎游记》中"人蛇之斗"的丛林场景及原生态的自然风光图片;《寰球旅行记》中的"凡尔赛宫镜宫大喷泉",《欧游追忆录》中的"罗马故宫残迹",《赴日考察记》中"奈良东大寺之东大殿",《南游回想记》中"仰光大光塔"等斑斓的名胜古迹图片;《西南旅行杂写》中贵州苗民悬空中"滑溜索过江"的惊险场景,《南洋游记》中"马来人娱乐"场景,《南洋旅行漫记》中"爪哇宫中之舞女"的舞蹈等生活和文化场景及民俗民风的图片,这些都是极为稀罕和难得一见的珍贵图片,具有极高历史性的史料价值。

八

行文至此,我要感谢三位朋友。第一位是为我《旧平装游记过眼录》作序的著名历史学家熊月之先生。熊月之原上海历史学会会长、上海社会科学院副院长、历史研究所所长。这次应邀为我精心撰写了这篇序文。序文晶莹透彻,情深意切,妙语连珠,将我的个性、嗜好和学识展现得淋漓尽致,令我由衷感激道:"妙哉,知我者熊月之也!"二是我的老同事应书铭先生。他1942年生,原是沪上一家知名旅行社总经理,也是个旅游文化及旧书收藏爱好者。自2002年到龄从岗位上退下来后,他凭借多年收藏的旅游文化产品及人脉关系,在沪上开设了一家专门经营旅游产品和旧书的店铺。当获知我欲编纂旧平装游记,他将收藏多年的旧平装游记,供我参阅。这种助人为乐,"桃花潭水深千尺"般的友情,令我铭记心坎,难以忘怀。三是上海远东出版社编辑黄政一先生,他曾担任过我的《漫步旧书林》《漫步旧书林续集》《清代版本叙录》等著作的策划和编辑。数年前,当我将《旧平装游记过眼录》选题告知他时,便鼓励我说:"我看好您的这本书,完稿后先将书稿交给我。"在他的鞭策下,我心潮澎湃,精神振奋,将智慧、积累和才识倾力注入于此书的创作中,现瓜熟蒂落,书终于与读者见面了。这也是我"十年磨一剑"不寻常的辛勤耕耘的结晶,我期盼广大读者能阅读和喜爱它,更期盼有前辈游记作者的后人能看到或读到此书,并将感受告诉我,让我们一起在先辈们为我国旅游文化事业所开创的道路上继续奋勇向前,不断产出新硕果。

2023 年 3 月 28 日撰于书友斋

目 录

国内游记

海外游记

丁格尔步行中国游记

⊙《丁格尔步行中国游记》封面、版权页，上海商务印书馆 1925 年 2 月
第 6 版

　　《丁格尔步行中国游记》英国记者、出版商人埃德温·
丁格尔创作的一本游记。

　　丁格尔 1881 年生于英格兰康沃尔郡。1909 年 3 月，28
岁的丁格尔远渡重洋、千里迢迢来到中国，他给自己取了个
中文名叫丁乐梅，从此与中国结缘。他才华横溢，勤奋努力
地工作而成为当时中国经济学和地理学研究的权威专家；
他也长于经营，经过拼搏和创业，成为一个成功的出版商
人，创立了香港和上海的出版帝国。他无意以权威专家或
出版商人的身份在中国活动，而是以一个记者身份从事新
闻报道工作。1911 年，武昌起义爆发时，他时任沪上创刊
不久的英文《大陆报》特派员，从事战地采访，周旋于各派政
治力量之间，并被政府派往扬子江（即武昌）陆军中，成为在
武昌采访新任都督黎元洪的第一位西方记者。他也自称是
"作为革命后第一个外国人和这位阁下进行确实前所未有

的交谈"的,并在《大陆报》上很快发表了黎元洪的谈话要点。1917年返回英格兰,将他在华经历整理成书出版。1921年,他移居美国加利福尼亚州的奥克兰市,从此长期生活和工作于美国,直至1972年1月27日病逝。他对中国有很深的感情与了解,把他在中国采访和游览所见所闻的情况介绍给西文世界,写了不少文章,其中包括《徒步穿越中国》《我在西藏的生活》《辛亥革命目击记》《丁格尔步行中国游记》等。

《丁格尔步行中国游记》,上海商务印书馆1915年1月初版,笔者所见为1925年2月第6版。陈曾穀译述。竖排,开本13.2×19.1厘米,页数186页,定价0.70元。全书收录《绪言》《自新加坡至上海》《自上海至宜昌》《由宜昌至重庆》《自重庆到叙州》《自叙州府至昭通府》《1910年昭通之乱》《云南东北种族及传教事业》《自昭通至东川府》《自东川府至云南府》《自云南府至大理府》《自大理府至澜沧江》《经过澜沧山谷至腾越》《记萨尔温山谷中之黎苏种族》《自腾越至新街》《行程表》《中国权量之不一》《中国西方之鹅喉》《1911年正月汉口之骚动》《东京(开封)云南铁路》《中国陆军之进步事业》《云南交际之略史》《法人在云南之举动》《佛教及天主教》《中国钱币之不一》《中国西方之天足》等,共计26篇。书前有译者湖北蕲水人陈曾穀的《序》:"辛亥八月武昌事起,避居沪滨,披(阅)中西报纸,述武汉战事者,莫翔实于《大陆报》通信员丁格尔君。后读丁君论中国将来之伏祸一篇。乃知丁前二年,曾自上海至英属之缅甸,除轮舟可通外,徒步跋涉,不辞艰辛,以考察中国内地情形,著有步行中国游记一书。及购阅之,其书述吾国西南山川种族政治生计风俗甚详,足为谋国者之考鉴。不独浏览景物,搜索异闻而已。观书中有言曰:欧美之文明,固极灿烂,实不啻为束缚人身之具。又曰:世界真乐,不在奢华靡丽之中,而当于朴质纯厚中求之。又曰:中国之文明,亦有宜为欧人取法者。又曰:中国人无论如何改革,必自成其为中国人。又曰:中国人有极艰苦忍耐之特性,必能成伟大之事业,成世界之盟主。"我要为丁格尔点赞。

丁格尔在《绪言》说:"游中国易,步行则难,道路之艰阻,起居之不适,皆他处所少见者也。予既决意游中国,自长江山峡尽处步行至英属之缅甸,艰难困苦,几遭不测,然未敢求安逸而背步行之宗旨也。其后予复自缅甸返于云南,住东川昭通,周历于郊野。予之游也,食中国之食,及至苗地,仅以蜀黍疗饥。予之宗旨,不过观察中国内地情形,未携各种器以测所经荒远之地。据予所闻,除教会外,惟予至中国内地最远最久。此书皆沿途路旁之所记也予游既毕,见《字林西报》所载数行云。"丁格尔1909年2月22日从新加坡乘坐法国海轮,于3月4日到达上海,转乘长江轮,溯江而上,于4月7日至重庆,然后以步行为主,跋山涉水,穿越四川、云南等西南地区,1910年2月18日又到达缅甸北部新街。同年2月22日又从新街出发于 4 月 9 日到达东川地区,住数月。又入云南东北花苗各地。后走陆路于 12 月 26 日到达湖北省汉口,不久即返回上海。

据书中《行程表》记载:丁格尔这次游程"共六千七百五十六英里",创民国初期英国人步行中国西南游行程最长、时间最久、记载最丰的纪录,内容涉及政治事件、民俗民风、山川风景等。例如,他以浓郁笔墨记载了 1910 年"昭通之乱",在其眼中"昭通之乱",绝不仅仅是偏僻内地的一场普通事件,它在某种程度上击碎了晚清新政以来外界普遍看好的新兴假象。在对武昌起义及其领导人黎元洪这个被革命士兵推上辛亥革命领导位置的前清军协统时,给予极大的热情和肯定,表现出丁格尔对中国革命的同情。在民俗民风上,他认为"云南种族之众,为世界所罕见。其原因于地质之特异,高崖深谷,合流湍急,使语言隔阂,自成风俗"。并说"游缅甸边界及四川之东,可知将来世界必渐泯种族之迹,而归于大同也。"在这里丁格尔又颇有卓识的预见到中华民族的民族融合性,真是太有见识和预见性,也反映他对我国民族文化研究和了解的精湛造诣,是个真正的西方"中国通"。

丁格尔对我国山川风光的叙述也不遗余力,精彩纷呈,如从叙州至昭通有一段对山路的描绘:"群山在前,状如鬼魅,使予追程而进,欲一穷其异也。凡此所经,皆极危险,为人所不知之乐境。幸上帝护佑,使无父无助之人,不遇危险之事。及晚,至山峰稍坐,天风吹来,若独立人寰之外焉。"大有"无限风光在险峰"之乐和妙的神游境界。尤其可贵的他还结合行程所见所闻,称赞"中国人性质和平,重信义","不独言出必践,且其行事亦颇有恒,与之交易,实甚可信"。在丁格尔眼里,中国人不仅诚实可信,还说:"予信中国将来必可改革,必能新建一巩固之政府。"

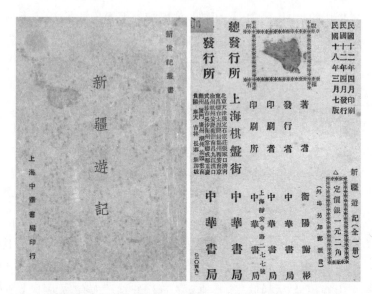

⊙《新疆游记》封面、版权页,上海中华书局 1929 年 3 月第 7 版

　　谢彬(1887—1948),名作法,号晓钟,湖南衡阳人。出身贫寒,八岁入私塾启蒙,自小受王船山民族主义思想影响,逐步树立救国救民的大志。1905 年,加入同盟会,次年参加在衡山组织的武装暴动。以后,怀着反清的革命信念撰文著书宣传民族大义,痛斥清廷丧权辱国、残酷压迫人民的罪行。武昌起义时,与衡阳同盟会会员积极响应,参加游行示威,同前来镇压的军警进行英勇搏斗,手臂负伤仍战斗到底。1912 年,由湘省府遴选,资送留美,因袁世凯窃权突变,遂改东渡东瀛,入早稻田大学攻读政治经济学。留日期间,结识孙中山,献身革命。1914 年,参加中华革命党,为阐发孙中山的三民主义、捍卫共和、反对帝制写了许多文章,甚为孙中山所赏识。1916 年,学成归国,参加护国讨袁运动,协助孙中山从事第一次国共合作。参加过"五四"运动,在上海主编过《民心周报》,任过中华书局特约编辑,与

当时李大钊、陈独秀、蔡元培、胡适之等人均有交往。1923 年任广州大元帅府经济顾问。事后,奉孙中山之命赴新疆考察,写成这本《新疆游记》。该书也是民国以来较早介绍西北边疆政治经济、风俗民情、名胜险要的专著,并提出开发大西北、巩固国防等许多有益的建议。

《新疆游记》,上海中华书局 1923 年 4 月初版,笔者所见为 1929 年 3 月第 7 版。日记体。竖排,开本 15.1×22.3 厘米,页数 422 页,定价 1.20 元。全书记录了谢彬 1917 年考察新疆及东三省、河南、陕西、甘肃、西伯利亚、蒙古等地的见闻。

孙中山在《序》中说道:"古人有言,大丈夫当读万卷书,行万里路。予亦尝勖同人曰:有志之士,当立心做大事,不可立心做大官。今读谢君晓钟之《新疆游记》,行路四万六千余里,记载三十万言,述其足迹所经,观察所及以飨国人。使知国境之内,尚有此广大富源,未经开发者,可为吾人殖民拓业之地,其兴起吾国前途之希望,实无穷也。夫自民国创建以来,少年锐进之士,多汲汲于做大官,鲜有留心于做大事者,乃谢君不过财部一特派员,正俗语所谓芝麻绿豆之官耳,然于奉公万里,风尘仆仆之中,犹能从事于著述,成一数万言之书,以引导国民远大之志,是亦一大事业也。如谢君者,诚古人所谓大丈夫,亦吾所钦为有志之士也。读其书毕,因喜而为之序。"

据《新疆游记略例》记载,此书"原名《新阿游记》,现阿尔泰已改道区隶新,特正名曰《新疆游记》。"又记载说:"是书全文,曾刊《时事新报》,复承《地学杂志》《民心周报》《上海晚报》《湖南日报》,汉口某报,各报转载。谬许为宁息内争,解决时局之作,兹特重加整理印行。"并明确表示修订整理出版此书的目的是"供有志经营西北者之参考"。鉴于这一宗旨和目的,所以谢彬不仅用大量篇幅详尽记叙在新疆等地的见闻和风土人情及山川自然景色,如 4 月 8 日记载迪化(乌鲁木齐)郊外景色时描述道:"山峡深处,有巨泉涌出,泡高数寸,对面新建一亭,可以坐玩,流水潺潺,更觉幽绝。"赞叹当年乌鲁木齐生态自然之美。

书中也不忘记录许多有趣的风情。比如在吐鲁番和喀什附近,有许多野桑林,桑椹熟时,当地民众铺个席在树下,一边纳凉,一边吃桑椹,"三月不火食",可以几个月都不生火做饭了。

谢彬考察和游览新疆在时机的选择上,正处于民国第一任督军杨增新治下,闭塞、落后,但又是新疆近现代史上最安定的时期之一。那时中国西部没有一寸铁路,新疆漫长多阻的交通线上尚未印下汽车的辙迹,可见旅途之艰难和艰辛,却也正好使他那坚韧不拔的性格得到充分的显露和展现。1917 年这次他在新疆考察共计 9 个多月,新疆当时有 43 个县级单位,他实地考察 38 个,可以说是几乎走遍全疆。谢彬坐在马车里,冒着风沙、酷暑和严寒,在土路上每天多时走 100 多里,少时则走 50 来里,也就是在这样的恶劣环境和条件下,他坚持每天写旅行日记,不仅详细记录沿途风物,还参考历史典籍和地方志及财税报表,对开发新疆的交通、矿产和农垦等提出自己的意见。

读《新疆游记》能够深刻感受到谢彬强烈的爱国情怀。他极有远见地看到了日本对我国的野心,面对日本人在新疆所谓的经商和"探险"并把妓女都带了来,他感叹道:"木屐儿之谋我,盖已深矣!"所以《新疆游记》不仅是一本考察旅行读物,也是一本研究新疆和西北风土、风俗的历史读物,还是研究和开发新疆极有参考价值的文献资料。

云南游记

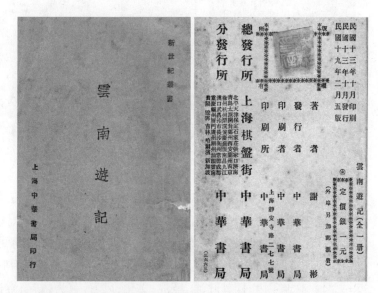

⊙《云南游记》封面、版权页，中华书局 1930 年 2 月第 5 版

《云南游记》，中华书局 1924 年 10 月初版，笔者所见为1930 年 2 月第 5 版。日记体。竖排，开本 15.5×22.3 厘米，页数 310 页，插图 9 页、刊有照片 13 张，定价 1.00 元。全书记录了谢彬 1923 年 9 月 28 日从上海出发至同年 11月 19 日返回上海，其间考察云南等西南地区及途经香港、广州、海南、北海、越南等地所见所闻，同时从政治、经济、社会生活、文化教育、山川物产和交通等方面对该地区也作了叙述和介绍。

全书包括《游滇须知》《香港一瞥》《滇越铁路越段—海防—河内—桂越交通—老街》《昆明市政与云南政策》《云南图书馆与东陆大学》《大观楼及西山风景》《云南各县名胜—古迹—县志》《昆明市推行义务教育情形》《全国教育联合会会议情形》《翠湖历史及现状》《越南亡国之痛史》《云南夷人种类与土司调查》《云南现行法规》等，计 41 个章节。书前

⊙ 插照

有邓绍先 1924 年仲夏撰写的《序》。邓氏在《序》中说："昔人云：不历名山大川，无以养奇气，余尝服膺斯言。顾生平孤峭，罕与共言此者。是以久蓄此言，未尝与人一道也。"因为知音难遇，而深感遗憾，好在如今遇上爱旅行的知音谢彬，故他接着热情的叙述道："晓钟（谢彬的号）曩曾投身政党，以革新政治为职志，后愤其惰性难以，去之。遍走宇内，探其政治、经济、文化、风习，著为《新疆游记》《全国一周》《民国政党史》诸书，胥为时贤所称尚。今复操其如椽之笔，本所见，著为《云南游记》。夫云南今为护法首义之区，自西晋以来，文物已灿然具备。徒以偏在西隅，未经扬播，仅留西爨碑、梵字塔等等遗迹，供考古家之摩挲而已。今得晓钟搜剔而统整之，其发挥光大之功，不亦伟且重乎。书成，告余，余喜余滇得余友晓钟绍介也，而为之序。俾读者藉当卧游，以养浩然奇气。"从上述字里行间，可知邓绍先和谢彬都是旅行爱好者，谢彬还是个撰写游记的高手，此游记出版，不仅有助于云南历史文化的发扬光大，名扬远播，也使"读者藉当卧游"，一卷在手，不出家门，能知云南历史文化之璀璨，名山大川之秀丽，四季花卉之芳香，给人以旅行愉悦的享受。

谢彬凭借如椽之笔，将云南历史文化，风光美景，风土物产和教育等淋漓尽致地展现出来。其对坐落于昆明市内西面，面临滇池，与太华山峰隔水相望，已有 300 多年历史"中国名楼"——大观楼叙述道："楼高三层。登临眺望，则滇池湖光，太华山色，尽奔眼底。下层正厅，壁间粘有孙髯翁长联，录毕出门，穿长廊，进牧梦亭，为阮文达公旧构。面临草海，前植古树，盛夏消暑，此实佳地。复过走廊，至数帆亭，壁嵌重修大观楼碑记，中悬马如龙题联。语曰：'君子吐芳讯，达人垂大观。'穿廊又至一榭，榭以黄色，正事修葺，未见榜额。"用细腻笔法，把大观楼登高远眺，名人联语和碑记，走廊亭榭的特点，叙述得一清二楚。谢彬对云南特产更是如数家珍,笔下点到了宣威火腿、琥珀与茯苓、花茶、菌类等数十种之多,矿藏资源更是丰富多彩,不胜枚举。由于云南资源丰富,故也勾起帝国主义列强掠夺野心,四周豺狼虎视眈眈,社会局势很不太平,出现了边陲危机。谢彬在书中叙述道:"北有片马之强租,南有镇边之警告,西有蛮幕之进行,网布三面,楚歌四走。"透露出谢彬忧心忡忡的爱国情怀。事物总是辩证的,一个地区也是这样。谢彬看到了云南社会危机的一面,也发现了当年云南教育好的一面,他对昆明教育是大加赞赏:"总计全市现有小学五十二校,就学人数,一万零八百三十七人,已得学龄儿童全额百分之九十二而强。昆明市教育,如此普及,在各省中,殆首屈一指。"教育培育人才,是立国之本。当年经济落后的云南省政府,在财政收入尚不充裕的情况下,对教育事业却肯如此关心和投入令人点赞。

《云南游记》,不仅是研究云南的宝贵文献,也是研究我国西南地区及周边国家地区山水风貌的宝贵文献和史料。

⊙《踪迹》封面、版权页,上海亚东图书馆 1924 年 12 月初版

　　《踪迹》是朱自清人生唯一的一本诗歌和游记散文合集,笔者所见为上海亚东图书馆 1924 年 12 月第 1 版。合集共两辑。第一辑诗歌集,收有《光明》《满月的光》《新年》《北海沿的路灯》《怅惘》《沪杭道中》《秋》《纪游》《湖上》《沪杭道上的暮》《除夜》《匆匆》《小舱中的现代》《细雨》《香》《别后》《赠 As》《风尘》等,共计 31 首;第二辑散文集,收有《歌声》《桨声灯影里的秦淮河》《温州的踪迹》(包括《"月朦胧,鸟朦胧,帘卷海棠红"》《绿》《白水漈》《生命的价格》)《航船中的文明》等,共计 4 章 7 篇。书中多篇涉及到旅行中所见所闻及对自然美的吟唱和赞赏。这些诗歌和散文大多作于他风华正茂的 22 岁之前。

　　他作于 1919 年 11 月 22 日《光明》诗篇中的吟唱:"风雨沉沉的夜里,前面一片荒郊。走尽荒郊,便是人们的道。呀!黑暗里歧路万千,叫我怎样走好?'上帝!快给我些光明罢,让我好向前跑!'上帝慌着说,'光明？我没有给你找！你要光明,你自己去造!'"那时朱自清年少气盛,面对"黑暗里歧路万千",无所畏惧,表示要靠自己的力量和智慧去寻找和开创社会和人生的光明。抒发出诗人敢于进取、脚踏实地的人生态度,又透露出进步思想在他内心激起的兴奋感。朱自清的诗不仅闪耀着进步思想,还常常会在旅行的道路上吟唱出他那优美淡雅、朴实清澈的诗句。在《沪杭道中》诗篇中唱道:"雨儿一丝一丝地下着,每每的田园在雨里浴着,一片青黄的颜色越发鲜艳欲滴了！青的新出的秧针,一块块错落地铺着;黄的割下的麦子,把把的叠着;还有深黑色待种的水田,和青的黄的间着;好一张彩色花毡呵!"将雨中江南稻田中的"鲜艳欲滴"美景惟妙惟肖的展露出来,历历在目,令人难以忘怀。诗人吟唱天地之美,还触景生情的抒发自己的感叹:"灵隐的泉声亭影终于再见;灰色的幕将太阳遮着,我们只顾走着,远了,远了;路旁小茶树偷着开花——白而嫩的小花——只将些叶儿掩掩遮遮。"把夕阳下杭州灵隐寺周边的泉声、亭阁、茶树、小花、叶儿的景色,勾画得淋漓尽致,给人一种纯正朴实的自然之美,也抒发了诗人热爱自然、热爱游览、享受生活的美好情怀。

朱自清的文字之美,在1924年4月9日创作的《温州的踪迹》中,也展现得淋漓尽致,如在《绿》篇中对温州梅雨潭景色的描绘:"在突出的一角的岩石上,上下都空空儿的;仿佛一只苍鹰展着翼翅浮在天宇中一般。三面都是山,像半个环儿拥着;人如在井底了。这是一个秋季的薄阴的天气。微微的云在我们顶上流着;岩面与草丛都从润滋中透出几分油油的绿意。而瀑布也似乎分外的响了。那瀑布从上而冲下,仿佛已被扯成大小的几绺;不复是一幅整齐而平滑的布。岩上有许多棱角;瀑流经过时,作急剧的撞击,便飞花碎玉般乱溅着了。那溅着的水花,晶莹而多芒;远望去,像一朵朵小小的白梅,微雨似的粉粉落着。"朱自清通过"岩石""苍鹰""绿意""瀑布""水花""晶莹"等这些词汇,将梅雨潭的山水之美,精彩纷呈地展现在人们的眼里。

万里步行记

⊙《万里步行记》封面、版权页，上海世界书局 1925 年 12 月第 4 版

吴虞公（约 1900—1950），本名吴公雄，江苏常熟人。1915 年，吴虞公的老乡平襟亚丢下乡村教员不做，跑到上海滩闯荡江湖，凭稿费立住脚跟后，邀吴虞公及松江朱鸳雏同到上海打拼。三人打定主意卖文为生，成为"三人小集团"。先是平襟亚把社会上的刀笔讼师的传说，采纳笔记资料，写了一部《中国恶讼师》，出版后由吴虞公推销，竟是大获成功。

吴虞公才华横溢，能写又长于编纂，他最早一本书《民国趣闻》1919 年印行，出版者是"襟霞图书馆"，其实是自印本。此后，吴虞公因能力出众受到世界书局老板沈知方赏识，被聘为《世界》杂志编辑主任，并邀他写了一部《续二十年目睹之怪现状》。吴虞公时年才 20 岁，也亏胆大，因为目睹 20 年前的"新怪现状"，从时间上算从他娘胎里算起才够数呢。吴虞公却毫无顾忌，凭聪明才智和勤于资料的收集，硬是著成此书,可见他文笔不俗,才思涌漾。民国年间有本《江湖十八侠》很流行,三人决定写《江湖三十六侠》,用多出一倍的"三十六侠"去抢"十八侠"的生意。但这种投机书,出书的速度必须快。吴虞公与朱鸳雏灵机闪动,他们认识上海国学专修馆的中文教师,于是他们先写了两篇示范文章,然后委托老师,在作文课上出题目就是"试拟江湖上侠客的故事"作文一篇,这些学生的国文程度本来就很高,一下子写出了几百篇。选出三十六篇,略加修改,这书就算完成了。平襟亚、吴虞公名下各有一册《江湖三十六侠》,就是这么炮制出来的。在世界书局时,吴虞公不断有新作品问世,最著名的为1922年出版的《青红帮演义》,另有《义和团演义》《白莲教演义》《革命党演义》《万里步行记》等。成功之后的吴虞公,在沪上的平望街办起一家中西书局,做起了老板。中西书局最著名的事件是1933年出版了50回本《古本水浒传》。此书《序言》是常熟乡间的一位中医梅寄鹤所写,梅时任中西书局编辑,《序言》中说书是梅家祖传下来的。《古本水浒》印了1500册,一直销售不佳,直到1949年时还有一半库存。这是因为吴虞公后来认为该书是伪续的,梅寄鹤后来也闭口不提出过的《古本水浒》。吴虞公作为一名"鸳鸯蝴蝶派"作家,和同时期的通俗小说作家徐枕亚、吴双热、姚民哀、平襟亚等相比,是被明显忽略了。

吴虞公擅长写章回体作品,他的代表作《万里步行记》也采用此种文体,但他的表述手法近乎游记,不属虚构。《万里步行记》,上海世界书局,笔者所见为1925年12月第4版。竖排,开本13.1×18.8厘米,页数121页,定价0.50元。全书包括《雪窖冰天少年初出世,惊涛怒浪游子归故乡》《进幼稚园孩子露头角,开谈话会同学起争端》《泛漏舟面不改色,陈快论口若悬河》《入深山采掘药草,搭火车走失父母》《吃面包忽遇奇怪人,访署长坠入秘密窟》《问伙计一片怪议论,坐马车几里盲路程》《贩米粮自告奋勇,进士窟又起惊疑》《假代表放胆坐议场,泄秘密挺身述错误》《一场血争巧破虚无党,两行热泪接得报告书》《有心求学问辞别主人,无意碎玻璃忽逢校长》《单身跋涉走荒村,众人吆喝冤为马贼》《羁日兵营惨遭戮辱,留巡捕房备受优待》等,共计十二回。全书叙述少年须明圣为获得求学、自立和奋发向上的机会,长途跋涉,不远万里,历经磨难,从哈尔滨步行来到上海奋发向上。

这段艰辛旅程及其无畏无惧的感人事迹,经过当时上海新闻媒体的宣传和传播,感动了许多上海市民,人们称赞他是中国的鲁滨逊和十五小豪杰。

⊙《伏园游记》封面、版权页,北新书局 1926 年 10 月初版

孙伏园浙江绍兴人。他和胞弟孙福熙与鲁迅和周作人是同乡兼好友。1918 年经周作人介绍,孙氏兄弟俩一起到北京大学做旁听生,第二年转为正式生。孙伏园北大期间两度成为鲁迅的学生,后又加入文学团体新潮社。1921年,他从北大毕业后,正式进入《晨报》出任副刊编辑,又陆续担任过《中央日报》《国民公报》《京报》等副刊编辑,人称"副刊大王"。从前,我国近代报纸中的副刊并没有确定的名称,有的叫"余兴""杂俎"或"附刊"等。自孙伏园将《晨报》第 7 版改为 4 开 4 版单张出版之后,方才出现了《晨报》"副刊"这个名词。但实际上最初时叫"晨报附镌",是孙伏园特请鲁迅起的,结果被写报头的书法家写成"晨报副镌",也就将错就错的用了起来,一直到 1925 年后,经由徐志摩正式改名,"晨报副刊"才首见报端,并被各家报社约定俗成的沿用下来。

《晨报》副刊在孙伏园的主持下,先后发表了鲁迅的《阿

Q正传》、冰心的《寄小读者》、周作人的《自己的园地》等许多后来被人熟知和乐道的作品,并大量介绍西方文化科学著作及译者。在孙伏园主持和编辑下,晨报副刊实际成为新文化运动的一处宣传阵地。1924年10月预备发表鲁迅打油诗《我的失恋》时,孙伏园与代理主编刘勉发生冲突,他随后辞职,离开《晨报》。同年11月与鲁迅等人发起成立语丝社,出版《语丝》周刊,语丝社也因创办《语丝》而闻名。语丝社的主要成员有鲁迅、周作人、孙伏园、林语堂等知名学者。语丝社倡导"文明批评"与"社会批评",实际上继承了《新青年》批判旧思想、旧文化、旧道德和鞭挞社会丑恶与黑暗的精神传统。在思想、文化及政治各条战线上,与北洋军阀政府、国民党新军阀及社会上的各种新与旧的黑暗势力发生了激烈的交锋。他们从事社会文化批评,所写杂文和散文形成一种具有泼辣幽默的"语丝文体"。在《语丝》中,鲁迅和周作人起了极大的作用,周氏兄弟的关系破裂于1923年7月,历来对周氏兄弟失和有种种说法、分析和猜测。两人的关系成了"东有启明,西有长庚","两星永不相见"。但1924年下半年至1926年上半年这一段时间里,两者却因为《语丝》连在了一起。周氏兄弟能在《语丝》上默契合作,这与孙伏园和周氏兄弟友谊及人格魅力密切相关。

1924年12月初,孙伏园受邵飘萍邀请,主编《京报副刊》。1925年4月24日《京报》被查封,孙伏园与孙福熙一起南下到广州中山大学任教。1926年应厦门大学文学院院长林语堂之邀,赴该校出任国学院编辑部干事,兼任厦门南普陀寺附设南佛学院教员,并继续与在该校任教的鲁迅保持密切联系。当年冬再赴广州,任《国民日报》副刊编辑,兼任中山大学史学系主任。1927年3月应邀到武汉主编汉口《中央日报》副刊,在武汉国民政府时期,发表过毛泽东的《湖南农民运动考察报告》、郭沫若的《脱离蒋介石以后》等文章。"宁汉合流"后,武汉《中央日报》停刊。同年冬,孙伏园前往上海。1928年创办并主编《当代》杂志,1929年赴法国留学。1931年回国后,出任河北定县中华平民教育促进会文学部主任,推动平民文学教育,主编《农民报》。1937年曾任湖南衡山实验县县长。抗战爆发后转至重庆,1939年被选为国民政府军事委员会政治部设计委员。1941年初,孙伏园接受了重庆《中央日报》社社长陈博生的约请,主编《中央日报副刊》,后因刊发郭沫若的历史剧《屈原》惹怒蒋介石,因而丢了饭碗。抗战胜利后在成都华西大学文学院、齐鲁大学、四川大学中文系任教。1949年上半年,任成都《新民报》主笔兼副刊主编。孙伏园除长于报刊编辑外,还是一位独具风格的作家,著有《伏园游记》《鲁迅先生二三事》等。

《伏园游记》,笔者所见为北新书局1926年10月初版。竖排,开本13.5×19.5厘米,页数122页,印数3000册,定价0.40元。封面设计为孙福熙自创,封面题字为蔡元培手书,并盖有小印。全书收有《南行杂记》《从北京到北京》《长安道上》《朝山记琐》。书前有孙伏园1926年5月在上海撰写的《自序》:"如果不是李小峰先生替我收集起来,这四篇游记连我自己也许不会再看的了。第一篇登在1920年的晨报第七版,那时第七版还不曾独立成为副刊呢。第二篇1922年,第三篇1924年,第四篇1925年,前两篇登在晨报副刊上,后一篇登在京报副刊上。那几种(报)刊都是我自己担任编辑的,信手写来,信手发去,原不想再看第二回,谁曾料到小峰先生有这样的好意呢。好意当然可感,而这四篇游记委实不行。一旦印出书来,只能证明我的浅薄不自今日为然。此后也许会有比较整段的功夫,可以静默的观察,可以细微的研究,并且希望游历的时间和空间愈加扩大,那么记叙的文字或者也可因而略工罢。""这四篇游记委实不行。"这显然是孙伏园的自谦之辞。全书不仅叙述沿途的湖光山色和社会民风民俗,世态人情。还侧重在文章中夹叙夹议,抨击黑暗腐败社会现象,倡导社会批评的战斗精神。

《长安道上》是其中的名篇,记录了1924年孙伏园与鲁迅同赴西安讲学时的种种经历和印象。文章视野宽广,贴近社会,以一个个特写镜头多方位、多视角的展示陕西等地区的社会、历史、风俗、教育、水利等的风貌特征,孙伏园对陕西水利特别关注,在文中说:"我很希望陕西水利局长李宜之先生的治渭计划一时实行,陕西的局面必将大有改变,即陕西人之性质亦必将渐由沉静的变为活动的,与今日大不相同了。"孙伏园期望政府通过兴修河道和水利建设,来改善百姓生活,然而当年西北政治的腐败、封建理学旧思想的泛滥,使他失望了,他无可奈何的感叹道:"陕西的物质生活,总算是低到极点了,一切日常应用的衣食工具,全须仰给予外省,而精神生活方面,则理学气如上其重,已尽够使我惊叹了;但在甘肃,据云物质的生活还要降低,而理学的空气还要严重哩。夫死守节是极普遍的道德,即十几岁的寡妇也得遵守,而一般苦人的孩子,十几岁还衣不蔽体,这是多么不调和的现象!"孙伏园在此呐喊、控诉和谴责腐败国民政府和丑恶的官僚的无能,导致百姓过着"衣不蔽体"、食不裹腹、民不聊生的苦难日子,展现出一位进步知识分子忧国忧民的情怀。他的游记又以简朴的记事、简明的写景和简洁的议论融于一炉,清新自然,淡而有味,展现出"语丝文体"别具一格的思想性和艺术性的特点。

东北亚洲搜访记

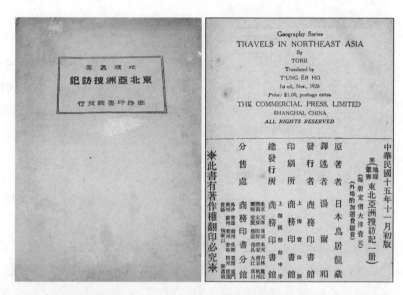

⊙《东北亚洲搜访记》封面、版权页，上海商务印书馆 1926 年 11 月初版

  《东北亚洲搜访记》，近现代日本著名人类学家鸟居龙藏所著的一本集旅行、考察和研究为一体的作品。由医学博士、民国时期著名政客汤尔和译成中文传入中国。

  鸟居龙藏（1870—1953），日本四国德岛市人。1887 年起，他在东京、德岛附近各地进行民族学、人类学、考古学调查。1893 年任东京帝国大学理科大学人类学教研室标本管理员，随后从事研究和教学。1905 年到我国湘、黔、滇、蜀等地区，对苗族、瑶族、彝族等进行考察和调研，出版了《中国西南部人类学问题》。1921 年写出《满蒙史前时代》一文，获得东京帝国大学文学博士学位。1922 年，历经讲师至副教授的他毅然辞掉教职，自行创办鸟居人类学研究所与上智大学。1928 年任东方文化学院东京研究所评议员和研究员。20 世纪 30 年代后，便前往中国北方，将其研究转向远东及中国东北民俗民风研究。1939 年任燕京大

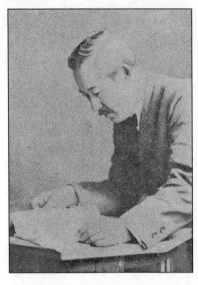

⊙ 作者鸟居龙藏在研究图片资料的
照片

学客座研究教授，直至 1951 年。鸟居龙藏坚持走历史与实际相结合的研究道路，重视通过考察古迹文物，广泛钻研中、日古文献，参阅英、法、德文有关资料并对风俗、习惯、语言、宗教等进行全面调查研究，对民族文化进行纵横分析。他除了在日本国内从事考古工作外，还在西伯利亚东部、千岛群岛、库页岛、朝鲜及中国的内蒙古、东北、云贵、台湾等地进行调查发掘，研究东亚各民族、特别是少数民族的古代和文化。他对中国民族所作的调查研究及所写出的调查报告，深为中国学术界所重视。学术界认为他是日本对东亚民族的历史、文化、民俗进行调查研究的创始人。著有《东北亚洲搜访记》外，还有《史前期的日本》《苗族调查报告》等专著。

　　《东北亚洲搜访记》，上海商务印书馆，笔者所见为 1926 年 11 月初版。竖排，开本 14.3×22.1 厘米，页数 265 页，插图 20 页刊有照片 33 张，定价 1.00 元。卷末刊有商务印书馆"少年史地丛书"广告文字介绍。全书有《闭锁于秘密中之东部西伯利》《安静之伊尔库次克市》《奥洛匈之探访》《自齐齐哈尔向哈尔滨》《遥古斯之探访》《海兰泡市及其博物馆》《在哈巴罗甫喀》《黑龙江下航之三》《再至庙街》《黑龙江之溯航》《再客哈市》《自哈巴罗甫喀至海参崴》《尼古里司克市之探访》《自海参崴向东京》《萨哈连州之探访》《大陆萨哈连之探险》《再至北库页》《基里亚克与奥洛古人之居住地》《子母河之溯航》《北库页之土城》等，共计 20 章。书前刊有汤尔和 1925 年 5 月 1 日撰写的《译者之感想》及《插图说明》。书末附有《北库页及黑龙江下游之民族》和《间宫林藏氏与库页及东鞑地方之关系》2 篇论文。

　　全书记录了鸟居龙藏于 20 世纪 20 年代

⊙ 插照

初期考察和研究苏联远东地区与中国黑龙江流域地区的人种、风俗、历史、地理等情况及游览中的所见所闻,为后人了解和研究上世纪 20 年代中俄边界黑龙江流域城市风貌留下了不少的历史文献资料。

请看其对黑龙江上游两岸风光描绘:"是时,黑龙江上流之溪谷,秋色已浓。白桦之蓝,已呈黄色,落叶树亦已微黄,如茑蘿者,则嫣红如火;其中独有针叶树,不改其苍苍之色。红翠纷披,连绵如锦,或则点缀岩角,如染襟裾;影入什尔喀河悠然之长流,有难以形容之致。且两岸山腹相迫,成为长峡,十数里面,寂无人烟,直如太古之幽境;而山水木石,展开如画,身在船中,如入仙人之境。"将一派北国风光描绘得如诗如画,令人陶醉。鸟氏也不忘记录内蒙的草原风俗和风光,还专门介绍草原美酒的酿造方法,其在《索伦探访》篇中记道:"索伦人用牛乳所造之酒,名曰鸭儿血。其造酒法,构成一灶,上载大锅,置桶于其中。桶之上,置水碗,以皿覆之。通管于桶,自管中倾入牛乳。灶下火炽,则牛乳渐为蒸馏。经此管而滴下,遂为鸭儿血。成吉思汗,所称用酒者,即此是也。"把成吉思汗嗜好的美酒鸭儿血酿造的方法叙述得一清二楚,可见鸟氏深入民间走访是何等的细致和深入。

青海风土记

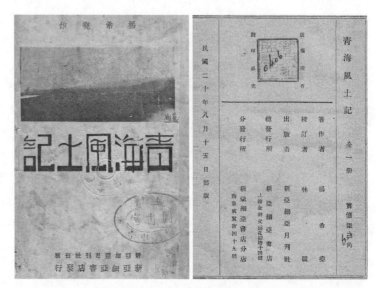

⊙《青海风土记》封面、版权页,新亚细亚月刊社1931年8月15日
再版本

杨希尧(1885—1971),字子高,青海(青海地区在1929
年建省前归甘肃管辖)西宁人。幼时在县内读私塾,15岁
转入兰州学堂学习。清宣统元年(1909)夏天,甘肃提学使
陈曾佑主持官费生选拔考试,杨希尧应试被选,派往北京,
入京师法政学堂(1912年更名为北京法政专门学校)学习,
1914年毕业。杨希尧在北京读书期间,在同学和老师的影
响下参加了同盟会,接受资产阶级民主思想,积极参加学校
组织的各项革命活动。1916年,杨希尧返回兰州后,先后
担任甘肃省立法政专门学校教师,开授"法学通论""民法物
权"等课程。他不仅教授学生民主思想,还反对北洋军阀统
治。遭通缉后避居于青海黄南和海南牧区。在牧区,他深
入帐篷、羊场,进行社会调查,直到1921年后才返回西宁继
续从事社会活动。他曾任甘肃公立法政专门学校(今兰州
大学)教务主任。

⊙ 当年青海少数民族妇女的穿戴着装

1929年1月1日,青海省政府成立,杨希尧为教育厅代办。1931年6月1日,青海省教育厅正式成立,杨希尧被任命为厅长。上任后,他建造了私人宅第"觉园"。高僧心道法师在青海传教期间,杨希尧受到其感化,皈依佛门,受居士一戒。

《青海风土记》,西宁区公署印刷局1928年初版,笔者所见为新亚细亚月刊社(上海金神父路花园坊14号)1931年8月15日再版。竖排,开本13×18.8厘米,页数86页,插图8幅,定价0.30元。全书有《婚姻》《养育》《衣食》《居处》《职业》《集会》《物产》《宗教》《丧葬》《杂记》10个章节。书前有林竞1928年2月1日于甘肃西宁区行政长公署撰写的《林序》,周希武1928年于湟中撰写的《周序》及杨希尧的《自序》。杨希尧在《自序》中说:"民国七年(1918年——编者注)夏,我漫游青海,浏览山川,考察民俗,经一年多天气。说他蛮野,的确有可采的地方;说他文明,可是他又非常蛮横。实系才离图腾社会进步到部落游牧时代。不过无论如何,既属我国土地的一部,总不可不知其底细。学士大夫,动辄说出洋留学,模仿外国人,固然没有什么不是;然使不知道自己,纵学得外国,也无济于事。譬如本国的事无是材料,外国学来的是各种方法。现在连材料还认不清楚,即使有了方法,从何下手呢? 所以人家往外跑;人家向文明地方去,我向野蛮地方去,人家写旁人的奇巧,来贡献自家人;我写自家的实情,来给大家研究。这是我写这本风土记的本意。"又据《周序》说:"余友杨君子高,甘肃革命巨子。民六(1917年——编者注)大道之案,君在被捕之列,遂亡命青海,寄食番寺,餐毡噬雪,艰苦备尝;并以其闲调查番族风俗,著为此记。事隔十年,始出以示余。余略读一遍,见其以社会学的眼光,写实派的笔墨,刻画蛮俗,淋漓尽致。"

书中记录了许多已成为历史的青海民俗民风,有些事至今读来惊奇不已,令人不可思议。像书中叙说的"任意婚"："父母爱惜他的女儿，等女子到了十五六岁，便把女子的发辫改作妇人的发辫，认为业已成婚。于是生男养女，一如平常妇女，也不问由那里来的。所以生下子女，不知那个是他的父亲，连他的母亲也说不清是那一个。"

杨希尧为我们留下了一笔稀罕的我国少数民族的民俗民风文献资料。

⊙《背影》封面,版权页,开明书店 1935 年 2 月第 6 版

　　1928 年,朱自清继《踪迹》之后编纂新一辑散文集时就以《背影》篇名为书籍的名称。其实收录该集中除《背影》篇外,还有脍炙人口的游记名篇《荷塘月色》等,所以《背影》是一本散文集,更贴切的说是一本游记集。

　　《背影》,开明书店 1928 年 10 月初版,笔者所见为 1935 年 2 月第 6 版。竖排,开本 13×18.6 厘米,页数 176 页,定价 2.00 元。书内有丰子恺画、夏丏尊所题的"丫头四岁时"漫画插图及背面题曰:"佩弦兄将南返,寄此致余延停之意。乙丑秋暮摄于春申江滨,弟采采手识"的照片和书籍广告各一种。全书两辑,大致收录朱自清 1924 年至 1928 年 6 月 27 日期间创作的散文。《甲辑》收录《女人》《白种人——上帝之骄子》《背影》《阿河》《哀韦杰三君》《飘零》《白采》《荷塘月色》《一封信》《梅花后记》《怀魏握青君》《女儿》等,计 12 篇;《乙辑》收录《旅行杂记》《说梦》《海行杂记》,计 3 篇,两辑

⊙ 插照　　　　　　　　　　⊙ 插图

合计为 15 篇。书前有朱自清 1928 年 7 月 31 日于北平清华园撰写的《序》,在《序》中朱自清首先以胡适 1922 年 3 月发表的《五十年来中国之文学》一文为引言,回顾和总结了中国近代白话文的发展历程,认为从胡适对白话诗、散文、短篇小说、戏剧和长篇小说评价的字里行间及语气上看,"小品散文的至少不比白话诗和短篇小说的坏。现在是六年以后了,最发达的,要算是小品散文"。接着又说:"我们知道,中国文学向来大抵以散文学为正宗:散文的发达,正是顺势。而小品散文的体制,旧来的散文学里也尽有;只精神面目,颇不相同罢了。"可见当年朱自清对散文已是情有独钟,此后在散文创作中犹如泉涌般的呈现出丰富多样、精湛雅致的游记,也就不奇怪了! 有人称赞他是中国现代游记创作中的"成就卓著并广有影响的一位",这也是理所当然的了。

书中的《白种人——上帝之骄子》,为朱自清 1925 年游上海滩的一篇游记。那年 27 岁的他在电车上,因对一个西洋白种小孩多看几眼而遭到对方凶恶的回视,使他内心感受到极大侮辱,他认为"孩子应该是世界的,不应该是一种,一国,一乡,一家的。我因此不能容忍中国的孩子叫西洋人为'洋鬼子'。但这个十来岁的白种的孩子,竟已被揿入人种与国家的两种里了。他已懂得凭着人种的优势和国家的强力,伸着脸袭击我了。"由此使朱自清发生强烈的反感,那小孩也由可爱变为可恶,由平和变为粗俗,由童稚变为老气。两相对照,由扬而抑,由美而丑,由爱而恨,不仅挫伤了他游上海的情趣,也使他心灵上蒙上了对西方人抵触的情绪。文章直接触及现实,抒发愤怒之情,因而在写法上也一变细腻描绘、精雕细刻的风格,而采用叙议结合的手法,把感情直接表达出来。

一九三三，五，十 付排
一九三三，七，二十初版

1——3000

版权所有

實價大洋一元

⊙《猎影记》精装封面，版权页，上海良友图书印刷公司
1933 年 7 月 20 日初版

梁得所（1905—1938），广东连县人，英年早逝，仅活了33 岁。他的人生是短促，却活得充实和有意义。人的一生有长有短，关键是要活得幸福和有意义。那么人怎样的活着才是幸福和有意义呢？我认为人活得是否幸福和有意义的一个重要标志是能从事自己爱好和职业相一致的工作。

梁得所早年毕业于山东齐鲁大学医学科，因为热衷于美术、摄影和文学编辑，不久就弃医从文。1926 年，20 岁刚出头的他就担任上海《良友》画报月刊第三任主编，他不负众望，奋力展示才华，把刊物办得有声有色，内容上更是包罗万象，融时事、政治、经济、军事、社会文化、风土人情、美术、摄影、文学于一体，知识面广，精彩可读，将《良友》画报推向鼎盛，每期发行全国及海外 3 万余册，成为影响深远的综合性画报。1932 年又率领良友摄影团，走遍全国可能去的地方，摄取历史和现状的各类照片万余张，将爱好和特长

⊙ 梁得所像

发挥得淋漓尽致。返沪后又编辑和出版了《中华景象》《中国建筑美》《中国雕刻美》《中国风景美》影集，以及随笔游记集《猎影记》。

梁得所还是个富有创造力的编辑家。他主编《良友》第13至79期后，即辞职去开辟新领域、新天地，1933年在上海又创办了大众出版社，主编刊行《大众画报》(1933年11月创刊至1935年5月，共出19期)、《小说》半月刊和《文化》月刊(1934年2月创刊至1935年6月，共出16期)等刊物。其著译出版内容广泛，除编译《西洋美术大纲》外，尚著有随笔集《若草》等三本，中篇小说两本等，数以百计的外国古典音乐和流行歌曲大都由良友图书公司出版。

《猎影记》，笔者所见为上海良友图书印刷公司1933年7月20日初版，精装竖排，开本13.3×19.1厘米，页数159页，插图21页，印数3 000册，定价大洋1.00元。全书有《首都进发》《圣林巡礼》《华北人物》《西北鸟瞰》《塞外琐谈》《中原过程》《湘粤途中》《桂游日志》《民间印象》，共计9章36篇。书前有梁得所1933年夏于《良友》编辑部撰写的《序》："为了担任良友摄影团责任，去年(1932)秋天起程作国内旅行。七个半月期间走过十六省。旅途中除了从事拍摄照片之外，我写了一些随笔，集刊而成这本《猎影记》。当初本想写一部较有系统的游记，结果因旅途事情琐碎，舟车倥偬，所能写的也不过是一段段的随笔。我觉得在耳目所过之处，有许多情景非照相机所能摄得的，于是我就借笔墨留下一点印象。这些笔墨所留的印象，亦如照片一般，美丑不离诚实。这些随笔大部分曾在良友杂志或其他刊物发表过，但现在仍依朋友的耸劝而辑印单行本。因为虽是散文，而在旅程上和观点上有相当一贯的系统，全部浏览可给阅者较为整个的印象。我觉得此次旅行期间所见的中国，确是一个非常时代之前的中国。当我执笔述所观感的时候，心里浮涌过不少茫然，感然，而至于欣然的情绪。"梁得所是摄影家，然而这次长达7个半月的漫长旅程，光靠相片是很难展现他沿途的所见所闻，更难表达他内在的所思所想和感叹，为此他想到了最易于表述自己思想感情的游记散文体。既然主意已定，他就奋笔疾书，把他一路所见的社会风貌、人物特征及在旅行中的所感所见流畅的表述出来。由于他出行时期，正处在"九一八"事变后的第二年，日寇侵占东三省后，又将魔爪伸向华北，面对山河破碎，他虽对国家民族的前途感到"茫然"，然而又感到"欣然"，因为他在抗日的东北义勇军及全民抗日救国的热潮和行动中，看到了打败日本侵略者的信念和力量。

1932年秋，梁得所一行从上海北站乘坐京沪特别快车，经过苏州、常州，首站即是南京。他们走访明清的遗迹，游览中山陵的胜境，拜见文化界的名流。第二站，便是山东曲阜。在孔府，他们拜见孔子的后裔孔德成，此时，孔德成已被儒家教育扭曲得连一个孩子的生气都已被连根拔去、不敢走出屋的老气横秋、沉默寡言的人。此

⊙ 插照之一

后，他们又访问济南、泰山、青岛和烟台，遍游北方的名胜，一路逶迤，过天津，到达旅行的最北端——山海关。关外的热河已经沦陷日寇敌手，关内亦时时有累卵之危。他采访驻守雄关的国民党将领何柱国，这位甚至已经抱着必死决心的军人面对当时的严峻抗日形势也颇有捉襟见肘之感。这一天是"双十节"的次日，采访进行得别有意味。何柱国为良友摄影团题字"长城何恃"，梁得所因此有感而："旧的城颓废了，新的砖石还是散着不能集拢，这便是目前中国的悲哀。"接着，他们来到北平，在这座昔日的帝都中先后拜访了胡适、班禅、张学良等名人，书中记录的交谈内容，其中也不乏治国良言。

告别北京继续西行，在张家口又访问了有"基督将军"之称的冯玉祥。这位颇有平民主义风范的著名将领对贫富不均的社会现象，深恶痛绝，说道："老百姓做牛做马，我们的大官造几十万元的洋楼。"说到上海，冯玉祥说："上海有的是一座座鸽子笼，藏着醉生梦死的人。除了一部分执笔者尚能革命之外，其余都是行尸走肉。"这句话对上海人的批评有点偏激，倘若以革命的标准衡量，"十里洋场"中的大多数人患上"时代病"，安于享受，怕战争，但上海人中也不乏热血革命青年，坚定的走上了抗战的第一线。在书中梁得所还不惜笔墨，记录了中国西北民族风土人情、民俗民风及西北地区的地貌特征，可谓是一部活的风俗志。

梁得所是以现代知识分子眼光和视野进入这些地区进行社会调研的，所以在调研中很易于发现与现代社会格格不入的现象。何况为了抵御日寇的侵略和发展经济，增强国力，开发大西北的经济潜力，也成为当年国家的当务之急。然而要建

未失去前之山海關

⊙ 插照之二

立现代国家,首先必须对国家所拥有的领土做出有计划的规划和发展。为此,梁氏大声疾呼:"开发西北! 不但可以救穷,并足以奠定国家富强的基础了。"可是当年国家腐败落后,政府官员胸无大志,根本不关心西北人民的疾苦。那里的人们仿佛还生活在一个另外的与世隔绝的时代。因此,传统的习俗和生活方式保留了下来,笨重的骡车、低矮的民房、服装怪异而不讲究卫生的土人等等。当年这里物价也便宜得让人难以想象:"小米每百斤值洋(元)三角,白米每元四十斤。猪肉每元十五斤,牛肉每元十二斤。"然而即使这样低廉的物价,当时大多数的平头百姓也买不起和吃不起,过着艰难困苦的日子。他是从西北折回的,入甘肃平凉,走关中,到洛阳,进入长沙而南下至广西,一路上,旅途劳顿,利用了各种交通工具和方式,困难艰险不胜枚举。也许是为了节省篇幅,他从进入平凉至广西结束旅程,基本上采用日记体作了简洁记录,导致了全书有点头重脚轻的不足,可能这也是无奈之举吧! 好在书中的插图丰富也足以弥补了一些文字不足的问题。

闲话扬州

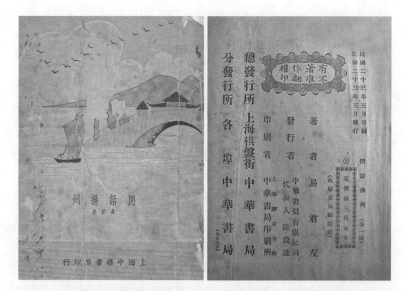

⊙《闲话扬州》封面、版权页,上海中华书局 1934 年 3 月初版本

易君左(1899—1972),湖南汉寿县人。易家三代文武兼资,簪缨相续。易君左少年时就显露出珠玑满腹、锦绣盈肠的才华。早年毕业于北京大学,后去日本留学,1923 年获日本早稻田大学政治经济学硕士学位,归国后投身新文化运动,被鲁迅划入京派作家范围。1926 年参加北伐,开始漫长的军旅文人生涯,任过多种文化宣传职务,授少将军衔。1931 年,同乡兼同学的周佛海出任江苏省教育厅长,邀请易君左来江苏,任省教育厅编审主任,临时在扬州办公。当年已过而立之年的易君左,公务之余,爱舞文弄墨,写了许多反映扬州历史文化、民俗风情的文章,后汇编成《闲话扬州》出版问世。因为书中有些地方显得偏颇,有轻佻的语言,故在社会上引发了一场轩然大波。

《闲话扬州》,笔者所见为上海中华书局 1934 年 3 月初版本。竖排,开本 13×18.7 厘米,页数 114 页,定价 0.35 元。

全书收有《扬州人的生活》《扬州的风景（上）》《扬州的风景（下）》、附录：《关于扬州的参考书一斑》《扬州的形势》《扬州的沿革》《扬州的杂话》、插图：《小金山》《平山幽径》《绿杨村》《瘦西湖》等照片七幅。全书真实地反映了 20 世纪二三十年代扬州人的生活习惯、风俗及扬州的妓女、赌博、吸鸦片等问题，这些都是当时扬州的事实，没有捏造的成分。书中还以流畅的笔调，通俗的文字，介绍了扬州的风景。

翻阅此书对于认识那个年代的扬州是一本极具参考价值的读物。易君左在开篇中说："扬州这个地方最令人听着响亮：差不多爱游山水的人与所谓能文之士，没有一个不怀恋扬州；不仅如此，扬州又是一个出盐的区域，富商大贾云集在扬州；不仅如此，扬州又是一个产女人的地方，所以弄出一些骚人墨客风流才子来。"扬州的山水和女人之美及富商云集，使天下文人都怀恋起扬州来了。在易君左眼里扬州风景最为可贵和有价值的"是平民的！就是无论什么人都可以赏玩扬州的风景，毫无拘束。你没有钱，可以步行，抽得闲暇可以到处钓鱼，所有名胜古迹都一律开放。"这种不分贵贱，有钱没钱，人人有权游览和观赏风景和名胜古迹的自由开放的旅游氛围，令人赞赏和羡慕。易君左不愧为做游记散文的高手，其对风景描绘很精致，很唯美，很传神。例如写瘦西湖："你看那竹林深处隐约一座小亭，那亭上有一两个穿藕花衫子的女郎笑殷殷地吃樱桃，你疑心入了图画！杂花生树群莺乱飞的中间，点缀一些参差的楼阁，碧云中有苍鹰盘旋，闪翅斜阳中作黄金色，真爱死人！"在描述扬州郊外自然景观时也妙趣横生："树木多可以滤恶渴的空气，水流长可以浚积累的渣滓，户口稀可以减烟火的熏迷，打扫勤可以除弥漫的尘垢。扬州的风景清新，就是因为他的树木多——尤其是杨柳多，有一个很好很长弯弯曲曲清波如镜的瘦西湖。"这样的文字，着实可爱，值得游人品味把玩。

⊙ 插照

易君左个性豪爽，也是个疾恶如仇、敢说敢言的文人。他赞赏扬州人："江北人的性格多强悍，而扬州人则很和平。扬州人虽在江北早已江南化了！因人性的关系造成了景物的柔和，因景物的柔和陶铸了民族的性格。扬州人的长处与其他江南人有不同的地方，就在'柔而能和，萎而不靡！'风景可做人民生活的象征，也可做民族性格的征候。我们在扬州郊外开步漫游，不能发现任何争斗的现象，好像都在一种幽默静穆的空气当中，什么事都满不在乎！"在书中又多处针砭市政建设，批评扬州人的生活陋习，尤其写到扬州女性，语言侵犯了扬州人的尊严和情感。导致当地妇女领袖郭坚忍感觉扬州女性受到了极大的伤害，发起了"扬州人民追究易君左法律责任代表团"，导致扬州士绅、妇女界将易君左和《闲话扬州》出版方中华书局被告上法庭。

陷入被告地位的中华书局总经理陆费逵和编辑所长舒新城，只好高价请来上海资深的薛笃弼等三位大律师，来镇江应诉。1934 年 8 月 7 日，法院开庭，法官面临两难选择，一方面是群情激昂的扬州人，另一方面牵扯到言论出版自由。在一片喧闹和骂声中，法官拖为上策，宣布改期续审。本来是闲话文章，却惹出这么一场官司，出庭的易君左内心承受的压力可想而知。开庭之前，易氏的顶头上司周佛海多次出面危机公关未果。眼看事情越闹越大，时任江苏省政府主席的陈果夫坐不住了，经过多方打探，得知"扬州究易团"背后的主要人物为王柏龄，这样陈果夫才有了对策。王柏龄曾任过黄埔军校教育长，此时闲居扬州。陈果夫找到他，表示"别闹了"，王氏顺手送人情，来了个釜底抽薪。一场全国轰动的官司，以易君左辞去教育厅编审主任职位，在报纸上刊登一份道歉声明收尾。易君左检讨自己在书中"见闻不周、观察疏漏，对于扬州社会之批评颇多失实之处"，请求扬州人民原谅。中华书局也登报道歉，并向扬州所属七县民教馆赠送价值 2500 元的书籍。此外风波一起，中华书局一看形势不妙，就将库存和待销的《闲话扬州》全部集中销毁，已售出的想召回却也鞭长莫及，难以回收了！所以世间亦存有漏网之鱼了。藏书家姜德明先生曾在《流水集》中也记道："出于好奇，我曾留心搜访，久无结果。初以为事发上海，特别请上海旧书店帮忙，仍无消息。直到七十年代到底在北京旧书肆觅得此书。"可见此书已属稀罕旧平装了。

曹聚仁曾写过一篇《闲话扬州》，历数扬州的文化古迹，扬州的可爱与好处，还不忘记"闲话"易君左一把，讥讽易氏那纵情风月的写法，不该对扬州女性的贬低。这样曹聚仁算解了扬州人心头一口气。朱自清是地道的扬州人，1941 年，他也写了一篇名叫《我是扬州人》，批评扬州人的性格缺点，自揭扬州人的短，也赞美扬州的名胜古迹及扬州人爱吃会吃，食物精细有淮扬风味。这篇不偏不倚的文章，在收录其散文集《你我》时，被商务印书馆断然拒绝，不拿掉这篇，不予出版。因为有中华书局惹官司在前，出版社不想再生事端。鲁迅在一封书信中也提到《闲话扬州》："由此生出无聊的枝节来，大家争一通闲气——《闲话扬州》是最近的例子。"一册闲话扬州书，赢得文坛关注和薄名。易君左这个外来人，与扬州却紧紧联系在一起了，也成了中国现代文坛和游记中一件奇闻佳话。

探险生涯——亚洲腹地旅行记

⊙《探险生涯——亚洲腹地旅行记》封面、版权页,开明书店
1948 年 4 月 4 月第四版

　　斯文赫定(1865—1952),瑞典籍著名探险家。1890 年
12 月,斯文赫定随一支驼队进入中国西部的喀什葛尔。
1893 年由瑞典国王和诺贝尔资助,28 岁的斯文赫定再次赴
中亚进行考察,从此打开了西域探险考察的新局面。此次,
他对罗布泊进行第一次科学勘查,在塔里木河上作处女航,
发现楼兰古城,进入神秘的雪域净土。他终身以无怨无悔
的职业探险生涯,因为探险,终身未婚,与姐姐相依为命,走
完他的人生之路。他因两项成绩名满天下。一个是发现楼
兰古城,一个是填补西方人脑海里对西藏的空白。同时凭
借其在中国西部探险考察长达 40 余年经历及写成的《探险
生涯——亚洲腹地旅行记》名著,而被称为“西域探险之父”。

　　《探险生涯——亚洲腹地旅行记》,译者李述礼(1904—
1984),广东化州长岐镇人。出身书香世家,自小好学。
1921 年考入北京大学预科,两年后转为本科。在学习期

⊙ 插图之一

间,李述礼聆听了陈独秀、李大钊等革命先驱的演讲,思想有了很大的飞跃,并积极参加爱国民主运动。李述礼是"五卅"运动的策划者之一。1926年,李述礼参加了中国共产党。翌年春,被派赴武汉,担任粤汉铁路徐家棚工会秘书,白天搞人力车夫工人运动,晚上从事民众夜校宣传教育工作,后被中共湖北省委派往鄂西区工作。1928年参加九岭岗起义,后在强敌围剿下,终因寡不敌众而失败。他辗转回到北京大学复学,从此失去与党组织联系。1929年秋毕业后,他翻译了波林的《战斗的唯物论》、斯文赫德的《长征记》《亚洲腹地旅行记》等大量德文著作,并参与"左联"在北京组织的《世界论坛》刊物活动。由于翻译德文成绩突出,取得就读德国柏林大学的奖学金。1936年9月,他取道莫斯科抵达柏林,与乔冠华等人一起攻读柏林大学。不久,即与中共海外机关报《巴黎救国时报》取得联系,成为由乔冠华等领导的党的外围组织——反帝大同盟盟员。1937年"七七"事变后,放弃学业,参加德国和全欧抗日联合会的组织工作,并担任《联合抗日报》的编辑。此后,以德国抗日联合会代表的身份,参加巴黎远东世界和平大会。1938年,他离开柏林回到重庆,参加中苏文化协会工作。1949年,他参与重庆迎接解放的筹划工作。

《探险生涯——亚洲腹地旅行记》,开明书店,1934年3月初版,笔者所见为1948年4月第四版,竖排,开本13.2×18.3厘米,页数604页,插图数十幅,定价6.20元。全书有《开始》《过厄耳布士山到德黑兰》《骑马过波斯》《过美索不达尼亚到巴格达》《君士坦丁堡》《沙海》《旅行队的毁灭》《一座两千年的沙漠古城》《野骆驼的天堂》《我第一次向西藏突进》《野驴野牦牛和蒙古人》《唐古特族的强盗》《复归沙漠》《泛舟中亚最大的河流中》《死的归程》《楼兰——长眠城》《重登西藏高原》《化装香客到拉萨去》《被捕》《冒险的行舟》《与死为侣地穿行藏北》《幽闲的和尚》《依沙的末次旅行》《从灵山到印度河的发源地》《化妆牧羊人》《贯穿未知地的新旅行》《到印度》《近年来》等,共计65个章节。书前有斯文赫定1927年6月于内蒙撰写的《原序》、徐炳昶1923年11月8日于北平撰写的《徐序》及李述礼1932年10月7日于北平撰写的《译后记》。斯氏《原序》说:"这本书是我在1924年夏天和秋天写的,我正从平生第一次环游全球的旅行归来。我在美国讲演过,在这期间我很想把我的生平紧缩地写成一本书。所以这本书最初是为着美国读者著的。后来大战爆

火的着燃沁格爲

人布羅的魚捕冰鑿

客香的節年布倫什札迲船柔

牛犛老斃四的中雪深在

⊙ 插图之二

发了,捣毁了一切计划。我得忍耐着。我在西藏高原孤寂的沙漠夜和雪风中学会了处理目前的岁月,尽可能的利用时光。我便在家里写字台旁边沉在工作里,我化了四年工夫整理末次西藏旅行的科学成绩,在'南藏'这个题名之下出了九本书和三本地图。此外我写了一些书,是给普通读者看的。就是《发现家的我之一生》也属于这方面。"从上述《原序》中可知《亚洲腹地旅行记》是斯氏于1924年完成的作品。又据《译后记》记载:"这部书是缩写的游记体,描写著者自十八岁起至组织西北考察团之前止,亘四十年间在中亚,尤其在我国的新疆西藏一带的探险生涯。书名原系《发现家的我之一生》,兹改译为《探险生涯——亚洲腹地旅行记》。原书系瑞典文,我系从德文本译出的。"可知这本《探险生涯——亚洲腹地旅行记》是原名《发现家的我之一生》的缩写本。

全书记录1885年斯文赫定从家乡瑞典出发,一路上经过德黑兰、巴格达、伊斯坦布尔等国家和地区,于1890年12月由俄国进入中国新疆,抵达中亚新疆名城喀什的所见所闻。1893年10月,他又一次离开故乡,远涉亚洲。1894年2月,他进入帕米尔高原,曾试图攀登这个名副其实的"冰山之父"。1894 年 5 月 1 日,再抵达喀什。1895 年 2 月 17 日,他走向塔克拉玛干大沙漠,由于经验不足、条件恶劣,经过苦苦支撑才被正巧路过的一支骆驼队搭救。1896 年 1 月,他在塔瓦库勒装备了驼队,向东穿越"沙海"。1 月 23 日黄昏,驼队来到一片久无生机、枯枝脆得像玻璃的废墟,也就是当地人所谓的丹丹乌里克——象牙房子,整个遗址气势恢宏,建筑规格却不同寻常。这个远离近代绿洲带的往古沙埋古城,曾是古国于阗的重镇。1899 年,斯氏在新疆进行了第二次考察探险。1900 年,由于一个偶然机遇,他发现了楼兰古城。1907 年,斯氏第四次来中国,他的主要目标是西藏,西藏考察不仅要克服高原缺氧的困难,还要爬山逾岭,徘徊于弯曲又泥泞的险境中,其在《入藏的第一次冒险》中记载道:"这硗瘠地带却完全像粥一样淫软,使我不得不下来牵着马走;马每踏一步便陷入泥浆里一脚多深。骆驼辛苦而迟缓地在后面跟着。凡它们踩到的地方都成了深窝,立刻灌满了水。"这种泥泞的沼泽地,令人难以迈步,却也没有吓倒斯氏,他最终还是走出了死亡的禁区,揭开了西藏神秘的面纱。

　　1927 年 5 月 9 日,斯氏和徐炳旭率领一支现代化科学考察队踏上了中国西北考察的旅途。1933 年 10 月 21 日,斯氏等受当时国民政府铁道部门委托,勘测考察修建一条横贯中国大陆的交通动脉的可行性。1933 年夏天,他提出了优先考虑新疆的问题,其具体措施,首先是修筑并维护好内地连接新疆的公路干线,进一步铺设通往亚洲腹地的铁路。把着眼点放在加强内地与新疆的联系上,这是个具有远见卓识的见解和提案。一个外国人,对中国大西北肯如此热情的倾注心血,足以证明斯氏是个具有真知灼见的探险家,也再次告诉我们加大开发我国大西北的意义重大。

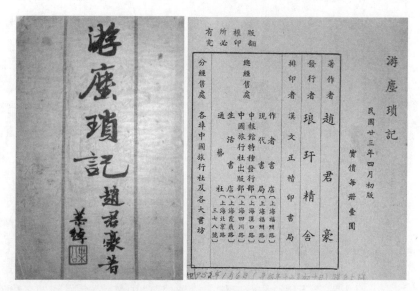

⊙《游尘琐记》封面、版权页，琅玕精舍 1934 年 4 月初版

赵君豪，1900 年生，江苏兴化人。五四运动时期，就开始为上海《民国日报》副刊《觉悟》撰稿。1920 年，他交通大学毕业，翌年进入《申报》工作，先后担任过记者、编辑、编辑主任。1926 年，上海商业储蓄银行总经理陈光甫创办中国旅行社，又发行《旅行杂志》，赵君豪被聘为主编。1929 年，赵君豪又兼任复旦大学新闻系编辑课教授。上世纪 30 年代，还兼任过中央大学、上海商学院、暨南大学教授。抗战兴起，上海"沦陷"，蛰居于租界"孤岛"。1939 年升任《申报》总编辑，不改立场，继续宣传抗战。后经苏、皖、赣、鄂辗转前往"陪都"重庆。1949 年抵台湾，继续从事新闻工作。赵君豪还著有《南游十记》《旅行谭荟》等，是我国现当代撰写游记的一流高手。

《游尘琐记》，笔者所见为琅玕精舍 1934 年 4 月初版，由作者书店（今上海福州路）、现代书店（今上海福州路）、申

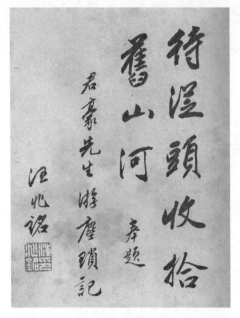

⊙ 汪精卫为《游尘琐记》题签："待从头收拾旧山河。奉题，君豪先生游尘琐记。"

报馆特种发行部（今上海汉口路）、中国旅行社出版部（今上海四川路）、生活书店（今上海霞飞路）、通艺社（今上海北京东路378号）等任总经销。精装，竖排，开本13×18.5厘米，页数358页，插图23页、照片等98张，定价1.00元。全书有《黄海舟中琐记》《大连印象》《南满车中片谈》《辽宁杂记》《长春一夕记》《哈尔滨见闻录》《故都游观记》《津沽琐记》《归途掇拾》《栖霞山纪游》《莫干山消夏记》《京杭国道游观记》《甪直罗汉观光记》等，计13篇。书前有汪兆铭题签手迹："待从头收拾旧山河。奉题，君豪先生游尘琐记。"汪兆铭即汪精卫，时任国民政府行政院院长，肯为一位民间文人作品题签，我想这既有汪氏对文人赏识的因素，也有赵君豪当年在社会上有集学者、记者、教授三位于一体的"民国游侠"名号和知名度有关。此外，书前还有叶恭绰、张蕴和、宋春舫、刘麟生、赵尊岳、周瘦鹃、叶秋原等10人于1934年撰写的《序》及书末钱芥尘撰的《钱跋》。一本书有如此多的名人学者写序跋，这在民国也是件稀罕的事，也足见赵君豪的社会影响力之大。

赵君豪意犹未尽，自己也挥毫于1934年4月1日撰写了《自序》："民国十八年春，余随蕴和先生北游，由沪而青岛，而大连，以至于沈阳。留数日，便北至长春哈尔滨。返沈阳后，遵北宁路入关。历时未及一月，而耳闻目击之事，咸令人惴惴，未能自安。未几而九一八之变作，谶游之地，都沦异域，检视陈编，恍同隔世。余曩者所陈，于东北隐患，言之甚切，在不知者或以为故甚其词，耸人视听；实则事后复按，似不无线索可寻。日人之处心积虑，匪伊朝夕，固不待余之词费，即余所言者，亦未能尽其万一也。兹者版图破碎，山岳黯然，掩卷低徊，情何能已，缘取原编，略加整理，付诸剞劂；更益以其他游记数篇，合成一卷，题曰《游尘琐记》，盖追念前尘，痛夫既往，欲图未来之策励耳。"从《自序》中可知，该书中的前11篇写于九一八，即东北"沦陷"之前，后两篇《京杭国道游观记》《甪直罗汉观光记》写成于东北"沦陷"后，合成一书，其目的是追念痛失东北，呼吁人民夺回失地，展现了赵君豪当时尚是个有爱国情怀的大丈夫。

在开篇《黄海舟中琐记》中赵君豪说："余平生所嗜，莫过旅行。稍获余闲，辄谋他适；春秋佳日，必作亲游，亦不自审其痼癖之深也。乃者日报公会有东北考察团之组织，万里长征，为时匝月。余闻讯奋起，愿为执鞭，稍事部署，竟得同行。"在此赵君豪坦诚宣称自己是个旅行爱好者，并获得了参加东北考察团的机会。1929 年 5 月 12 日从上海出发的东北考察团，于同年 6 月 6 日返，历时 26 日。同行共 23 人，先乘轮船至青岛、大连参观游览，后改乘汽车和火车，继续考察和游览辽宁、长春、哈尔滨、北平、天津、南京等地区而后返回沪上。途中赵君豪游览了青岛海滨、大连老虎滩海滨浴场；沈阳东北大学、文溯阁、哈尔滨松花江和道里道外大街；北京的雍和宫、故宫、颐和园、清华大学；南京的中山陵、莫愁湖、清凉山等。他以敏锐的眼光在书中多处揭示和告诫国人要

⊙ 插照

防范日本人入侵东北的野心。在《长春一夕记》中记述道："日本殚精竭处，于此一片土努力经营，亦既有年矣。就事实言。东三省之公安、政治、经济、文化，莫不在日本之掌握中。东北土地沃饶，出产丰富，日人垂涎者以此。种种设施，皆图永久，试观其高大建筑，可历百年而不坏，存心在于久占，几视若第二故乡，观其行动，察其言论，固不难洞烛其奸也。"赵君豪以"洞烛其奸"的结论，旗帜鲜明的揭示日本帝国主义欲侵占东三省的狼子野心，给国人敲响了警钟。对于赵氏的先见之明，钱芥尘在本书的《钱跋》中赞道："山河改色，世变沧桑，此固先生于记中大声疾呼，不幸言中者也。"钱芥尘称赞赵氏"言中"，表明赵君豪不仅思路敏捷，也有深透的观察力。

赵君豪在书中还记录许多一路上所见所闻的场景和交通工具，如长春至哈尔滨火车的记录："所乘者，与国际列车无二致。每室有固定之铺位，有容一人者，有容二人者，有一室而容三四人者，至容一人者在余侪之车，仅有一室。东省路车身极丽，其规模远过南满，惟清洁则似稍逊，卧室之外，有行道甚阔，旁置短椅，可以张合，凭窗坐此，远瞻车外，景物如飞。"当年东北卧铺车设施的完善已可与英美火车媲美了。对哈尔滨的描绘也很有历史价值："地处边疆，形势扼要，水陆交通，无不便利，其所以成为世界名埠，凡北满蒙古之出口货物，亦先汇集于此，然后运往海参

崴及大连,故哈埠在北方之重要,实远过于南方之上海。"

此外,书中还插入五花八门的品牌广告,如天一影片公司出品的《欢喜冤家》《红楼春深》;联华影业公司的《渔光曲》《良宵》《骨肉之恩》;生活书店版的《游踪》《黄海环游记》《苏联印象记》《游日鸟瞰》等;中西大药房"明星花露香水";华成烟公司"美丽牌香烟";"禄来福来"反光镜箱式相机等广告等 23 种。一本书内刊有如此多的广告,说明该书作者是个市场意识强、社会活动能量大的人物,所以能招徕如此多商家做广告,同时也与这本书的游记主题密切相关,因为当时上海人是全国出了名的爱旅行的人群主体之一,至今也是如此。这本"游记"的醒目主题自然会吸引广大市民的眼球,凡有眼光的商家自然不会错过在这本书中做广告的机会。

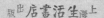
⊙《游尘琐记》附录广告之一

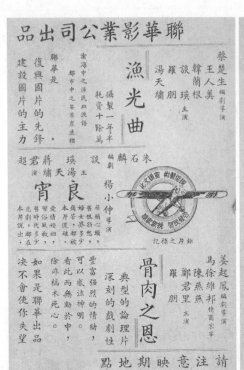

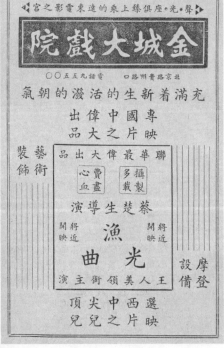

⊙《游尘琐记》附录广告之二

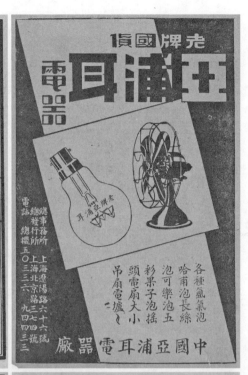

⊙《游尘琐记》附录广告之三

⊙《游尘琐记》附录广告之四

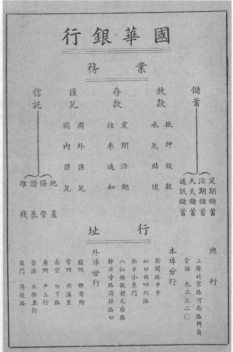

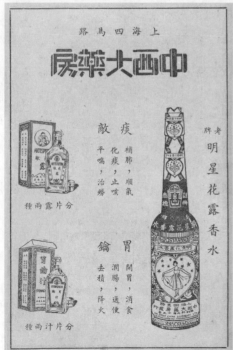

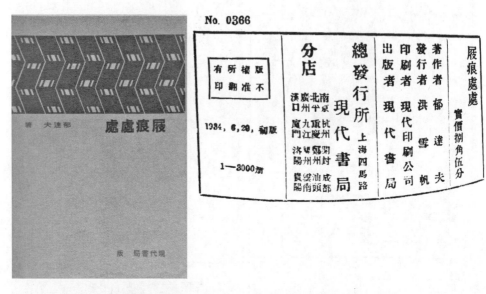

⊙《屦痕处处》封面、版权页，上海现代书局 1934 年 6 月初版

　　《屦痕处处》现代著名作家郁达夫创作的一部游记散文。郭沫若曾称郁达夫道："古人说'多文为富'，他名叫郁文，真可谓名字相副，'郁郁乎文哉'了。"过去我读过他早年留学日本期间创作的小说集《沉沦》，始终认为郁达夫是个出色的小说家。然而，当我读完郁达夫的这本《屦痕处处》后，发现他的散文游记写得也极棒啊！颠覆我对他仅是小说家的看法。

　　1922 年 4 月，郁达夫从东日本归国后，当时正值"五四"落潮，社会上对新文学的热情减退了。可他没有受社会思潮的感染和左右，依然对新文学的创作怀有强热的激情，仅 1923 年这一年，他创作的长短小说和议论杂文"总有四十来篇"。1925 年初，他离开北京，去武昌师范任文科教授。任教未满一年，又回上海重新参加了创造社的工作。1926 年初，他与郭沫若一道编辑出版了《创造月刊》创刊号。1928年6月,他与鲁迅合编的《奔流》月刊也问世了。郁达夫除担当编务外,还是这个刊物的主要著译者,在全部15期《奔流》中,他发表的译文和作品就有10多篇。他对鲁迅先生是敬重的,鲁迅对郁达夫也有较好的印象,这时期的合作,使两人建立了友谊。1930年2月,他与鲁迅等一起成为中国自由大同盟的发起人,经鲁迅的推荐,3月,他参加了中国左翼作家联盟,积极投身于革命和进步的文学创作之中,表现出即使在白色恐怖的政治环境中,他依然不妥协地坚持着进步的政治立场。

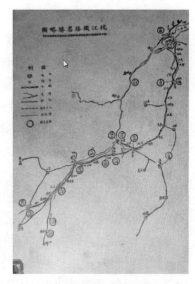

⊙ 杭江铁路名胜略备图

《屐痕处处》,郁达夫著,笔者所见为上海现代书局1934年6月初版,竖排,开本13×18.4厘米,页数249页,插图5幅,印数5 000册,定价2.80元。全书收录《杭江小历纪程》《浙东景物纪略》《钓台的春昼》《临平登山记》《半日的游程》《感伤的行旅》《西游日录》《山昱岭关记》《屯溪夜泊记》《游白岳齐云之记》《黄山札记》,及附录:《黄山纪游》(黄肇敏),共计12篇。其中除《感伤的行旅》写于1928年11月外,其余大多写于1932年至1934年间。书前有郁达夫1934年5月撰写的《自序》:"身体强健,有闲而又有钱的人,出去游山玩水,当然是一件极快乐的事情。每见古人记游或序人记游,头上总要说一句'余性好游'的开场白,读了往往想哄笑出来;因为我想,狗尚且好游,人岂有不好游的道理?近年来,四海升平,交通大便,像我这样的一垛粪土之墙,也居然成了一做游记的专家——最近的京沪杭各新闻纸上,曾有过游记作家这一个名词,——于是乎去年秋天,就有了浙东之行,今年春天,又有了浙西安徽之役。将稿子收集好了以后,就想造出一个好听一点的书名来,以骗读者;叫作《达夫游记》哩,似乎太僭,叫作《山水游踪》哩,又似乎太雅;考虑了几天,更换了几次,最后我才决定了一个既不僭,又不

⊙ 诸暨夹岩溪上

雅,但也不俗的名字,叫作《屐痕处处》。"此序的语言虽有点粗俗,却也流畅、坦诚和确切,旅游确是一件有益身心健康"极快乐的事情",具有释放心情和调节生活情趣、开阔视野和见识、增强体质的作用,故也成为大多文人骚客所爱。爱山戏水,游踪处处,热情坦荡,才华横溢的郁达夫也是个旅行爱好者,《屐痕处处》严格意义上讲是他的第一本游记散文集,为此他也很重视,连个书名也要反复推敲和琢磨,才定了下来,可见他对此书的看重和珍爱。

1933 年 4 月,37 岁郁达夫离开了反文化"围剿"斗争的第一线和曾生活战斗了六年的上海,举家移居杭州。在杭州隐居的三年时间里,是他人生最愉悦的时光,悠哉游哉的生活着,陶醉于旖旎山水风光之中,几乎游遍了浙江的青山绿水,也写下了许多篇脍炙人口的游记,也就有了《屐痕处处》等。郁达夫长于湖光山色的描绘,对自然景色有敏锐而细腻的审美感受力,能准确地捕捉自然景色的特征。如描绘诸暨五泄景色:"一步一峰,一转一溪,山峰的尖削,奇特,深幽,灵巧。"文字不多,却将五泄山峰和溪流的尖、幽、灵的奇特景色巧妙的展现出来,栩栩如生。如描绘浙江的仙霞山路:"一步一转弯,三步一上岭,一面是流泉涡旋的深坑万丈,一面又是鸟飞不到的绝壁千寻。转一个弯,变一番景色,上一条岭,辟一个天地,上上下下,去去回回,要看山水的曲折,要试车路的崎岖,要将性命和运命去拼拼,想尝一尝生死关头千钧一发的冒险异味的人,仙霞岭不可不到。我真感到了一种一则以喜一则以惧的说不出的心理,喜的是关后许多关隘,已经被我走过了,惧的是直望山脚的目的地二十八都,虽然是只离开了一程抛石的空间,但山坡陡峭,直冲下去,总也还有二三千尺的高度。这时候回头看看仙霞关,一条石级铺得象蛇腹似曩时鸟道,却早已高高隐没在云雾与树木的中间了。"我也曾去过仙霞关,它以雄伟险峻驰名,素称"两浙之锁钥,入闽之咽",也是旅行家探险猎奇的好去处。时过景迁,而今仙霞山路已没有郁达夫描述的"蛇腹""鸟道"那样狭长险峻,却依然俊秀幽美,风光无限,值得一游。

郁达夫的游记虽是自然景色的描写,却往往也表现出对社会世间的感叹和情怀,透露出他的愤然之音。郁达夫曾谈到自己平生最爱读散文游记一类的文字,"而自己试来一写,觉得总要把热情渗入,不能达到忘情忘我的境地"。他很注重散文中要表现出作家的个性,以情渗入,情景交融,以情动人也是郁达夫游记的一个主要特征,如《感伤的行旅》写他在头茅峰山顶,"四大皆空,头上身边,只剩了一片蓝苍的天色和清淡的山岚。在此地我可以高啸,我可以俯视无锡城里的几十万为金钱名誉而在苦斗的苍生,我可以任我放开大口来骂一阵无论那一个凡为我所疾恶者,骂之不足,还可以吐他的面,吐面不足,还可以以小便来浇上他的身头。我可以痛哭,我可以狂歌……"。郁达夫沉醉于山水中,几乎颠狂了! 我更喜欢他的《钓台的春昼》，因为这篇游记将景物描写得细致入微的同时，又将情绪宣泄得痛快淋漓，展示出一种纵横大度的气派。他写夜登桐君山，"真也难怪得严子陵，难怪得戴征士，倘使我若能在这样的地方结屋读书，以养天年，那还要什么的高官厚禄，还要什么的浮名虚誉哩？一个人在这桐君观前的石凳上，看看山，看看水，看看城中的灯火和天上的星云，更做做浩无边际的无聊的幻梦，我竟忘记了时刻，忘记了自身，直等到隔江的击柝声传来，向西一看，忽而觉得城中的灯影微茫地灭了，才跑也似地走下了山来，渡江奔回了客舍。"好久没读到这样酣畅淋漓，灵性通达的文字了，情不禁拍案叫绝。郁达夫可谓屈指可数的游记高手也！

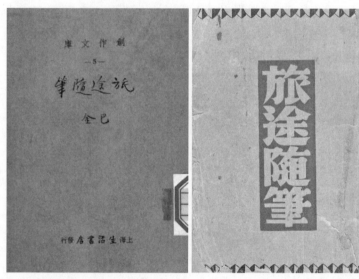

⊙《旅途随笔》封面，上海生活
书店 1934 年 8 月初版

⊙《旅途随笔》，开明书店 1949
年 1 月版封面

　　《旅途随笔》是巴金继《海行杂记》后创作的又一种旅行
随笔集。

　　《旅途随笔》，上海生活书店 1934 年 8 月初版，笔者所
见为开明书店（上海福州路 268 号）民国三十八年（1949
年）一月第九版。竖排，开本 13×18 厘米，页数 165 页，定
价 0.60 元。书末有书籍广告 3 幅。该书收录 1933 年至
1934 年期间巴金撰写的《海上》《一个回忆》《南国的梦》《香
港》《香港的夜》《省港小火轮》《西班牙的梦》《庶务室的生
活》《农民的集会》《鸟的天堂》《机器的诗》《谈心会》《别》《朋
友》《一千三百圆》《长堤之夜》《海珠桥》《薛觉先》《鬼棚尾》
《一个女佣》《赌》《扶梯边的喜剧》《游了佛国》《在普陀》《三
等车中》《平津道上》《一个车夫》等，共计 27 篇游记。这是
巴金从上海出发至广东乡村，经香港回广州，游普陀，又北
上至京津两地的见闻记述，为读者呈现了一场中国无政府

主义者尝试贴近中国底层民众并验证与实践其社会主张的旅行。书中对 20 世纪 30 年代我国城乡社会状况作了深入的叙述和描述，具有厚实的城乡文化的记载和史料价值。

书前有巴金 1933 年 12 月于北京撰写的《序》及 1939 年 3 月 11 日夜撰写的《重排题记》。巴金在《序》中说："在这世界里我并不是孤独的，我有朋友，那无数的散处在各地的朋友。我常说我是靠朋友生活的，这并不是一句虚伪的话。我和别的人一样，我在生活里也有过快乐和痛苦，也有过眼泪和欢笑。但在这些时候有什么东西激动着我的心，这便是同情。通过那空间，朋友们从各个远近的地方送来了眼泪，送来了安慰，甚至送来了笑和祝福。我的眼腔里至今积蓄着朋友们的眼泪，我的血管里至今还沸腾着朋友们的血液。在我的胸腔里跳跃着的也不是我一个人的寂寞的心，而是那许多朋友的暖热的心，我可以不夸张地说一句：我是靠了友情才能够活到现在的。朋友们给我的东西确实是太多太多了。然而我拿了什么东西来报答他们呢？我是一个心地贫穷的人，我所能够献出的，除了这生命外，就只有一些感谢的表示。所以我要到各地方去看那些朋友们的温和的面孔，向他们说一些感谢的话语，和他们在一起度过几天快乐的时间。抱了这个目的，这一年来我走过不少的地方，而且我也许还要继续走下去，到另一些未曾有过我的脚迹的地方去。我并不是为了喜欢'名山大川'才开始旅行的，虽然我也很想知道一点各地方人民的生活状况。在旅途中我不曾感受到什么困难，朋友们慷慨地给我预备好了一切。要是没有他们给我种种的方便，我决不会走完这许多地方，而且我也不会有机会写下这些见闻和感想。"旅游、友情、民情，这三者各自独立、似乎不相干的词语，在巴金游记中却得到完美的融合和统一。巴金爱旅游，但他的旅游理念又与众不同，他不迷恋于"名山大川"游山玩水，而是注重增进朋友的沟通和友谊，更是为了"知道一点各地方人民的生活状况"。了解社会和民情，这无疑又为旅游文化赋予更为深刻的社会意义。

《旅途随笔》大致主要反映和展现了三个方面思想内容：一是描述和揭示 20 世纪 30 年代旧中国的黑暗和政府的腐败及日本帝国主义的侵略罪行。这种社会的黑暗现状在《鬼棚尾》和《一个回忆》中皆有揭示，前者描写中国租界附近污浊肮脏的社会现象，后者是回忆 1931 年上海闸北被日寇侵占的惨不忍睹的罪恶现象。

二是叙述和揭示当年城市劳动者和乡村农民的艰辛和苦难。这种现象在《一个车夫》和《一个女佣》等篇章中，巴金都作了生动的描述与揭露。

三是抒发和描绘知识分子的生活和精神状况。如《庶务室的生活》《谈心会》《别》《朋友》等，叙述了专心致志地为农村孩子服务的小学教员，描写了在艰苦的环境里自觉地磨炼自己意志的知识分子间的真诚友谊和忘我的献身精神。

　　巴金在我过去的脑海中,只记得他是个小说家,然而当我读完《旅途随笔》这本游记后,我认为他不仅是个杰出小说家,还是一个出色的游记散文家。他的小说是以动人的情节和反封建的思想主旋律激励着读者;他的游记散文却以不同凡响的艺术手法、别具一格的视角展现了民国社会的城乡风貌,也淋漓尽致的揭示国民政府的统治无能和社会的腐败乱象,同时折射出巴金关爱民生和忧国忧民的爱国情怀及对"真挚的友情"的珍爱。当然巴金晚年创作的《随想录》散文集,更是淋漓尽致的展现了他敢于讲真话,追求民主和人类文明进步的思想境界,达到了他人生的思想高峰,也为他画上了一个完美人生的句号。

奇遇

⊙《奇遇》封面、版权页，上海大众书局 1934 年 10 月初版

《奇遇》，权伯华著，笔者所见为上海大众书局 1934 年
10 月初版。全套 4 册，竖排，开本 13.2×18.8 厘米，页数
479 页，定价 2.80 元。权伯华创作的一部游记。全书除去
第一章《记前小引》和第十一章《记后赘言》两章外，其余十
章：《家居遇窘》《首途遇伴》《沿途遇柳》《上游遇漩》《他乡遇
故》《情场遇敌》《山道遇险》《边城遇盗》《沙漠遇狼》《归途遇
鸟》，主要叙述了作为一位知识分子权伯华"个人生平的历
史一断片；其中的事实，是再真实没有的了"故事。每篇标
题四字，题中皆有一个"遇"字，因故事皆为作者本人生活、
工作和行走中遭遇的奇闻逸事，书名题曰：《奇遇》，名实相
符，精准贴切。

权伯华在《记前小引》中说："这一次的行程开始，是在
民国三年（1914 年——编者注）夏历九月的下旬，由记者
（注：即权伯华）的故乡安徽寿县，搭淮河的帆船，至蚌埠；勾

留数日,至十月初,始抵北京。在北京住了五六个月之久,于民(国)四(1915年——编者注)的三月下旬,始乘京汉车南下;至郑州,改乘陇海西段的潼洛车,至渑池,坐旧式的车,经过潼关、西安、平凉等地方,共历四十余日,至五月初,始抵甘肃的省城兰州。在兰州休息十数日,即乘木筏,由黄河上游,至利河。在利河居住了三年,于民国七(1918年——编者注)的夏季,至平陵。在平未久,复由平凉、泾川等处,至永和。在永数月,至是年的岁秒,即离永,在途间度岁。民(国)八(1919年——编者注)的正月,又回到平陵。不过数月,又由利河,至兰州,小住二十余日,即整顿归装,至宁夏的北乡贺兰山下地名屯庄的地方,休息了三日,即又启程至宁夏的南乡,(地名横城子)乘坐黄河民船,由后套至包头镇,改乘骡车,经过萨拉齐、绥远,至丰镇,搭乘火车至北京。是时,已是民国八年(1919年——编者注)的七月了!在北京住了月余,始乘京奉车,至天津;再改乘津浦车南下至蚌埠;才乘淮河的民船回寿(县);已经是九月的廿后了!统计此行,共历五个周年,经过的地方:有苏、鲁、直、豫、晋、陕、甘七省。"

权伯华这次西北行辗转七省历时五年,这在交通不发达的民国年代是历经风险和磨难的,其途中遇漩、遇险、遇盗等,也是难免的,好在他吉人天相,逢凶化吉,平安地度过各个坎。其中从兰州到利河走的是水路,河床高低起伏很大,水流湍急,乘坐的又是木筏,在过闸口时木筏差点被卷入漩涡中去,经舵手的拼搏努力,转危为安,躲过了一劫。权伯华全程经历和下榻过的城镇和乡村,不胜枚举,然而其中住的时间较长的当数兰州、利河、永和三地,其中对这三座城镇的记录也较多。例如记西北重镇兰州写道:"兰城很小,而城内的人家,却很稠密。四周皆山,气候不大严寒,到了冬季,与内地也差不多。兰州城内,商业很繁盛,房舍,也很整齐;这大概是因为是省城的缘故。四围,既绕着参差不齐的山峰;北关外,又濒临着黄河;风景是很不错的。"寥寥数句,将兰州城的气候、地形、风光等叙述得一清二楚。兰州永和县城在西北是一个"只有二三个乡镇,没有一个学校",是个又偏又穷的小城,然而权伯华受友人之嘱托,在此一度出任了教育和司法行政长官,也是他在西北住得较长的地方之一。他在这里原想成立几所小学,开垦荒地,发展经济和教育,为地方发展有所作为。然而他个性强,有学问又有思想学识,却得不到县长的支持,而且此地又不太平,长年土匪猖獗,侵扰县城,一次权伯华差点遭遇匪手。壮志难酬的权伯华,只好辞职而走,辗转返回乡里。

有关权伯华生平记录的文献资料不多,笔者只能从本书零散的记述中,知道他是安徽人,著有《奇遇》外,还有《初中国文实验教学法》等专著及诗文传世,故是个有文史修养、有诗人气质,又是个从事教育管理的人物。权伯华在书中常会有感而赋诗,在《归途遇鸟》章节中,他一口气就赋诗四首,其第二首曰:"屈指蹉跎四十春,依然书剑老风尘;世情休怨浮云薄,时事频翻花样新;两字文章曾误我,半身潦倒为求人;穷年矻矻终何用? 辜负昂藏七尺身!"抒发和感叹道:虽活到四十不惑之年,却依然怀才不遇。"两字文章曾误我",即因为想学文章,没有学成,耽误了他从事别的事业机会,结果落得两袖清风,"半身潦倒"不得志,辜负了七尺男儿身。然而权伯华并非平庸之辈,而是一个胸藏诗书、对中国文学史颇有造诣的人,也形成了自己的个人学识和见解:"要研究五言古,必须魏晋六朝;律诗,当以盛中晚三唐为最好;词,必五代、两宋;曲,必元明及清初。至于冲淡真切的五古,古今来,只有(陶)渊明一人,有此特长;七律,自然要推老杜为圣手;七古还是青莲、香山的好;青莲有奇气,香山则长于描写",可见权伯华对中国唐诗宋词元曲的发展史了如指掌,而且见解独特。

权伯华不仅有知识有学问,还是一个有抱负有爱国情怀的人。当 1934 年《奇遇》出版时,东北已沦陷于日本帝国主义的魔爪中,为此他在《记后赘言》中,批评国民政府不重视东北和西北的开发,积极建议政府要奋发图强,发展西北经济增强国力,夺回被帝国主义侵占的我国领土。并认为西北地区矿藏丰富,地域广袤,具有广泛的开采和开垦的价值,也是建立西北战略大后方的可靠资源基地,还认为中国当务之急是要发展交通和培育科技人才。人才资源,是富国强国的第一资源;交通发展,是驱动社会经济发展重要载体。权伯华的这两点建议,是搭准了时代的脉搏,也是当年国家的当务之急;也是他深入西北,考察西北,撰写出版《奇遇》的动机和目的。

权伯华在《记后》中既感叹又坦诚地说:"甘(肃)省的官僚,只知骨董(古董)有价值,而不知道真正有价值的,不是骨董,却是藏在地下的矿产,以及摆在地面上的古荒(土地);外人不远千万里到我们西北去调查测量的,也就是这种无价之宝。不才在甘省,过了几年之久,曾经亲眼看见了宝物;东归以后,能不向我们亲爱的同胞,报告一声吗? 这就是我要写这部书的第一个动机。"可见他写此书目的,是为了唤醒民众和政府,开发大西北,增强国力,打败侵略者,振兴中华。

⊙《之东》封面、版权页，上海生活书店 1934 年 11 月版

　　《之东》，黄炎培著，笔者所见为上海生活书店（福州路384 号）1934 年 11 月版。竖排，开本 13.1×17.7 厘米，页数 154 页，插图 17 页，照片 35 帧，书籍广告 1 幅，定价0.30 元。全书有《开篇》《沪杭车中》《杭州》《绍兴第一天》《宁波》《气象万千的溪口》《剡溪九曲》《天台第一天》《雁荡第一天》《归途》《结束语》等游记 18 篇，由黄炎培亲自题签封面书名，可见他对此书的珍爱。

　　书前有黄炎培 1934 年 10 月 29 日撰写的《卷头语》："什么叫做《之东》？为什么写之东？读了之东，自会明白。此时吾所欲说的，是我对于写文章的态度。虽说'贪吟自己诗'到底文字这样东西，是写给别人看的。既然写给别人看，该想一下。那种文章人家好懂？那种不好懂？那种文章懂的人多？那种懂的人少？那种文章爱看的人多？那种爱看的人少？我是打算过的。如果有人问：为什么你不写那种文章,而写这种文章? 我愿意很坦白地答复:就为是能读和爱读那种文章,像你老先生样不多的缘故。吾认为从古时到现在,有等人,抱着光明纯正的目标,困于黑暗而严酷的环境,于无可如何的中间,不敢说正面,就反面来说,不能用直笔,用曲笔来写。冷隽干峭的文句,诙奇微妙的语调,无非欲对方避去正面的刺激,而发现天良上的感动。他们的用心多么苦! 这种人多么可怜而又可敬! 至于又一等人,利用群众心理上弱点,但求博得喝彩,虽违反良心也不顾。我很不赞成请不相干的人来作序文。天下自有不相干的人肯替人作不相干的序文,简直等于吾乡死了人,雇用老妈子代主人举哀。"黄炎培在这里旗帜鲜明的亮出对文章何好何坏的观点! 好文章就是"能读和爱读那种文章",不"求博得喝彩"和"违反良心",更不要去做犹如"老妈子代主人举哀"那样代人写序的无聊勾当。黄炎培是个生性耿直,又思想独立的文人学者和社会活动家,他的眼光犀利又明辨是非,所以敢于亮出自己的思想观点。

⊙ 黄炎培像

何谓《之东》? 黄炎培在《开篇》中有这样一段解释的话:"《之东》是什么意思? 是不是跑到东边去么? 不错。吾这回游的,是宁(波)、绍(兴)、温(州)、(天)台四属,都在浙江省的东部。却还有一层意思:浙江,古来不是称做'之江'么? 现今杭州六和塔下,不还有一个之江大学么? 所以称《之东》,不能算是古典派。而且'浙'字要十笔,'之'字只需四笔。行草书还只两笔。何等简单?"由此可知,所谓《之东》,即指浙东之意。黄炎培的这次浙东之行是受浙江省建设厅之邀的一次考察活动,同行的还有林语堂、郁达夫、潘光旦、郭步陶、俞剑华、钱铸九等作家、学者、摄影家等 34 人,阵营强大,组织完备,景点密集,自然收获也大。从上海出发历时十余天,足迹遍及杭州、萧山、绍兴、天潼、溪口、奉化、新昌、天台、雁荡、永嘉、温州、舟山等十余个县市和名胜景区。行程首站是杭州,据黄炎培记载他们没有去西湖观光,也许大多人都来过杭州,故没作长久停留,而是纷纷转乘长途汽车向东南绍兴进发了,途中黄炎培却携郭步陶、俞剑华等 9 人去萧山钱塘江畔凭吊了好友沈玄庐的纪念碑。

在绍兴黄炎培等游览了柯岩的石佛寺,对绍兴经济作了深入考察,记载说:"绍兴全县六十三万一千人。公私田共一千九百三十万零二千八百八十五亩。此数如确,平均每人得三十亩强。较之吾乡江苏川沙县十三万人口,十七万亩地,平均每人不及二亩,相差竟这般远。"绍兴不仅占地面积比川沙广袤、肥沃,而且绍兴人勤快耐劳,黄炎培夸奖说:"绍兴农民工作特别勤。如雇他县人工作须两天,雇绍兴人只须一天。"作为江苏川沙人的黄炎培如此夸绍兴人,显然是有根据和道理的。

黄炎培一路上考察民情和民俗民风之外,也不忘观赏浙东的青山绿水,名胜古迹,其中对溪口和雁荡便是情有独钟,流连忘返。他对溪口妙高台景色描绘道:"前台后楼,通以回廊,楼前岩石突起,像平台。下边山谷深不可测。雪白的泉水环绕着。左右两边山壁峭立。山田青绿平铺着像锦绣一般。登屋四望,远峰近岭,重重叠叠。林木阴森,气象万千。楼下书架放《雪窦小志》,浏览了一下,才知楼外可望不可即的瀑布,就是千丈岩瀑。瀑布从桥底流出,随着瀑布从玲琮玲琮的大声里沿溪直下;回头一望,瀑布像雪一般高高地挂在树林中间;更望下却移在树林顶上。"对雁荡大龙湫写得更是传神:"水从山顶上流下荡成碧绿的深潭。只见挺高挺长的一条雪白的东西,团团滚滚,又像雾气,又像喷沫,不断的流动,眼睛注视一会儿,只觉石壁都在那里移动。"通过对"山谷""泉水""山壁""林木""瀑布""深潭"等原生态描绘,将浙东壮观、奇特和美丽的风光,淋漓尽致的展现出来,浙东太美了!

浙江不仅山美水美,人也美。书中有这样一段记载给我的印象极其深刻:当年新昌是产纸烟的大县,烟也成了该县的主要税收来源。但"青年英发"的白县长,却更认识到烟草对国民的危害性,因此决意提倡戒烟。在戒烟的方法上,首先他带头戒烟,其次"劝导县政府全部人员戒烟",再其次劝导全县城里的人民戒烟,结果戒烟的成效显著,县长说:"吾们一行人众,居然没有一人吸的。"领导带头戒烟,其效果就显著,这一点至今具有启示和教育作用,值得传承发扬。浙江人的勤俭肯干和改革创新,让黄炎培更是赞叹不已,说道:"全国最完善省份,要算浙江,浙江最完善地方,要算浙东。"然而遗憾的是黄炎培的足迹没有遍及浙东各处,例如没有去过我的故乡浙东余姚。余姚不仅山清水秀,而且还是个人杰地灵的地方,这里诞生和养育了王阳明、黄宗羲等一代英豪和思想巨人。

西北胜迹

⊙《西北胜迹》封面、版权页，平绥铁路管理局 1935 年 2 月初版

　　1933 年 8 月 4 日，胡适在《独立评论》第 162 号上发表过《平绥路旅游小记》一文，其中有这样一段话："去年七月，燕京大学顾颉刚，郑振铎，吴文藻，谢冰心诸先生组织了一个平绥路沿线旅行团，他们先后共费了六星期，游览的地方比我们多。冰心女士有几万字的《平绥沿线旅行记》；郑振铎先生等有《西北胜迹》，都是平绥路上游人不可少的读物。"胡适文中提到的《西北胜迹》，就是指郑振铎等人撰写的这本读物，可见当年这也是一本颇有影响力的游记读物。当年平绥铁路旅行系列读物共计出版了 5 种，除郑振铎等著的《西北胜迹》外，还有谢冰心的《平绥沿线旅行记》、顾颉刚的《王同春开发河套记》、吴文藻的《蒙古包》、雷洁琼的《平绥沿线之天主教会》等。

　　《西北胜迹》，笔者所见为平绥铁路管理局 1935 年 2 月初版，竖排，开本 13.1×19.1 厘米，页数 54 页，插图 2 页，

（1） 居 庸 關

⊙ 插照之一

刊有居庸关、云岗石佛寺、昭君墓、麦达召名胜古迹照片4张,定价0.15元。全书收录郑振铎的《云岗》《昭君墓》、容庚的《居庸关过街塔》《麦达召》、蒋恩钿的《大青山》等5篇游记文章。这些景点当年都坐落于平绥线上,即从北平到绥远(旧省名,今属内蒙古自治区)的铁路干线上,也就是今天的京包线。这条铁路线从1905年起,到1922年才逐段的建成。其中从北平到张家口的那一段,还是我国靠自己建成的一条最早铁路线。1934年夏,郑振铎、容庚、蒋恩钿等数名学者和作家结伴同行过了一把文人旅行瘾。当年36岁的郑振铎,已是燕京大学和清华大学两所院校的中文系教授,并有《插图本中国文学史》等名著出版问世,成为国内颇具知名度的文史学家。那年容庚40岁,任燕京大学教授,已有《金文编》等专著出版,为古文学家和考古学家。蒋恩钿比较年轻,那年才26岁,她是1929年清华大学首次到南方招考的女大学生,被西洋文学系录取,与钱钟书和曹禺为同班学友,毕业后在清华大学任职。参加这趟旅游对蒋恩钿是一次难得的机遇,这与她是清华大学教员的背景密切相关,也与她极具文学天赋的因素也是分不开的。她在《大青山》中对山景的描绘:"入山愈深,水愈广愈清,景色更曲折,山更插天奇立。四顾无人,只有长脚的野鸟,临流顾影啾唧,待我轻轻走到近处,一声振翼飞向山巅去了。偶然有三五小鱼在石缝里穿行。"寥寥几句,把大青山的山清水秀、野鸟啾唧、小鱼穿行的美景特色,跃然纸上,读来令人心醉。

郑振铎的《云岗》和《昭君墓》这两篇文章,既有记叙也有考证,这是学者型作家郑振铎所擅长的文字特点。这在《云岗》篇中反映尤为明显,请听郑振铎记述道:"云冈石窟的庄严伟大是我们所不能想象得出的。必须到了那个地方,流连徘徊了几天,几月,才能够给你以一个大略的美丽的轮廓。"对碧霞洞以西景点描绘道:"是另成一个局面的结构。那种结构的弘

（3） 昭 君 墓

⊙ 插照之二

伟,在云岗诸窟中,当为第一。数十丈的山壁上,凿有三层的佛像,每层的中间,皆有石孔,当然是支架梁木的所在。故这里在从前至少是一所高在三层以上的大梵刹。"把云岗景区的特点及自己游览的感触,娓娓动听的道了出来。

郑振铎在文中叙述道:"云冈石窟的开始雕刻,在公元453年(魏兴和二年)。那时,对于佛教的大迫害方才除去,主张灭佛法的崔浩已被族诛。僧侣们又纷纷的在北朝主(政)者的保护下活动着。这一年有高僧昙曜,来到这武州山的地方,开始掘洞雕像。曜所开的窟洞,只有五所。后来成了风气,便陆续的扩大地域,增多窟洞。佛像也愈雕愈多,愈雕愈精致。"郑振铎对云冈石窟的历史演绎如数家珍,反映出他胸中藏有深厚的史学见识和不俗的学术造诣。同时他还指出,当年"不仅皇家在那里开窟雕像,民间富人们和外国使者们也凑热闹的在那里你开一窟,我雕一像的相竞争。就连日所得的碑刻看来,西头的好几个洞,都是民间集资雕成的。这消息,足证各洞窟的雕刻所以作风不甚相同之故。因此,不久之后,武州山便成了极热闹的大佛场。"郑振铎的这段对云冈石窟的历史源头及形成的考证文字,至今依然成为我们研究云岗石窟历史的重要参考资料。

容庚的《居庸关过街塔》和《麦达召》都具有史料考证的特点,其中《居庸关过街塔》尤见功力,他对居庸关及其过街塔作出了细致的观察和考证。他说:"居庸关凡四重,南口其下关,垣以为城,南北两门相距一里,出北门十五里曰中关,自是迆北每十五里为一关,合计四重。"容庚先将居庸关四重门分布的位置及距离描绘得一清二楚,然后引用清代学者龚定庵的说法:"自入南口(居庸关南门口),城甃有天竺字、蒙古字。"因此,他认为此地"即指过街塔而言"。接着容庚结合对"塔下东壁汉文为《尊胜广咒》及《尊胜佛母总持心咒》。西壁为《佛顶垢光明入普门观察一切如来心三三摩耶陀罗尼》及《十二因缘咒》"上文字的研读和考证,认为过街塔是建成于元代泰定和至元年间,即1324年至1340年间。这反映出容庚在金石学和古文献学上的不俗学术造诣。

⊙《漂泊杂记》封面,上海生活书店 1936 年 4 月初版

　　《漂泊杂记》,艾芜著,笔者所见为上海生活书店 1935 年 4 月初版,被列为傅东华主编的"创作文库"第二十三种。竖排,开本 10.7×16.7 厘米,页数 257 页,无序跋。全书收有《川行回忆记》《大佛岩》《滇东旅迹》《滇东小景》《在昭通的时候》《进了天国》《江底之夜》《边地夜记》《舍资之夜》《蝎子塞山道中》《潞江坝》《走夷方》《摆夷地方》《乡亲》《古尔卡》《野人山道中》《在茅草地》《野人之家》《从八募到曼德里》《缅景杂记》《上缅甸车中》《旅仰散记》《怀大金塔》《缅甸人给我的印象》《南国的小屿》《缅变纪略》《过槟榔屿》《马来旅感》《鼓浪屿》《孝陵游感》《旧地重游》《村居回忆》《冬夜》《夏天的旅行》《旅途断片》《旅途杂话》《由左衽引起的话》《滇曲缀拾》《病中记忆》《想到漂泊》等 40 篇游记。这些游记真实、生动地记录了艾芜 1925 年至 1931 年从成都经云南到缅甸、马来亚、新加坡,后由缅甸至香港回国的经历。文

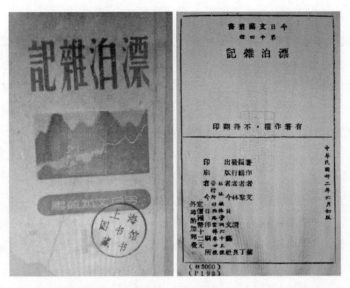

⊙《漂泊杂记》封面、版权页，今日文艺社 1943 年 6 月初版

字笔调优美，描绘细致，展现了漂泊旅程的旖旎风光及跋涉林莽的神秘氛围。漂泊生活是难以想象的艰苦，艾芜却孜孜不倦的追求。他说："当我在南国山野里漂泊的时候，没饭吃，便做工；得了流汗换来的工钱，就又向一个充满新鲜情调的陌生地方走去。"他的果敢坚毅性格使人油然产生敬意，而他笔下对各地风景、民俗的描写，清澈生动，出神入化，妙趣横生；浪漫色彩，神奇遭遇，更令人萌生向往。书中各篇虽都独立成章，却从时间上、旅行地域上又呈现先后顺序，犹如连成一章。书末，艾芜又将数篇文章巧妙的作了一些似总结性的回忆，起到画龙点睛的作用。

在此我想就有关《漂泊杂记》版权页作点补充说明。我收藏的《漂泊杂记》上海生活书店 1935 年 4 月初版本，但到我手中版权页已破损缺页了，为此我曾去上海图书馆查阅和寻觅，希望补上版权页，令人遗憾的是上海图书馆也没有该书初版本，但我却在上图意外地见到《漂泊杂记》今日文艺社 1943 年 6 月初版本，而且书影和版权页完好。翻阅该版文字，发现全书内容基本照旧没改动，有变动的仅是封面及增补了书末一篇艾芜 1943 年 3 月 23 日在桂林撰写的《后记》。《后记》长达3 页，回顾讲述了他创作过程和感触，这对研究艾芜早年的创作生活和《漂泊杂记》有较高的参考价值，现选录如下："这本小书里面的文章是记我好些年前在国内外的漂泊生活的。但当我正在漂泊的时候，并没有把经过的生活，到过的地方，看过的景物，一一记了下来，而我也不想这样做，即使在小客店的菜油灯下，高兴记了一点，也是随记随时就抛却，不曾加以保存过。写这些杂记，一直是蹲在上海的时候。跟有些事，已是相隔五六年了。（其中只有一篇《从八募到曼德里》，是一九二八在缅甸仰光写的，发表在当地华侨办的仰光日报上面。)那时住在上海，一个人很寂寞，不想到繁华热闹的地方去玩耍，只终天呆在亭子间内看书，先前漂泊过的生活，便常常像梦也似地，回到我孤寂的心上来了。恰好申报编自由谈的黎烈文君，需要游记文章，而又要写得非常短的，我就把我漂泊生活的回忆，一小段一小段地写在纸上，送了出去。文章既是根据回忆来写，便抛弃了一向写游记文章那种记帐式的写法，只将能够使我心神向往并还感到一些留恋的东西，尽我在文学修养方面得来的能力，珍重地将它描绘在纸上。同时，写的时候大约还带有一点'往事如梦不堪回首'的心情吧，有些文章便自然而然感染上一层不甚分明的忧郁。也许当年抱着乘长风破万里浪那样壮志的胸怀，光起两足走到世界上去漂泊，仍旧暗自潜藏有一些忧郁吧。比如在他乡异国的小客店里面，早上醒来，有时候——自然不是常常——会诧异地感到：我为什么不在家中的床上，会睡在这么远、这么陌生的地方呢？这里就似乎不能不有一丝轻微的感叹。然而只不过一刹那就过去了，因为店门外迎着我的是山间刚刚冒起的玫瑰朝日，是抹着晨光朝露的丰饶原野，是将我带到新鲜地方去的坦坦旅途，是引起我高声呼啸的林中歌鸟：这一切都使人感到自由而且快乐。这本书原是战前由上海生活书店印了两版，是近三四年来市上简直绝了迹，我在桂林四年就没有在书店买到一册。如今排印的底本，还是辗转托朋友找着的。现除通知重庆生活书店见版权收回外，即交今日文艺社再为印行。不可无记，便写了以上一些。"

这篇《后记》不仅表述出艾芜撰写和再版《漂泊杂记》的过程，同时让我们得知《漂泊杂记》上海生活书店初版本，早在 20 世纪 40 年代已是"市上简直绝了迹"，稀罕难求的一本书。也可见该版的稀罕和名贵。其实，伴随岁月演绎今日文艺社初版本也属稀罕版本书了。

东南环游记

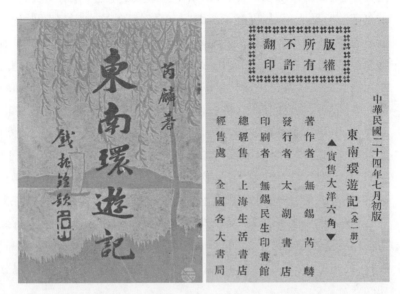

⊙《东南环游记》封面、版权页，太湖书店 1935 年 7 月初版

《东南环游记》，芮麟著，笔者所见为太湖书店 1935 年 7 月初版，上海生活书店总经售。封面题签为民国著名诗人、书法家钱振锽，内封题签为民国游记名家易君左。竖排，开本 13×18.8 厘米，页数 196 页，书末刊有书籍广告 1 种，定价大洋 0.60 元。全书有《三百里间春似海》《军帐山游记》《藕花香里望鼋头》《偷闲又结独山缘》《扬州纪游》《马迹山游记》《京镇春游小记》《常游小记》8 个章节。书前有芮麟1935 年 4 月撰写的《自序》："予尝蓄大愿三：尽交天下好男儿，一也；尽读天下好文章，二也；尽游天下好山水，三也。好男儿不易得，好文章不易求，惟好山水则可恣吾性而游之，故一以放乎山水为了。癸酉（1933）甲戌（1934）间，语乎山，若莫干、道场、牛首、北固、马迹、惠泉、军帐；语乎水，若西湖、太湖、漆湖、碧浪湖、瘦西湖；语乎洞，若庚桑、烟霞、石屋、水乐；或一至，或再至，或十百至。园林泉石，则不能一

二数焉。乙亥(1935)春尽，北游燕京归，应友人招，复有中州之行，乃发医中游记，得长短篇八，合而刊之，藉存鸿爪。以所游不出东南也，名之曰《东南环游记》。世之有山水癖者，其以此为东南导游也可。"芮麟有"三好"：爱好与男儿交往、爱好阅读文章、爱好游山玩水，又以好山水游为最大的心愿，并努力实践旅行之，挥毫记录了东南游所见所感，故也有了所谓"东南导游"的这本《东南环游记》。

芮麟(1909—1965)，江苏无锡人。1926年，芮麟发表处女作《香海雪影》，从此勤勉笔耕，进入文坛。1929年，从江苏省立教育学院的民众教育专业毕业后，即担任无锡县立民众教育馆馆长。以后又调任常州、开封等地，在从事社会民众文化教育和爱国救亡教育的同时，也进行文学的创作活动。为中华图书馆协会、中国社会教育社、中华职业教育社的成员，以写作山水游记、文学评论、近体诗而驰骋文坛，尤以撰写和创作山水游记著称，《东南环游记》即完成于此时期。1935年是芮麟人生的一次重要转折年。这年他报考国民政府的第三届高等文官考试。三试皆顺利通过，跳过了龙门，他的人生轨迹也由民众教育转向行政教育。在此后长达十余年的官场沉浮中，他不改文人习气，仍醉心于诗文唱和，常以诗记行踪，寄心绪，冀期望，领略"诗歌亦足傲王侯"的诗人气度和宏愿。尤为称道的作为一个文人，他始终没有因为时代的繁复恶劣而失却了傲骨和志向，保持着一个知识分子人格的尊严和操守。

芮麟认为景美，还要人美，这才是完美的景色。因此他在游览灵隐道的途中即描绘竹径幽美，淙淙流水，也不忘描绘美女："看见一个铅华不施，肌肤如雪的女郎，斜立竹笕边，把樱口侧着吸受里面溢出来的泉水，那安闲的态度，幽静的动作，飘逸的风致。是我三日来于万紫千红中从未见过的。"这也是芮麟对旅游美的追求目标，也是芮麟游记理念中与众不同的一大特色。《扬州纪游》中对瘦西湖畔的二十四桥、平山堂等名胜美景的叙述，他就情不自禁的感叹道："总觉得诗人与名胜的关系太密切了，竟像诗人与名胜是分不开的！如苏州的枫桥，没有张继的《夜泊》一绝，扬州的二十四桥，没有杜牧的《寄韩判官》一绝，就是有一千座枫桥，一千座二十四桥，试问今日还有谁会知道？所以名胜往往因诗人而著。"诗人也是人，只有人与景相融合，景色之美才是完美的，才能悠远长久。行文至此，我也情不禁口占一首《人和景》："景观得名，贵在有人；景观远扬，贵在名人。此景此美，因人才美；千古景观，灵魂在人。"

芮麟在描绘景色时，往往喜欢展露思想情感，好发议论。其在无锡马迹山旅馆观月光时感叹道："日光是直的美，是硬的美，是动的美；月光是曲的美，是软的美，是静的美。日光是父性的，月光是母性的，这母性的月光，自古至今，不知陶醉了多少人，不知孕育了多少人！世界上没有一个胸怀寥廓的人是不爱月光的！月光开创了文学的一角,月光象征了人生的一面。"在书中几乎每篇游记中都有他即兴而作的诗歌和词赋,以抒发情怀和感叹。然而任何事物都有个度,太多、太频,太滥就会适得其反,如到扬州他即兴作《广陵喜而有作》:"耽吟未减旧时狂,两载寻诗万里强,又向瘦西湖上去,平生断不负秋光!"读来如喝白开水,淡而无味,毫无诗情画意,更乏新意!人无完人,金无十足,书也是如此,这大概也是此书的不足之处吧!白玉微瑕,并不影响芮麟在民国游记学界中的尊者地位。

桂游一月记

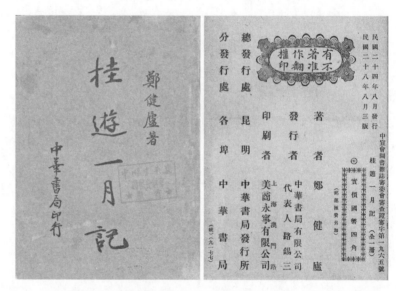

⊙《桂游一月记》封面、版权页，中华书局1939年8月第3版

　　《桂游一月记》是郑健庐所创作的一本旅行广西桂林的游记。郑健庐生卒不详。查阅郑健庐的生平资料，只见片言半句，语焉不详，只知他著有《桂游一月记》外，还有《南洋三月记》等游记传世。郑健庐是现代知名作家郑子展的哥哥，他们兄弟俩都是徐悲鸿的挚友。徐悲鸿为其兄弟作画极多，后集成《徐悲鸿先生纪念书画集——郑健庐、子展昆仲藏品》一书出版，书内收有一件徐悲鸿1937年5月30日为郑健庐创作和绘制的炭笔肖像画。画幅虽不大，炭笔勾勒出的人物形象，却线条清晰，神情栩栩，毫发毕现，可窥见徐悲鸿笔底波澜，功力不凡，也折射出郑健庐与徐悲鸿交往之友情。

　　《桂游一月记》，中华书局，1935年8月初版，笔者所见为1939年8月第3版，昆明中华书局总发行。竖排，开本13.1×18.5厘米，页数140页，插图32幅，定价0.40元。

全书有《桂游缘起》《从广州赴三水河口》《望鼎湖山》《到梧州》《到容县》《翼王亭》《昆仑关》《到南宁》《广西初中军事训练第一大队》《灵源》《到柳州》《过阳朔》《桂柳道中》《西江船中》《到香港》等，计92篇。书前有郑健庐1934年6月撰写的《自序》："顾亭林曰：'有体国经野之心，而后可以登山临水。'是知游观揽胜，非徒悦性怡情已也。桂省僻处西南，去年政治革新，成绩懋著，而山水奇秀，自昔有名。今夏有事于梧州，乘便观光桂省。综计游程，由香港而广州，而三水、河口，而梧州，而南宁，而武鸣，而柳州，而富、贺、钟，而桂林，而柳州，而梧州，以归香港。公路所经二十五县，沿江所过凡七县，历程四千余里，为时二十余日。举凡桂省政治、教育、建设、交通、农林、矿产、工业、团务、名胜、古迹，见闻所得，涂抹而成。"郑健庐在开篇《桂游缘起》中说："民国二十三年（1934年——编者注）五月，中华书局总经理陆费伯鸿先生南来香港，以近年广西政治改良，教育革新，进展之速，一日千里，中外观光者，咸称为今日中国之模范省。特嘱余赴梧公干之余，乘便考察桂省政治教育状况。"郑健庐时任中华书局编辑，返港后将他1934年5月20日从香港出发，至6月11日返回香港途中所见所闻的情景，妙笔生花的记述出来。所记内容丰富，包罗万象，是研究20世纪30年代广西社会政治、经济、文化等不可多见的一本游记文献。

全书叙述了郑健庐广西旅行期间，对景观、交通、名胜等方面所见所闻及个人感触。首先，他认为广西是个旅游资源极为丰富的地区。他除了叙述"桂林山水甲天下"的漓江、阳朔美丽风光外，还对独秀峰、象鼻山、姑婆山等具体景观也作了绘声绘色的描绘，例如在记录游姑婆山时说道："入山谷中，群峰环抱，鸟道萦回。忽有巨石，横架两山，其下为大洞，可通行人。洞下溪流水色深红，盖挟洗锡沙之水而

图一　肇庆七星岩远眺

⊙ 插照

流下,此地名穿岩。余等坐洞内溪边,仰望巨石悬空,恍若桥梁,石乳下垂,形状不一,此洞可容数百人。"伴随郑健庐游踪,将山中群峰、鸟道、巨石、溪流、石乳的景色特点及感触尽情地展现出来,读来犹如身临其境,妙趣横生,如痴似醉。此外,郑健庐对梧州的江水描绘也极富感染力,请听:"江水湍急,奔流有声,仰视天空,群星朗朗,暮色四合,景物依稀。"这种集江水、流声、群星、暮色为一体的朦胧依稀的景色,给人一种舒畅和愉悦感,也是游者始终追求和向往的境界。其二,他认为广西当年公路和水上交通建设成效明显,交通便捷畅通。便捷交通才使他21天走遍广西25个县,行程4000余里,假如没有平坦的公路、现代的公路网络和交通工具汽车和轮船,是根本无法实现如此高效的行程目标的。因此,他在《到柳州》篇中说道:"自南宁到柳州,凡六百七十五里,约行九个小时。"又在书末《到香港》中记载道:"十一日天未明,过三水,十二时过急水门,海水成碧绿色,远见九龙新界";下午二时已泊香港海岸。即清晨过广东三水(今佛山),午后到达香港,可见当年的交通已相当发达和便捷了。其三,郑健庐对广西名胜古迹了如指掌,他到达柳州后,即刻前往柳侯公园寻访柳宗元墓,瞻仰凭吊,赞曰:"宗元少精敏绝伦,及长,俶杰廉介,议论援据古今,踔厉风发,一时名士,皆慕与之交。为文章卓伟精微,既罹窜逐,涉履蛮瘴,放浪山水之间,烟厄感忧,一寓之于文。傲离骚数十篇,读者为之悲恻。在柳州时,南方业进士者,不远千里来从游,一经指授,为文辞皆有法,名声盖于一时,世号柳柳州。"这段评介写得简单扼要,精彩纷呈,柳宗元的文章才华、坎坷人生、不屈不挠的个性跃然纸上。

郑健庐关注旅游景点,也重视和欣赏广西当年教育改革的务实精神。民国时期广西的教育改革很见成效。书中记有1933年7月政府颁布和实施的《广西省施政方针》及《行政概况》,从中可读出广西教育改革成果。当年广西教育改革的核心思想可归纳为四点:教育设施上,注重实事求是;社会教育上,注重推广民众教育;初级教育上,以普及为主,尤注重乡村教育;教育设施上,以简易实用为主。尤其值得称道的一切教育都注重务实有效。主张初级中学,从地方需要和国民经济发展状况出发,添设新学课和考核标准;师范教育,逐渐使其独立设置;高等教育,从专科教学入手,授以应用科学,培养专业人才。这种教育指导方针使广西教育得到健康持续发展。

冰心游记

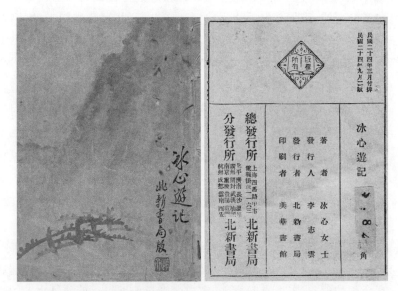

⊙《冰心游记》封面、版权页，北新书局 1935 年 9 月第 2 版

　　《冰心游记》，原名《平绥沿线旅行记》，冰心著，平绥铁路管理局，1935 年 2 月初版。笔者所见为北新书局（上海四马路中市）1935 年 9 月第 2 版，更名为《冰心游记》。日记体。竖排，开本 13.1×18.6 厘米，页数 105 页，定价 0.40元。书末有书籍广告 1 页。全书记录冰心 1934 年 7 月 7日从清华园出发，至 8 月 25 日回归北平家中，历时 50 天的游程见闻和感触。书前有冰心撰写的《序》。据冰心书中记载他们是有明确分工任务的："由顾颉刚先生分配工作，计注意沿线经济状况者有陈其田先生，宗教状况者有雷洁琼女士，古迹故事者有郑振铎先生，民族历史有顾颉刚先生，蒙古毡房者有文藻，文国鼎女士写英文导游小册，赵澄先生担任摄影，而我只担任记载途中的印象，是最轻松的工作。"冰心自称"最轻松"，其实不轻松，要写出途中印象和观感，假如不仔细观察和思考、不记录和做笔记，是很难完成此项

任务的。好在冰心每天勤于记日记，又有文字和写作的天赋，不负众望创作成功了《冰心游记》。

《冰心游记》是本很有特色的游记，内容主要可归纳为三点：一是记叙详尽确切，令人读来有亲临其境的感觉。在叙述宣化古城时写道："城系明洪武二十七年（1394）所筑，历代都经重修——门两旁有石刻门神，城门上的铁钉悉作覆钟形，城墙上还有石刻的压邪小儿和顶着石盘的小猴，为他处所未见。我们穿城经过钟楼、鼓楼，和最繁盛的大街，迳出北门。最使我感着有趣的，是大道两旁的行人道上，有石沟，沟中有小泉流，经过家家门前，小孩子在沟中洗足，小女儿在沟中洗衣，既方便，又清雅，亦是他处所无。"8月17日，冰心在讲述包头龙泉寺时又写道："树木葱郁，风景清幽，有道光二十九年（1840年——编者注）的修庙碑记。庙内有池，系储泉水处，寺东尚有玉皇阁。"寥寥几句，将宣化古城的历史风貌和城市布局及包头龙泉寺葱郁、清幽、古迹的特点，详尽确切的凸显出来，一览无余。二是文字流畅生动，写得情景交融。在火车过八达岭时描绘道："火车渐渐上山，两旁青崖摩天，近逼车窗，如鸟栖树巅。山下流泉之间，大石如布。令人想起唐人'一川碎石大如斗，随风满地石乱走'之句。泉石错杂之间，遍生小树，也有山田和人家，在微阴的天色之中，一层层的远远点缀开去，极青翠清远之致。这时忽然穿过居庸关三百八十五尺余长的山洞，车上点起灯来，窗户微微觉着烟气。五分钟之后，又豁然开朗，迂回曲折，其间穿过五桂头及石佛寺两个小山洞，便到了青龙桥车站。"冰心以简洁流畅的文字，将过八达岭的险峻、高耸、清远、变幻的情景和感触，惟妙惟肖的呈显出来。三是民俗民风和社情地貌的点面巧妙结合，展现冰心不俗的学识。在《赴百灵庙途中》，她在叙述蒙古人的民俗和衣服着装时写道："男女均着牛皮靴，衣服多红紫色，金锦沿边，腰间束带。男子结一辫，女子则两辫垂肩，发上加银板，垂挂珊瑚璎珞，晨光下璀璨如画。"在8月18日叙述内蒙古包头市地貌特征时写道："此地为西北商业中心，水路由黄河上通宁夏，陆路可达青海，为平、津、陕、甘、新疆、蒙古、伊犁、乌里雅苏台等处货物转换之区，铁路货运收入，年可八九万。居民多为商贾，蒙人亦多。"将包头当年作为西北商业重镇和繁荣情形淋漓尽致的展现出来，《冰心游记》自然也成为研究民国包头和西北社会政治经济文化的可贵史料之一。

台游追纪

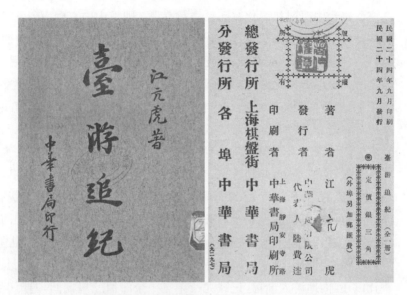

⊙《台游追纪》封面、版权页，中华书局 1935 年 9 月初版

　　《台游追纪》是继《南游回想记》后江亢虎撰写的又一本游记。江亢虎作为中国社会党创始人，无政府主义者，他不仅热衷于社会活动，还是个旅行家。1910 年春，他获得一次环球之游的机会，以整整一年的时间游历了日本、英、法、德、荷兰、比利时和苏俄等国，开了眼界。从此，他在忙于社会政治和教育活动的同时，不忘外出旅行考察和游山玩水。

　　1922 年，不惑之年的江亢虎转向教育界发展，创办了上海南方大学，担任该校首任校长。1927 年 4 月 12 日，蒋介石在上海实行"清党"，不仅捕杀共产党人，对民主党派人士也加以通缉。在白色恐怖下，他被迫逃亡美国、加拿大避难。这时，江亢虎的名声已很大，竟然出任加拿大大学中国文学院院长及汉学主任教授之职。1934 年，他以私人身份访问台湾，8 月 22 日由福建抵达基隆，9 月 9 日自台北经基隆返回大陆。后撰成《台游追纪》。此后，1939 年应汪精卫邀至上海，1940 年担任汪伪政府的"国务委员"、"考试院"副院长等职。

《台游追纪》，笔者所见为中华书局 1935 年 9 月初版，竖排，开本 13×18.7 厘米，页数 85 页，插图 14 张照片，书末附有书籍广告 4 页，定价 0.30 元。全书有《台游动机》《舟中一夜》《基隆登陆》《台北税驾》《会馆组织》《图书馆制》《各教寺园》《文艺座谈》《台中概况》《彰化文庙》《嘉义游观》《阿里山中》《台南名胜》《高雄揽胜》《新竹酬酢》《伤逝尾声》等，共计 60 篇。书前有江亢虎 1935 年于沪西清真寺撰写的《自序》："余好游，游或有记，或无记。即有记亦率记之于既游之后，而不记之于方游之时。诚以方游之时，心专在游不在记。铅笔小册，偶记人名地名时日而已。游罢归休，然后回溯舟车所经，见闻所得，参以一时感想所及，信笔直书，连篇累牍，全藳（草稿）既竟，略加诠此，命曰：追记。记其真也。余非谓此为游记正轨，特由习与性成。因循未变，校其利害，各有短长。记忆不强，想象失实，挂一漏万，乃至颠倒，错乱失次，亦或难免，此其弊也；当前景象，樊然杂陈，取舍无准，事过追忆，如穀受簸扬，沙经滤荡，所尚存者，荦荦可数，类印象最深之事，又得从容纵揽始末，因果关系，井井可观，是其利也。余前著《黍谷游记》、《新俄游记》、《南游回想记》，今续出《台游追记》，悉准斯例。夫台湾一弹丸黑子，孤悬炎海中，与大陆隔绝，而生番古风，和（荷）兰遗迹，延平拓殖，清室经营，日吏统制，侨氓懋迁，历历具在，班班可考。割让以还，内地游人渐稀，记载尤所罕见。余滞留三星期间，遍历（台）北中南各州都市，多识中日台各界要人。揽胜观光，席不暇暖，演说宴会，日必数起，劳苦至矣。返沪小憩，追维游踪，草成短记，都六十则。上海晨报先予露布，中华书局复位刊行，自制弁言，略陈经过，后有往者，可以览矣焉。"当年已 53 周岁的江亢虎，在《自序》中叙述了自己是个"好游"者，也是个爱写游记的作者，并对游记写于"游之后"，还是"方游之时"，提出了自己的个人看法。他认为游记写于"游之后"，这有利于"从容纵揽始末，因果关系，井井可观"，是一种值得倡导和可取的方法，《台游追纪》就是一本撰写于"游之后"的游记读物。

台湾自古就是中国的领土，春秋战国时期称台湾为"岛夷"，秦朝称"瀛州"，三国时期称"夷洲"，隋朝至元朝称"流求"，明朝官方称为"东番"，清朝更名为"台湾"，这也是台湾的正式定名。台湾历经磨难，明末被荷兰和西班牙侵占，1662 年被郑成功收复，1684 年置台湾府，属福建省，1885 年建省。1895 年清政府以《马关条约》割让与日本，1945 年抗战胜利后光复，1949 年国民党在内战失利中退守台湾，海峡两岸分治至今。

江亢虎 1934 年游览台湾时，台湾尚被日本非法霸占着，中国人受到歧视和限制，江亢虎说，一是中国人没有政治活动的权力；二是没有言论自由；三是没有专利营业。即没有集会、言论的自由，也没有自由经商的权力，沦落为三等公民。因此

臺北唯一海口基隆港規模最大由此直通都北臺市

臺南唯一海口高雄工港程在增逸中與臺北基隆港遊重

臺北新市公新中國之博物館全局最大最新之建築

臺灣嘉譽林所設在嘉義市由阿里山用戰道運下木材其工場規模嚜麗冠亞洲第一

⊙ 插照之一

臺灣番人銅木有聲渡

臺灣最古之城樓臺南市大南門是清初建築

⊙ 插照之二

他登岛后的言行也处处受到日方当局的监视和限制。其在《大同讲座》篇中记载说："无一语涉时事，然会场侦警密布，每句皆译记报告，可见政府对于思想言论监察之严。"实行严密的白色恐怖。日本人在政治上控制台湾人的言论自由；在教育上实行奴化教育，不允许华人私办华人学校。在《勒停侨校》篇中记录道："全岛除公校外，不得有私立学校，至讲习会则以日语为限，于是华侨子女学习国文国语之机会断绝。"据统计,当年全台湾人口近500万,华人470万,却没有一所华语学校,暴露出日本在台湾实行殖民化教育丑恶本质。江亢虎看清了日本政府的本质,但他没有愤然回国,而是一路从基隆出发,先后游历了台北、台中、彰化、嘉义、台南、高雄、新竹等地区,几乎游遍全岛名山胜水,处处释放着快乐的心情,在游览阿里山写道:"散步浏览,徘徊胆瞩,已觉心旷神怡。"还说日本在台湾建立的帝国大学,规模"恢弘",经费"充实","前途发展,方兴未艾"。对日本政府充满着幻想。所以六年后,他会毫不迟疑投入日本人的怀抱也不奇怪了!

当然,任何事物都具有两面性,《台游追记》也是如此,其客观上为后人研究台湾20世纪30年代的社会情况和民风民俗提供了文献参考资料。如佛教、寺院、神社、诗社、文庙、会馆、学校、图书馆等方面书中都有记录。如在《各教寺院》篇中记述道:"台湾佛教盛行,各宗略备。余周游时,参观寺院,规模之伟大,虽不及内地丛林,而整饬清洁,似有过之。"《彰化文庙》篇记叙道:"近十年来,日政府通令尊孔子,重修祀典。"《台南名胜》篇记载道:"台南文庙,为郑延平王所创建,在全岛中最古,亦最大,祭用礼器乐器咸备。"这些记述不胜枚举,具有史料和文献参考价值。同时,书中配有台北基隆港口、台北博物馆大厦、阿里山炼铁厂、台湾左城楼、台湾独木舟等的插图照片,这为后人研究当年台湾历史文化、经济交通港口提供了可贵的文献参考资料。

广西旅行记

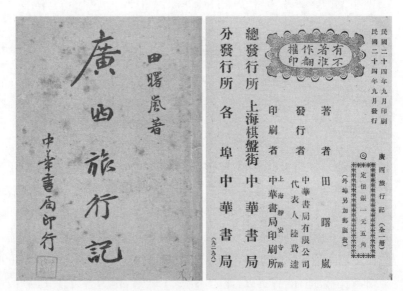

《广西旅行记》，田曙岚著，笔者所见为中华书局 1935 年 9 月初版。竖排，开本 13×18.5 厘米，页数 474 页，插图 4 页，照片 8 张，书末有书籍广告 4 页，7 种，定价 1.50 元。全书《由广东钦县至邕宁》《由邕宁至百色》《由百色至柳州》《由柳州至鬱林》《由鬱林至平乐》《由平乐至全县》6 编 193 篇。

田曙岚（1901—1978），字介人，湖南醴陵人。1923 年肄业于北平中国大学。1925 年后，长期任中学教员。酷爱旅行，足迹遍及浙、闽、两广、湘、黔、滇等省市，对我国南方各民族进行调查研究，曾参加编修《安顺府志》等。新中国建立后，曾任安顺图书馆馆长、贵州民族学院研究室副主任、贵州民族研究所副所长。除《广西旅行记》外，还有《海南岛旅行记》等多种游记集。《广西旅行记》可谓是田氏游记的代表作品。全书记录作者 1933 年至 1934 年游历广西

山　虞　　　　　　　　　　山　波　伏

⊙ 插照

40余县的考察和所见所闻,展现了当年广西社会政治、经济、文化及自然状况、风土人情、名胜古迹的风貌和特点。书前有田曙岚《小引》:"民国二十年(1931年——编者注),余任史地教职于上海民智中学,春假期间,偕民智校友多人同游昆山,返沪后,感于我国地理教材,记载多不翔实,因决辞去教职,周游全国及全世界,站在史地两种科学之立场,实地考察各地自然状态与人文概况。同时决定以'踏遍神州,周游大地;此身不灭,此志不渝'十六字,作为誓言。又以'民胞物与,兼爱亲仁;世界一家,中国一人'十六字,作为信条,当于是年七月一日,由上海北站乘同昌车行所赠之脚踏车,按照预定路线,先向浙闽路线进发,次及粤东海南,于二十二年五月十五日抵达钦县。计自上海至此,费时将近两年,历县一百有二,计程约一万六千里。"那年才32岁的田曙岚,为了实现周游全国的壮志竟然辞去了上海大都市的教师"铁饭碗",凭个人的力量踏上了考察和游览广西的征途,其意志和胆识令人景仰。

读完《广西旅行记》后,我认为该游记与众不同的是资料丰富,体例严谨,内容详尽。这与田曙岚原先是史地课教师及治学方法有关。一位合格的教师在授课前必须要备课和收集资料,撰写游记也要做好预案,除了深入实地考察做好游览日记外,还要善于翻阅地方志加以参照。在利用地方志这一点上,田氏做得很出色,在旅程中每到县镇处除解决住宿外,头一件事便去当地县里借阅参考书或地方志。这一点在书的篇章中屡有记载,如第一编《由思乐至明江》篇中记曰:"将昨日所借参考书送还莫县长。"又如第二编《反过来走一遭》篇中记道:"七月二十五日,天晴,在县府浏览志书。"由于田曙岚借助志书的丰富资料,故记录和撰稿得心应手,十分详尽。如第三编在介绍广西凌云县的情况和内容时有《凌云的水源洞及其他胜迹》《凌云县概况》《凌云的特产》《凌云的风俗》《凌云土著的婚嫁风俗》《凌云客民的风俗》等 10 余篇。将一个 10 余万人口的小县从历史上的周朝至民国、从名胜到风俗、从物产到婚嫁等习俗叙述得面面俱到，一清二楚，可与方志媲美，但也失于烦琐。当然烦琐并不完全是贬义词，书中有些不厌其烦地记载却为我们保存了一些鲜为人知的民风民俗资料，如第二编的《恩隆土著两性间的特殊风俗》篇中记载的"顶夫"和"搁楼梯"的婚俗制，十分奇异。其说："所谓'顶夫'者，以己不满意其夫，欲稍落家，则心实有所不愿，欲永不落家，则情又有所不忍。处此进退维谷之中，不得不另觅出路。因此，或返回昔日所受男家之茶礼，俾夫婿另觅他人作伴，或购买一人代替己身，与夫同甘苦，自己则别抱琵琶。此即谓'顶夫'。所谓'搁楼梯'者，即入赘之别名也。凡是闺女，虽有兄弟姐妹，倘父母年老，不能从事田亩时，可招致一外姓或同姓不同族之男子入赘。入赘时，女家门外张灯结彩、鼓乐喧闹、邀朋请酒等事，一如男家结婚之形式。"从此"男子改本姓为女姓"，并承担"所有种植事宜"。

　　《广西旅行记》自然也少不了自然风光和名胜古迹的记载和描绘及感叹。如田曙岚在游览桂林独秀峰时写道："至山顶，亭阁五六，胥随岩石高下凹凸转侧为之，余遍游其中，俯瞰城廓诸胜，惜因微雨濛雾，减色不少，山麓四周屋舍人兽，均渺小如鸽笼如蝼蚁，而山中公园之花木，无异盆栽，至于山间树枝，则叶落枝枯，饶有岭北风味，余意若在春日游此，其苍翠秀丽，其必更有可观。在此皇城之内，屹然耸立，山名独秀，固甚确切也。"细雨朦胧，登高望远，虽然不见苍翠秀丽，却难掩蔽作者眼里屹然耸立的独秀峰雄姿勃发的状态，令人流连忘返。陶醉于自然美景中，也不忘游览和抒发对名胜古迹的感叹。

　　《广西旅行记》还披露出值得欣赏的信息。如我原以为田曙岚的考察活动全凭他个人的资金，然而当我读到《几个深刻的印象》中有这样一段记载："至广西省党部，由常务委员黄钧达君接见，余以旅途情状相告，并请求党部方面予以物质上之援助，黄君极表同情，并嘱余作一书面报告，以便提交常委会讨论，结果甚佳，欣然返寓。"所谓"结果甚佳"四字，透露出田曙岚是得到了当地政府的资助。一个没有政治背景和靠山的青年游者，竟然在困境中或多或少得到政府部门的资助和帮助，让我颇感意外。

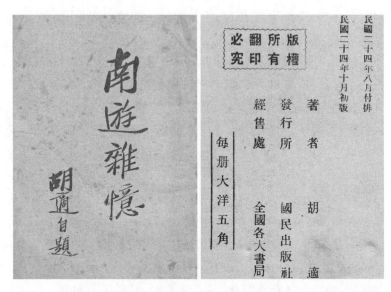

⊙《南游杂忆》封面、版权页,国民出版社 1935 年 10 月初版

《南游杂忆》,胡适著,笔者所见为国民出版社 1935 年 10 月初版。竖排,开本 12.2×17.2 厘米,页数 176 页,插图 8 幅,定价大洋 0.50 元。全书收录《香港》《广州》《广西》《广西的印象》《尾声》等,共计五个章节及附录:胡政之的《粤桂写影》。书前有胡适一篇有关撰写和出版此书的来龙去脉:"我这一次因接受香港大学的名誉学位,作第一次的南游,在香港住了五天,在广州住了两天半,在广西住了十四天。这地方都是我多年想去而始终没有去成的,这回得有畅游的机会,使我很快慰。可惜南方的朋友待我太好了,叫我天天用嘴吃喝,天天用嘴说话,嘴太忙,所以用眼睛耳朵的机会太少了。前后二十多天之中,我竟没有工夫记日记。因为许多朋友的催逼,所以我决定写出一些追忆的印象和事实,做我第一次南游的报告。"

胡适对香港描绘道:"山和海水的接近,是这里风景的特色。去游览香港市的背面的山水,遍览浅水湾,深水湾,香港仔赤柱(香港南部的小镇)各地。阳历的一月正是香港最好的天气。满山都是绿叶,到处可以看见浓艳的鲜花;我们久居北方的人,到这里真有'赶上春天'的快乐。"胡适被香港春天里的山水、绿叶、鲜花的美景所陶醉了。说香港的山水美,那么桂林和阳朔的山水那就更美了。胡适行程再忙也不忘在桂林游山玩水,他说:"在桂林讲演了两次,游览了两天,把桂林附近的名胜大致游遍了。"桂林城中的独秀峰、阳朔的山水、漓江上船娘的柳州山歌、良丰雁山的"相思岩"等,让胡适大饱眼福,赞赏不已。俗话说:"桂林山水甲天下,阳朔山水甲桂林。"阳朔的水美,阳朔的山也美。胡适对阳朔山的奇异风光更是情有独钟,描绘道:"阳朔的诸山也都是石山,重重

塔念紀山中州廣

⊙ 插照之一

叠叠,有作牛角双尖的,有似绝大石柱上半截被打断了的,有似大礼拜寺的,有似大石龟昂头向天的。远望去,重峰列岫,行列凌乱,在轻烟笼罩中,气象确是很奇伟。"其辞藻平实,描绘细腻活泼,把阳朔诸山奇妙风光淋漓尽致的展现在人们的眼前。广西是胡适的最后一站,也是书中用墨较多之处。

胡适在广西受到热烈欢迎。在此其间,胡适自由自在的畅游广西山水美景,还对广西社会风气和民俗民风作了深入的考察和走访,并对于广西的一些施政方针予以充分的肯定。胡适赞赏李宗仁等人在广西推行基本教育的做法,包括民团的练兵,让这个本来比较落后的地方,成为一个路不拾遗、夜不闭户、人民安居乐业的好地方。真是不容易!广西的新风气让人耳目一新。过去我们只知民国社会的乱象,天下一片漆黑,却忽视了当年地方政府中也有彩云飘飘得人心的德政。书里提到许多好的、具体的施政纲领拿到现在也不过时。胡适通过这一次游历,既看到风景,也加深了对地方社会的了解。这也是他作为学者看问题、分析问题的一种好习惯。为此,胡适专门撰写了第四章《广西的印象》,对广西的社会现状做出四点积极评价:一是"全省没有迷信的、恋古的反动空气"。全省的庙宇都移作别用,成为办校和办公的场所;在广西旅行看不到有人烧香拜佛,人民忙于工作,教育也比较普遍。二是"灰布化"的"俭朴的风气"。广西境内的学生,教员,校长;文武官吏,兵士,民团,都穿自产自销的灰布制服,戴灰布帽子,穿有纽扣的黑布鞋子。拒绝奢侈,提倡俭朴,多用土货,少用洋货,使广西对外贸易有很大的入超。三是治安好。广西本来土匪多,省内山多、岩洞多,最易窝藏盗匪,近年盗匪肃清,"原因在于政治

桂林七星岩洞口

⊙ 插照之二

清明,县长不敢不认真做事,民团的组织又能到达农村";其次是人民受过军事训练,有了民团组织,又有武器,人民有了自卫的能力。四是尚武的精神。中国本是一个受八股文人统治的国家,根本就有鄙视练武健身的风气。胡适认为伴随着新式教育渐渐见效,"壮健"成为人们羡慕的对象;辛亥革命以来中央各省政权往往落在军人手里,军人地位提高了;北伐后,革命军人形象在青年中受到信仰和崇尚;抗日的淞沪和长城之战,使青年对武装捍卫国家的光荣感有了更深的认同。这一点在广西反映尤其热烈,人民积极习武强身,接受军训,为抗日救国作贡献。"广西最好的现象是官民打成一片。"这也是胡适广西之行最精辟的见解。所以胡适广西之行,不仅为其山水之美而讴歌,还为广西良好社会风气叫好和点赞。

从东北到庶联

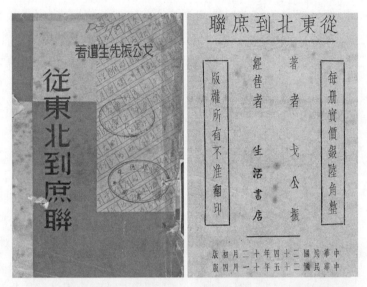

⊙《从东北到庶联》封面、版权页，上海生活书店1936年11月第4版

《从东北到庶（苏）联》，戈公振著，上海生活书店，1935年12月初版，笔者过眼为1936年11月第4版。竖排，开本13×18.6厘米，页数274页，插图8页，15张照片，印数没标，定价0.60元。全书收录《到东北调查后》《途中的中国代表团》《我对于观察庶联的态度》《从日内瓦到莫斯科》《第二个五年计划》《列宁逝世的十周年》《苦尽甘来的庶联》《社会城》《油城》《梅兰芳在庶联》《最近庶联人民生活的一斑》等17篇，这些文章是戈公振1932年至1935年10月期间发表于报纸杂志上的有关从东北至苏联的观感文章，故名《从东北到庶联》。此书是他逝世后由好友邹韬奋先生编纂集成出版的。

书前有邹韬奋1935年11月27日撰写的《弁言》："我写这篇《弁言》的时候，离戈先生去世的日期，不觉已有了一个月零五天，……戈公振先生治丧处同人议决，先把戈先生数年来散见于各刊物上的遗著编成单行本,以留纪念,并公推我担任搜集编辑的责任,我便义不容辞的答应下来。现于百忙中编成了这本《从东北到庶联》。我把他的这些遗著重看一遍之后,更感到戈先生早死的可惜,因为他的对于中国民族危机的悲愤的热情,和游历海外时在认识和学力上的飞跃的进步,都在字里行间流露着,使我们愈益感觉到失却了这样前进的一位同志,真是最悲痛的一件事!"读序文,可知邹韬奋编纂戈先生的遗著主要是为了纪念戈公振先生,也客观上彰显了先生在民族危机面前,所展现出来的爱国主义情怀。书前也有戈公振的胞妹戈绍恰女士撰写的《哭振兄》一文,写出了兄妹情真意切的真挚感情,催人泪下,感动不已。

（民国二十四年在莫斯科（十六藏））

⊙ 戈公振像

戈公振(1890—1935),名绍发,字春霆,江苏东台市人。英年早逝,享年仅45岁。人生虽不长,却活得够充实和精彩。他生于书香之家,幼年读于东台高等小学,聪慧好学。1912年就在故乡《东台日报》担任图画编辑,由此进入报界。此后,经同乡开明绅士夏寅官的介绍前往上海拜望《时报》创办人狄楚青,遂入《时报》,初为校对,后因出色的工作能力而逐步升任,从助理编辑、编辑直至总编。此时《时报》仅次于《申报》《新闻报》。1921年,上海新闻记者联合会成立,戈公振就出任会长。1925年起,先后在上海国民大学、南方大学、大夏大学、复旦大学等学校讲授新闻学。1927年,出版了享誉报界好评的《中国报学史》,由此戈公振被誉称为报业史开山人物。

1927年1月,戈公振以记者身份乘法国邮轮自费赴法国、瑞士、德国、意大利、英国、美国、日本等国考察新闻业。1928年底,出任《申报》总管理处设计部副主任。"一二八"爆发后,与巴金、丁玲等129人联名发表了《中国著作者为日本进攻上海屠杀民众的宣言》。1932年初,他以记者身份参加国联调查团到上海和东北调查日本侵略真相。三进沈阳城,亲临"九一八"发生地北大营,调查第一手材料,曾遭日伪警宪的逮捕。后经营救,得以获释。1933年3月随中国驻苏联大使颜惠庆去莫斯科访问。在苏三年,对莫斯科、列宁格勒以及乌克兰、高加索、乌拉尔一带进行了考察。这为撰写《从东北到庶联》奠定了感性和素材基础。1935年,邹韬奋电邀戈公振回国,准备重新筹办《生活日报》。同年10月15日抵达上海。不久,因身体不适住院,后病情恶化,不幸英年早逝。

读《从东北到庶联》,让我感触最深刻的是书中处处闪烁着戈公振的真知灼见、

忧国忧民的思想情怀和慷慨陈词。例如戈公振
1932年7月17日撰写的《到东北调查后》中说：
"到东北调查后，据我个人粗浅的观察，除非举国
一致，背城借一，不但东北无收回的希望，而且华
北也要陷于极危险的地位。……在北平的日军天
天外出操练，和九一八以前在沈阳一样，有时走过
前门大街，有时走过顺承王府，横冲直撞，如入无
人之境。从这样看起来，真是朝不保夕，试问华北
坐失以后，南京是否可以偏安？在民众方面，除非
对内有根本办法，就个人说，除了抵制日货以外，
只有尽力援助义勇军的一途。我们也明知义勇军
非比正式军队，不能全靠他们收回东北，至少做些
破坏工作，使日人不能安忱，但是现在如不将东北
混乱之局延长，华北就有随时沦亡的可能，时势迫
切，可谓已达极点。"

⊙ 插照之一

　　书中对当年苏联人民的生活状态做出了细腻的描绘，这对中国人民了解世界
上第一个社会主义国家苏联及国情具有深刻的意义，例如在《最近庶联人民生活的
一斑》篇中，以苏联第一个五年计划的完成和第二个五年计划的开始为历史背景，
以莫斯科和列宁格勒为观察点，对"生活方面，最紧要的是食，其次是衣，又其次是
住与行"作了介绍和分析，认为"已觉一步一步的渐入佳境，'比上不足，比下有余'
这一句成语，最适合拿来形容"。应当说戈公振用"比上不足，比下有余"这句话来
形容苏联人民当年的生活水平，也是恰如其分的。

⊙ 插照之二

作为身处 20 世纪 30 年代的记者、报人戈公振，他不畏强权政治，敢于讲真话，敢于公开亮出自己的思想观点，并宣称"盖报纸者，人类思想交通之媒介也。夫社会有机体之组织，报纸之于社会，犹人类维持生命之血，血行停滞，则立陷于死状；思想不交通，则公共意见无由见，而社会不能存在。"

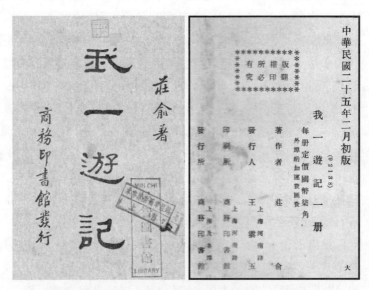

⊙《我一游记》封面、版权页，上海商务印书馆 1936 年 2 月初版

庄俞（1879—1940），名亦望，字百俞，别号梦枚楼主，还有一个别字，叫我一，于是他的游记结集，便叫《我一游记》。他降生于晚清常州名门毗陵庄氏，目睹国穷民弱，饱尝列强欺凌，故立志学习西方，"以扶助教育为己任"，终身以"教育救国"为宗旨，身体力行。

在商务供职 30 多年中，先后出任编译员、编译所副所长、门市部经理、国文部部长、交通科科长、机要科科长、总务科科长以及董事会监察人、董事等职。1912 年在蒋维乔调往南京临时政府教育部后，他襄助董事长张元济管理商务印书馆，起着举足轻重、一言九鼎的作用。庄俞一生除从事教育和出版主业外，其还有一大嗜好，即酷爱游历名山大川，寻访名胜古迹，故有《我一游记》的出版问世。

《我一游记》，上海商务印书馆，笔者所见为 1936 年 2 月初版。竖排，开本 13.1×19 厘米，页数 270 页，插图 8

幅,定价 0.70 元。全书收录《焦山北固山记》《天平山记》《虎丘记》《阳羡记》《西湖记》《庐山记》《晋祠记》《京华记》《太和殿武英殿记》《旧都新记》《居庸关记》《十三陵记》《重游曲阜泰安记》等 25 个章节及附录《五十日之马迹山避暑》篇,其中记游散文 44 篇,记游诗 150 首,这些文章和诗歌大致创作于 1911 年至 1935 年末期间。书前有庄俞 1935 年 12 月 12 日撰写的《弁言》,说:"当予少时,学八股试帖,不成,改学散文及近体诗,垂老又不成。以性好游,每岁春秋必呼朋邀侣,一至山水胜地,登山必达巅,遇水必买渡,所至流连,久客沪。故星期常作近地游,朝出而夕返。京沪、京杭甬两路稍有风景可言之站,皆有予之足迹。外省则七入正阳门,远登八达岭,御风于万里长城,三上泰山绝顶,三谒孔子林庙。品泉于玉泉、晋祠、虎跑、中泠、惠泉,入温泉于汤山、东葛、箱根,观瀑于三叠、马尾、黑龙潭及日本,食鲜鲥于富春江,西湖则管领三十余次而未厌也。以终年闭户之人,偶得遨游,不啻出笼之鸟,自由自乐,以所闻见,写为诗或游记。顾自知其诗不类诗,文不类文,然友人见之,辄撄等月报杂志。"可见,庄俞足迹遍及苏浙、山东、河北、北京等地,还用诗文的形式,将自己所见所闻,真情实感地抒发出来。

民国游记有一个鲜明的特点,喜欢采用诗文合为一集出版。但其在编排和组合形式上是各有所不同,有的一集中将诗文分列,诗为一辑,文为一辑;有的则不分辑,以诗文撰写的时间为序,或前诗或后文,或前文或后诗。《我一游记》显然属于后者形式。便于读者时而读诗,时而读文,避免文体的单一性。庄俞自称"其诗不类诗,文不类文",这是一种自我谦虚。其实,其诗其文不乏佳篇美文。先欣赏他创作的两首诗歌。其一,《平湖秋月待雨》:"一望山林化作烟,平湖云雾水连天。无心留客须添茗,小坐偷闲恍似仙。"其二,《白鹿洞书院》:"林泉胜景本来贪,游兴何如今日酣。白鹿长眠留古洞,苍龙列阵拥晴岚。时人不识李宾谷,过客但寻朱晦菴。世道衰微谁讲学,昔贤俯仰信无惭。"前一首把雨前平湖雾水连天的迷人风光,及作者品茶悠闲的愉悦的心境,昭示得淋漓尽致。后一首讲述庄俞游览"中国四大书院"之一白鹿洞书院,发现该洞开创者南唐李宾谷(李渤),即白鹿先生,出任江州(今九江)刺史时,于此修建亭台楼阁,疏引山泉,种植花木,成为一处游览胜地。然而日久天长李渤反而被人忘记了,后继者宋人朱熹却因在此讲学,传播理学,名气如日中天,成为游客慕名而来

⊙ 插照

的寻访者。为此庄俞感叹这是"世道衰微"所致的偏见,也流露出庄俞对世道炎凉和不平社会的抨击。

书中游记篇更是写得别具一格,精彩纷呈。例如《邓尉山灵岩山记》中记邓尉山说道:"全山花树果树杂树殆遍。于春可以观梅,于夏则枇杷盛实,全山作黄金色。以农历五月往,亦甚可观。于秋则桂花时,徜徉其间,无疑坠入木犀香里。敬告后之游者,固不必限以春秋也。"庄俞把山中春夏秋三季盛开的花果一一点到,如数家珍,既展示山景之美,也向人们传递邓尉山是春夏秋三季皆适宜旅游的好去处。说到太湖马迹山时,他说道:"民风敦厚,有'穷不讨饭富不满万'之谚。为江南之安(居)乐土,为今世之桃源。山不以奇特胜,而以平淡胜;人不以争竞存,而以知足存。是今世之所少有,而为马迹山之特长。"山清水秀的马迹山,不仅风光秀丽,而且还是一个"民风敦厚",百姓安居乐业、和谐相处的人间天堂。江南有好风光,北方则有浓郁文化的历史景观。庄俞在叙述山东曲阜、北京故宫和长城更是妙语连珠,其中对登长城八达岭的那段记述得有景有情,情景交融:"自北门登城,极目远眺,见城垣蜿蜒如巨蟒,忽起忽落,随山势低昂,无百步平坦者,峻峭处为磴道,每级距离尺许,又窄不容足,而且随处倾圮,益难信步行。余等联袂上,喘声时作,每越一峰,必休息片时。余几畏难思止,然互相策励,卒努力登高峰。"庄俞将长城"蜿蜒如巨蟒"的峻峭特点及游途中合力向上攀登的心境跃然纸上,让人领略到"无限风光在险峰"的真谛。

庄俞对旅游景区的保护工作是喜忧参半,喜的方面如邓尉山、青岛等景区;忧的方面则更多,除上述的八达岭景区外,苏州虎丘也令人失望,在《虎丘记》中叙述道:"所谓胜迹者。一抔土也,一片石也,一泓水也,一废塔也,一败寺也,一敝庐也,一涸井也,一圮桥也,如方寸面部而耳目口鼻毕且于是,曾何足系幼人之管领哉。余谓然游侣曰,古今来有名无实之事,大抵人与物多有之,不意山水亦有然者。"苏州虎丘的倾圮,让庄俞深感痛心和失望,也折射出庄氏爱景、护景的真切情怀及为虎丘演绎史留下了一笔珍贵的文献史料。

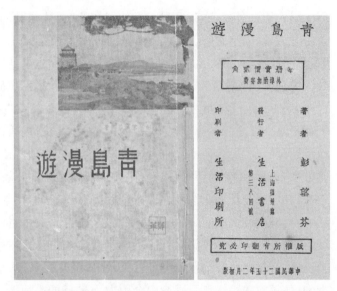

⊙《青岛漫游》封面、版权页,上海生活书店 1936 年 2 月初版

彭望芬,又名心雪,生年不详,卒于 1970 年。据知,她 1920 年毕业于北京女子高等师范学校,后与其丈夫教育家杨卫玉一起长期致力于我国职业教育。她著有散文、游记数种,编集出版的有《敏儿的母亲》等。

《青岛漫游》,彭望芬著,笔者所见为上海生活书店(福州路 384 号)1936 年 2 月初版。竖排,开本 13.3×18.8 厘米,页数 87 页,插图 19 幅,定价 0.20 元。日记体。全书记录彭望芬 1924 年 7 月 13 日至 24 日十余日在青岛考察漫游所见所闻。书前刊有彭女士 1924 年 11 月 1 日撰写的《自序》:"青岛的山明水秀,和新建设的发展,早有不少人记载颂扬,我们久已'心向往之',欲得一游以为快;奈人事纠缠,到今年(1924)夏天,才算达了目的。我们这次的游览,本来的目的,除考察教育以外,对于市政建设,乡村改进,以及社会状况,外交情势,都想略略的调查一下;至于风景山水的游览,还在其次。沈市长鸿烈说得好:'青岛现在站在中华民国国防的第一线,关系不在一市,而在一国。'的确,我们在青岛十四天,无时无地,不感觉到青岛之可爱,同时也感觉到青岛之可危。现在说青岛,说他是锦绣山河,实不为过;因为它不但得天然山水之雄伟秀丽,而且经(历)了好几度的人工建设;所以不仅为一风景所在之乐土,亦成为一个现代的都市。记者足迹所至,固然不多,即就所至的大江南北,以及黄河流域而论,青岛可以首屈一指了。"从《自序》中可知,彭望芬是利用暑假期间,不仅对青岛教育工作做一次参观考察,还对市区建设、乡村改进、社会状况、外交形势,以及山水、环境、风俗等都有所考察和游览,并将所见所闻和感怀记载下来,也有了这本游记集。

1924 年 7 月 13 日下午,彭望芬在上海新关码头乘着太古公司的新宁轮从上海出发的,经过近两天两夜海上颠簸 7 月 15 日清晨才登陆青岛口岸。一路上虽"夜为蚊虫所苦",饱尝蚊虫侵扰和"头目晕眩"折磨,然而一上岸,"只见两旁苍翠成丛,绿荫一片者,为山;黄墙红瓦,整齐划一,点缀于丛绿中者,为青岛市街;临海依山,风景幽静,美更无比",赏心悦目的景色,顿扫旅途上的倦意。步入市区后,呈显眼前的"高大之建筑,悉皆黄墙朱甍,益以道旁浓荫匝地,故遥望红绿映,美乃无艺;诚避暑之胜地,幽居之乐土也。市立女中(作者下榻的接待处),校舍系新建,背山面海,风景天然,开窗一望,海滨一带,绿荫红瓦,尽入眼底,极占形胜"。寥寥几句,将青岛城市新建筑、新气象和特色之美,淋漓尽致展露无遗。此外,彭望芬游趣浓郁,先后游览"林木参天,嘉树成荫"的中山公园;削壁千仞、水流湍急、名胜众多的崂山景区和碧浪细沙的海滨,饱览青岛旖旎风光和名胜古迹。彭望芬是个游者,她不仅嗜好名山胜水、城市美景,还深入学校、工厂调查研究,展现一个教育工作者心系社会、民族发展事业的责任意识。这在书中有所反映和记录:"本市(青岛)三年内,乡村小学建筑经费六十万元。青岛全市,教育费收入,年不过七十万;而小学校之建筑,尽皆规模宏大,可谓不遗余力矣。"可见当时地方政府对基层教育的重视。尤其值得一提书中对当年工厂规模、状况和环境也有记载:"该厂(华新纱厂)系青岛规模最大之纱厂,资本二百七十万元,工人两千余人,年年盈余。入门树木成林,浓荫复道,厂中有花园,有图书馆,俱乐部,皆备工人工余之娱乐者。"这样规模和环境的纺织厂在当年我国是不多见的,其设施和环境足可与上海七八十年代上海纺织企业相媲美。

彭望芬观察极为细腻,处处留心,触及面广。这样书中展示也五光十色,琳琅满目,有景点、学校、工厂,还有马路、医院和城市交通等状况。有一次傍晚作者忽发病,外出求医,其描述道:"沿途花木葱茏,荫翳蔽日,风景绝胜。虽一路上坡下冈,而地平如砥。绿荫青霭中,皆有宽广之马路,盘旋而上时,可以不遇一人,人行其中,万籁俱寂。市立医院,规模宏大,院舍亦颇宏伟,当余正欲出院时,山雨骤至,幸门外有人力车可雇,遂于大雨中登车。青(岛)市人力车,车身坚固,篷蔽甚密,形似轿子;故纵在倾盆大雨中行,雨水亦绝不侵入,为海上人力车所不及。"通过"葱茏""宽广""宏大""人力车",这些形容词和专门名词,将青岛街道、马路、医院、交通工具特点,惟妙惟肖、栩栩如生的展示出来。这也足以说明彭望芬文字之老辣。

抗战全面爆发后,彭望芬放弃安逸的生活,怀着满腔爱国情怀和丈夫杨卫玉一起,于 1938 年春至 1939 年冬,辗转于港、桂、滇、渝、黔等西南各地,不辞辛劳,历经磨难,深入考察,宣传抗战,并以女性细致的笔触对战时后方社会民生及日本侵略者的罪行进行揭露和声讨。这在她的另一本作品《西南浪迹稿》中也作了深刻的记录和揭露,它虽不是第一手的档案史料,却无疑是一份珍贵的历史记录。

湘行散记

⊙《湘行散记》封面、版权页，上海商务印书馆 1936 年 3 月初版

　　《湘行散记》，沈从文著，笔者所见为上海商务印书馆
1936 年 3 月初版本，文学研究会"创作丛书"之一种。竖
排，开本 10.8×17 厘米，页数 144 页，定价 0.60 元。该书
初版无序跋。全书收有《一个戴水獭皮帽子的朋友》《桃源
与沅州》《鸭窠园的夜》《一九三四年一月十八》《一个多情水
手与一个多情妇人》《辰河小船上的水手》《箱子岩》《五个军
官与一个煤矿工人》《老伴》《虎雏再遇记》《一个爱惜鼻子的
朋友》。这是 1934 年即沈从文离乡 16 年后回故乡湘西时
所创作的游记，以神来之笔展现了湘西迷人的自然风光、独
特的风土人情，劳动人民的悲惨生活和自发的抗争及沈从
文对故乡的眷恋。

　　湘西位于湖南省西北部，自古以来，为湘、川咽喉之地，
历史悠久，山水奇异，民风淳朴。沈从文对故乡是充满着深
深的眷恋情感，以清丽语言描绘了一个世外桃源般的湘西

世界,也为我们展现了沈从文独具匠心、别具一格的语言风格。首先,写景语言质地简洁而澄明。故乡的山水人事皆实在,皆与作者生命相连,魂魄相依。16年后重返故乡,在他那透骨的相思里翻越烟雨关山再度重逢,"一个生命,两个天地,十六载似水年华,脚一踏上乡土,心中多少感慨!"其次,景物描写运笔走势轻捷而灵动。如在《箱子岩》篇中描述道:"我有机会独坐一只小篷船,沿辰河上行,停船在箱子岩脚下。一列青黛崭削的石壁,夹江高耸,被夕阳烘炙成为一个五彩屏障。石壁半腰中,有古代巢居者的遗迹,石罅间悬撑起无数横梁,暗红色大木柜尚依然好好的搁在木梁上。"其三,描写风景用语典雅与土俗并存,富丽与朴素同在。沈从文曾在写给青年作家的一封信中说道:"兼叙人事的散文,容许你在景物印象、语言对比、观念诠释、人事发展上作各种不太谨严的拼和,涂金绘彩至于奢侈,素朴无华近于贫俭,粗俗中增饰妩媚,庄素中注入了点点幽默。"这是沈从文给青年作家的指点,也是他自身语言表达的写照。

沈从文天赋才情颇高,感官世界也是绚丽多姿,所以写景抒怀也是未必"眼见的状态",即不是视觉性的、绘画性的,而是感觉性的,更多的是器官功能的感受、回忆甚至梦幻。在《桃源与沅州》中,他凭借敏锐的感觉、出色的取景能力和抒情的表现,构建了别样的湘西沅州世界:"沅州上游不远有个白燕溪,小溪谷里生芷草,到如今还随处可见。除了兰芷以外,还有不少香草香花,在溪边崖下繁殖。那种黛色无际的崖石,那种一丛丛幽香眩目的奇葩,那种小小回旋的溪流,合成一个如何不可言说迷人心目的圣境!"

《湘行散记》不仅是一本游记,也是一本对当时社会基层民众的忠实记录和描绘的纪实读物。

海南岛旅行记

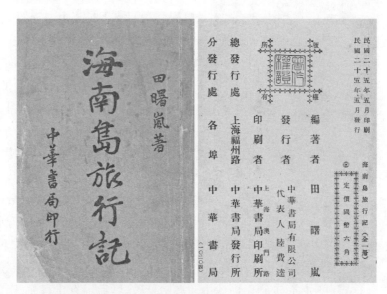

⊙《海南岛旅行记》封面、版权页，中华书局 1936 年 5 月初版

　　《海南岛旅行记》是田曙岚继《广西旅行记》之后的又一本游记，笔者所见为中华书局 1936 年 5 月初版。竖排，开本 13.1×18.7 厘米，页数 198 页，插图 8 页，照片 12 张，定价 0.60 元。全书收录《初抵海口》《琼山的苏公祠及五公祠》《定安的胜迹》《文昌的胜迹与风俗》《琼东八景及其他胜迹》《乐会县概况》《由龙塘墟至嶺门市》《由澄迈至临高》《海南无锇莘》《由儋县至海头港》《昌江县概况》《三亚埠与三亚港》《榆林港的一瞥》《由藤桥市至陵水县》《万宁道中的含羞草》《由嘉积市复返海口市》《再会吧海南》等 95 篇，以及附录《海南全岛总论》。

　　全书记录田曙岚 1932 年 12 月 1 日至 1933 年 5 月 4 日期间，游历海南岛所见所闻及自然生态与社会风貌。书前有徐忍寒 1935 年 12 月 2 日于上海民智中学撰写的《序》及田曙岚撰写的《小引》。《小引》中说："民国二十年（1931

⊙ 田曙岚像

年——编者注)春。余决志周游全国,其最大目的,即在实地考察各地自然状态与人文概况。尝以海南一岛,孤立于极南之海中,一切风土情形,外界多不明晰;故决于游毕广东内陆之后,即当环行海南以觇究竟。嗣于是年七月一日,由上海北站启程,按照预定路线,先向浙闽进发,次及粤东,再由雷州半岛南渡琼州海峡遁入海南;而于二十一年(1932年——编者注)十二月一日,首抵海口。除中因不习水土,感染瘴气,病居医院两月不计外,计环游海南各县,共费时三月,历程三千余里。而于二十二年(1933年——编者注)五月四日,离别海南。"当时的海南岛贫穷落后,交通闭塞,田曙岚在海南岛"费时三月,历程三千余里"的全程旅行,其主要的交通工具是自行车和步行,极为艰险艰辛而不易。

这一点书中有多处记载,如《由琼东县至乐会县》中就记述道:"下坡时,趁势放车,颇为迅捷,惟坡底松沙积聚,车行至此,毫无准则,复焉。起寻眼镜,拾自泥沙中,失一框脚;再寻之,亦得于泥沙中。汽胎复破,厥后惟有步行而已。"由于途中翻车胎破,导致只能推着自行车步行前进,而且这种情形一路上是屡见不鲜,因此田曙岚如果没有坚强意志,恐怕早已半途而返了。

田曙岚是擅于纪实的散文家,也是有担当有学识的人文学者。他旅行的目的不在寻幽探胜,而是"考察各地自然状态与人文概况"。

《海南岛旅行记》在写作上最具鲜明特色的是言之有物,文字朴实。田曙岚不喜雕琢,只爱朴实地把一切见闻见识直接传达给读者,给人以亲切真实的感觉。他不仅记述旅行中的所见所闻及自己的思想感触,还将笔触伸向与海南大地密切相关的事物,内容涉及海南各地的概况、民族、特产、胜迹、风俗等,这一点在《海南全岛总论》篇中就有如数家珍般的精确、简洁叙述。例如说到海南民族的分布:"汉、黎二族:汉族环居岛之周围,以东北文昌、琼山一带为最多且密;西南感恩、崖县一带为最少而稀;共约二百二十五万二千余人。黎或曰'四黎',散居于五指山及其支脉之山谷中;亦

⊙ 海忠介公瑞之遗像

海南市鸟瞰　黄剑豪摄　　文昌县风景　黄剑豪摄

⊙ 插照之一

海公泉　黄剑豪摄　　两伏波祠　黄剑豪摄

⊙ 插照之二

有与汉族杂居者。"说到岛上物产:"海南农产物,以谷米、番薯、甘蔗、椰子、槟榔、芋头、花生、竹、木等为大宗;海产以食盐、鱿鱼、墨鱼、红鱼、鲳鱼、马鲛、虾、蟹等为大宗;矿产则有金、银、铜、铁、锡、铅等数种,皆蕴藏甚富。"田曙岚还将海南的名胜古迹分为八类:山岭、岩洞、水泉、洲屿、祠庙、亭阁、名墓、古迹,颇有见识。比如,在《东山岭之游》篇中写道:"岭在东门外三里许,高数十丈,为万宁第一名胜。"在《落笔洞之游》篇中又说道,"洞在印山之东南麓稍高处,高深约三丈。广约二丈余。洞中有石突出,下垂如笔状。洞侧石壁下,有石底稍高而平。"所以海南岛不仅物产和自然资源极其丰富,而且旅游资源和历史文化内涵也极为丰厚。这本游记不仅有险峻神秀景色的精致描绘,还有历史文化的丰厚写照,是海南游记中难得一见的佳作。

南游十记

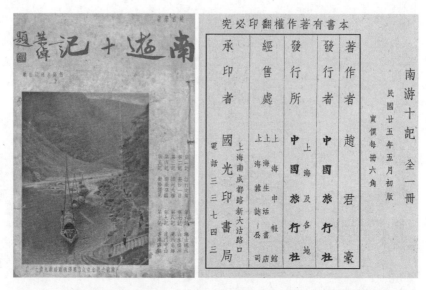

⊙《南游十记》封面、版权页，中国旅行社 1936 年 5 月初版

《南游十记》，赵君豪著，笔者所见为中国旅行社 1936 年 5 月初版，上海申报馆、上海生活书店、上海杂志公司经售。竖排，开本 13×18.7 厘米，页数 178 页，定价 0.60 元。叶恭绰题签。全书收录《江行之乐》《长沙一日》《渌河大桥》《南岳登临》《衡阳闻见》《郴山郴水》《山水桥洞》《广州名胜》《澳门中山》《香港旅观》等十记及附录《汉粤纪行》等。值得一提的书中刊有绘制得精致高雅、韵味十足的插图和广告多达 44 幅，这在当时出版物中极为罕见，这既为我们呈现了一道罕见的民国商业广告风景线及上海现代工商业的发达和繁荣，也折射出当年作者和中国旅行社的影响力之大，否则不可能招揽到如此众多的金融、交通、医药、酒店、百货、出版社等著名企业的商业广告。

书前有赵君豪 1936 年 4 月 26 日于上海撰写的《序》："我此次南游，重要的任务，是参观粤汉铁路株韶段的工程情况。行程是从上海出发,以火车到(南)京,换乘长江轮至汉口,渡江后,由武昌徐家棚遵粤汉铁路南行。沿线驻足的地方,若长沙,株洲,渌口,衡山,南岳,衡阳,郴州,宜章,坪石,乐昌,广州等处;因为时间所限,停留期间,最多的不过两天,最少的仅有几小时。归途初拟由原路返沪,后来因为既到了广州,当然应该去香港,既去香港,又乘便赴澳门,中山一游。自澳门返港后,即乘邮船归沪。"赵君豪此行也肩负为中国旅行社开发湘汉粤地区旅游线路的使命及为《申报》撰写游记任务,故虽"为时间所限",还是争分夺秒仔细考察,挑灯写作,"记录一日的见闻,寄登申报"。

赵君豪游记的特点,往往写得情景交融,例如在记述湘江写道:"我极爱湘江的景色,有疏淡的峰峦,和远近的风帆,把整个的湘江炫染得像一幅图画。有时在火车窗外,可以见到竹林,可以见到极古的树,风物美妙,与江南无殊。我伏在窗上贪看景色,不知不觉的已到了朱亭。"在叙述清晨长江两岸景色时又描绘道:"推窗一望,雾色扑入,山翠如沐,云岚舒卷,如对画图。间有青峰,绵延不绝,江流曲折,移步换形,片刻流连,景色各异,宛如展阅山水长卷,有引人入胜之妙。"

赵君豪在游记中还善于采用对比方法来凸现景点名胜和城市建筑的特点,比如在游览南岳后叙述道:"南岳之胜,在于博大雄奇,江浙一带的山水,以明媚见胜,各有所长。"在叙述广州道:"看了不少阔人的住宅,这里很有点像上海西区的静安寺路和霞飞路,不过范围较小,而且这许多高等住宅并不甚壮丽。"描绘长沙说道:"市面之佳,秩序之好,殊出人意料。街衢大多铺石板,整齐为苏州、杭州所不及。繁盛之区,商铺规模,几与上海相埒。"这样的对照和比较,让人浮想翩翩,加深了对游览景点和城市形象的印象。

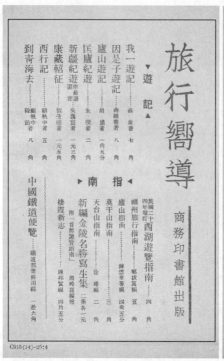

⊙《南游十记》附录广告之一

⊙《南游十记》附录广告之二

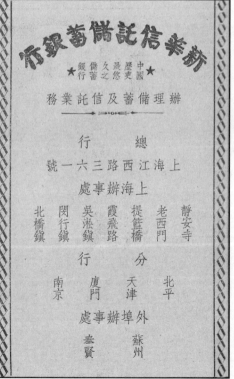

⊙《南游十记》附录广告之三

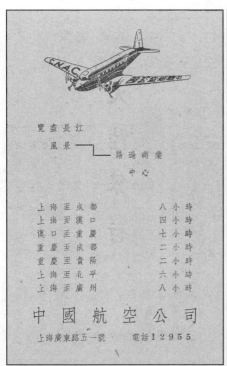

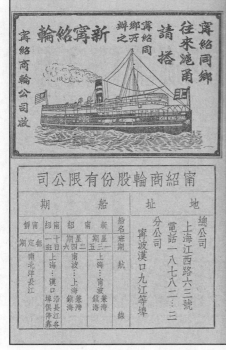

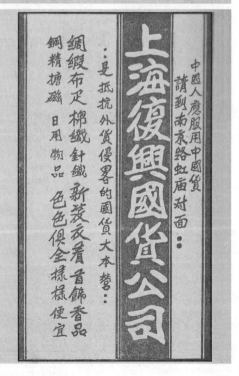

⊙《南游十记》附录广告之五

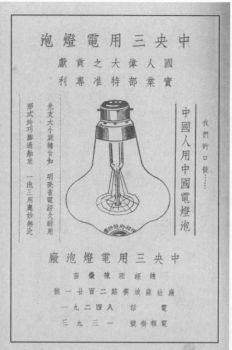

⊙《南游十记》附录广告之六

⊙《南游十记》附录广告之七

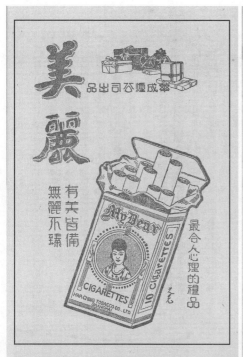

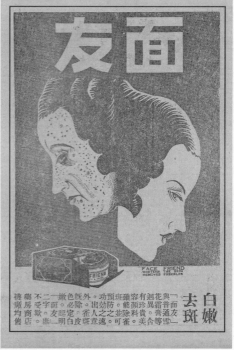

⊙《南游十记》附录广告之八

⊙《南游十记》附录广告之九

⊙《南游十记》附录广告之十

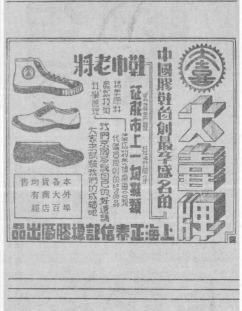

⊙《南游十记》附录广告之十一

旅藏二十年

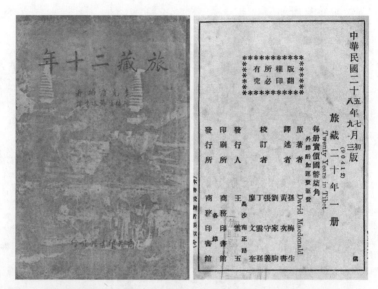

⊙《旅藏二十年》封面、版权页,商务书馆 1939 年 9 月第 3 版

　　《旅藏二十年》(英国)麦克唐纳著,孙梅生、黄次书、刘家驹等 6 人译。商务书馆 1936 年 7 月初版,笔者所见为 1939 年 9 月第 3 版。竖排,开本 13×19 厘米,页数 279 页,插图 24 页,照片 34 张,定价 0.70 元。全书有《英远征军入藏》《逼近首府拉萨》《教育的工作》《达赖逃亡印度》《中国人的申辩和劝诱》《中华民国成立对西藏的影响》《勇敢的西藏人》《达赖喇嘛由印度回驻亚东英商务署》《不丹王》《拉萨的扰乱》《英商务委员公署的应酬》《江孜》《英商务委员公署总部》《死亡册》《赛马》《中藏条约》《拜会班禅喇嘛》《西藏官员》《布达拉宫》《拉萨与日喀则》《离开西藏》等,计 31 章 271 节。

　　书前有马鹤天先生 1935 年 8 月撰写的《序》,译者 1935 年 3 月 8 日于南京西藏学校撰写的《译者序》及麦克唐纳于孟加拉北喀利棚的《作者序》。马鹤天(1887—1962),山西芮城人,早年留学日本,参加国民党从事革命活动。历任甘肃教育厅厅长、甘肃学院(今兰州大学前身)院长、国民政府中央考试院铨叙部育才司司长、国民政府蒙藏委员会委员等职。晚年,先后在中央民族学院和中央民族事务委员会工作;期间,他曾被聘为山西省文史馆馆员。曾撰写过《内外蒙古考察日记》《甘青藏边区考察记》《西北考察记》《东北考察记》等多种游记集。麦克唐纳是个在西藏有着生活和

⊙ 插照

工作 20 年经历的英国人，其任职期间也是西藏的多事之秋，所以他耳闻目睹所撰写的这本回忆录，可以说是反映 20 世纪初期西藏社会的政治、经济、文化、宗教等风云变幻状况的一本重要的历史著作及研究西藏近现代史的重要文献。

作者苦心孤诣的美化自己，却也无法掩盖当年英军入藏侵略与掠夺的野心和本质。英国侵略军在西藏各地抢劫的财物数量之多，麦克唐纳也不得不在本书中羞羞答答的写道："1905 年 1 月，我因有特别职务，被派到加尔各答，担任分类编订图书及珍贵物品目录工作。这些东西，就是我同威德尔大佐在西藏搜集的，件数的多，须有 400 多骡子才能驮运。里边包括有许多珍贵而稀罕的喇嘛书籍，神像，宗教作品，盔甲，武器，图书，瓷皿等物。大部分瓷器，送给精于鉴别搜集家克钦纳爵士。所有这些贵重艺术品，原来藏在印度博物馆，而且我也在里边担任工作，以后便把它分别存到英国博物院，印度博物院，保得利图书馆和印度公署图书馆。当我在那地方编制目录时，寇松爵士同赖明堂爵士常来参观数次。寇松爵士时为印度总督，他自己选择了几件东西，送到加尔各答维多利亚纪念厅保存。"强盗嘴脸，欲盖弥彰，昭然若揭。

中国的西北角

⊙《中国的西北角》封面、版权页，天津大公报馆 1936 年 8 月第 1 版

　　1935 年，范长江以《大公报》社旅行记者的名义开始了他艰苦卓绝的西北之行。他从上海出发沿长江西上，在四川做短暂停留后，经四川江油、平武、松潘，甘肃西固、岷县等地，两个月后到达兰州。在兰州稍事休整后，他又向西深入到敦煌、玉门、西宁，向北到临河、五原、包头等地进行采访。范长江的这次西部之行，历时 10 个月，行程 6 000 余里，取得了丰硕的成果。他沿途写下了大量的旅行通讯和游记，真实地记录了中国西北部人民生活的困苦，对少数民族地区有关宗教、民族关系等问题也作了深刻的表述；更为重要的是，他的旅行通讯中公开如实地报道了中国工农红军正在进行的二万五千里长征，他的报道比美国著名记者埃德加·斯诺对长征的报道还早一年多。

　　《中国的西北角》，范长江著，天津大公报馆 1936 年 8 月第 1 版。从 1936 年 8 月初版始，9 月、10 月、11 月，竟然印到第四版,而次年的 1 月、3 月、4 月、6 月、12 月,至 1938 年的 1 月,已经是第十版了。在那个年代又有什么出版物能如此打动读者? 同类的书中又有哪一种的发行量能望其项背呢? 此书的第一版是没有序文的。到了第三版,才将周飞的《评中国的西北角》用作《代序》,而至第四版才有范长江先生的《自序》,那是 1936 年 11 月他在绥远时写的。第七版上又出现了署名"墨卿"的《代序》,也是评此书的。笔者所见为第七版,竖排,开本 15×22 厘米,页数 354 页,印数没标,定价也没标。全书五章:《成兰纪行》《陕甘形势片段》《祁连山南的旅行》《祁连山北的旅行》《贺兰山的四边》,在每章前都插有写真的图片,形成图文并茂的视觉效应。书前有范长江的一段说明:"记者此次旅行的完成,和本书的出版,此中百分之九十五是各地朋友们的力量,其余百分之五才是机会和我自己的微力。为了顾及读者读书时的兴趣起见,恕我在书中不能一一举出名来,表达我的谢忱。"此外还刊有《三版代序——周飞:评中国的西北角》《四版自序》《七版代序——评中国的西北角》(墨卿)《记者所经路线全图》等文章,便于读者对书中主题思想的深化和理解。

在《评中国的西北角》中有那样一段精彩点评:"在读着的时候,我随着作者的笔尖从成都而兰州而西安,从繁华的都市到偏僻的野山,从古老的废墟到景色如画的贺兰山旁,它随处给我以新鲜活泼的刺激,随时给以深思猛省的机会,数年来我没有读过这样一本充实的书籍,没有领略过比读这本书更大的快慰。长江君因'被中国变乱的环境激动出来',怀着满腔热血遍游西北,翻越崇山峻岭,通过复杂的民族,完成他的志愿,这种艰苦卓绝的精神,实在值得我们衷心的敬仰。尤其可贵的是,作者并没有像守财奴一样把他视察所得的经验留给自己,他每到一处地方,必以他那生动的笔把那儿的地理环境,经济状况,风俗习惯详细刻画出来,他使我们在积极方面,对西北有个明确的认识,知道它的伟大处与灿烂处,在消极方面,并看出了在这个伟大灿烂的地方所活动着的各民族,因政治的腐败,经济的压榨,风俗的固陋,有的尚停留在原始状态,有的则又坠落到难以自拔的地步。"应当说周飞这篇文章,基本上将当年的时代特征及书的本身特点和价值,叙述和点评得一清二楚。

中国的一日

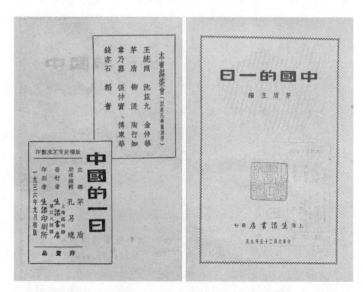

⊙《中国的一日》(精装本)版权页、扉页,上海生活书店 1936 年 9 月初版

　　《中国的一日》,茅盾主编,笔者所见为上海生活书店 1936 年 9 月初版。编委会(以姓氏笔画为序):由王统照、沈兹九、金仲华、茅盾、柳湜、陶行知、章乃器、张仲实、傅东华、钱亦石、韬奋组成。助理编辑孔另境。

　　《中国的一日》,竖排,精装本,开本 14.7×22.3 厘米,页数约 1 000 页,插图、照片和木刻,合计约 30 页。印数未标,非卖品。全书分为《全国鸟瞰》《南京》《上海》《江苏》《浙江》《江西·安徽》《湖北·湖南》《北平·天津》《河北·察哈尔·绥远》《"失去的土地"》《山东·河南》《山西·陕西·甘肃》《广东·福建》《广西·贵州·云南·四川》《海·陆·空》《侨踪》《一日间的报纸》《一日间的娱乐》等,共计 18 编。"全国大事记"(唐英伟木刻)、"玄武湖"(钱源淇摄)、"江头"(张清平摄)、"军训一角"(杜鳌摄)、"犁田"(潘文裕摄),画面严谨、生动、活泼,富有时代的旋律和气息。书前有蔡元培 1936 年 9 月 4 日手书的《序》及茅盾 1936 年 8 月 20 日撰写的《关于编辑的经过》。茅盾的文章将编辑《中国的一日》的起因、过程及征稿、体例、意义等作了叙述和介绍，文字严谨、流畅、精准。他在开篇中强调指出："这本书能够和读者见面，全靠了国内外数千位相识与不相识的朋友们热心的指教和赞助。"也就是说这本书得以顺利出版问世，是全国人民和海外侨胞共同参与和支持的成果。在中国现代文学的珍本书中，《中国的一日》无疑是很突出的一册珍本。

1936 年春天，高尔基在苏联发起和主编《世界的一日》的消息传到中国，上海生活书店创办者邹韬奋受到启发，便想袭用这个思路编一本《中国的一日》。4 月下旬，邹韬奋找到茅盾，提出这个想法，并请茅盾担任《中国的一

⊙《中国的一日》目录页

⊙ 手迹

日》的主编。茅盾起初推辞说："你应该请鲁迅来编。"邹韬奋以鲁迅身体不好、不便烦扰为由，面露难色。茅盾便不再推辞，担当下来。随后，他们开始讨论编辑方案。邹韬奋显然有备而来，茅盾后来回忆，谈到活动的目的时，邹韬奋提出：这是一种很活泼的形式，可以通过它来反映全国各地民众抗日的要求，与当局的不抵抗政策作一对照；也可以向读者介绍在国家生死存亡之时全国的黑暗面和光明面。为对付国民党当局，邹韬奋还拿出了一个 11 人的编委会名单。茅盾表示赞同："各方面的人都有了，只是颜色还是红了一点。"他提出还应请蔡元培写一篇《序言》。他们商定，文体不拘，小说、散文、书信、日记、短剧、游记、报告以至绘画、摄影都可以，篇幅在 1000 字以内。茅盾问：计划编多少字呢？邹韬奋答：从书店的

⊙ 插照

财力考虑,最好 50 万至 70 万字。茅盾说:"70 万字的定稿恐怕要看 3 倍以上的稿件"。邹韬奋说:"我知道你看稿子的速度,几百万字是不在乎的"。一来一去之间,事情就初步定下来了。

《中国的一日》选定 1936 年 5 月 21 日为中心,向全中国发出征文启事,恳请全国各界人士留心自己在"5·21"这一天的所见所闻、所作所感,记录下来,作为全中国在 1936 年 5 月 21 日这天的横断面。为什么选定"5·21"呢?几十年后,据此书编辑孔另境透露说:"5 月 21 日,就是'马日'(以韵目代日),用以纪念震惊世界的'马日事变'的。"征文启事普告天下后,立即激发了国内甚至海外一切识字而关心祖国命运,且渴望知道在民族危难关头祖国的社会真面目及中国人的心灵。稿件从各地如雪片般飞来,超过 3 000 篇。原计划出版字数为 50—70 万字,而收到的稿件竟 10 倍于此数,编辑人员异常兴奋。经过第一次挑选,选定 860 篇,130 万字,仍大大超出预算;经费所限,编者不得不忍痛割爱,再行精选,最后敲定 490 余篇,编成了这部 80 万字的大书。

《中国的一日》几乎包括了所有的文学体裁:短篇小说、报告文学、日记、书信、小品文、游记、短剧、速写,堪称集文学之大成。撰稿者既有陈独秀、黄炎培、陈子展等名人学者,也有从没动过笔的店员、小商人、公务员、演员、护士、士兵、警察等中下层人物。茅盾说:"除了僧道妓女以及'跑江湖'等等特殊'人生'而外,没有一个社会阶层和职

⊙ 插图之一

业'人生'不在庞大的来稿中占一位置。"

　　茅盾组织编纂的这部中国首部大型报告文学集《中国的一日》，在社会上引起了极大的轰动。可谓是我国"一日"型出版物的父本和母本，持续影响着中国文化和出版界。它的面世标志着中国现代报告文学在中国文坛的发展达到了第一个高潮，是20世纪30年代中国文坛上的一件盛事。

五月的太阳起来了
张望作（插图）

⊙ 插图之二

斯坦因西域考古记

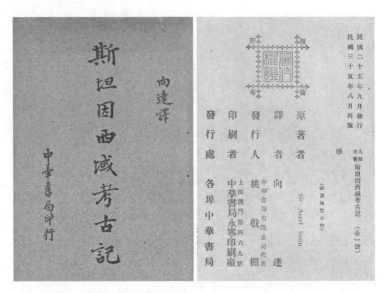

⊙ 中文版《斯坦因西域考古记》封面、版权页，中华书局 1946 年 8 月再版本

　　斯坦因 1862 年生于匈牙利首都布达佩斯的一个犹太人家庭。他青年时代求学于德累斯顿、维也纳、莱比锡、图林根等地。师从古印度文字学权威比勒教授，专攻古代语言、印度古代史等专业。后留学英国牛津大学和伦敦大学，1883 年获博士学位。1887 年，被推荐为拉台尔（今巴基斯坦境内）的东方学院院长，来到印度。1889 年又成为加尔各答伊斯兰教寺院附属学校校长，并任旁遮普大学的督学等职。在英国和印度政府的支持下，他先后多次深入中国新疆、甘肃等地区进行考古探险，并将探险所获敦煌等地出土文物和文献入藏伦敦的英国博物馆、英国图书馆和印度事务部图书馆等处。因为他是尼雅遗址的发现者，也是敦煌藏经被劫始作俑者，所以他既是考古家也是中国文物掠夺者、盗窃者，这是无法回避的事实。但是，只要涉及新疆探险和考古史，对斯坦因和他的《斯坦因西域考古记》是不能避而不谈的。

中文版《斯坦因西域考古记》由著名敦煌学家、中外交通史家向达翻译，中华书局 1936 年 9 月初版，笔者过眼的是 1946 年 8 月再版本。竖排，开本 15.3×21.9 厘米，页数 300 页，刊有照片、插图 147 张。全书有《亚洲腹部的鸟瞰》《中国之经营中亚以及各种文明的接触》《越兴都库什以至帕米尔同昆仑山》《在沙漠废址中的第一次发掘》《尼雅废址所发现的东西》《尼雅废址之再访和安得悦的遗物》《磨朗的遗址》《古楼兰的探险》《循古道横渡干阗了的罗布泊》《古代边境线的发现》《沿着古代中国长城发现的东西》《千佛洞石窟寺》《秘室中的发见》《千佛洞所得之佛教画》《南山山脉中的探险》《从额济纳河到天山》《吐鲁番遗迹的考察》《从库鲁克塔格山到疏勒》《从疏勒到

⊙ 敦煌藏经洞的绢画

阿尔楚尔帕米尔》《沿妫水上游纪行》《从洛山到撒马尔罕》，共计 21 章，以及附录《斯坦因第三次中亚考古略记》《斯坦因黑水考古纪略》《俄国科兹洛夫探险队外蒙古考古发见纪略》《十九世纪后半期西域探险略表》4 篇。

书前有斯坦因 1932 年 9 月 18 日于牛津基督学院撰写的《著者序》及向达 1935 年 10 月 17 日于上海撰写的《译者赘言》。向达在《赘言》中说："西洋自十九世纪中叶以后，探险的风气大盛，逐渐及于中亚一带，中亚地方在中古时代，为中国丝缯（绸）西去的大道，为东西两方文化交通的枢轴。近数十年来，西洋学者在中亚考古探险所得的古代遗存，不惟可以看出古代当地文化的水准情形，东西两方文化交光互影的梗概，并且连中国中古时代的历史，因为有这些遗物的发见，也可以呈露不少的光明，得到不少的新的解释。在考古学方面成绩最为可观的有英国的斯坦因，法国的伯希和，瑞典的斯文海定，和德国的勒柯克；日本的橘瑞超也有一部分的贡献。各人的报告书都是煌煌巨著，不易观览；综合各人各次探险结果，写成通俗著作，使人一览而明大概的颇不多见。此处所译的即是斯坦因综合他四次中亚探查的结果而写成的一部通俗著作。看过他的专门报告书的，读此固可流贯前后，得一条理；没有看过的人，读此也就可以得一个梗概。事实叙述简洁得要，对于各个问题在历史上的重要和地位，都说得很明白，这正是我们一般人对于新疆所需要的一点知识。我因此翻译了这一部书。"向达在这里既叙述当时西方学者斯坦因等人对中亚考古探险所做出的成果，也阐述了他翻译此书有助于"一般人对于新疆所需要的一点知识"的价值和意义。

第九十圖　阿克蘇道台潘大人像

第十二圖　蔣師爺像

第九十七圖　千佛洞之石窟寺

⊙ 插照

⊙《奇异风俗各地风光集》封面、版权页,上海春明书店 1938 年 4 月
第 2 版

李流芳(1912—1948),上海嘉定南翔人。他编有《李长
蘅山水册》,上海商务印书馆 1929 年出版,后又凭爱好和兴
趣,编辑出版有关旅游风光的《奇异风俗各地风光集》。

《奇异风俗各地风光集》,上海春明书店(福州路昼锦里
口怡益里)1936 年 11 月初版,笔者所见为 1938 年 4 月第 2
版。竖排,开本 13×18.3 厘米,页数 129 页,定价 0.16 元。
全书收录《大塘访苗记》《厦门乞丐兴亡史》《南非洲的土人》
《新疆采风录》《南洋华侨的妇女生活》《青岛奇俗》《蒙俗杂
写》《马来的舞女》《都市百态》《野人国》《神秘的东岛》《普陀
记胜》《莫愁湖剪影》《江湾路之春》《松花江上》《曹娥江畔》
《姑苏记游》《到西湖去》《越南乡村速写》《香港唯一贵族区》
《吴淞炮台小史》《非洲美女活祭蛇神谈》《澳大利亚土人的
死法》《印度男女求爱的条件》《广东的盲妹》等 68 篇。文字
简洁流畅,通俗易懂;篇幅简洁,每篇数百字,点到为止。

例如描绘春寒南京莫愁湖叙述道："非常寂寞,湖上的画舫也还没有开始移荡。凭栏远望,十里的湖光烟景,都映在眼里。柳抒青眼,燕啭歌喉,微风过处,水波激滟,有如锦浪,远看石城,古老苍寒,烟里春出,隐约如画!"李流芳将春寒"寂寞"的心境,在柳树、水波、石城景色的感染下,犹如沉醉于"隐约如画"的美景中,达到情感交融的神游效果。对苏州游玩的描绘:"到过天平山,虎丘和狮子林,其余的时间,都是在乡野间乱跑,如临水人家的捣衣;白鹅在柳树下的游泳;城垣下小舟的来往,都饶有古趣。"将古城苏州的名胜古迹、风貌风光、流水人家,写得栩栩如生,历历在目,悦目难忘。

民风民俗的叙述,奇异多姿,琳琅满目。对蒙古人习俗描绘:"无论男女并各有一只饭碗,这碗是放在怀里的,饮食洗漱就拿出来用,用完仍放在怀里。这碗不是我们常见的碗,是以藏木镶银制的,价值多在十五元以上。"说到苗族人婚姻,又是另一番情趣,说道:"完全是由青年男女自己去选择对象,当他们达到结婚年龄的时候,常常和自己的爱人在一块作事,玩耍。假使他们有一天不曾看见自己心爱的人儿,那就思念得不得了,甚至没有心去作事,他们总唱着情歌,时时张望着,希望他们的爱人快快跑到自己的怀里来。"以生动纯真的语言展现了苗族少男少女自由奔放,敢想敢爱的激情和情感。

对物产富饶的叙谈,也是五花八门,精彩纷呈。在这一点上,对新疆地区的描绘最为丰富多彩:"境内有天山积雪溶水之灌,农产物极为富饶,米粒较江南所产者为大,芬芳可口,粥饭借宜,省内人食用外,本有剩余,各县均有大规模之积谷仓,以防荒歉。瓜果之属,则以土地肥腴,味最鲜美,哈密之西瓜,吐鲁番之葡萄,尤称隽品,前清时均为著名贡品。尤甲天下,煤炭遍山皆是,掘地一二尺即得煤油产量亦富,至名马玉器皮革等特产,更难缕述。"新疆是个好地方,地大物博,富饶无比,大有可为。

全书内容丰富,风光无限,却也难免有不足之处。全书无序无跋,从书中目录大致可知作品是出于众多作者之手,是编辑李流芳从众多报刊杂志上精心选辑而成。编辑者的主要责任是要将众多五花八门的文章,分类成辑,集成一册。然而李流芳在编辑上的工夫下得不够深,没能把书中68篇文章,分门别类地加以锤炼和编辑,显得有些杂乱无章。同时,在选录文章品质上也有些参差不齐,良莠不分,尤其是有关海外的奇异风俗的篇章,大多为道听途说,缺乏严谨性、科学性,有的甚至近于荒诞的无稽之谈。但它毕竟还是一本"山海经"式游记,虽内容稀奇古怪,却也不乏真实的地域风光、民俗民风的描绘,读来也可或多或少长些见识,开开眼界,甚至博得快乐大笑。

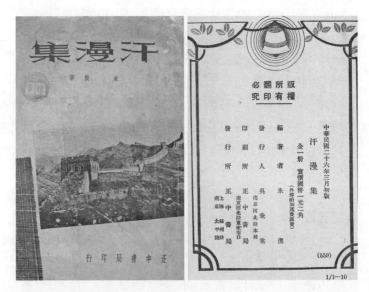

⊙《汗漫集》封面、版权页，正中书局 1937 年 3 月初版

朱偰我国现代经济学家和历史学家，1907 年生于书香家庭，是著名历史学家朱希祖的长子。他自幼受庭训，精研文史，受到良好的文化教育。1919 年入北京第四中学学习德文。1923 年考入北京大学预科。1925 年入本科读政治，以史学为辅科。1929 年毕业赴德国入柏林大学攻经济，兼修历史、哲学。1932 年，朱偰获哲学博士学位后回国，任国立中央大学经济系教授，兼国立编译馆编审，讲授财政学、世界经济、经济名著选读等课，次年任系主任。对当时我国废银元实行纸币制、反洋货倾销、关税自主问题等做专题讲座，在各大报刊发表论文，从此声名鹊起，并使中大经济系大负时誉。"八一三"后，应财政部之邀，草拟战时财政计划，提出以租税支持公债，公债保证通货，防止通货膨胀，以筹措抗战军费。1938 年 12 月 4 日在重庆的中国经济学年会上发表演说，力主维持法币，稳定汇价，以安定金融，加强

抗战力量。财政部长孔祥熙会后即派员邀聘他为财政部兼任秘书。三年后，他辞职改任新设的专卖事业司司长，抗战胜利后曾作为中国政府代表，去越南接受日本投降。1944 年 6 月后被任为财政部关务署副署长、署长。

朱偰也是个具有极深的国学修养的文化人。1926 年 19 岁的他便在刊物上发表《五言诗起源问题》古诗词研究论文。1930 年写成 50 万言的《日本侵略满之研究》，为国内研究东北问题的第一本专著。其译作有《漪溟湖》《燕语》等，小说有《泡影》《怅望》《流到人间去的红叶》等。他的文学作品（诗歌以外）有 41 篇，经济论文 62 篇，金融货币论文 49 篇，但撰写发表最多的是游记，多达 71 篇，另有《汗漫集》《玄奘西游记》等游记专著，故有"新徐霞客"之称。1949 年春，朱偰拒绝去台湾毅然返回南京。上世纪 50 年代中期的大规模拆毁南京明城墙的过程中，身为省文化局副局长的他奔赴现场察看后，向政府提出意见，加以制止，以阻止拆城风潮。他的勇敢举动，终于阻止了南京的拆墙风潮，才得以有中华门瓮城和石头城的巍然屹立至今。刘海粟赠联辞曰："真理长存，铁骨丹心昭百世；是非定论，经济文章照千秋。"这是对朱偰一生最恰当的评价。

《汗漫集》，笔者所见为正中书店（南京河北路童家巷口）1937 年 3 月初版。竖排，开本 15.2×21 厘米，页数 324 页，插图 31 页，定价 1.20 元。全书收录《旧都杂记》（1918 至 1932 年）《游颐和园记》（1923 年 4 月）《万里长城一勺》（1923 年 5 月）《昌平谒明十三陵记》（1923 年 5 月）《金陵览古》（1932 年 8 月至 11 月）《栖霞探胜记》（1932 年 10 月）《游牛首山记》（1934 年 4 月）《金焦北固纪游》（1932 年 10 月）《焦山纪游》（1933 年 10 月）《扬州纪游》（1934 年 9 月）《具区访胜纪》（1935 年 4 月）《苏台访古录》（1936 年 4 月）《西泠游记》（1933 年 3 月至 4 月）《两浙纪游》（1934 年 12 月）《富春江七日记》（1935 年 11 月）《岭南纪行》（1933 年 7 月至 8 月）《澳门纪游》（1933 年 7 月）《入罗浮记》（1933 年 8 月），共计 18 篇。书前有朱偰 1936 年 5 月于青溪撰写的《自序》："余生小有放情山水之志，尝发愿孤筇双履，独往独来，游遍天下名山。惟生不能为徐宏祖，以身许山水，仍有家室之累，世俗之羁，是以不能放踪高蹈，徜徉白云间，深以为悲。忆自欧游归来，又匆匆四载；四载之中，又稍稍出游，南之罗浮，北极云中，东浮沧海，西游云梦，橹声帆影之中，每记为游草。积久成帙，遂汇为一册，命曰《汗漫集》。本集所选游记，凡十八篇：计河北省三篇，察哈尔一篇，江苏八篇，浙江三篇，广东三篇。至于瀛涯览胜，余别有《行云流水》，庐山寻幽，余别有《匡庐纪游》，皆所弗采。因先以此集付梓问世。非谓文辞足取，亦聊以写吾忧耳。"

朱偰是个"有放情山水之志"的旅行家，他的游记文辞典雅、笔力清丽，词诗典故，信手拈来。除描写山川自然美景，更有对地理地貌、历史沿革、民情风俗的考察和论证。

寓情感、趣味于名山胜水风光中,是朱偰游记的一大特点。他在书中叙述北京什刹海时说:"什刹海,古称积水潭,源出西山,在平城西北隅。或因此海多植莲,名为莲花池;或因水阳有净业寺,又名净业湖。民国九年(1920年——编者注),家君置别业于积水潭北,晨夕往游。"结果朱偰面临湖光山色诗情大发,赋《秋初回北平晓游积水潭》诗一首,抒发出"凄迷芳草怀陈迹,寥落残荷似故人"的怀旧感。朱偰对江南风光更是娴熟于心,情真意切,赞不绝口,其称"苏州是有名的'山水之窟',园林之美,甲于东南,狮子林的曲折,留园的幽旷,沧浪亭的逸致,都足以使人流连。"将苏州园林的景致,点评得情感交融,妙趣横生。

朱偰对杭州西湖历史也是了如指掌,如数家珍:"西湖在唐以前,寂然无闻,自白居易刺杭州,往来湖上,宴饮赋诗,艺林重之,西湖之名乃彰;及宋苏轼出守是邦,与高士往还,吟咏传诵,西子湖名益著。"将史上西湖成名与文豪名臣的关系及发展史,演绎得淋漓尽致。这大致也是真正的旅行家和游记作家,必须具备的史学知识、地理知识和文学素养,朱偰基本是达到了如此高的学识境界。这大致与朱偰从小爱读《史记》,爱读《水经注》,爱读《徐霞客游记》有关,前贤笔底那波光云影,山岚奇峰,一直在他心头鼓荡;那吞吐千古的精神,那以性灵游、以躯命游的豪兴,一直在他心头腾跃。他神往李白那样"一生好入名山游",他神往徐霞客那样涉三江五湖,游名山大川,孤筇双屦,穷河沙,上昆仑,探星宿海,历西域,题名绝国。他说:"余既已许身山水,拟岁岁作名山游。"所以朱偰在自订的1934年年度计划中首先是漫游,其次是教学和著书。然而,他也不是置身世外不食人间烟火的高人,他还有自己的事业,他说:"徐霞客千古奇人,逍遥世外,所以他的漫游,是出世的漫游。我们世间的人,总还不免有自己所认清的责任,自己所认定的使命,霞客是不可几及的。我们不能忘情的,还是民族与社会,我们还愿意尽自己一点力量,造福于民族,造福于社会。"所以最终他还是写的书比走的路多,为中国的经济和文化发展积极献计献策。

⊙《羌戎考察记》封面、版权页,上海良友图书公司 1937 年 3 月初版

　　庄学本 1909 年生于上海浦东一户父亲务农兼教私塾的家庭。1924 年 15 岁的他在上海寻源私塾,读了二年旧制中学后,因交不起学费而辍学,进入上海几家公司当实习生,边工作边学习。1930 年,他为寻求真知,参加由 5 个知识青年组成的"全国步行团",他们的口号:"凭我两条腿,行遍全国路,百闻不如一见,前进! 前进! 前进!"由上海步行北上,一路进行社会考察,访问陶行知等文教界知名人士,到北京后直奉战争爆发被迫返回。在当时"失掉东北而开发西北"思想影响下,庄学本怀着"国家兴亡、匹夫有责"爱国热情,投身西部考察事业,立志把祖国腹地(当时称边地)各民族的真实情况,介绍给国人,以期呼唤政府开发我国西部,增强国力,为抗击日本法西斯的侵略积聚力量。

　　1934 年,庄学本带上当职员时积蓄的旅费二、三百元,拟以《良友》画报、《中华》画报、上海《申报》特约记者的身份,想随专使行署进藏考察但遭到阻止。他灵机一动,选一个在历史上、地理上有意义的,被诬为"吃人野番"居住的果洛地区进行考察。这可是一个在当地的地图上还没有被勘测过的一块"白地"。为了旅行的需要,他请南京的朋友在蒙藏委员会办了一张去该地的旅行护照,证件上用了"开发西北协会调查西北专员"名义。从南京到成都后,踏上了向西北挺进旅行探险的长途,经理县、马尔康北上,在阿坝偶然得到一次调停当地与甘肃地方军阀战争的机会,并应墨桑土司之邀与小土司拜为兄弟。此后他继续北上进入川青两省交界的果洛草原进行考察,返程经阿坝,过大草地、松潘、叠溪、茂县而归。一

⊙ 庄学本像

路拍摄的上千张照片和撰写的旅行记,被《中央日报》《申报》《良友》画报等连载,还在南京举办西康影展,20万人前去参观。他的照片展示了那个年代少数民族的精神面貌,为中国少数民族史留下了一份可信度极高的视觉档案与调查报告,又撰写和整理出版了这本《羌戎考察记》。

《羌戎考察记》,笔者所见为上海良友图书公司(四川北路 851 号)1937 年 3 月初版,竖排,开本 13×19 厘米,页数 248 页,插图 32 页。刊有照片 122 张,印数 1000 册,定价 1.00 元。全书有《灌县景象》《从灌县到汶川》《赶赴茂县》《折返威州,西上到理番》《八石脑所见的戎民景象》《山顶上的巡礼》《挂单在喇嘛寺》《杂谷脑的印象》《赴卓克基道中》《卓克基土司》10 章。书前有陈志良 1937 年 2 月 2 日于上海浦东撰写的《序》。庄学本《弁言》中说:"二十三年(1934 年——编者注)的春天,我从南京出发入川到达了成都,当初的目的,预备到西藏去做一次考察旅行,后来因为事实上发生问题,同时又对于廓落克的探险发生兴趣,而从事廓落克险地的试探。我觉得险地一定多奇事,多趣事,有研究的价值,有一探的必要。现在(地)图上对于四川的西北部,甘肃的西南部,青海的南部,西康的北部,还是一块白地。民族学的研究者,关于这个地带所得到的报告是奇缺,我为了这样大的使命更应该进去一探。'开发西北'是'失掉东北'后指示青年动向的标的,并不是空喊的口号。廓落克是西北的腹地,要开发整个西北,必先明了这个关系重大的腹地。脑海中深印了上述的思想,就在五月二十二日离开成都,向险地——廓落克挺进。一路经过

灌县,汶川,茂县,理番,五屯,四土,阿坝草地而进廓落克。费时六月余,把廓落克全部环游了一周,并且经历了西羌,西戎,西番等地。途中尽是幕天生活,与禽兽为伍;跨过很高的雪峰,涉过广阔的河流,一路非但没有遇到危险,倒是发现的奇事趣事很多,也许当时的奇事趣事,就是当时的危险!廓落克经记者环游后,证实内部并不如一般理想的危险,野蛮。但因为山川险阻,草原未辟,边政不修,隔离久远,故生活文化都停留在原始时代。我们如以二十世纪的新眼光,去观察在纪元前二十世纪没开化的旧同胞,以其'被发衣皮','羶食幕居',自觉其野蛮可怕。然而相处既久,就知其快乐有趣,古风盎然,反觉其精神高洁,可敬可亲。有自诋(毁)同胞为'野番'者,实属大谬。并且内部的天产富饶,雪山如玉,野花似锦,真不愧为西北一个美丽的乐园。"

《羌戎考察记》以时间为经,以地区、景点、事件和所见所闻为纬,逐章逐节演绎和叙述果洛地区 20 世纪 30 年代的社会、民族、历史、地理、宗教、风俗等风貌和风光的特点。

直至 20 世纪末,这位被公众、也被摄影史淡忘的摄影师,却开始被附加上了"摄影大师""中国影像人类学先驱"的头衔。摄影理论家李媚说:"庄学本完全有足够资格成为中国摄影史上重要的大师级人物。"由此,他的作品开始广为人知,他在摄影史上的地位才得以重新确立。

西南旅行杂写

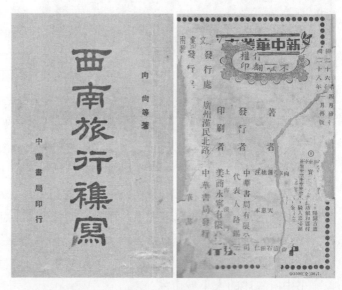

⊙《西南旅行杂写》封面、版权页，中华书局 1939 年 1 月再版本

《西南旅行杂写》，向尚等人合著。中华书局，1937 年 4 月初版，笔者所见为 1939 年 1 月再版。竖排，开本 13.1×18.7 厘米，页数 320 页，插图 86 张，定价 0.70 元。全书收有《写在前头》《一席经验谈》《统舱里》《汕头一瞥》《香港风光》《到澳门》《在广州》《广西大学》《一个值得注意的合作社》《南柳杂写》《贵阳素描》《苗区见闻》《滇东之行》《昆明风光》《夷区见闻》《青康道上》《康定回来》《三座名山》《成都特写》《归途》等 60 篇。这是中华职业教育社农学考察团的向尚、李涛、钟天石、汪本仁、姚惠潋于 1935 年 3 月考察粤、桂、黔、滇、康、川、鄂、皖 8 省城镇乡村后写就的纪实。

书前有江恒源 1935 年 7 月 16 日撰写的《序》，主要叙述和介绍组织这次考察团的目的有三：一是认清全国农村的现状，为农村运行者提供参考；二是考察和了解我国西南地区农民生活现状，为改进农民生活献策；三是考察各民族

汪本仁　尚向　锺天石　　李涛　姚惠滋　记之者影

⊙ 作者像

的个性特点,为解决民族纷争问题献计献策。为了达到上述目标,向尚、李涛等努力做到"每至一处,必作深刻观察,精密研究,不避艰险,务得其实"。这本书的材料,为考察所得之一部分,以生动文字记述了各省的民情风俗、社会动态、民族实况、农村妇女等项情况,详尽而又真实。因此这不是一次游山玩水和简单的城市和农村考察活动,而是肩负着时代使命,为西南城市和农村发展、改善农民生活和民族纷争献计献策的活动。为了完成该项艰巨而复杂的任务,考察团5人历时一年,深入乡村,不畏艰辛,交出了两份资料:《国内农村实况》《西南旅行杂写》。后者为散文游记,有故事,文字又生动,故也就有这本《西南旅行杂写》游记的出版传世。

书中所叙述的大小城市乡镇多达数十个,景点和特产更多,不胜枚举,如对广西柳州写道:"城内市面很繁华,培新、小南、庆云、东大几条柏油路都极整洁而可观。商业情形也不恶。江边一带,有不少赌馆和烟馆,营业尤兴旺。此外棺材店确不少!俗说:'玩在苏州,吃在广州,死在柳州。'就是因为柳州的棺材做得特别好,可称为本地著名的大特产。"

溜　索

⊙ 滑溜索过江

西南的美味小吃在书中也多有记载。《贵阳素描》介绍了贵阳的"苏德胜的肠旺粉,老不管的包子,培养正气的鸡肉粉,慢慢尝的甜品,都是内地所吃不到的"美味小吃。

西北漫游记

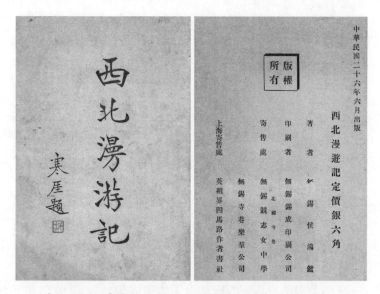

中華民國二十六年六月出版

版權所有

西北漫遊記定價銀六角

著者　無錫　侯鴻鑑

印刷者　無錫錫成印刷公司

寄售處　無錫寺巷西　無錫競志女中學

上海寄售處　無錫寺巷樂羣公司

英租界四馬路作者書社

⊙《西北漫游记》封面、版权页，无锡锡成印刷公司1937年6月版

　　侯鸿鉴（1872—1961），字保三，晚号病骥老人。江苏无锡人。自幼喜欢读书，14岁读完四书五经，16岁起以授徒、卖文糊口。后考入上海南洋公学师范部，在学习过程中，利用课间自学外文与西方科学，并担任上海《时务晚报》主笔。侯鸿鉴胸怀大志，对中外政治形势有一定的了解，知道假如不求"新学"，不兴办学校，不开发民智，就不足以匡时救国，因此，他创办了《积志学会月报》，为"新政"呐喊助威。1902年底，在乡贤举人杨模等人资助下，携妻留学日本，入日本弘文学院师范科学习，与吴玉章等结为挚友。1902年5月，留日学生兴起办报之风，鼓吹爱乡爱国情结，宣传自治、革命等理论。由于学费不够，他便在学习之余翻译日文，获得稿酬以资完成学业。1904年，侯鸿鉴夫妇学成回国，创设私立无锡竞志女学。

　　1911年，侯鸿鉴任江西省视学。辛亥革命兴起，赶回

⊙ 黄绍鸿"奉题"手迹

无锡,发动竞志师生策应光复无锡。无锡县议会成立,被推为副议长,继而江苏省县议会联合会成立,被推为会长。但他无意从政,仍以献身教育为宗旨。从1912年起,侯鸿鉴先后担任江苏、江西、河南、福建各省教育厅视学,又奉教育部视察之命,到东三省和河南、陕西、甘肃、山西、内蒙古、台湾等地视察教育,并先后受沈阳、天津、泉州诸校之聘,讲学所及,几乎半个中国。1918年7月从厦门渡海到台湾考察,又南游菲律宾、新加坡、马来西亚、印度尼西亚等国。1924年,侯鸿鉴为探究世界教育情况和国家兴衰强弱之由,只身作环球9.1万余里之游。1928年秋,侯鸿鉴出任福建省教育厅秘书。1930年9月返无锡,被聘任江苏省教育厅秘书。1933年至全面抗战爆发,改任第四科科长。这期间,侯鸿鉴继续为考察教育漫游陕西、甘肃、青海、宁夏诸省,也就写出了这本《西北漫游记》。

《西北漫游记》,笔者所见为无锡锡成印刷公司1937年6月出版,无锡竞志女中、无锡寺巷乐群公司及上海英租界四马路作者书社寄售。寒匡题签书名。竖排,开本18.7×26厘米,页数40页,插图2页,照片12张,定价0.60元。全书共三卷。卷一《漫游前之琐记》《陇海途中杂志》《西安》;卷二《自陕(西)至甘(肃)》《兰州》《自兰飞青(海)》《西宁》《自青返兰》《重至皋兰》《自兰飞宁(夏)》《宁夏》《自宁飞兰》;卷三《三抵皋兰》《甘省教育之概况》《自甘返陕》《重抵长安》《自陕返锡》。书前有周佛海题:"文以游奇,今之司马"、黄绍鸿"奉题"之词,一同乡秦仁存1936年10月撰写的《序》及作者侯鸿鉴1935年4月28日于沪上撰写的《绪言》。

《绪言》说道:"今又考察西北教育,并承陈果夫主席,嘱谓附带调查西北局情,以为改良社教之预备。而私人考察之目的,则以秦陇为财源天府之区,新(疆)青(海)为回汉杂居之地,且关中形势,历史所称,蒙藏边隅,宗教复杂,举凡古文化之湮没,应如何搜讨? 地质学之研求,应如何提倡? 农业,水利,屯垦,公路,应如何建设? 均必有供余考求者不少,而考察之中心,还以教育为归宿。"1935年,他不顾年老体弱,长途跋涉,深入边远区县调研和指导;对陕西、甘肃、宁夏的教育工作展开深入的考察。他在书中作了详尽的记录,如对宁夏省立中阿学校记载道:"此校自去年九月一号开办,教员张振先等十三人,军训主任一人。学生中学四十人,高初小一百二十二人。所授各课,除普通课外,加阿(拉伯)文,每周十时。惟以图画手工钟点,略减少教授时间,以补充之。校舍暂借清真寺为之。参观一周,学生宿舍清洁整齐,礼法规则,均非常严格;见客来,一律垂手站立,必俟客过,方罢入寝室,参观时,尤见庄重。"对学校的人数,教育内容、设施及学生的礼仪品行等叙述一清二楚,让人吃惊的感觉到当年西北地区的中小学教育已日趋规范化,而且非常注重礼仪教育,这一点至今具有启示和倡导的意义。

侯鸿鉴自然也不忘对当地山川美景的记录和描绘,而且有些美景胜地过去少为旅行家所关注。如对兰州皋兰县小西湖景色的描述细腻:"小西湖面积甚大,惜芦苇遍湖,并无莲,水亦干涸。惟湖滨前后,桥坊亭阁,以及陶公模之祠宇、陆公祠等,风景均佳。杨柳殊多,摇曳点缀于塔

⊙ 周佛海题:文以游奇,今之司马

旁,别有潇洒出尘之慨。且因气候关系。此间柳叶舒嫩,杨枝舞风,又似初春天气。有金大同撰莲花池记,孙国栋书;又有小西湖记,为魏午庄、任甘藩所撰。载有惠风素风之亭,月池槛,来青阁,狮跑泉,以及藕舫螺亭,临池仙馆,柳浪闻莺,钓滩等,揽胜之所。"侯鸿鉴把一幅融湖滨、柳叶、杨枝及莲花池、小西湖记为一体的湖光美景和历史人文景观图,描绘得自然活泼,幽雅精致,尽善尽美,让人犹如身临其境,流连忘返。这既足以反映作者"三抵皋兰",对其美景的眷恋,也显现出侯鸿鉴游记文笔老辣醇厚。但读完全书,其也有记叙过于拘谨之欠缺,犹如旧体史书之体例和章法,缺乏流畅和通俗性。这大概也是当年文人学士的文风,故也没必要苛求侯鸿鉴。

塞上行

⊙《塞上行》封面、版权页，上海大公报馆 1937 年 11 月第 6 版

　　《塞上行》，上海大公报馆 1937 年 7 月初版，笔者所见为 1937 年 11 月第 6 版。这是范长江先生继《中国的西北角》后，于 1936 年冬至 1937 年春所写通讯和游记的结集。竖排，开本 14.8×21.8 厘米，页数 338 页，附录地图 5 幅，定价 0.90 元。全书分为两部分，第一部分《短文选》，收录《从嘉峪关到山海关》《百灵庙战役之经过及其教训》《陕变后之绥远》《动荡中之西北大局》《边疆问题应有之新途径》；第二部分《行记》，收录《忆西蒙》《百灵庙战后行》《沉静了的绥远》《西北近影》《太行山外》《陕北之行》6 章 41 节。

　　书前有"中国新闻界最夺目的一面旗帜"、《大公报》的总经理、著名报人胡政之 1937 年 6 月 30 日撰写的《序》。书前还有范长江于 1937 年 6 月 13 日撰写的《自序》："我自知不是长于文学的人。所以不愿多写文章。但是因为随时和各种实际社会生活接触，发现了潜在中国社会里的一些问题。这些问题等着我们深入去求了解，而且急待着我们研究解答的方案。一位老朋友最近写信给我：'我读了你一切的通讯，发现了中华民族的许多问题。正如读了易卜生的戏剧，发现了资本主义的许多问题。易卜生没有解答，你也没有解答。要解答，实需要大系统的思想。'在这小册子里面我比较注意三个问题：第一，是国内民族问题，第二，是统一国家之途径问题，第三，社会各阶级利益之调整问题。这些是我认为中华民族解放运动中，最基本最起码要解决的项目。由政治途径统一国家之趋势，今天已有明显的进展。在实际利害上，虽尚有相当摩擦，而政治理论

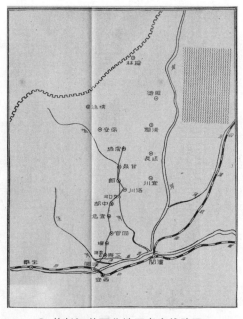

⊙ 范长江赴西北地区考察线路图

上，却已无大问题。这是中华民族无限量牺牲所换来的代价，值得每一个中国人的庆幸。国内民族问题，还看不到新的运动的开展。各阶级经济利益之调整，在这本书里面只有提到西北社会一部事实的机会，然而如欲巩固对外长期斗争的阵线，这是非有合理办法绝对不行的。我也曾片断的提出对上述各问题的意见，但是只能供大家的参考。如果能引起大家的讨论，能得到完善的具体方案。因而促成新的运动，对中华民族的前途，最少在思想上可作成良好的影响。"

　　全书主要叙述和报道了百灵庙战役、"西安事变"等重大历史事件发生前后西北地区的政治、民族动向，批评了封建王朝及国民政府传统狭义的消极的民族政策，提出了解决边疆问题的新途径。有些见识，至今仍有其参考价值。但我认为书中最精彩的是第二部分《行记》中。这些文章大多是他当年亲历晋绥陕甘各省考察的"行纪"，其中《忆西蒙》占去大量篇幅，而在当时社会影响最大的当首推《陕北之行》和《西北近影》两组文章。

西行漫记

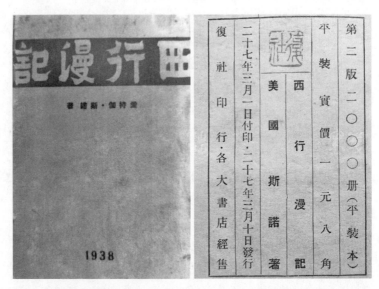

⊙ 中文版《西行漫记》封面、版权页，复社 1938 年 3 月发行版

　　《西行漫记》美国进步记者和著名作家埃德加·斯诺撰写的一部纪实性很强的报道性作品，是一部影响很大的世界畅销书。它在报告文学史或游记文学史上被称为"忠实描写中国红色区域的第一部作品"，曾以《外国记者西北印象记》《红星照耀中国》等形形色色的译名，传播于华夏大地上。

　　《西行漫记》，笔者所见为复社 1938 年 3 月版，竖排，开本 14.5×21.5 厘米，页数 536 页，插图 51 幅，书前刊有一幅长征行军地图，书末附有一幅"西北边区图"，印数 2 000 册，定价 1.80 元。全书有《探寻红色的中国》《到红色首都去的路》《在保安》《一个共产党员的来历》《长征》《西北的红星》《到前线去的路上》《在红军中（上）》《在红军中（下）》《战争与和平》《回到保安去》《回到白区区域》等 12 章。全书叙述了充满生机与活力的苏区，描绘了中国共产党人和红军

⊙ 斯诺(右一)在延安骑马

⊙ 毛泽东像

⊙ 斯诺为宋庆龄(右一)与鲁迅(左一)、胡愈之(左二)等拍摄的合影照

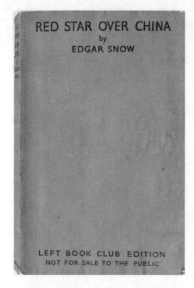

⊙ 英文版《西行漫记》1937 年版书影

战士坚韧不拔、英勇卓绝的伟大斗争，以及他们的领袖人物的伟大而平凡的精神风貌。斯诺说："有时我几乎不能相信，只是由于这一批坚决的青年，有了一种思想的武装之后，竟然能够对南京的千军万马进行了群众性斗争达十年之久。"

《西行漫记》中文版的版本较复杂，也可说丰富多彩，其最初译本名曰：《外国记者西北印象记》，1937 年 3 月由王福时主持，与郭达、李放、李华春共同编译出版。1937 年 11 月除复社版的《西行漫记》外，还有启明书局版的《二万五千里长征》。新中国成立后，1960 年 2 月才有三联书店依据"复社"版印行一次。20 世纪 90 年代初，一部新颖的、独具特色的新版《红星照耀中国》，由李方准、梁民译，张保霖校，系据斯诺生前最后修订的著名的"鹈鹕版"译出，由河北人民出版社于 1992 年 1 月出版。

⊙ 中文版《西行漫记》扉页，复社 1938 年 3 月版

新疆鸟瞰

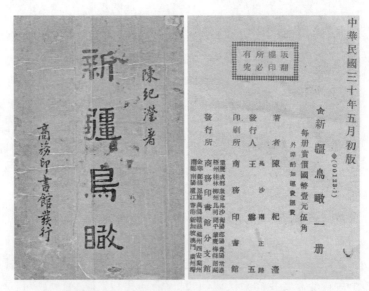

⊙《新疆鸟瞰》封面、版权页，商务印书馆 1941 年 5 月初版

陈纪滢，本名陈奇滢，1908 年生，河北安国人。北平民国大学、哈尔滨政法大学夜间部毕业。1924 年开始在北平《晨报》发表作品，后曾在哈尔滨主办《蓓蕾》文艺周刊。陈纪滢的本职原是邮局的一个工作人员，靠他自身的才华和努力转型成了著名的记者。几次传奇采访的壮举，包括这次的新疆采访，都是那个时代的专职记者没有做到的，他却做到了，实属不易。陈纪滢一度因为编副刊，而认识了许多作家，如张季鸾、王芸生、范长江、沈从文、子冈等人的采访和回忆，都写得与众不同，有独特而珍贵的文学价值、文献价值和历史价值，自己也华丽转身为出色的知名作家。1938 年首次去新疆天山。1940 年、1942 年又两次去新疆。1945 年 1 月，小说《新中国幼苗的成长》出版。1946 年 5 月 1 日，辞去《大公报》职务。1947 年 1 月出版小说《春芽》。1949 年 8 月 12 日离开桂林去台湾。

⊙ 盛世才像

《新疆鸟瞰》,陈纪滢著,笔者所见为商务印书馆1941年5月初版。竖排,开本11.6×17.2厘米,页数270页,插图15页,刊有照片28张,定价1.50元。全书共计五部分:第一部分《盛世才及六大政策》,第二部分《新新疆的政绩及其他》,第三部分《十四个民族各代表访问记》,第四部分《乌鲁木齐河的一叶》,第五部分《新疆诗歌辑》。

书前有陈纪滢1939年12月22日于重庆撰写的《自序》:"这本东西完成在我去新疆周年之日,(二十八年(1939年——编者注)十月四日),并且是在长江上流(游)的一个小县城中。按现时印刷困难形势,若是印好再送到读者面前,最快也要在二十九年(1940年——编者注)夏天了。新疆之惹人注意虽已在若干年前,新疆境内的各种问题能走到圆满解决的途径,却是近几年来的事。在早先新疆问题的重心在边防,在民族问题未得合理解决;而现在的重心却在如何建设,如何担当抗战建国的任务上;换言之,过去的新疆问题,多半是国家的隐忧,现在则多是有关国家的福利问题。这个大转变需要我们来认识,同时也需要我们来研究。草(写)这本书的目的就在此。这本书大部分是一种报导性的记载,其中间或有一些个人的观感。最感抱歉的是收集好了的许多材料,如新疆的反帝会,民联会,话剧运动,官药房,盛世才游苏(联)记,苏联人在新疆等等情形,都有专篇记载的价值,可是因时间关系都付阙了。

新疆全省第三次代表大会会场

⊙ 插照之一

关于怎样开发新疆以及修筑西北大铁路等问题,因前人记载已不少这里则缺而不录。因为现在的问题不是该不该的问题,而是怎样的实行的问题。所以笔者也愿附笔在此,藉可唤起国人的注意。一个新闻记者并非预言家,他的记载务求其真实客观,与国家有利,才是他的本职。我在新闻界滥竽了几年,每每对自己的职务感到悚惧,对于自己的作品也常以'无私'自勉。我爱护这祖国的一大角落,我也爱护这生存在辽阔大地上的人群。创造历史的任务已在你们眼前展开了,努力吧,新疆的四百万同胞们!"从《自序》中可知这本书中的内容是陈纪滢 1938 年 10 月以《大公报》记者身份赴疆采访新疆全省第三次代表大会的所见所闻,也是他自第一次去新疆,同年 11 月 15 日返回重庆后才完成的作品。这次与陈纪滢同行的有杜重远、萨空了、刘贵斌、邢国文等七人。当年的新疆刚从军阀混战中摆脱出来,在新疆督办盛世才管辖下,新疆一度由边疆危机转而成为抗战的大后方,社会走上了民族和解的发展道路。陈纪滢以一个记者有限视野记述了 1938 年新疆社会的政治、经济、文化的状况和风貌,这只能是他的"个人的观感"。

⊙ 插照之二

缅边日记

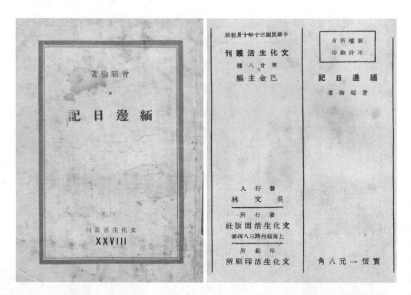

⊙《缅边日记》封面、版权页，文化生活出版社 1941 年 10 月初版

曾昭抡，1899 年生于湖南湘乡。1912 年考入长沙雅礼中学，1915 年考入学制为 8 年的清华留美预备学校，因成绩优异，插班入四年级。1920 年秋赴美国麻省理工学院学习，开始攻读化学工程，1926 年获科学博士学位，同年回国，历任中央大学化学系教授、化学工程系主任、北京大学化学系教授兼主任、西南联合大学化学系教授等职。1948 年当选为中央研究院院士。中华人民共和国成立后，历任北京大学教务长兼化学系主任、高等教育部副部长、中国科学院化学研究所所长等职。1958 年，他受武汉大学校长李达之邀，前往武汉大学执教，主持元素有机化学教研室的创建。他也是中国化学会的发起人之一，还对中国化学名词的命名与统一有重要贡献。

曾昭抡也是个富有建树的报刊编辑家、评论家和游记作家。他在新闻报刊的撰稿活动主要发生于抗战期间任西南联大教授时以昆明为中心的大后方展开的,也在云南为中心的大西南留下了大量著述。1939 年夏,经过曾昭抡的积极活动,《中央日报》(昆明版)开辟《科学》专栏,由曾昭抡主持,于当年 6 月 10 日刊出第 1 期。自 1939 年 11 月 5 日,他为《云南日报·星期论文》专栏撰写了《欧洲战局的试测》后,接连为该报撰稿,总计约数十篇之多。另外,还是《扫荡报》(昆明版)《当代评论》等报刊特约撰稿人。著有《炸药制备实验法》《元素有机化学》等化学专著及《缅边日记》等游记读物。

《缅边日记》,笔者所见为文化生活出版社 1941 年 10 月初版,为巴金主编的"文化生活丛刊"第廿八种,也是曾昭抡抗战期间由昆明到达滇区边境考察后创作的一本游记。竖排,开本 13.2×17.5 厘米,书前有插图 1 幅,页数 158 页,定价 1.80 元。全书有《我的行程》《中缅交通》《滇缅公路上的重要地名和拔海高度》《我的伴侣》《由昆明到安宁》《由安宁到禄丰》《由护浪到畹町》《畹町》《到边疆去的中国新女性》"摆夷""崩龙"和"山头"》《大理剪影》等,共计 55 篇。书前刊有无标题的引言:"滇缅公路成功以后,到缅边去考察,是许多青年和中年人共有的欲望。一来因为滇缅路是目前抗战阶段中重要的国际交通路线;二来因为滇缅边境,向来是被认作一种神秘区域。在这边区里,人口异常稀少;汉人的足迹,尤其很少踏进。我们平常听见关于那地方的,不过是些瘴气,放盅,和其他有趣的,但是不忠实的神奇故事。至于可靠的报告,实在是太感缺少。我这次得着一次不易得的机会,趁着寒假的时候,搭某机关的便车,去那边跑了一趟。计自(1941 年——编者注)三月十一日,由昆明动身,十七日,达到中缅交界的畹町,二十五日,又回到了昆明。前后一十五天当中,差不多到有十二个整天,坐在汽车上。从这种经验写出来的游记,当然不免令人有'走马观花'之感。但是以下所记的,几乎完全是亲身的经历;所以或者对于一般读众,还不至于完全没有兴趣。当然有许多我没有看到的地方,那只好候将来写游记的来补充了。"在这里曾昭抡讲述了缅甸边行的时代背景、经历和意义及其出版这本游记的目的。

1941 年 3 月,时任西南联合大学教授曾昭抡从昆明出发,历时 15 天,跋山涉水,深入云南边远乡镇村落和穷乡僻壤,他是"一路走,一路看,一路记,差不多每几公里都有笔记记下来"。可谓是全力以赴,呕心沥血,并以准确和朴实的流畅文字,真实地记录了鲜为人知缅甸边民的风土人情及珍贵稀有的植物和美丽壮观自然景色,使人感到如身临其境。如对芒市记述道:"仿佛就是一所天然的大公园。路很宽,房屋不多,店铺更少。到处所看见的都是自然界的美景;少数的房屋,仿佛只是故意地穿插进去,做一种点缀品似的。"对下关至保山这段路的风光描述更是精彩纷呈:"从看风景的眼光来说,是滇缅公路上最精彩的一段。途中各段胜景(如洱河边的瀑流风景;杨梅岭,杉松哨和麦庄丫口三座多树大山的雄伟的上山和下山路;

胜备桥的美丽，功过桥的险要雄姿；三十公里的澜沧江旁山峡风景等。)不但如前所描绘的，各有独到之处，而且凑在一起，风景时常边换，彼此对较，令人感觉得美不胜收。"曾昭抡以"瀑流""多树""雄伟""山峡"等的关键景点特色词，为我们呈现出滇缅公路上高山名川风光无限的美丽景色。

英国人好喝咖啡，这种现象也感染了缅甸人和缅边镇上的中国人。云南也是中国少数民族较为集中的地区，这点在曾昭抡笔下也有不少的记录。书中的《摆夷家庭一瞥》《摆夷姑娘》等篇，都叙述和展现了当地少数民族着装风俗，其中对摆夷姑娘着装写道："已成年的少女，普通外面是白色上身穿一件白色布衣或淡青布的对襟短褂，下身着一条黑色裙子。短褂里面，穿着一件有点像运动衣服的白色汗衫，胸前开成 v 字形状，仅仅掩住乳部。到了赶街子的时候，她们头上往往戴上一朵鲜花；身上在黑布裙之外，围上'五色锦'制成的裙子。"落墨不多，却把摆夷少女的服装特色展现得惟妙惟肖，淋漓尽致。

见闻杂记

⊙《见闻杂记》封面、版权页,上海文光书店 1946 年 7 月沪第 5 版

　　1938 年底,茅盾应当时新疆督办盛世才之邀,怀着为振兴和发展新疆社会作贡献的豪情壮志,从香港出发经过三个月的旅途奔波,于 1939 年 3 月 11 日抵达新疆迪化(今乌鲁木齐),出任新疆学院教育系主任。不久,打着"反帝、亲苏、清廉、和平、建设、民族平等"六大旗号的盛世才,逐步暴露反动政治面目,迫害进步人士,使茅盾感到失望。1940年 5 月,茅盾以奔母丧为由逃出盛世才魔掌,抵达兰州,辗转到达延安。在延安工作生活了半年多时间后,为了加强党在"国统区"文化建设的力量,茅盾 1940 年 11 月来到"雾都"重庆,在周恩来的领导下主持党的《文艺阵线》复刊和编辑工作,采用文学形式巧妙的宣传党的方针和政策。《见闻杂记》是茅盾在大西北和新疆等地,深入民间,关注社会和民生,所见所闻所感而写成的旅行文章汇编集。

　　《见闻杂记》,上海文光书店(总店上海狄思威路天同路

18 号)1943 年 4 月桂初版,笔者所见为 1946 年 7 月沪第 5 版。竖排,开本 13.2×18.3 厘米,页数 141 页,印数 12 001—14 000 册。全书有《兰州杂碎》《白杨礼赞》《西京插曲》《市场》《"战时景气"的宠儿——宝鸡》《秦岭之夜》《"天府之国"的意义》《成都——"民族形式"的大都会》《"雾重庆"拾零》《贵阳巡礼》《海防风景》《太平凡的故事》《新疆风土杂忆》等 18 篇。书后有茅盾于民国三十一年(1942 年——编者注)十一月在桂林撰写的《后记》:"民国二十七年(1938 年——编者注)十二月二十日,从香港乘船到海防,当时的计划是经由滇越铁路到昆明。从昆明飞兰州,再到新疆。离开香港的时候,办期刊的朋友们,都约我写点见闻杂记。我自思有生以来从没有一口气跑得那么远,而且又是沿着大中国的边缘,从西南直到西北,虽然空中飞过,所见亦惟云海茫茫,所闻亦惟机声嗡嗡,但是预计要经过昆明,成都,西安等,陌生客人什么都感到新鲜,大概总可以涂几笔的,——于是我就欣然的答应了。"然而,结果让茅盾失望了,因为一路上是乘飞机,"视窗外,则万家如巷,行人如蚁""模模糊糊就过去了"。所以茅盾在《后记》的下半部分中写道:1940 年 5 月,当他从新疆"飞到兰州后,决心走陆路,这才看到了大后方公路干线的面目。那时觉得所见无一不新奇。这不是没有特别原因的:第一是在新疆住了一年多,第二是战争对于人民生活的影响,那时始急剧地表面化,而惊骇告语,惶惶然若不可终日者,则为生活费用之跳跃地上涨,我惯常是写小说的,并不研究经济,但小说亦无非写饮食男女等人生大欲,因此,物价的高涨,颓废淫靡之加甚,在我看来,就是旅途见闻杂记的材料。而美好的风景看过了,往往印象不深,这就是这里的十多篇并不写风景的原因。"所以茅盾的这次旅行,则不是消遣闲情逸致的,而是对抗战期间大西北社会生活的一次深入考察和调研。但这本书的后面部分也收录了茅盾在新疆、海防的见闻和感受的文章。纵观全书主要还是从兰州写起,沿途写了华家岭、西安、宝鸡、秦岭、成都、重庆、贵阳、桂林等风土人情、社会现实,而沿途的风景落笔则相对较少。

全书充分展示了茅盾驾驭文字的高超才华,尤其是对大西北"市场"的描绘写得非常传神,如"唤醒潦倒名士,指点迷路英雄"的测字摊,"一溜儿排着几付熟食担子","左手捧着一块白面,右手持刀飞快地削"的削面摊,"叫卖着'狗皮膏药'",散落于巷间的卖花布,牙膏,肥皂,胭脂等杂货店,"新法照相","西式镶牙",西药店等及专售"一折八扣的武侠神怪小说和《曾文正公家书日记》,《曾左兵法》之类"的书店,为我们展现了 20 世纪 40 年代西北市场上一道又一道生动活泼的风景线。在书中茅盾对当年城市贫民艰难生活也有生动揭示,例如在《"拉拉车"》篇中写道:"一车连人带行李,少说也有几百十斤,要翻过秦岭,而且秦岭以外还有不少山,这工作实在不轻便。现在川陕道上,这种'拉拉车'多如'过江之鲫'。看他们上坡时弯腰屈背，脑袋几乎碰到地面，那种死力挣扎的情形，真觉得凄惨；然而和农村里他们兄弟们相较，据说他们还是幸运儿呢!"凸显茅盾对劳动人民的同情和悲伤。茅盾对官商，不顾国家和人民的利益"走私，囤积"等发国难财的罪恶行径不仅深恶痛绝，还作了大胆的揭露和批判，展现了茅盾无私无畏的革命精神，也是对当年社会不公、不平等社会现象的有力控诉。书中对当年日寇轰炸重庆也有记载和揭露，如在《"雾重庆"拾零》中写道："人们谈起去年的大轰炸，犹有余怖；我虽未曾亲身经历。但是于水潭（这是炸弹洞）之多，以及没有一间不是剥了皮，——只这两点就够了，更不用说下城那几条全爆的街道，也就能够想象到过去大轰炸比我所听见的，实际上要厉害得多。"揭露了日本帝国主义狂轰乱炸对中国人民犯下的滔天罪行。

在笔者眼里书中最出名的当数茅盾1941年3月创作的经典名篇《白杨礼赞》。全篇文笔婉曲，热情赞颂了白杨树的"不平凡"，但其却不紧接描绘"不平凡"的面貌，而是把文笔宕开，去描写高原的景色。这就使文章有了曲折。当写到对高原产生单调之感后，突然转向白杨树的描绘，犹如异峰突起，精神为之一振，感情趋向炽烈。文字精炼优美，茅盾写高原、写白杨，选用的词语，都十分精当，贴切。如写高原的"大"，用"无边无垠"，写高原的"平"，用"坦荡如砥"；写白杨的高大，则用"伟岸""挺拔""参天耸立""傲然地耸立"的词汇来凸显，非常的形象和生动。这也是文中思想艺术的精妙绝伦之处，通过对白杨树的赞美，歌颂了正在坚持抗战的北方人民及其质朴、坚强、力求上进的民族精神和意志。

延安一月

⊙《延安一月》封面、版权页，新民报社 1946 年 2 月沪再版

　　赵超构（1910—1992），笔名林放，浙江文成县人。早年就读于温州艺文中学等。1929 年去日本，1934 年毕业上海中国公学大学部政经系，任南京《朝报》编辑。1938 年出任重庆《新民报》主笔，撰写《今日论语》。1944 年参加中外记者团访问延安，发表系列通讯等。1946 年，参与筹建《新民报》（上海版）晚刊，任总主笔，并为《人世间》杂志撰写专栏杂文，篇幅短小，但笔酣墨饱。1947 年 5 月，《新民报》（上海版）被勒令"永久停刊"。1948 年冬，赵超构遭受国民党当局迫害避居香港，次年进入解放区。上海解放后返沪，他继续主持《新民报》晚刊工作。1958 年报纸改名《新民晚报》，侧重报道社会新闻和文化生活。赵超构任社长，提出"广、短、软，软中有硬"的办报方针，使晚报适合各层次读者的需要。中共十一届三中全会以后，在晚报上开辟《未晚谈》专栏。经历过多年的政治风雨，他的专栏内容以世象、

社会批评为主体,视点笔触所及,宏观宇宙之大,微观苍蝇之末,围绕群众关心的热点话题发表一家之言,文笔精深老辣,所涉题材也非常广泛,在社会上引起很大反响。著有《延安一月》《未晚谈》《林放杂文选》等。

1944年,赵超构赴延安历时43天采访撰写的一组10多万字新闻通讯,并在同年7月30日和8月30日起分别在重庆和成都《新民报》上连载。

⊙ "新民报文艺丛书"广告

《延安一月》,1945年1月出版,笔者所见为民国三十五年(1946年——编者注)二月新民报社沪再版本。竖排,开本13×18.1厘米,页数252页,插图10页,12幅,书内刊有"新民报文艺丛书"书籍广告。全书分为两大部分,第一部分《西京——延安间》,收录《西京情调》《临潼小驻》《潼关巡礼》《大荔·郃阳》《韩城·黄龙山》《渡河入晋》《山西新姿》《延安道上》等8篇通讯,叙述记者团从西安经临潼、潼关、大荔、郃阳,由韩城渡河入晋,经山西入延安的沿途见闻,并配2幅木刻;第二部分《延安一月》,收录《踏进延安》《毛泽东先生访问记》《朱德将军的招待会》《共产党怎样做群众工作》《文艺界座谈会》《作家的生活》《延安文人群像》《解放日报》《延安的新女性》《土地政策》《在工厂中》《民主方式的党治》《执行党策的军队》《领导与作风》《关于新民主主义》《写完了"延安一月"》等,共计39篇通讯、报道和记录赵超构延安期间对各种人物、组织和事件的观察和采访,并配10幅木刻,木刻画面都反映延安生活场景。

书前有时任《新民报》总经理陈铭德1944年10月撰写的《关于〈延安一月〉》一文,开篇说道:"收在这本书内的作品,都是本报主笔赵超构兄参加中外记者团参观西北的通讯稿,其中《延安一月》自然是全书最主要的部分,无论在观察分析,描写报导各点上,都可以看出作者是用过心思的;然而比这些更使我们满意的,是作者具体的提供了一种立言的态度。对于延安事物,虽然有时是介绍,有时是批评,但自始至终,看不到有一句话是离开国民的公正观点的。因为是站在国民观点的报导,所以凡是好的,我们都乐于介绍;凡是坏的,我们都免不了要表示惋惜。我们相信,在拥护抗战拥护政府的大前提之下,忠实的介绍与自由的批评,是新闻记者应有的责任,而且对于国家这也是必要的。"书前还有著名小说家张恨水1944年10月

⊙ 插图

作元古　　　運草

28 日撰写的《序》,也认为"全篇的叙述或批评,都是很忠实的"。"忠实",即忠于事实,这也是通讯报道的第一要素,是作品成功的生命力,这也是《延安一月》问世立即引起轰动和畅销的关键所在。据统计该书出版后 5 个月内就重印 3 次,销量数万册。这本书,对当时"国统区"的读者无疑是冲破新闻封锁,了解延安、了解中共的一本罕见而难得的红色好书。然而也触碰了国民政府的思想管制的底线,所以,不久《延安一月》即被列为禁书。

《延安一月》的重要作用是打破国民党的新闻封锁,着力介绍延安这块神奇土地上的群众与领袖,始终围绕作者参观后得出的"新社会的试验区"这个有敏锐预见的主题。赵超构浓墨重彩地叙述毛泽东、朱德这两位风云人物,如对毛泽东描绘道:"浓厚地长发,微胖的脸庞,并不是行动家的模样,然而广阔的额部和那个隆起而端正的鼻梁,却露出了贵族的气概,一双眼睛老是向前凝视,显得这个人的思虑是很深的。"描述作家丁玲:"她今天的态度非常自然。一坐下,很随便的抽起烟卷来,烟抽得很密,大口的吸进,大口的吐出,似乎有意显示她的豪放气质。再看她书架上的书,最大的两部是《静静的顿河》和《战争与和平》,其余的也全是二三年前的出版物,为着精神食粮来源的困难,她露出苦闷不平的表情。"说到诗人萧三和艾青时叙述道:"这两人的性格,可以成为显明的对照,萧三的风格是飘逸,文雅,连说话的声调也是轻柔的。艾青则带着粗野奔放的气质。"说到史学家范文澜,"是有名的老教授。他过去担任'研究院'的副院长,现在,主持着延安的历史研究会。有两本很厚的中国通史,大约就是他所主编的。虽然久已脱离讲坛生活,但在他极度近视的眼镜和斯文的举止上,仍然洋溢着老教授的神气。"言简意赅,将他们的性格和举止,跃然纸上。

《延安一月》也可以说是一部抗战期间延安的地方志,所介绍的门类亦很齐全:政治类有《新民主主义》《土地政策》等;经济类有《关于边币》《变工队与合作社》等;社会类有《民众大会》《延安新女性》等;文化类有《文艺政策》《戏剧运动》等。特别是此前重庆谣传"丁玲、陈波儿被延安整风整死了",赵超构对丁玲、陈波儿的采访,便是粉碎谣言,澄清事实的有力武器。时至今日,《延安一月》仍是研究抗战时期延安情况的重要参考文献。

⊙《延安归来》封面、版权页，国讯书店，1945年10月上海再版本

　　《延安归来》，黄炎培著，笔者所见为国讯书店（重庆张家花园）1945年7月重庆初版，同年10月上海再版。竖排，开本12×17厘米，页数74页，印数5 000册，定价60元。全书由《延安归来答客问》《延安五日记》《诗》等三个部分组合而成。黄炎培在《延安归来答客问》开篇中写道："这回，我偕褚辅成、冷遹、左舜生、傅斯年、章伯钧五位先生离重（庆）到延安，从七月一日至五日，往返共五日。回来以后，各方面朋友纷纷问我延安的情形。这样，那样，说了一遍，又是一遍，着实应接不暇，怎样办呢？且把各位所发问题，用一番整理工夫，每问题作一个答案，一个个写在下边，用书面来替代口头，也许可以省却些诸位发问的麻烦吧！如果要知道我们整个的行程，还有一篇延安五日记。那写得比较详细些，诸位尽可参考。"可见，黄炎培撰写此文是为了回应国民党统治区的广大人民想了解红色根据地延安真实

情况的期盼。黄炎培没有辜负人民的期望,用手中笔,真实的展现了他当年在延安访问所见所闻及在中国共产党的领导下延安所呈现出欣欣向荣的一派新景象。

读这本书留给我印象最深的是《延安五日记》中黄炎培和毛泽东一番精辟的"历史周期率"对话。当访问延安即将完毕,毛泽东问黄炎培感想如何? 黄炎培作了如下对答:"我生六十多年,耳闻的不说,所亲眼看到的,真所谓'其兴也浡焉,其亡也匆焉'。一人,一家,一团体,一地方,乃至一国,不少单位都没有能跳出这周期率的支配力。大凡初时聚精会神,没有一事不用心,没有一人不买力,也许那时艰难困苦,只有从万死中觅取一生。既而环境渐渐好转了,精神也就渐渐放下了。有的因为历时长久,自然地惰性发作,由少数演为多数,到风气养成,虽有大力,无法扭转,并且无法补救。也有为了区域一步步扩大了,它的扩大,有的出于自然发展,有的为功业欲所驱使,强求发展,到干部人才渐见竭蹶,艰于应付的时候,环境倒越加复杂起来了。控制力不免趋于薄弱了。一部历史,'政怠宦成'的也有,'人亡政息'的也有,'求荣取辱'的也有。总之没有能跳出这周期率。中共诸君从过去到现在,我略略了解的了。就是希望找出一条新路,来跳出这周期率的支配。"毛泽东答道:"我们已经找到新路,我们能跳出这周期率。这条新路,就是民主。只有让人民来监督政府,政府才不敢松懈。只有人人起来负责,才不会人亡政息。"

据黄炎培儿子方方(小名)说:父亲返渝后,友人一一登门相问,关切延安情景,于是为作答众友,父母闭门谢客数日。父亲口述,母亲执笔,洋洋洒洒,一气呵成,写成《延安归来》一书,且首次未经审查,自行发行,在"国统区"人人传诵,争购一空,又重印数版,其影响很大。

⊙《晋察冀行》封面、版权页，阳光出版社 1946 年 4 月初版

　　《晋察冀行》是作家周而复解放战争时期创作的一本红
色旅行记。周而复 1914 生于南京。1933 年考入上海光华
大学英文系。20 世纪 30 年代，投身于左翼文艺活动，参与
创办《文学丛报》，刊登鲁迅、胡风等人文章。在"左联"小说
委员会出版的《小说家》担任编委。1936 年，签名参加以鲁
迅为首的"中国文学工作者宣言"，发表对时局的看法和文
学主张；参与发表"中国诗歌工作者协会宣言"，呼吁团结抗
战。同年，出版了他的第一本诗集《夜行集》，郭沫若同志为
该诗集作序："这是在重重的压迫之下压得快要断气的悲抑
的呼息。这儿也活画了一张忧郁而悲愤的时代相。"1938
年，周而复在上海光华大学英国文学系毕业后，即赴延安，
在陕甘宁边区文化协会任文学顾问委员会主任委员。1939
年 2 月加入中国共产党。同年秋，作为边区文协与八路军
总政治部派遣前方文艺小组第五组组长，赴晋察冀民主抗

日根据地参加战斗生活,和八路军战士一起反"扫荡",参加"百团大战"等战斗,记录了许多生活和战斗素材,写了不少短小的报告文学和短篇小说。1943年,他在延安参加整风学习。在毛泽东同志在延安文艺座谈会上的讲话鼓舞下,创作了报告文学《诺尔曼·白求恩片段》等。1944年冬,调到重庆《新华日报》社工作,编辑党的机关刊物《群众》周刊。其间出版了短篇小说集《第十三粒子弹》等。抗日战争胜利后,周而复以新华社、《新华日报》特派员身份,随军调处赴各地采访,及时写出长篇报告文学《随马歇尔、张治中、周恩来三将军巡视华北记》,在《新华日报》连载。同时,创作和出版了报告文学《松花江上的风云》等。1946年后,他历任香港中共华南分局文化工作委员会委员、副书记。主编《北方文丛》,介绍、出版解放区文艺作品,这些作品在国民党统治区和香港,并通过香港向南洋一带发行,产生了积极的影响。工作之余创作了长篇小说《白求恩大夫》《燕宿崖》等。1949年5月后,他历任华东局统战部秘书长,上海市委统战部第一副部长,上海市政府交际处处长、人事局副局长,上海市政协党组书记,华东局与上海市委外宾接待委员会秘书长,中国保卫世界和平委员会上海分会秘书长等职。他广泛团结各界人士,阐述党和政府统战、工商、文艺、宗教政策,恢复发展生产。1959年后,周而复历任对外文委委员,兼对外文化协会副会长,中日友协和中拉友协副会长等职。其间出版散文游记《航行在大西洋上》和长篇小说《上海的早晨》等。

《晋察冀行》,周而复著,笔者所见为阳光出版社1946年4月初版。竖排,开本12.2×17.2厘米,页数130页,印数3000册。无序无跋。全书有《突过封锁线》《人民新生活的姿态》《聂荣臻将军》《装备落后的八路军怎样战胜精锐的敌军》《人类公敌的暴行》《人民的勤务员》《大生产运动》《人民有了文化》《乡村文艺》《往涞水到北京》等,计20篇及附录《地道战》。作品反映了抗战时期晋察冀解放区军民团结抗日的典型事例,描述了八路军和人民新生活的方方面面及日寇的凶恶和残暴,成为这一历史过程的"实录"。而且书中内容和情节,都是周而复亲身经历和耳闻目睹,故篇篇写得生动活泼,将人物的精神风貌展现得栩栩如生。比如在《突过封锁线》一文中,有这样的一段对话:"我发现跟我们带路的,便是第三任村长。我发觉他是一个沉默果断而又勇敢的人。我们慢慢熟了,我坦率地问他:'村长,前任两个村长叫敌人杀了,你怕不?''怕什么?'这一句反问,倒把我问住了,我就老实告诉他:'你不怕敌人杀你?''哦,怕什么,敌人再杀死我,有第四个人出来担任村长,还不是抗日,怕什么?死是为了抗日,也值得!'"。这段简洁的对话精确的展现了一位"身在曹营心在汉"的伪村长,为帮助八路军安全通过封锁线不顾个人安危的牺牲精神,可歌可泣,令人景仰,也道出了军民团结才是战胜日寇的根本法宝。所以在《装备落后的八路军怎样战胜精锐的敌军》一文中,周而复在总结"反扫荡"胜利的原因时，其中第一条就强调"军事斗争与人民的结合"的重要性，"其次是八路军主力和民兵的结合"等等。对描绘八路军代表人物，周而复也写得极为生动和传神，如对晋察冀军区司令员聂荣臻将军描绘道："他的两眼炯炯有神，特别是注视事物的时候，更显出那股锐利而又谨严的光芒，在两个高耸的颧骨之间，是一条隆起的有点突出的鼻子，嘴很宽阔，脸却消瘦。"将聂荣臻的神态惟妙惟肖的刻画和展现出来。可见周而复不俗的写作功力，达到观察人物细致入微，描述人物入木三分、炉火纯青的境界。

⊙《晋察冀行》中的广告

周而复在描绘正面人物是情深意真，对敌人的描述更是无情揭露，并痛斥和揭露了日本军国主义滥杀无辜的野蛮罪行，如在《血海深仇》这一节中写道："平阳惨案的罪犯是荒井，他部队里有专门杀人的队伍，叫做'红部'。当他从贾口开会回来，'红部'就忙起来了，在村里逮捕了许多老百姓，驱使到屠杀场去，一天之内杀死了一百四十人。"日本战犯刽子手对中国人民又欠下了一笔血淋淋的孽债。周而复爱憎分明，不仅讴歌晋察冀广大军民在党中央和八路军的英明领导下，开展地道战，歼敌寇，取得举世瞩目的平型关大捷等胜利的喜讯，还宣判了"日本无条件投降"的必然结果。正义必胜！人民必胜！

《晋察冀行》除有阳光出版社版外，还有东北书店 1947 年的版本，如今也都属稀罕版本了。此外书中还插有《一个女人翻身的故事》这本书的广告，说明当年的东北解放区出版业的商业广告意识也很强。

峨眉风光

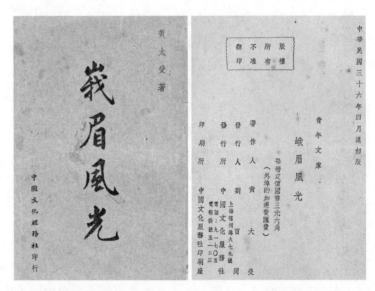

⊙《峨眉风光》封面、版权页，中国文化服务社 1947 年 4 月沪初版

　　《峨眉风光》，黄大受著，笔者所见为中国文化服务社（上海福州路 679 号）1947 年 4 月沪初版。竖排，开本 13.1×18.2 厘米，页数 176 页，书末刊有地图 2 幅，定价 3.60 元。全书分四部分，有《峨眉天下秀》《典籍上的峨眉山》《峨眉县概况》《向着峨眉山前进》《雷音寺到纯阳殿》《到万年寺的路上》《洗象池》《峨眉山最高三顶》《绝顶远望》《二峨和三峨》《金顶祥光》《峨眉山看日出》《上山经验谈》《别矣峨眉山》等，共计 70 篇，以及《附录》2 篇：《峨眉山道里地图》《峨眉山各重要寺宇高度图》。书前有黄大受 1944 年 11 月 15 日于北温泉临江阁撰写的《付印前记》及《自序》。

　　在《付印前记》中说："又是一年多了！这本小册子到现在才能付印，真令人感慨得很！从写成这书后，我便在美丽的成都生活了一年零十个月；我以为，只有成都的优美，才抵得上我离开峨眉的损失！近月中，无可奈何地来到了重庆,原定计划过了两三个月,回到成都,然而人事变化莫测,回成都成为不可能了！只好在重庆留下来。在重庆,报纸上天天记载着衡阳血战,桂、柳交兵,惊人刺目的消息,使人感觉到战事又进入了新的阶段。为了要完成写作,便打算在山间水畔隐居两年,因此,又到嘉陵江畔缙云山麓的北温泉生活了！今天,欣逢难得的太阳,来到人间,我刚把本稿校完了一遍,寄出付印了！"从上述这段字里行间的记述,大致可知黄大受是 1939 年至 1942 年期间,在峨眉山下的一所学院中读书学习,并对峨眉山产生了美好印象和深深眷恋。他要把自己多次游览峨眉山及生活于峨眉山下"住了三年"的感觉、见闻和体会写出来,与人们分享。为此,他又"在山间水畔隐居两年",排除干扰,勤奋写作,完成心愿,有了这本《峨眉风光》游记。

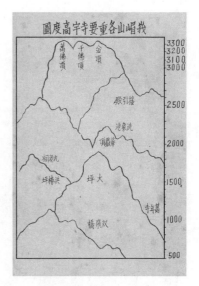

⊙ 峨眉山庙宇海拔高度分布图

　　黄大受何许人也？对其生平记载的文献资料极为稀缺,但从本书的《自序》中大致可知他是江西人,是个有志于旅行和阅读的文化人。他说:"我曾经发过了一个志愿,要旅行几百万里路,要浏览几百万本书,这也许是一个傻子的梦想。旅行的一个基本计划,是本省每一县都跑一遍,(我的故乡——江西,已走过四十几个县了)全国各省的大都名邑要游一趟,世界各国都去浏览一下,这才甘心。"当年黄大受对旅游充满着憧憬和向往,然而生不逢时,在烽火连天的抗战艰苦时代国民的安全、温饱问题都没法保障,欲游天下的豪情壮志,只能是他青年学子美丽的梦想。为此,黄大受也理智的将爱游山的情趣释放于"天下秀"的峨眉山中,从中寻找到游览的乐趣。黄大受对峨眉山的游览并不仅仅是走马观花,游山玩水,而是怀着一种细致考察和深入研究的目的,为后人提供一本游览和研究峨眉山的专著。这一点,当我读完此书时也深有感触和认可的,可以说这是一本民国年代游览和研究峨眉山极其完整的万宝全书。

　　笔者曾两次上过峨眉山,第一次是 20 世纪 80 年代中期,那时上山没有缆车,翻山越岭,主要靠两条腿走,虽然凭着意志除金顶外,翻山越岭走完了全程,结果累得我腿酸腰痛一个多星期。第二次是 2014 年 9 月,游完九寨沟后携夫人上了次峨眉山,主要是乘着缆车作金顶之游,那可轻松得多了。读完《峨眉风光》,我又有三上峨眉山的冲动了,看缘分吧！

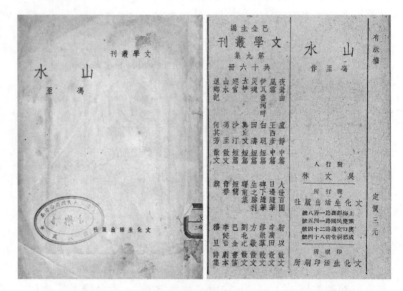

⊙《山水》封面、版权页，上海文化生活出版社 1947 年 5 月初版

　　冯至，1905 年生，诗人、散文家。1913 年入涿县小学读书，后进入北京四中学习。1923 年加入文学团体浅草社。1925 年和杨晦、陈翔鹤等成立沉钟社，出版《沉钟》周刊、半月刊和《沉钟丛刊》。1927 年 4 月出版第一部诗集《昨日之歌》。1929 年 8 月出版第二部诗集《北游及其他》，主要记录和描绘了他大学毕业后的哈尔滨教书生活。1930 年，他远赴德国留学，五年后获得哲学博士学位，返回战时偏安的昆明任教于西南联大外语系教授。1941 年，他创作了一组后来结集为《十四行集》的诗作，影响甚大。《山水》却是冯至的第一本散文集，也是他的游记散文代表作。

　　《山水》，笔者所见为重庆国民出版社 1943 年 9 月初版。全书收录 1930 年至 1942 年撰写的游记散文，有《蒙古的歌》《赤塔以西》《塞纳河畔的无名少女》《两句诗》《怀爱西卡卜》《罗迦诺的乡村》《在赣江上》《一棵老树》《一个消逝了的山村》《人的高歌》等。1947 年，上海文化生活出版社出该书增订本，增加《山村的墓碣》(1943)《动物园》(1944)《忆平乐》(1934)3 篇，共计 13 篇。值得关注和指出的是，《忆平乐》篇中说，此文"1934 年写于昆明"，有误。据本书增订本《后记》记载："又加上三十一年(1942 年——编者注)以后的三篇。"所称后加的 3 篇，其中之一就有《忆平乐》，故《忆平乐》应当写成于 1944 年，而不是 1934 年。

笔者所见《山水》为上海文化生活出版社(上海巨鹿路 1 弄 8 号)，1947 年 5 月初版，"文学丛刊"第九集。竖排，开本 12×17 厘米，页数 97 页，定价 3.00 元。此版无序，却有冯至 1946 年冬于北京撰写的《后记》，长达 5 页，现摘要如下："三十一年(1942 年——编者注)的秋天，从过去写的散文中抽出十篇性质相近的，集在一起，按照年月的先后编成一个集子，在封面上题了《山水》两个字，随后又信手写了一篇跋语：'至于这小册子里所写的都不是世人所谓的名胜。对于山水，我们还给他们本来的面目吧。山水越是无名，给我们的影响也越大；因此这些风景里出现的少数的人物也多半是无名的：但愿他们都谦虚，山上也好，水边也好，一个大都会附近的新村庄里也好，他们的生与死都像一棵树似地，不曾玷污了或是破坏了自然。'等到第二年九月《山水》在重庆的一书局出版时，由于一时的疏忽，这篇不及一千字的短文却没有印在书的后边。如今重新编定这本小书，又加上三十一年以后的三篇，再把它重读一遍，觉得它并没有失却它充作跋语的意义。但自从三十一年以后，除去这里加上的三篇，我就很少写《山水》这类的文字了。当时后方城市里不合理的事成为常情，合理的事成为例外，眼看着成群的士兵不死于战场，而死于官长的贪污，努力工作者日日与疾病和饥寒战斗，而荒淫无耻者却好像支配了一切。我写作的兴趣也就转移，起始写些关于眼前种种现实杂文，在那时成为一时风尚的小型周刊上发表，一篇一篇的写下去，直到三十四年(1945 年——编者注)八月十日才好像告了一个结束。如今回顾，我仍然爱惜《山水》里的几篇，以及那篇跋语里所说的几段话。因为无论在多么黯淡的时刻《山水》中的风景和人物都在我的面前闪着微光，使我生长，使我忍耐。就是那些杂文的写成，也多赖这点微光引导着我的思路，一篇一篇地写下去，不会感到疲倦。"这篇《后记》讲述了成书的过程，展现出冯至革命知识分子忧国忧民的思想情怀，同时也讲述了他对"山水"美的独特的哲学观及仍然爱惜《山水》的坦诚和缘故。

凡以山水入诗入文，山水总是映照着作者的存在之思，所谓"以我观物，故物皆着我着色。"(王国维语)选择什么样的山水入诗，其实是体现了冯至某种自然哲学与生命哲学的观点和信念。有的人偏爱名山大川急流飞瀑，字里行间贯注着吞吐宇宙的豪情；有的人则耽溺于松间明月石上清泉，在诗中营造出一片禅悦的境界。而冯至爱慕的是什么呢？是那还有原始气氛的树林，是那只有樵夫和猎人所攀登的山坡，是那船渐渐远了剩下的一片湖水。它们置身于人类的历史进程之外，千百年如一日，默默地对着永恒，有着亘古的荒凉。我总在想，当冯至走在那人迹罕至的所在，对那"一棵树的姿态，一株草的生长，一只鸟的飞翔"进行描述并沉入冥想时，怀抱着的该是怎样的一种情怀，竟使字里行间浸润了如许的孤独。是的，孤独。作者在《两句诗》一文中认为贾岛的"独行潭边影，数息树边身"写尽了在无人的自然里独行人的无限的境界，其实《山水》又何尝不如此。读《山水》，我感觉到的那种流淌在血液中的孤独。《一棵老树》中的那位老人"好比一棵折断了的老树"，终日与牛为伴，"老人无言，水牛也没有声音"，是一幅忧郁的风景画。当老牛死去，刚刚生下来的小牛在一次暴水的骤急下也死去时，老人被送回了家，"也不说，也不笑，也不睡，只是睁着眼坐着"，终于在一个夜里糊里糊涂地死了。《人的高歌》中的无名石匠与渔民躲开了一切的热闹，独自做出来一些足以与自然抗衡的事业，并在这种事业完成之时闭上了眼睛。他们都是一些小人物，孤独地生，孤独地死，以个体的生命"孑然一身担当着一个大宇宙"，是一种孤独的承担，也有着因承担而来的孤独。这种孤独的生命意识也体现在冯至对于平凡的山川风物的冥想中。

冯至在深切体味人的生存孤独的同时，也在寻求一种沟通的可能。在《山村的墓志铭》中，他面对偶然发现的一座墓碣上的文字，想到了行人生命的相通。在《一个消逝了的山村》中，冯至看着那从对面山脚下涌出的泉水，想到的是"这清冽的泉水，养育我们，同时也养育过往日那村里的人们。人和人，只要是共同吃过一棵树上的果实，共同饮过一条河里的水，或是共同担受过一个地方的风雨，不管是时间或空间把他们隔离得有多么远，彼此都会感到几分亲切，彼此的生命都有些声息相通的地方。"在《怀爱西卡卜》《罗迦诺的乡村》《忆平乐》等篇中，也流露出他作品中具有的温情和沉思。沉思是人们对事物的认真、深入的思考，在寂静和孤独中人们会对某个中心意念或意象的深沉思索，在旅行中人们会对自然或人文景观的思索，必将加深对事物或景观的深切的领悟，收获满满。因此大凡优秀游记散文，都能让读者诱发思索，回味无穷。学者陆耀东在《中国现代作家评传·冯至》中说：冯至的游记散文"有着'沉思的诗'的特点。读后诱人回味，沉思"，这是绝妙的点赞。

宁夏纪要

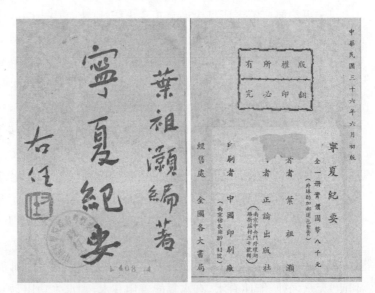

⊙《宁夏纪要》封面、版权页，南京正论出版社 1947 年 6 月初版

　　叶祖灏，1911 年生，青年时就勤奋好学，有理想，有追求，有强烈的爱国情怀。抗战期间，投笔从戎，边抗敌、边写作，即便身处"陪都"重庆，在敌机轰炸的危险下，依然笔耕不止，《宁夏纪要》就是在这样艰难环境中完成初稿的。

　　叶祖灏在《宁夏纪要》序中说："笔者自民国二十七年（1938 年——编者注）至二十九年（1940 年——编者注），羁旅宁夏，凡有三载，踪迹所至，遍及全省，采风问俗，旁及于草木鸟兽之名。巨细靡遗，积久成帙，复参证中西典籍报章杂志等数十种，而辑成斯编。本书属稿于三十三年（1944年——编者注）七月，继拙作《废除不平等条约》之后，时值抗战最艰苦之阶段，笔者寄居重庆嘉陵江北岸任家花园乡间，公余之暇，构思握管，溽暑蒸炎，汗濡纸端，焚膏继晷，夜间辄于荧荧如豆的菜油灯下，伏案二三小时。如此进度，于是年十一月初稿大体竣事。"叶祖灏此后又于 1945 年 1 月、

1946 年 5 月、1947 年 4 月，先后作了较大的三次修改，才将书稿修订完好付梓。其间从重庆返回南京途中，所乘船在长江三峡遇险，叶祖灏和书稿都落水。结果人得救，稿件也找回，有惊无险，也是天不绝叶祖灏和书稿。古人曰：大难不死，必有厚福。不仅《宁夏纪要》得以顺利出版，他的后半生也安稳治学，悠然自得。

《宁夏纪要》，笔者所见为南京正论出版社（南京中央门外环湖路新庄村 30 号）民国三十六年（1947 年——编者注）6 月初版。于右任题签书名。竖排，32 开本，页数 146 页，插图照片 6 张，定价国币 8000 元。全书有《概论》《地理的鸟瞰》《民族和人口》《社会的情态》《物产的要目》《交通的大势》《农田和水利》《工业和商业》《财政和金融》《教育和文化》《政治和军事》《人物志略》《结论》等，计 13 章 30 节。书前有叶祖灏民国三十六年（1947 年——编者注）五月四日于南京撰写的《序言》，书后附有《参考书目》和《附录》：《江和轮遇险记》（原刊载于《武汉日报》1946 年 6 月 23 日）。这是一部较全面反映历史上宁夏社会政治、经济、文化、地貌、物产等概况的读物，也是一本旅游指南书。全书叙述简洁扼要，文字简练严谨，内容涵盖上下数千年，凸显社会经济、物产、名胜古迹、民俗民风、人物等包罗万象。

叶祖灏也是个富有经济头脑的人士，他认为当年宁夏社会关键问题是经济建设问题，认为西北的经济建设，百废待举，关键是要兴办水利和发展交通。兴办水利使"无水之处，能使有水，有水复能善用其水，则水之功用，始可发挥尽致，而利溥民生"。兴办水利即可消除全省水灾，惠及广大民众，这对长期为水患所困扰的宁夏实是一项涉及社会民生的根本大事。当年宁夏出行工具陆路是以马车为主，水路则以木筏、皮筏、木船为主，十分不便，交通不畅，是导致宁夏经济发展的重要瓶颈。但筑路发展交通需要筹集大量资金，难以筹措，为此叶祖灏认为改善水上交通是可行性的便捷方法，发展汽船更是一项投入少、见效快的最佳选项。应当说这些建议是较符合当时宁夏实际情况的。

水摆夷风土记

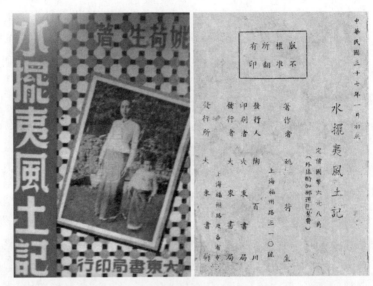

⊙《水摆夷风土记》封面、版权页，大东书局 1948 年 1 月初版

姚荷生（1915—1998），江苏省丹徒县人。教育家、作家。自幼聪明好学，因家庭破落和贫穷，小学以后就辍学。后在校长和老师劝说下，他父亲只好典当衣物及向亲友借贷供其上学，姚荷生不负众望，以第五名的成绩被镇江中学录取，成为姚桥镇姚氏家族中第一个省立中学的学生。他刻苦努力，又凭其领悟力较强，故各门功课都名列前茅。1934 年高中毕业，自知无力升入大学，就准备接受家乡姚家桥小学的聘书，靠教学谋生。

是金子总要发光。1934 年江苏举行全省第二届高中毕业会考，姚荷生以荣获全省第二名的成绩通过了会考。当时，教育厅规定，凡毕业会考成绩在前六名的，考入国立大学者，每年给予奖学金 300 元，直到毕业。于是，姚荷生有了升大学的希望，后投考清华大学，先读工程系，后转生物系。毕业后，由于系主任李继侗先生的垂青，将他安排到清华大学农业研究所工作。1938 年冬,华侨巨商胡文虎建议云南省政府开发云南边疆,愿提供资金。云南省建设厅组织了一个边疆实业考察组到西双版纳进行调查。云南省政府要求在滇的中央有关研究单位派人参加,清华大学农研所就派姚荷生参加。调查组在西双版纳的车里(今景洪)、佛海(今勐海)、南峤三县等地作了两个月的调查就匆匆回到昆明。而姚荷生却被这里淳朴好客的傣族人民迷住了,决定一人独自留下,继续做些调查,并作了详细的笔记,拍了许多照片,直到 1939 年深秋才返回到昆明。后来,他前往四川江津县白沙镇任教,利用空暇,便把在西双版纳搜集的资料、笔记、照片整理写成《水摆夷风土记》一书。当时无法出版,直到抗日战争胜利回到家乡,才于 1948 年由上海大东书局发行。此书一面世,就得到我国著名的社会学家和民族学家费孝通教授的重视,并赞誉姚荷生是当今进行少数民族社会调查,特别是对傣族历史文化研究的第一人。

《水摆夷风土记》,笔者所见为大东书局(上海福州路 320 号)1948 年 1 月初版。竖排,开本 12×16.7 厘米,页数 282 页,插图 55 幅,定价 6.80 元。书前有姚荷生《自叙》:"余性好动,喜浪游,又多幻想。束发受书,不乐经史,爱阅裨官。课余饭后,则强师长为说玄德宋江轶事。而冬日围炉,夏夜纳凉,听父老话洪杨旧闻,虽倦眼惺忪,犹不忍去也。故乡面江背山,景色清幽,余常徘徊水滨,踯躅山中,每日暮忘归,深贻父母之忧。廿七年(1938 年——编者注)春抵滇中,喜其气候温煦,花木繁丽遂隐然有畅游三迤之志。其秋去叶榆,访南昭之遗迹,登鸡足,追霞客之游踪。冬,云南省府有调查普思边地之举,余幸得预斯役。束装就道,历时七旬,始抵江洪。登山涉水,栉风沐雨,艰辛备尝。中间过匪区,经虎窟,历瘴乡,渡弱水,出生入死者屡矣。留边地两阅月,霪雨将至,瘴烟欲起,同行诸君,纷纷言旋。余好奇心切,欲明蛮夷之俗,识瘴疠之恶,遂不顾朋辈劝诫,毅然独留。雨季之中,果为恶疟所侵,幸治疗及时,始获苟全。居车年余,常往来各地,投宿夷家,衣其服,甘其食,听传说于乡老,问民俗于土酋,耳目所及,笔之所书,日积月累,居然成帙。"可见姚荷生从小爱旅行,爱听英豪传奇故事。机缘巧合,有机会去奇妙的云南地区考察,其被秀丽的山水风光和夷人多彩多姿的民俗民风所迷恋和倾倒,不顾个人的安危,历经曲折和磨难,将所见所闻写成这本游记。

《水摆夷风土记》分为两部分。《征程记》(18 篇)《西双版纳见闻录》(46 篇)。

书后附有《一百个傣语单字和五十个单句》等三种,是研究傣族等少数民族文化的稀罕和可贵的文献材料,值得人们深入思考和研究。

名山游访记（增补本）

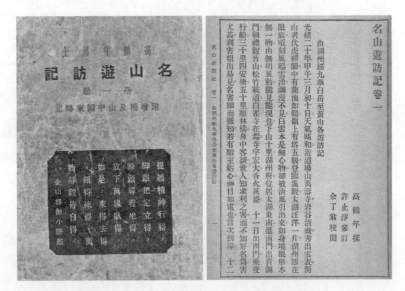

⊙《名山游访记》（增补本）封面、卷一内文，上海佛学书局 1948 年版

高鹤年，1872 年生于梨园世家，家道殷实，衣食无忧，但自幼体弱多病，命等蜉蝣。10 余岁时，偶游云台山，遇到一位高僧赠给他几本佛经，"披读之，如贫获宝，似渴得泉，知三界无安，犹如火宅，人命危脆，不能偷安，始有忏悔，访道朝礼名山之志"。作为在家居士的高鹤年的生活一直是潜修俭朴，曾在全国许多寺院地方结茅庵居，以清风为伴，松月为邻，静心修行，抛名利，弃痴爱，饥餐草果，渴饮涧水。1890 年，风华正茂的高鹤年踏上漫漫的行脚之路，历时 35 年在漫长的岁月中，一杖一笠，足迹遍及山西、徐淮、平津以及川、陕、豫、甘等省，行程万里，克服常人难以想象的困难，仅凭一双脚踏遍了祖国的名山大川，并将沿途之见闻汇集成《名山游访记》。

《名山游访记》初刊于 1912 年至 1913 年的《佛学丛报》上。由于高鹤年居处不定，积稿未刊居大半，后在友人王一

⊙ 作者像

亭、聂云台、简玉阶等名人的催促下,他才将《名山游访记》汇编成册,交由上海佛学书局于 1935 年付梓出版。笔者所过眼的本子因版权页已失,但从书尾收录的吴济时 1948 年夏月撰写《名山游访记诗编赘言》的字里行间,加以推敲,认为该破损的旧书非 1935 年版,而是刊于 1948 年的增补本。《名山游访记》1948 年增补本,竖排,开本 14.5×23 厘米,页数 537 页,厚厚一大本,书前刊有霜亭法师以及沈辉、杨志坚、吴济时等诸居士的序文。书共计七卷 46 篇,卷一,《由湖州经九华白岳至黄山天目山游访记》《峨眉山游访记》等 5 篇;卷二,《金陵京口诸山游访略记》《由陕西至武当山游访略记》等 9 篇;卷三,《由沪至匡庐游访略记》《由五台至南岳道惊鄂湘游访略记》等 5 篇;卷四,《南岳游访记》《普陀山游访记》等 7 篇;卷五,《灌云县云台山及沿海诸岛各游访记》《九华山游访记》等 4 篇;卷六,《从广州三水至鼎湖山游访记》《潮州韩山游访记》等 10 篇;卷七,《从海州春赈毕往嵩山游访记》《湘南放赈顺礼衡山回往九华游访记》等 6 篇;书前录有佛学书局董事长王震、知名学者钱三照等 4 人的题词手迹和朱庆澜等人的 2 幅字画手稿及高鹤年站立、行脚、打坐、睡眠四种姿态的全身像。书前有谛闲辛酉年(1921 年——编者注)撰写的《鹤年居士

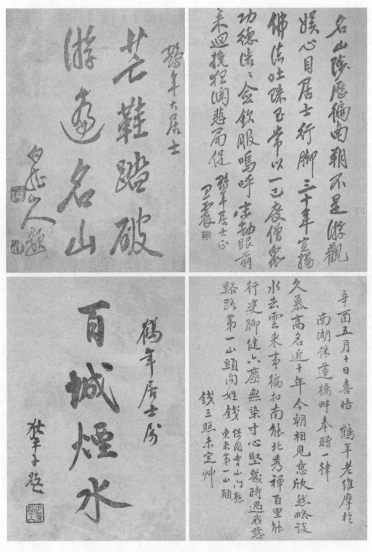

⊙《名山游访记》(增补本)中的名人题签、序文

名山游访记序》,高鹤年乙亥年(1935 年——编者注)二月在大觉精舍撰写的《名山游访记自序》及民国三十二年(1943 年——编者注)秋撰写的《增补名山游访记》,金山石隐头陀霜亭于民国三十二年冬月二十八日撰写的《名山游访记续编序》等 8 篇序文。高鹤年在《自序》中说:"近年始勉就零落残稿,掇拾凑成,藉副诸君子谆谆属望之雅意,不免挂一漏万,句差字讹。幸承许止净居士慨与重治,复托余了翁先生整理成编,始得付刊。"所以该书署名:"高鹤年撰,许止净参订,余了翁校阅。"是一本较全面和完整的高鹤年撰的《名山游访记》修订本。

高鹤年从 25 岁开始,积极参加社会的救济工作,特别是 55 岁至 73 岁的 19 年中,几乎每年都从事救灾活动,足迹遍布山西、徐州和淮河、平津以及川、陕、豫、甘等省,饥餐渴饮,艰辛备尝。

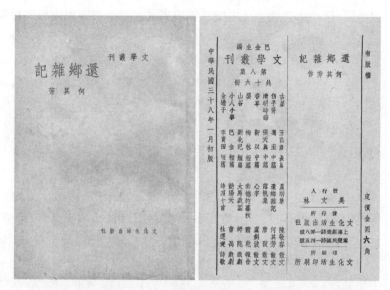

⊙《还乡杂记》封面、版权页，文化生活出版社 1949 年 1 月初版

　　《还乡杂记》，何其芳著，笔者所见为文化生活出版社 1949 年 1 月初版。竖排，开本 12.2×17.1 厘米，页数 112 页，定价 0.60 元。全书收录《呜咽的扬子江》《街》《县城风光》《乡下》《我们的城堡》《私塾师》《老人》《树阴下的默想》等 8 篇。书前有何其芳 1937 年 6 月 6 日深夜于莱阳撰写的《我和散文（代序）》，书后有远兹（方敬）1942 年 12 月 7 日于桂林撰写的《附记一》、何其芳 1944 年 7 月 5 日于重庆撰写的《附记二》和巴金 1948 年 7 月撰写的《后记》。巴金写道："这是《还乡日记》（上海初版本）和《还乡记》（桂林再版本）的改订补充本。原稿还是两年前作者由重庆寄来的。以后我就没有再得着他的片纸只字。我不知道他今天在什么地方。原稿的卷末附有一篇作者两年前新写的《附记三》。现在因了某种关系被我删去了。希望作者能原谅我。又这本小书原名《还乡杂记》。初版本由上海良友公司印行

时（1939），出版者在战乱中失去了一部分原稿，并且将书名误印作《还乡日记》。后来在桂林工作社印行的再版改订本是由作者的友人远兹兄改编的，书名也由编者改正为《还乡记》。远兹还写了一篇很好的《附记》。这次我没有得到作者的同意把书名改回来，仍作《还乡杂记》，我只有一个理由：沙汀兄有一本题作《还乡记》的长篇小说，已经由文化生活出版社印出来了。一个书店里出版两种同名的书，对读者应当是不方便的。为了避免混同起见，我添上那个取消了的'杂'字。好在沙汀也是作者的友人，作者大概不会为这种'让'法责备我。"

读了巴金1948年撰写的这篇《后记》，可知《还乡杂记》的出版并非一帆风顺，而历经反复和曲折，大致经历了三次修订和补充的过程。1937年6月，何其芳将已写就的8篇散文编辑在一起，以《我和散文》作为序言，寄到上海良友图书印刷公司，拟作为靳以所编的小丛书"现代散文新集"之一出版。但随着抗战全面爆发，局势大变，上海很快成为"孤岛"；1938年，良友公司内部又发生了大变动，"三巨头"伍联德、余汉生、陈炳洪之间的矛盾激化，使得原来的良友公司走向了分裂和破产。导致何其芳的《还乡日记》直到1939年8月才出版问世，然而需要关注的是，《还乡日记》并非何其芳所拟定的文稿名称。他所拟定的，应为《还乡杂记》。关于这一点，至少有三点证据：第一，在《我和散文》这篇代序文中，他将"关于《还乡杂记》"作为第四部分的小标题；第二，在具体行文中，他屡屡提及《还乡杂记》；第三，在该文集中的篇章先行发表于报刊时，有不少篇目的副标题都有《还乡杂记》字样。尤其需要注意的是，书的正文加上序言的页码，总共才94页。除了《我和散文（代序）》（占了19页）外，仅收入《呜咽的扬子江》《街》《县城风光》《乡下》《我们的城堡》这5篇。其中《我们的城堡》仅刊载了开头。且《私塾师》《老人》《树阴下的默想》，这是《还乡杂记》系列中应有的三篇，尽数缺失。1941年1月，何其芳收到朋友郑克从浙江寄去的《还乡日记》，这才知道书终究还是出版了。但面对书名印错了一个字，后面少印了三篇半的这本书，他很不满意。后经打听他才知道，那三篇半之所以缺失，是因为原稿已在战争中丢失。他随即给靳以写了封信，要他转告书店停止再印，降低流布的可能性。此后该书以《还乡记》为书名，1943年由工作社在桂林出版。该书的面世及其面目，则与战时桂林的文化环境密切相关。对良友所出版的《还乡日记》，何其芳"颇不满意"。而在其友人远兹（方敬）看来，这样的版本"对作者与读者都是一个损失。不说写作时茹辛尝苦的作者本人，连我们心里也觉得不安，不但不满意。"为此，方敬他们一直想重印，好让读者得窥全貌，好使作者本人和"我们"心安。其后在方敬的努力下，1943年在桂林出版了《还乡记》。但该书从页码上看，全书连序言、正文、附记一起，总共88页，却比缺三篇半文章的《还乡日记》还薄。直等到巴金主持的文化生活出版社打算重印该书时，已是1946年了。何其芳也这才抽空读了读《还乡记》，做了修订和补足。然而，何其芳将书稿从重庆寄给巴金后，文化生活出版社却迟至 1949 年 1 月才将其纳入"文学丛刊"第八集出版。有意思的是，巴金深知方敬在桂林出版《还乡记》的史实，亦从方敬的《附记》中知晓了该书曾以《还乡日记》之名在良友出版的史实，然而，在面对何其芳寄来的《还乡记》时，巴金选择了更改方敬之意，而复原何其芳最初的命名。巴金的理由在上述的《后记》中已说得够清楚和够充足了，是为了避免与该社已出版的《还乡记》（沙汀的长篇小说，1948 年 7 月出版）相混同，给读者带来不便。显然，如若不是迟至 1949 年 1 月才问世，何其芳的《还乡杂记》可能就不是我们现在熟知的这个书名，而应是《还乡记》了。

《还乡杂记》记录了何其芳 1936 年暑期回故乡四川万县探亲和游览时的所见所闻和所思。《街》这篇文章很具代表性。如果单看文章第一句："我凄凉的回到了我的乡土。"读者也许会想，何其芳以下的行文应该与现实有关吧。其实不然，在略略提了几句家乡街市的变化后。何其芳以一句："什么时候我也能拆毁掉我那些老旧的颓朽的童年记忆呢？"便将镜头推入久远的童年期。先是讲述自己七八岁时躲避川东匪患的经过，后是读初中时，一次"学潮"留给他的深刻印象，这部分内容占去了文章的大部篇幅。末尾重回现实："我摸出了口袋里的夜明表：八点钟。"

《我们的城堡》一文极具典型性。何其芳先略略描绘一下"城堡"现状，接着便带着读者进入到他 6 岁时的记忆画廊。他依次介绍了"城堡"的建筑过程，"城堡"曾经的作用，以及何家人是如何依托"城堡"抵抗匪患的。而结尾是同样的话："现在我回到了乡土，思索一会儿我那些昔日。"以证明他又回到了现实中。

何其芳也不忘记录和描绘重游故乡街道和山水风光的真挚的感触。在《街》中，他写道："柔和的黑夜已开始在街上移动，朦胧的街灯投下黄色的光轮。我到底上哪儿去？我走过这条狭小，多曲折，铺着高低不平的碎石子的街，又走过一座桥，难道我要去拜访我昔日的学校吗？那早已拆毁了。现在我的面前又是一条不整洁的街。它是这小县城的贫血的脉管，走过我身边的都是一些垂头丧气，失掉了希望，而又仍得负担着劳苦的人。这是我的乡土。"故乡的街道是暗淡的，不整洁的，人是劳苦的。何其芳在这里毫不掩饰的写出了 1936 年故乡的贫穷落后面貌。

何其芳在字里行间中不仅回顾和记录他对故乡的缅怀，还在往返故乡途中触景生情的阐述了他对社会和人类历史的思考，在《呜咽的扬子江》篇中感叹道："我并不是说我们国家没有进步。什么方面都已有了明显的进步。只是太慢，太慢。就比如说这长江里的交通吧，至少应该做到每天有国家经营的船往来，和火车一样有一定的班期，一定的时间。"同时，他还凭着自己的感触，抒发着个人的感叹和议论。在《县城风光》篇中说："人是可怜的动物，善忘的动物。当我们不满意'现在'

时往往怀想着'过去',仿佛我们也曾有过一段好日子,虽说实际同样坏,或者更坏。我们便这样的活下去。而这便是人的历史。"人往往有怀旧感,对历史的沧桑和变化,不论愉快和痛苦,我们要向前看,不要只是沉浸于仇恨和阴影中,而是要看到好的和积极向上的一面,所以不论是对社会历史还是对个人的回忆也应当如此。应该学会像何其芳在《我们的城堡》中那样既要记得"那缺乏人声与温暖的宽大的古宅使那些日子显得十分悠长"的乏味日子,也要记住"做完正课后的光阴去自由的翻阅家中旧书箱里的藏书,从它们我走入了古代,走入了一些想象里的国土",浮想联翩的寻找快乐感。人类的历史永远是个让人道不完说不尽酸甜苦辣的发展史。

雪山草地行军记

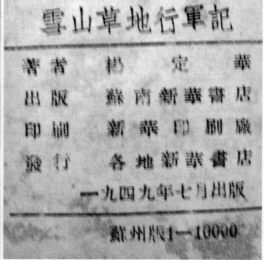

⊙《雪山草地行军记》封面、版权页，苏南新华书店 1949 年 7 月版

《雪山草地行军记》，杨定华著，笔者所见为苏南新华书店 1949 年 7 月版。竖排，开本 10.4×17.2 厘米，页数 52页，印数 10 000 册，版权页未标定价。全书分为《雪山行军的开始》《草地行军的阶段》《雪山栈道的行军》三大部分，29个章节，系统而简短的描写了红一方面军长征途中经过四川、西康、青海，西至甘肃之间三省地带的雪山草地的情况。书前刊有杨定华 1936 年 6 月撰写的《前言》，篇幅长达 3页，有较高的史料和文献价值，也是研究和考证作者杨定华生平的重要线索。现选录如下："红军中的主要领导人，不用说都是共产党员，甚至在红军中下级干部中，在一般战士中，共产党员青年团员亦占着很大的数量。当然，红军中的兵士和中下级官佐、职员等，亦有不是共产党员者；有许多是贫苦的工人、农民、学生等自动的投入红军者，甚至有许多是原在南京军中当兵任职而被俘虏者。这些被俘虏的

人，虽然不是共产主义者，但红军中待遇很公平，即使人觉得精神上的愉快，又因红军的抗日救国主张正确，复使人感到政治上的兴奋，所以很愿留在红军中安心任职。我就是被红军俘虏去的一人。我原在第十八师张辉瓒部下任无线电台机务员，1930年龙冈战役中被俘。因当时红军中缺少无线电专门人材，对于具有专门技术人员极为优待，开始留我在红军第三军军部任机务员，当时军长为黄公略。1932年调瑞金无线电学校任教员。到1935年红军西征时又调至红军总司令部无线电队第六分队任机务主任。从江西出发时起，我一直跟到了远征告一段落的陕西。休息数月，再从红军东征抗日，而至山西。"

"1936年春天，红军出师抗日到达山西以后，因为沿途辛苦和南北水土不服，我的胃病大发特发起来，卫生处同事束手无法。感谢红军当局的好意，特别许我请假回上海来看病。现在身体业已平复，回想在苏区经过的一切，尤其在远征中经过的一切，这一个偶然得到的稀罕经验，倍感难忘。最近读到巴黎《救国时报》，和读了廉臣先生的《随军西行见闻录》之后，忽然想起海外言禁或不如国内之严，因先就我记忆最深的雪山草地行军一段事情写了下来作为投稿，其余要是我有时间而巴黎《救国时报》又有篇幅的话，我也可以再写。"

由此可知，杨定华是个"从江西"到"陕西"，翻雪山、过草地的二万五千里长征的亲历者。

据记载杨定华1936年至1937年其间，他的《雪山草地行军记》在中国共产党主办的巴黎《救国时报》上连载全文，后又写了《由甘肃到山西》一文，也在《救国时报》发表。后来，廉臣的《随军西行见闻录》和杨定华的《雪山草地行军记》《由甘肃到山西》，在巴黎的《全民月刊》《救国时报》发表后，引起了海内外读者的热烈欢迎。《救国时报》编辑部应读者的要求，征得廉臣和杨定华的同意，决定将《随军西行见闻录》《雪山草地行军记》和《由甘肃到山西》三文合集为《长征记》出版。《救国时报》还对该书作了热情的推荐和高度的评价："本书虽为笔记体裁，然举凡红军西征时沿途之军事形势，以及山川地形，风物人情，民族习惯，红军之组织与策划，红军克服困难之精神与方法，红军作战经过，红军西征之政治意义，读者皆可于本书中见其大概。中国人民抗日红军为我中华民族之伟大力量，早为中外所共认，故本书不独可作为文艺作品读，且实为珍贵之史料与检阅民族力量之宝鉴。"有党史权威人士认为，杨定华的《雪山草地行军记》《由甘肃到山西》和廉臣的《随军西行见闻录》等3篇文章，也是20世纪30年代最珍贵的长征回忆录，是人们了解、学习和研究红军长征历史的重要历史文献。

过去，人们只知道这3篇文章的大致内容，但对文章的作者"廉臣"和"杨定华"究竟是谁不清楚？现查明"廉臣"即是陈云。那么杨定华是谁呢？据其战友成仿吾回忆道，是红军将领邓发同志。

⊙《新安旅行团》封面、版权页,苏南新华书店 1949 年 7 月初版

　　《新安旅行团》现代军旅作家哈华创作的一部纪实的旅行作品。哈华,原名钟志坚,1918 年生,四川新繁人。从小喜欢读书,早年就读于成都离山中学,青年时受"五四"新文化的影响,逐渐喜爱文学。为了探索人生的发展道路,他常常把从成都带回的文学书籍和期刊拿到新繁东湖旁,静静地坐在那里专心致志地阅读,一看就是半天、一天,如痴似醉;日复一日,年复一年,阅读了大量的书籍,奠定了他走上文学创作道路的基础。1938 年,哈华离乡背井,长途跋涉,奔赴延安,入抗日军政大学学习。后来在西安八路军办事处工作,开始在《秦风日报》发表小说,写了一部描写八路军挺进华北敌后抗战的小说,在大后方报纸上连载,自此踏上文学创作的生涯。

　　《新安旅行团》,笔者所见为苏南新华书店 1949 年 7 月初版。竖排,开本 10.5×14.5 厘米。页数 51 页,印数

8 000 册。全书收文《四万五千里旅行》《生活即教育,社会即学校》《新旅在荒凉的大西北》《在武汉与桂林》《政治的迫害》《新旅在苏北》《展开"小先生"运动和组织儿童民主生活》《发动支前和生产》《保全自己就是胜利》《长途行军》。书末有文字简洁的《后记》:"《新安旅行团》一文,主要是根据他们供给我许多书面材料写成,前两节是左林同志未完成的《四万五千里长征记》的缩写,《保全自己就是胜利》一节,是徐莎的一段日记等,又自卫战争中一段,正是'新旅'忙于演出,我也忙于工作,无法进行谈话,'新旅'团长张拓发动团里小同志每人写一篇回忆给我。而综合写成的,这里特向小同志致谢。"可见这是作者哈华根据当年参加新安旅行团小同志们的回忆录而再创作的一部红色纪实作品,虽不是作者自己的亲身经历,却来自于第一手资料,也格外珍贵。

新安旅行团的故事发生于 1935 年,那年 10 月 10 日,在淮安河下镇的新安小学,在教育家汪达之的指导下,有 17 个 12 岁至 17 岁的穷孩子,为了实践著名教育家陶行知先生倡导的"生活即教育""社会即学校"的教育理念,作了一次全国性的修学旅行。这些学生人小志气大,克服了旅途遥远、缺钱挨饿、风餐露宿的艰难险阻,足迹涉及江苏、浙江、安徽、山东、河北、哈尔滨、山西、绥远、宁夏、甘肃、陕西、河南、湖北、湖南、广西、广东等 22 个省市,行程四万五千里。他们一路上唱着剧作家田汉为他们专门谱写的团歌:"同志们,别忘了。我们的口号:'生活即教育,社会即学校'。拼命的工作,拼命的跳,一边儿学习,一边儿教。别笑我们年纪小,我们要把中国来改造,我国的国遇了盗,听啊! 到处是敌人的飞机和大炮! 同胞们! 别睡觉,把一切民族敌人都打倒"。高歌猛进,一边践行"生活即教育,社会即学校"的理念;一边宣传抗日救国,唤起民众,振兴中华,谱写了一曲惊天地、泣鬼神的青少年救国壮歌。

战后欧游见闻记

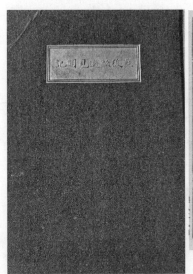

⊙《战后欧游见闻记》(精装本)封面、版权页,商务印书馆 1924 年 6 月第 3 版

　　庄启,字中希,1882 年生,江苏武进人。电机工程师。早年获江苏省留欧官费资助入比利时列日大学电科系深造。1912 年毕业归国后,历任河南大学堂教员、北京大学教员、湖北译书局译员、比利时万国电机厂工程师、江苏省第一电话局局长、葡萄牙中国公使馆随员、国际联合会中国部秘书、武进电话局经理等职。1919 年赴西欧考察教育,考察归来后创作了这本《战后欧游见闻记》,也为他后来从事教育和经营管理注入新思想和新理念。中华人民共和国成立后,庄启曾任江苏省常州市第一届人大代表和第一至第三届市政协委员。主要著作除《战后欧游见闻记》外,还有《德国一周》等。

　　《战后欧游见闻记》(精装本),商务印书馆(上海棋盘街中市)1922 年 1 月初版,笔者所见为 1924 年 6 月第 3 版。竖排,开本 14.2×23.8 厘米,页数 549 页,书籍广告 2 页,插图 40 幅、地图 7 张,定价 1.50 元。全书有《来去记日》《行前记》《香港记》《新加坡记》《吧生港记》《槟榔屿记》《哥伦坡记》《波赛记》《开罗记》《马赛记》《马德里记》《利斯本记》《巴黎记》《里昂记》《柏林记》《汉堡记》《列日记》《蒲鲁塞耳(即布鲁塞尔)记》《日内佛(即日内瓦)记》《伦敦记》《归程记》《中欧一切比较》等 35 记(篇)。书前有庄启兄长庄俞 1921 年 11 月 1 日撰的《叙言》。这篇《叙言》仅 2 页半,内容却丰富多彩,思想有高度,见解也精辟。首先,叙述和介绍庄启去欧洲留学 8 年的来龙去脉及不受国外官位厚禄诱惑,怀着"挟观察战后变化之旨以去"的志向,以"行箧之记载已盈尺"归来的收获和喜悦,完成了他在欧洲留学任职期间所见所闻所思的感触和见识,并及时写出传递国人,为振兴中华注入思想文化及精神动力。其二,透彻的阐述读这本书的三点意义:一是可知中国政治、教育、风俗和农工商等与欧洲的差异,我们应当向他们学习和汲取何种精华或弃其何种糟粕;二是知道欧洲各国战前和战后的差异,教育和引导人们"觉悟今后战祸之不可复有",避免战争,崇尚和平的重要性;三是知道德国人"自立之精神"很强,一战虽战败,却乃有东山再起发动战争的可能,警惕战争贩子死灰复燃和卷土重来。应当说这篇《叙言》具有远见卓识的思想亮点,也是这本游记较有个性的特色之处。

全书记录了庄启一路上过新加坡、哥伦坡、波赛、开罗、马德里、里斯本、巴黎、柏林、普鲁塞尔、日内瓦、伦敦的城市风貌和风土人情。例如在《伦敦记》中记道:"伦敦城者,为罗马时代之旧治,广及六百七十五亩,居民一万九千六百五十七人(1910 年统计)。南以河为界,东以塔为界,西以拔庙为界,北以奴敦福克脱为界。"指出伦敦的历史演革、地域界限和方位。接着又说,伦敦城市地域大,景点多,主张游者"起点取其适中,由加林克罗士起行,其东为日慕士河,北过滑铁卢桥,见疏慕司脱好司,生死婚嫁登陆处也。加林克罗士之左街,曰司脱郎,商店、旅馆、饭店、戏园,均集于此,伦敦最热闹街之一"的旅游精华线路。为后人游伦敦指出一道便捷的游览线路。庄启是工程师,也是游者中的有心人,他不仅为游者勘察旅游途径线路,还在书中经常设计和记录过海关和过境需要注意的事项和要素,例如在《游槟(槟榔屿)须知》中提示和告诫游客道:"一登岸,船多傍岸。二代步,人力车每时约五六角;马车每时一元半;汽车三元。三游览,极乐寺。四引导,各学校。五购物住宿,不若新加坡之便。六饮食,极乐寺素菜极佳。七携费,与新加坡相等。八言语,粤闽语马来语。九返舟,船开前四时。"上述这九条须知,言简意赅,为乘邮轮海外游的旅客提供了一种具有参考价值的旅行指南。

《叙言》中也介绍和指出庄启写这本书的重要任务和意义,即揭示第一次世界大战导致欧洲社会萧条和衰败的经济现状,控诉了战争给人类带来的毁坏和灾难,希望后人远离战争,珍爱和平,共创和谐世界。因此,他在书中多处记录一战期间德军制造的残酷战争场景及血腥杀戮和破坏的野蛮场面。如叙述德军攻入比利时罗文大学后写道："德军入罗文，始尚相安，继疑罗文有志愿兵击德兵。乃大肆焚掠八日，居民驱逐或枪毙者二万人，毁屋一千八百余所。审判厅、公戏园、大学校等，仅余破瓦残垣。圣毗而教堂，为十五世纪建筑物，亦被重伤；最可惜者，为大学校图书室，系十八世纪所建，宏壮精美，世所罕有，其中名人石像，大与人等；名人手写本多册，始有印刷业时刻本三百五十余册，无价之宝，均遭一炬，忍哉德人，毒哉兵祸。"以野蛮和血腥的残酷事实，控诉了德军暴行和战争的祸害。

⊙ 插照

庄启在书中对欧洲社会政治、教育及人性和美食的观察也是深刻的，而且还往往擅长与中国加以对照比较。这一点在书末篇《中欧一切比较》中有较为集中的对比和叙述,如说到社会政治:欧洲"各国政治,由他分派分党,每派每党,各有其纲,各服从其规约,各崇拜其首领。故无论何党执政,有些坏事,必有些好事。一般国民均有法律观念,非中国所可比拟也。"欧洲实行政党轮流执政的政治体制,按中国当年的社会现状是很难推行的。说到中国留学生却论道:"中国人聪敏,一般留学生,在外国学校内,除不用功者不算外,其余要学什么的便学什么,从来没有学不会的。"在读书上中国留学生不亚于欧洲本国学生。美食上:"言味中国菜远胜外国菜。外国菜是单纯的,中国菜是混和的,无怪乎外国人之喜中国菜。"在美食上中国菜要优于西菜。

在论说社会秩序上,庄启说:"所最可佩服者,在西人之秩序。无论正经事,游戏事,一毫不乱。"欧洲人的法律意识要高于中国人,因此他们遵纪守法,社会少动乱。教育上:"西人教育,不用说得,自在中国之上,然我以为文哲一方面,凡属空的,中国人不让西人;理工一方面,凡属实的,西人自在中国人之上。"中西两种教育各有所长。值得一记的是庄启在研究和分析一战后世界局势所作的结论也极为精辟:"现在机会,乃千载难逢之机会。从前中国受列强束缚,今之所谓列强,仅强其名矣,自顾不暇,安能缚人? 向以制造为营商自豪者,今则制造无原料,营造无基金。以中国之大,中国之富,闭门可自活,开关可以纾天下之困。人实求我,我无求于人也。曷不乘此机会,急起直追。他人百年经营所得者,我一二十年可追求也。"庄启此论甚为精湛,但遗憾的是当年国民政府腐败无能,没有抓住这千载难逢的时机发展经济和制造业,陷于内战,哀鸿遍野,导致在日军侵入时缺乏有力的经济支持和反击,经过艰苦卓绝的14年的抗战才把日本人打回老家去。上述叙论是庄启多年观察欧洲社会的心得,至今读来也颇有启发,回味无穷。

华会见闻录

⊙《华会见闻录》封面、版权页,上海商务印书馆 1924 年 2 月再版本

　　贾士毅的这本《华会见闻录》中的"华会"两字,即"华盛顿会议"简称。第一次世界大战结束后,美、英、日等帝国主义国家为重新瓜分远东和太平洋地区的殖民地的势力范围,由美国建议召开的那次国际会议,亦称"太平洋会议"。1921 年 11 月 12 日至 1922 年 2 月 6 日在华盛顿举行。有美国、英国、日本、法国、意大利、荷兰、比利时、葡萄牙、中国,共计九国政府代表团参加。

　　"华盛顿会议"的议程主要有两项:一是限制海军军备问题;二是太平洋和远东问题。为此组成两个委员会:"限制军备委员会"由英、美、日、法、意五个海军大国参加;"太平洋及远东问题委员会"则有九国代表参加,两个委员会分别进行讨论。该会议的主要成果包括三个重要条约:《四国公约》《限制海军军备条约》《九国公约》。这三个公约统称"华盛顿条约"。当年中国北洋政府时值颜惠庆内阁,派出

了施肇基、顾维钧、王宠惠三人为全权代表,余日章、蒋梦麟为国民代表,共 130 多人组成的庞大代表团出席。贾士毅作为代表团成员出席了会议,主要担任财政方面的谈判工作。他拟定了"关税自主,外侨纳税平等和庚子赔款退还"三案,但会上讨论的只有关税一案,挽回一些中国财政在国际上失去的权益。时年 37 岁的贾士毅还将华盛顿会议的内容及旅途中所见所闻写成这本书。

《华会见闻录》,上海商务印书馆,1923 年 10 月初版,笔者所见为 1924 年 2 月再版本。竖排,开本 14×20.7 厘米,页数 315 页,定价 1.50 元。全书有第一章《华会之发端》、第二章《太平洋之航行》、第三章《新大陆之征轺》、第四章《华会之开幕》、第五章《限制军备问题》、第六章《太平洋问题》、第七章《远东问题》、第八章《华会之结局》、第九章《留美之游览》、第十章《归程之经历》,计 10 章 34 节及附录《华府会议关于中国财政问题议》等。书前有贾士毅 1922 年 12 月于京口吴园撰写的《自序》:"民国十年(1921 年——编者注)十月,余奉命赴华府会议充专门委员,因得为新大陆之游。每有见闻,辄拉杂记之。先后凡四阅月,碎纸片已盈箧笥。归国后,友人咸来问讯,辄出笔记示之,顾纷杂不可卒读。友人亟劝诠次成册,以供同好。窃思兹事厥有数难:美为新造之邦,政治风尚,迥异东土,余留美日浅,职务羁身,未暇考察,其难一。华会议事,门类系繁,余所得与闻者,仅财政一项,会议内容,间多不明了处,其难二……"显然,贾士毅作为公务赴美出席华盛顿会议,自然不可能有暇深入社会考察。然而当会议结束后,他还是抓住间隙游览了华盛顿、纽约、费城等城市,这在书中第九章《留美之游览》中有所记载,为美国之行留下了浓彩笔墨。例如在华盛顿的游览不仅记录了参观国会大厦、白宫、林肯纪念堂的过程及其感受,对国会图书馆的描绘也是细腻生动:"室中设有圆形坐席数区,重叠如轮形。中央置一圆事务室,其周围为目录箱,抽屉设于箱之内外,中有分类目录,图书即由此处借出,四周所设阅览席,可容纳五百人。室内通蒸气,并有寒暑表。……旋往中国书楼,有《永乐大典》《大元一统志》《大明一统志》等,各省志乘,均皆全备。"寥寥几笔把图书馆及中国书楼的藏书规模、设施和特点,展现的一清二楚,令人印象深刻。

此外对白宫描绘也颇见功力,其写道:"白宫者,为粉成白色之石所造,原称大总统府,因其墙壁系白色,故人称为白宫。其名虽闻于世界,而其实际则极质朴,仅渺小垩白之室两层,视寻常富豪家之私第,不如远甚。观于此室,不得不叹羡平民政治质素之风。"将白宫质朴的特点跃然纸上。纽约在贾士毅的笔下也很出众,记录和展现了纽约 20 世纪 20 年代的城市发展风貌和形象:"近因商务之发达,五市区邻近之地,新筑市街之处甚多,尚有赓续扩充之势。街市纵横其间,火车铁道、钢索铁道、电车铁道,密如蛛网,而不依轨道往来市中者,有马车、汽车、自转(行)车等。凡人行之道与车马所行之道,又划为二。所异者,路旁无电柱,空间无电线,盖以有损美观,而将送电之线,悉埋于地下也。"距今约百年前的纽约已是高楼林立,车水马龙,人头攒动,而且已将马路上电线埋入地下,足见其城市布局是何等的先进和流畅。贾士毅笔下有对城市风貌的描绘,也有海航一路上对自然风光的记录和感叹。在由日本至美国檀香山的海上行程中记道:"十三日晴,风息波平,船行如履康庄。同人中曩苦晕者,兹均坐起如常。予乃移榻至船最上层卧,穷海天之胜。汪洋极目,四大皆空,几不知置身何许? 古人云:天风海涛,能移我情,洵不诬也。"贾士毅感叹着风平浪静中航行的情致和乐趣。贾士毅在妙叙航行情趣的同时,也不忘对旅游胜地檀香山(夏威夷)美景的描述。他在岛上街道观光散步时写道:"沿街及各宅邸均莳花木,异香扑鼻,浓阴如云。西人谓之世界公园,又称为花世界,称其实也。"夏威夷风光明媚,其不仅花香扑鼻,而且海滩迷人。晴空下,美丽海滩,阳伞如花;晚霞中,岸边蕉林椰树为情侣们轻吟低唱;月光下,波利尼西亚人在草席上载歌载舞。夏威夷的花之音,海之韵,自然让贾士毅感叹颇深,谓之世界公园也名副其实。

华盛顿会议结束,贾士毅回国后曾先后出任上海银行公会书记长、国民政府财政部赋税司司长兼盐务处处长及固定税则委员会委员。1932 年,升任财政部常务次长,同年 3 月被免职。之后,任第二、三届立法院立法委员,湖北省政府委员兼财政厅厅长。1940 年任财政部专门委员,派驻香港,兼任香港财政评论社社长。1943 年,任江苏省政府委员及财政厅厅长,后代理省政府主席等职。抗日战争胜利后,担任湘鄂赣财政金融投资特派员。1949 年,移居台湾,继续效力于金融事务,被聘为台湾第一商业银行董事等职。

贾士毅长期致力于财政学术研究,著有《民国财政史》《民国续财政史》等专著,取得了一系列令人敬佩的学术成果。

南洋见闻录

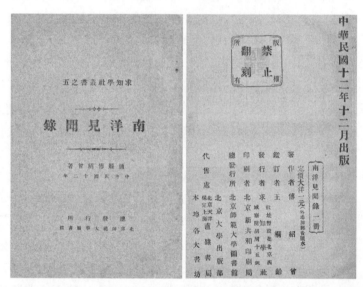

中華民國十二年十二月出版

版權所有　禁止翻刻

南洋見聞錄一冊

定價大洋一元（外埠加郵費匯水）

著　作　者　傅　紹　曾
鑑　訂　者　王　桐　齡
發　行　者　求知學社　北京城西察院胡同十五號
印　刷　者　北京新共和印刷局
總發行所　北京師範大學圖書館
代　售　處　北京大學出版部　北京天津直隸保定上海　本埠各大書坊

⊙《南洋见闻录》封面、版权页，北京师范大学图书馆 1923 年 12 月版

《南洋见闻录》，傅绍曾著，笔者所见为北京师范大学图书馆 1923 年 12 月出版，"求知学社丛书"之五。竖排，开本 15.1×23.3 厘米，页数 302 页，定价 1.00 元。全书有《后印度半岛》《荷属东印度》《澳侨泪》《菲律滨》《华侨及日侨概要》《土人状况》《南洋物产志》，共计 7 章 51 节。书前有陈宝泉"南洋见闻录"、孟宪彝"侨界南针"、陈哲甫"瀛海环之"题词手迹；北京师范大学历史地理教务主任王桐龄 1921 年 10 月 21 日于日本东京帝国大学图书馆撰写的《序一》，章嵚 1922 年 4 月 8 日撰写的《序二》，白月恒 1921 年 9 月 2 日撰写的《序三》，傅绍曾 1923 年 6 月 30 日撰写的《自序》和《凡例》及《南洋群岛图》，书末有《附录》：黄公度遗稿《番客篇》及北京师范大学"最近出版新书"《中国历代党争史》《东游杂感》等书籍广告。

　　傅绍曾在《自序》中写道："鄙人性质鲁纯，幼时受学，少

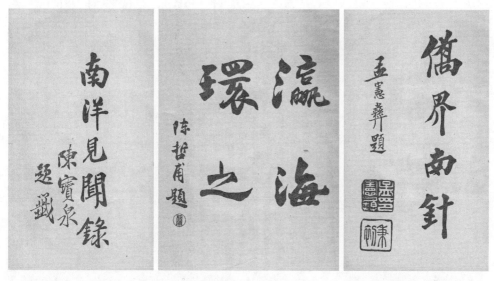

⊙ 陈宝泉题"南洋见闻录"　　⊙ 陈哲甫题"瀛海环之"　　⊙ 孟宪彝题"侨界南针"

有成就,惟甚嗜地理一科。课暇之余,便参览世界地理图籍,追索其当地山川物产人种风俗诸种情况,想象推求,乐而忘倦。民国五年(1916年——编者注),毕业于北京高等师范学校历史地理部。六年(1917年——编者注)春蒙前校长今教育次长陈筱庄先生、前北京大学校长胡仁源先生及北京英使馆参赞巴尔屯先生,介绍到槟榔屿华侨学校服务,得睹当地诸种状况。后更历马六甲、新加坡及荷属望嘉丽诸埠,阅时二载,始行归国。暇将观察及采听所得录出,更搜集书报关于南洋之各项实地记载,录辑成《南洋见闻录》一书,于民国十年(1921年——编者注)脱稿,其目的在于满足自己之求知心。夏在母校教育研究科毕业,捡拾旧稿,恐久而遗忘,将于今年七月,实行付梓,以便留存,作为将来之纪念,并报告国人,唤起对于南洋之注意力。其长处在具体的实地写真,非似教科书之抽象记载。各有攸长,具体在详尽,抽象在网维。有抽象无具体,其弊也疏漏;有具体无抽象,其弊也涣散。故复撮其要点。"傅绍曾从小嗜好世界地理知识,毕业于北京高等师范学校历史地理部,故对史地学有不俗造诣,后又有赴南洋生活服务经历和实践,使他撰写的这本《南洋见闻录》成为一本融写真和抽象、具体和理论为一体的游记,也是民国时期有关南洋群岛历史地理的一本权威性专著。

一九廿一年游者观察新俄回想录

⊙《一九廿一年游者观察新俄回想
录》封面，护宪社 1924 年初版

　　笔者所见《一九廿一年游者观察新俄回想录》简称《新俄回想录》，周哀轮著，初版约于 1924 年期间。竖排，开本 18×25.6 厘米，页数 196 页。全书有《冒险游俄失望之回顾》《游者对于俄人试验共产政治之感想》《首途入俄之恐慌及所见》《黑暗中之一线光明》《凄风苦雪中之莫斯科车站终宵危坐》《第九次苏维埃大会之见闻及感想》《保护知识阶级之佳音》《民国十一年春之俄灾情》《新经济政策中之俄国新资本状况及其救济法》《旅俄华侨之锋镝余生》《共产时代之遗闻轶事》《西俄至柏林道中》《游者对俄国式共产与中国国情之见仁见智谈》等 67 篇及《附记》:《俄游运动之盘根错节》《中俄天然境界与文野外观》《俄属阿穆尔省会之形势》《俄商多与华人合资经商》《赤塔之公商》等，共计 37 篇。

　　书前有作者周哀轮民国十三年(1924 年——编者注)五月撰写的《曰序》:"余于民国十年(1921 年——编者注)

八月初间,首途赴俄。九月中旬渡黑龙江入俄属之阿穆尔省会。十月杪抵赤塔,十一月初抵莫斯科。至次年之三月中旬,始由莫斯科西出柏林。在德法间,盘桓两月,乃循海道返国。综计此行,凡十一月阅月,而旅俄者,殆七阅月有奇。其时正当俄之革命事业,由战争而渡入和平时代,又在饥馑荐臻之余。可怖手段,仍未解除,社会人心,依然岌岌。归国后,每与见访友人,谈及当日恐慌与所闻所见,皆以为是有史以来,有数之剧变。其试验一切经过,关系于世界进化前途者甚巨大。可录其概况,以饷国中之留心俄事及有志改造本国社会者。因摒绝诸务,以匝月之功,录成此轶。缘非有统系之调查,故不复别为类目。且皆属于事后回想,只能就所知而未忘者,依次拉杂书之。"可见,此书是周哀轮 1921 年 8 月赴俄罗斯等游览,历时 11 个月回国后,为了"以饷国中之留心俄事及有志改造本国社会者"的期望,而创作的一本旅俄回想录。

《新俄回想录》这本初版本,没有标明出版社及刊登作者简介,故该书的出版者和出版社不详,待考。据《新俄回想录》1926 年再版本中的记载,此书为周哀轮所著,由护宪社所出版。

《新俄回想录》中还记载了早期中国共产党在俄国的活动轨迹,旅俄华侨与中共的交往及举办第九次苏维埃大会状况。这样此书既可见证百余年前苏俄的经济政治与社会文化,也是研究中国共产党早期与苏联关系的珍贵史料,具有特殊的研究意义和研究价值。

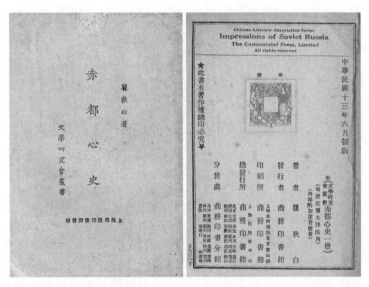

⊙《赤都心史》封面、版权页，商务印书馆 1924 年 6 月初版

　　1920 年 12 月，21 岁的瞿秋白受北京《晨报》和上海《时事新报》的聘请赴莫斯科采访。他由北京启程经满洲里和西伯利亚去莫斯科，经过三个月艰辛旅程奔波终于踏上了苏俄的土地，并在 1921 年 2 月 16 日至 1922 年 3 月 20 日的一年多时间里断断续续的写下了这本《赤都心史》游记。

　　《赤都心史》，笔者所见为商务印书馆（上海棋盘街）1924 年 6 月初版。竖排，开本 13×19 厘米，页数 195 页，没标印数，定价大洋 5 角。全书有《黎明》《无政府主义之祖国》《兵燹与弦歌》《秋意》《公社》《革命之反动》《社会生活》《"烦闷……"》《"皓月"》《"俄国式的社会主义"》《宗教的俄罗斯》《劳工复活》《"劳动者"》《"死人之家"的归客》《安琪儿》《贵族之巢》《莫斯科的赤潮》《列宁杜洛次基》《南国》《官僚问题》《新资产阶级》《饥》《心灵之感受》《民族性》《"东方"月》《归软》《智识劳动》《清田村游记》《"什么！"》《赤色十月》

《中国人》《家书》《"我"》《生存》《中国之"多余的人"》《"自然"》《离别》《一瞬》《Silentium（寂）》《晓霞》《彼得之城》《俄雪》《美人之声》《阿弥陀佛》《新村》《海》《尧子河》《新的现实》《生活》等，计 49 篇。书前有瞿秋白 1921 年 11 月 26 日于莫斯科撰写的《序》和 1923 年 8 月 4 日写的《引言》。《引言》中说："此本为著者在莫斯科一年中的杂记，继续于《饿乡纪程》之后（《饿乡纪程》已出版，商务印书馆改为《新俄国游记》）。《饿乡纪程》叙至到莫斯科日为止，此书叙莫斯科生活中之见闻轶事。"在《序》中他却写有这样一段话："东方稚儿熏陶于几千年的古文化中，在此宇宙思潮流转交汇的时期，既不能超越万象入于'出世间'，就不期然而卷入旋涡，他于是来到迅流瀑激的两文化交战区域，带着热烈的希望脆薄的魄力，受一切种种新影新响。赤色新国的都城，远射万丈光焰，遥传千年沉响，固然已是宇宙的伟观，总量的反映。然而东方古国的稚儿到此俄罗斯文化及西欧文化结晶的焦点，又处于第三文化的地位，不由他不发第二次的反映，第二次的回声。《赤都心史》将记我个人心理上之经过，在此赤色的莫斯科里所闻所见所思所感。"从中可看出瞿秋白对当年"十月革命"后的"赤色新国"苏俄是充满着新奇和崇敬感，并说"不由他不发第二次的反映"，坦诚的表露他继《饿乡纪程》之后撰写《赤都心史》的目的和意义。

当时瞿秋白之所以不远万里来到莫斯科，对革命成功的苏联进行访问和考察，既有真实报道和反映"十月革命"后苏俄社会状况的任务，也有为寻找我国救国救民的出路和方向的目的。此时中国虽已步入辛亥革命后的第十个年头，然而民国虚有其名，军阀政府当权，哀鸿遍野，知识分子在思考与寻求中国的出路，茫然无所适从，瞿秋白也持有这种心态。当时新兴的潮流是研究共产主义。李大钊创立共产主义研究小组，瞿秋白参加了这个小组。所以瞿秋白以《晨报》特派员身份访问当时的"赤都"，很明显寻求新思想新出路的动机，因为当时列宁领导的革命被视为成功的。不过，从《赤都心史》看来，并不见得到了莫斯科瞿秋白就豁然开朗，看到了出路。在《赤都心史》中，瞿秋白概括了当时大家的思路，反映出思想上仅仅还停留和集中在这不确定的程度上："总解决与零解决，改良与革命，独裁主义与自由主义，放任主义与干涉主义，有政府主义与无政府主义"，等等。即大家在选择上尚未形成统一的方向，更远谈不上具体主张做些什么事。但也就在那时，他似乎从"赤都"看到了新世纪的阳光，情不自禁的振臂高呼："阴沉沉，黑魆魆的天地间，忽然放出一线微细的光明来了。一线的光明，血也似的红，就此一线便照遍了大千世界。遍地的红花染着战血，就放出晚霞朝雾似的红光，鲜艳艳的耀着。宇宙最大，也快要被他笼罩遍了。"1922 年 2 月，瞿秋白在莫斯科加入了中国共产党，也坚定了他共产主义的理想和信念，找到了中国走苏维埃发展道路的方向。

瞿秋白也是我党见过列宁为数不多的领导人。据《赤都心史·列宁杜洛次基》

篇中记录,他是 1921 年 7 月 6 日在莫斯科举行的共产国际第三次大会上见到列宁的:"列宁出席发言三四次,德法语非常流利,谈吐沉着果断,演说时绝没有大学教授的态度,而一种诚挚果毅的政治家态度流露于自然之中。有一次在廊上相遇略谈几句,他指给我几篇东方问题材料,公事匆忙,略略道歉就散了。"瞿秋白回国后,成为中共早期领袖之一。

南游回想记

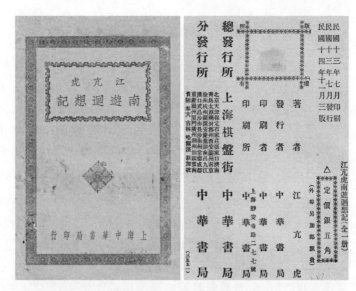

⊙《南游回想记》封面、版权页，上海中华书局 1925 年 11 月第 3 版

江亢虎（1883—1954），江西弋阳人。中国社会党创始人，无政府主义者，其标榜自己是"中国无政府主义的鼻祖"，其实，他也是中国"社会主义研究"的第一人。并于 1922 年创办上海南方大学，也是该校首任校长。1923 年，爱好旅行的他出访和游览了南洋等诸国的城市，回国后将一路所见所闻和感触，创作了这本《南游回想记》。

《南游回想记》，上海中华书局 1924 年 7 月初版，笔者所见为 1925 年 11 月第 3 版。竖排本，开本 15.2×22.3 厘米，页数 105 页，插图 15 页，照片 23 幅，定价 0.50 元。全书共计 10 编：第一编《星加坡》、第二编《柔佛》、第三编《吉隆坡》、第四编《巴生》、第五编《槟榔屿》、第六编《仰光》、第七编《盘谷》、第八编《西贡》、第九编《马尼拉》、第十编《总评》。这里的"星加坡"即新加坡，"盘谷"即泰国曼谷的旧译名称；"柔佛""巴生""槟榔屿"，为马来西亚三个州。全书记

⊙ 江亢虎像

录和叙述了江亢虎游览、访问和考察新加坡、马来西亚诸州、缅甸仰光、泰国曼谷、越南西贡、菲律宾马尼拉等国城市及社会政治、经济、文化、民族、华侨及民风民俗的情景和现状。书前有江亢虎1924年2月24日返沪后写的《自序》:"《南游回想记》者,民国癸亥(1923年——编者注)甲子之际,南洋各属游观百日间之影事,回想而补记之者也。此次专为视察各属,除荷属外,历英、法、美、暹领域,星加坡、槟榔屿、巴生、柔佛、仰光、盘谷、西贡、马尼拉,诸埠,多者十余日,少者亦三四日,参观各机关团体事业,调查华侨与土著生活状况。所至席不暇暖,与日俱出,至夜半而不休,无暇作笔记。马尼拉归舟六日间,乃尽所忆及拉杂录出之,事过境迁,回想不尽可得,得亦不尽可记。今即已记者,亦不必有可记之价值在也。所以特介绍与读者,乃欲使知行间字里,实含有不少亡国灭种之血泪。二三十年前,爱国志士所号呼警告不祥之预言,乃一一实现而躬逢之。昔日戏言身后事,今朝都到眼前来。华侨现在之地位不可长保,未来之境遇更有难言,同胞听之,国亡种灭,海外并无避秦之桃园,富豪无所用其金钱,学者无所用其智慧,军阀无所用其威武。救人须趁未死时,一旦气绝,神医束手,仙丹不灵。"可见江亢虎出版此书是用心良苦,要借此告知国人和华侨,一旦"国亡种灭",华人就会像当年亡国的新加坡、马来西亚、缅甸、越南、菲律宾等殖民地人一样,饱尝欺凌和侮辱,过着暗无天日牛马般的苦难日子。为此他在书中呐喊,欲唤醒国人和华侨,居安思危,为挽救危难中的祖国,人人要贡献自己的一份力量。

《南游回想记》中也不乏对当地风景风光风俗的描绘。例如对吉隆坡郊外名胜寿星山洞景色描绘:"中间穹窿,广可数亩;清泉滴沥,石乳崚嶒,有阴森气。幸有日光自山前后射进,尚明敞可以居人。洞中更有一洞,黑暗如漆,蛇行可进,闻通他山出口。"叙述山洞之广大深邃,清泉石乳之交叉,洞中有洞的游览情趣和感触。对华侨生活状况的叙述那就更多,如记载了新加坡华人自己创办的学校、报纸及发了财的大资本家福建人黄仲涵等人事迹,同时还记录说当年全岛60余万人口中,华人人数占三分之二以上,其中大多华人的生活状况"与京沪相若,视港粤为低"。《南游回想记》不仅有研究当年东南亚旅游史的史料价值,也有研究20世纪20年代东南亚社会政治、经济、文化及华侨史的文献参考价值。值得一提的是,该书末尾附录了多种中华书局版的游记广告,如《新游记汇刊》(初编八册、续编六册)及刊有

"看游记，可以增知识，可以当卧游"广告语的《古今游记丛钞》《新疆游记》《云南游记》《南洋旅行漫记》《环球周游记》《美国视察记》《国外游记汇刊》等 12 种，可见 20 世纪 20 年代游记出版物的丰富性，也折射出当时人们对旅游的期盼和渴望。

⊙《游记第二集》封面、版权页，晨报社 1924 年 8 月印刷本

俞颂华，名垚，又名庆尧，笔名澹庐，1893 年生，江苏太仓人。他生于一个世代书香之家，早年曾就读于上海澄衷中学和复旦公学（复旦大学的前身）。在中学时代，他就关心时事，喜爱读报，立志做一名利国利民的记者。1915 年赴日本留学，开始研读马克思、恩格斯著作，1918 年毕业于东京法政大学，获学士学位。学成回国后，于 1919 年 4 月出任上海《时事新报》副刊《学灯》的主编。就职后的第三天，就在刊物上发起"社会主义"征文活动，不久便陆续发表河上肇的《马克思的唯物史观》《社会主义之进化》《马克思社会主义理论的体系》等著作的译稿，刊载了李大钊、陈望道等人介绍马克思主义的文章，并全文转载了毛泽东在《湘江评论》上发表的《民众的大联合》。同时，他还为新文学的创作提供园地。郭沫若最早的两首新体诗《抱和儿浴博多湾中》《鹭鸶》，张闻天的处女作《梦》以及叶圣陶等人的早期

作品,都是在他主编的《时事新报》副刊上发表的。

  1920 年,俞颂华在梁启超等人的支持下,以上海《时事新报》与北京《晨报》特派员身份与瞿秋白等赴苏俄采访,俞颂华也成了我国最早采访"十月革命"后苏俄的中国新闻记者之一。在苏俄三个月期间,俞颂华访过列宁、莫洛托夫、季诺维也夫等苏俄领导人。他采写的《旅俄之感想与见闻》等通讯报道,对当时的中国知识界了解苏联"十月革命"后的真实情况,起了重要作用。1921 年,俞颂华又改任两报驻德国特派记者。1924 年后入福州路商务印书馆,编辑《东方杂志》。同年,俞颂华将其"十月革命"后苏俄所见所闻和采访的游记文章汇编成《游记第二集》出版问世。1932 年,他又进入汉口路的《申报》馆任《申报月刊》主编,并创办《新社会》半月刊,提倡革新政治。1936 年,"西安事变"后赴延安采访,在"国统区"内最早报道中国共产党的抗日主张和陕北情况。著有《赤俄见闻记》《柏拉图》等。

  1923 年,俞颂华首先推出了《游记第一集》,由晨报出版社(北京丞相胡同)1923 年 6 月初版。全文 268 页,无序跋。共计四部分:第一部分,李霁初的《游俄见闻纪实》,第二部分,鲍挈青《北京—柏林》,第三部分,孙福熙《赴法途中漫画》,第四部分,徐彦之《从上海经过法国到伦敦》,显然是一种由多个作者撰写游记的合编集。《游记第一集》虽收录不是俞颂华本人的作品,但所收游记作品基本符合俞颂华旅俄见闻及思想观点的。一年后,俞颂华又推出了他自己创作和撰写的《游记第二集》,也由晨报社 1924 年 8 月印刷出版。竖排,开本 12.8×18.8 厘米,页数 162页,定价 0.30 元。全书包括《旅俄之感想与见闻》《俄国旅程琐记》《劳农俄国之观察》《俄国之再造问题》4 篇。书前有《例言》和《引子》。俞颂华在《引子》中说:"我自从 1921 年正月中旬入劳农俄国国境至 4 月底离开,在赤俄总共只有 3 个多月,所以对俄国现状很乏充分的调查和研究,我本暂不发表我游俄的感想和见闻,以免唐突了这世界簇新的社会主义国家。但是凡知道我到俄国的,必定想要问我俄国最近的实况究竟怎样,所以不得不将关于俄国外交经济文化和社会状况,就我在赤俄时所见所闻和所感想到的,略记一二,作一简单的报告,总括的答复。这一篇虽是一个总括的答复,却很简单草率,须得请读者原谅。到莫斯科的时候,不但他们国内的战争已熄,即其边境亦无战事,在那里经营平和的经济上的改造。所以丝毫不见有什么可怖的现象。莫斯科京城里的私家商店,差不多没有了,他们对于克服他们国内的大资本家,可说是完全胜利了。满街的行人,衣衫褴褛的居多。我们在莫斯科,觉得日常生活,颇有些东方式。虽在欧洲,却觉得与在亚洲的中国差不多。"

  《赤俄之经济》中说道:"俄国现尚不是一个共产主义的国家。苏维埃政府四年来所做的,大半是消极的披荆斩棘,扫除一大部分资本主义的组织,直到如今刚刚用全力来建设事业,现在所处的地位,纯然是资本主义与社会主义间之过渡。他们经济上的分配问题,不能发达其理想上的目的,也是当然的。况且俄国工业上是后进国,农民的知识也浅薄得很,生产很不发达,故要办到照着理想解决分配问题,决不是短期间的事。现在他们政府在各城办到分配食粮,分配一大部分日用必需品于都市的人民,已是十分艰苦,总算是粗有成效了。"

　　苏维埃政府为了改善工人的生活质量,不仅在工厂企业中设立食堂、医务室、洗澡房、夜校、活动中心,还建造工人新村大大改善了工人的居住条件和环境。为了加强城市和农村的联系和交流,政府还创立了旅游局。赋予旅游局以更大的使命,不仅承担接待外宾和组织广大职工的旅游活动,还将城市和乡村的教育资源盘活,促进城乡社会经济和文化的交流。

南洋旅行漫记

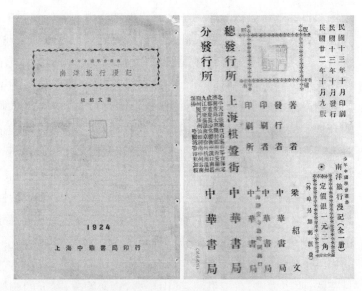

⊙《南洋旅行漫记》封面、版权页，上海中华书局 1933 年 10 月第 9 版

　　梁绍文（1896—1990），又名少文、梁空，广东顺德人。他与恽代英在中华大学求学时是同班同学，曾任工会组织统一委员会委员，互助社创始人，利群书社、少年中国学会成员。1946 年，梁绍文移居香港，中华人民共和国成立后在外交学会工作。《南洋旅行漫记》也是梁绍文传世著作中最具代表性的作品。

　　《南洋旅行漫记》，上海中华书局 1924 年 10 月初版。这是一本在民国年间颇具影响力的游记，据《中国新文学大系·史料索引》(1917—1927)中按语记载："此书在游记文学中，当时算是最好、最有社会性的一部。"当年该书颇受读者的关注和青睐，取得良好的社会和经济效应，自 1924 年初版后在不到 10 年时间内连续出了 9 版，成为当年名副其实的畅销书。

　　笔者所见为上海中华书局 1933 年 10 月第 9 版，竖排，开本 15.2 × 22.1 厘米，页数 283 页，插图 40 幅，定价

1. 20 元。全书有《海上生活的第一次》《五风十雨的星架坡(即"新加坡")》《华侨的大腹贾与小苦力》《不轻易同化于异族的特性》《南洋之女豪杰》《槟榔屿的猴子》《槟岛华侨的奇风异俗》《南洋华侨的小孟尝》《游槟岛所得的印象》《旅行苏门答腊的麻烦》《亚齐人之壮烈》《棉兰市》《马来半岛之游踪》《吉隆坡与叶来》《赴马六甲途中的烦恼》《爪哇之奇热》《醇厚的华侨》《巴城的生活》《古怪精灵的博物院》《全球植物的大总汇处》《亡国后的梭罗》《鹤立鸡群的万隆》《出帆缅甸首途记》《金光夺目的瑞光大塔》等,共计 133 篇。无序无跋,故无法知晓作者出版此书的目的及梁绍文去南洋出发地点和游程的时间节点。好在书的首篇《海上生活的第一次》有记载说:"中国人到南洋去的只有两条路:一是从上海直放;一是从香港乘船,大概北方和中部的人喜欢从上海动身。我是由汉口起程的,所以来到上海搭邮船直放。我动身的时候,是 1920 年的春天。我所搭的邮船,名叫'甘马'系属于大英公司的。"由此可知作者梁绍文是 1920 年春从上海搭乘邮船直赴南洋考察和旅行的。

《南洋旅行漫记》行文以叙述为主,并在叙述中附以概括性的议论,所以读起来给人以具体的印象与明晰的感受,不失为一部难得一见的游记读物。梁绍文在书中多处成功纪录和描述了南洋自然风光和城镇风貌,例如在《海外的长江》中生动的描绘了他赴槟榔屿(马来西亚)海行途中所见的海岸风光:"开行后,清风拂拂,极目苍翠;西望柔佛,东望星洲,邱山层叠,峰峦频改,参天的椰树,点缀于万绿草丛之间;看不尽的峡边山色,听不厌的海面鸟声,其风景之佳,焦象二山无其峭,小姑马当无其拔,山明水媚之间,长江亦为之失色。"

《南洋旅行漫记》是一本极具特色的游记。书中除记录梁绍文在新加坡、马来西亚、印度尼西亚等国旅行中所见所闻的风土人情、城市风貌、自然风光外,还深入调查华侨在当地社会经营和生活的情况,因此这也是一本研究南洋华侨奋斗史的稀罕读物。他在《华侨的大腹贾与小苦力》中叙述道:"最有钱的华侨,不在美国而在南洋。在美国的华侨,多半(从)业洗衣,洋厨及裁缝等工作,就令(算)能勤俭贮蓄,终身所得究竟有限;所以美国的华侨,最有钱的不过三五十万,已经是不多见了,过百万的可说是找不出一个。南洋呢,三五十万家产的华侨随处都有,过百万的举目皆是。过千万的总有十数以上,过万万的亦有一两个。为什么南洋华侨这样富有呢? 因为南洋的华侨做大企业的居多,开矿山的,种树胶的,开糖厂的,经营航业的等等。"可以说当年南洋华侨富豪,住有别墅、出门有私家车、吃喝有山珍海味和名贵洋酒,还拥有专供华侨富豪娱乐和聚餐的"公馆"俱乐部,过着安逸舒适日子。

值得一记的书末还附有 2 页专门刊登中华书局出版的《南洋旅行记》《云南游记》等 4 种游记读物广告画,可见当年中华书局经营者是很有市场意识的文化人及中国文化和旅游读物在当地也具有极大的影响力。

游美短篇轶事

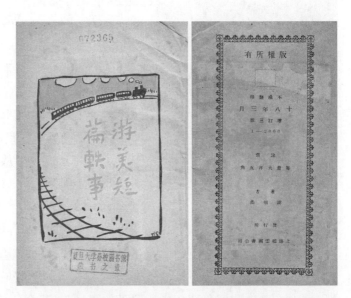

⊙《游美短篇轶事》封面、版权页，上海卿云图书公司 1929 年
3 月修订第 3 版

谢颂羔（1895—1974），笔名济泽，浙江宁波人。早年毕
业于东吴大学，后留学美国奥朋神学院、波士顿大学，归国
后长期从事基督教出版及相关工作。曾担任广学会的编辑
部主任，兼任沪江大学教授，与胡适、陈垣、张伯苓、丰子恺
等文化名人都有交往。在宗教教育、文学翻译及创作等多
方面均有不凡成就。《游美短篇轶事》书前刊载的"谢颂羔
的编著和译述"书籍广告记载，《世界著名小说选》《泰西名
人小说集》《欧战笔记》（再版）《新约人物》等多达 20 种；《中
国现代文学总书目》记载：谢颂羔从 1929 年始至 1946 年 5
月期间，先后出版了《王妃》《理想中人》《王先生与王师母》
《雷峰塔的故事》《冬天的乐园及其他》《第四博士及其他》
《苏联名小说选》等 7 种，《游美短篇轶事》则是他游记代表
作之一。

1925 年末，已过而立之年的谢颂羔，将其早年求学美

⊙ 谢颂羔像

国的往事，以若干短篇轶事忆述的方式，汇编成书，在上海自费印制成一部《游美短篇轶事》，笔者所见为上海卿云图书公司（福州路 117 号）1929 年 3 月修订第 3 版。封面设计者为丰子恺。竖排，开本 13×18.6 厘米，页数 182 页，书籍广告 1 页，印数 2000 册，定价 0.50 元（大洋）。全书收入《约翰和马丽》《我的东家》《难忘的圣诞节》《三美女》《资本家的纽约城》《三牧师》《苦学生》《回忆中的华盛顿》《游纽约油画陈列所》《乡村生活的一幕》《我的老教授》《战胜的纪念节》《伊的幸运》《三个从大战归来的青年》《黄白的爱情》《圣诞节的新意念》等，共计 22 篇。书前刊有谢颂羔 1925 年 8 月 11 日写于上海的《自序》及 1928 年 9 月 27 日撰写的《趁着第三版出世时说几句》。他在《自序》中说："我作这本书的动机，是由于我的一位美国老教授曾向我这样的说过：'希望你将来归国后，把在美国所遇见的事多少写几篇出来！'那时我便深觉在我留美四年中所遇见的事，实是我介绍给国人的一个良好机会。但我起先真不知道怎样的写法，倘使用历史考古的方法去介绍美国风俗人情，以及各种文化，则必是一件很大的工作，能不能做成？做成后，受不受国人的欢迎？还都是问题。所以我后来便决定将我亲身所遇见关于美（国）人的事情，忠实的记录下来，本色的美国人民真相，或可由此使国人更能明白一些。……我觉得我们对于外国人的态度，应该有分别，勿一味的歧视，以免埋没辜负了良善的人们！我们更当互相谅解，以引起双方深厚的同情，则东西文化，又怎见得不能调洽？国际亲善，又怎见得不能实现呢？"当胡适读了谢颂羔赠予胡思杜（胡适幼子）此书后，即赞赏，又有不同看法。为表示获赠此书的感谢，胡适曾致信谢颂羔，信文如下：

颂羔先生：

谢谢你送给我的小儿子的书。他今天有点小病，睡在床上；等他好了，我再叫他写信谢谢你。

你的努力真使我敬佩，我希望能学得你的勤奋有恒。

你的游美故事使我生美。多年以前，我也想写这样的一本书，教人知道西洋的文化的真相；前年二次归国，又想把一些新感想写出来，只写了五六段，便搁下了。今见了你的书，我很惭愧。你在纽约住的似不久，故对于纽约不很公道。匆匆写此信道些,即祝安好。

胡适敬上。

十八、十一、十二。

　　谢颂羔在后来 1933 年 9 月 30 日撰写的"新序"中予以了正面回应:"我对于胡先生的评语,也表示接受,就是我对于纽约的确不很公道;像纽约这样的一个大城市中固然有许多罪恶,可是当然也有许多好处,不能一笔抹杀,我在纽约的时候,心境不佳,不知不觉影响了文笔语气。"应当说谢颂羔的回应是诚恳而坦荡的。谢氏为何"心境不佳"已不必探究了。值得一提的是当年胡适致信谢氏这一轶事,却成了一桩"学林轶事"。

　　说到纽约,谢颂羔的描绘也是生动细腻的,请看:"城内也有许多的大礼拜堂,我去的那个时候,正值夏令,那些礼拜堂里的牧师们,差不多大多数是出去避暑了;并且城中许多的居民那时也是到别处去住,他们或是旅行到风景优胜的名都,或是暂居在海天间舒适的别墅,……纽约城在文字方面,也可以称为全国的总机关;在那城中有许许多多报馆书店,和印刷局等等。我有一次到一个公众的图书馆去,看见那里有极大的房屋,里面藏有极丰富的书籍,报纸也不下数百余种,来看书报的人,真是十分的拥挤,和热闹的街市一般。"把当年纽约礼拜堂多、图书馆多及纽约人爱阅读、爱旅行的特点,展现得淋漓尽致。

　　谢颂羔描绘纽约大都市,也不忘对当年美国北方乡村的描绘:"那里乡村中的居民;其屋宇是孤独的,彼此分散,绝不连属,简直可以说是一家便是一村,在稍大的乡村里择适中的地方,建设一座小小的礼拜堂,做公共拜神和聚会之所。"同时,他说当年美国北方的农民"每日在天色方明的时候,(大概是五点钟左右)便起了身,随后就不停的操作下去。"田间的工作又忙又累,许多农民却仍然不忘利用工作之余,跋涉很远的路,去学校读书,以提高自己的文化知识水平,展现当年美国农民求知上进的精神风貌,这种学习精神至今日仍然具有学习和提倡的意义。

　　《游美短篇轶事》记都市、记乡村,也记人物的故事和事件。如《约翰和马丽》篇,记述了美国奥朋城青年约翰和马丽的爱情故事,当从军的约翰从法国战场返回故乡奥朋,已是个双目失明、遍体鳞伤、完全丧失自理能力的残疾人,女友马丽对约翰的爱情却坚贞不变,喜结良缘,但厄运也接踵而来,在与贫穷和疾病抗争中,马丽不幸夭折,演绎了一场令人惋惜的爱情悲剧,当然也为人类留下了一部美丽的爱情故事。书中所叙的故事,不仅具有艺术性,还有较高的思想性,颇受读者欢迎。故此书出版不久,又有第三版出版问世。谢颂羔还锦上添花,在第三版中新增《黄白的爱情》《罗斯福写给儿女们的信》《狱中人》《圣诞节的新意念》等四篇文章,全书思想内容更加丰富多彩。

⊙《寰球旅行记》封面、版权页，无锡竞志女学校 1925 年 10 月 10 日出版

　　侯鸿鉴 1872 年生，江苏无锡人，晚年自称号病骥老人。自幼喜欢读书，5 岁入私塾，14 岁读完"四书五经"，16 岁起就以授徒、卖文糊口。1896 年考入上海南洋公学师范部继续深造，在学习期间勤奋好学，利用课余时间自学外文与西方科学，并为上海《时务晚报》主笔。1898 年，他由上海返回无锡，考中秀才，在竢实学堂任教。1902 年底，在友人的资助下携妻留学日本，入日本弘文学院师范科学习。1904 年，侯鸿鉴夫妇学成归国，翌年正月创设私立无锡竞志女学校。1912 年 7 月，被选为全国临时教育会议员出席会议，并提出了"请明定教育方针"议案。此后连续三次当选无锡县教育会会长，又奉教育部视察之命，到东三省和河南、陕西、甘肃、山西、内蒙古、台湾等地视察教育，并先后受沈阳、天津、泉州诸校之聘，讲学所及，几乎遍及半个中国。

"五四"运动后，侯鸿鉴受聘福建泉州明新乡师范任校长一职，在他的支持下，进步学生成立了明新剧社，编演现代话剧，猛烈谴责北洋军阀欺压群众、勒捐派款罪行。1924年起，他先后赴亚、美、欧、非11国考察教育，撰写了大量以考察教学为内容的游记，例如《寰球旅行记》《病骥游记》《病骥癸亥旅行记》《西秦旅行记》《东三省旅行记》《塞外纪游》《甲子稽古旅行记》《南洋旅行记》；图书文献学有《古今图书馆考略》《铁琴铜剑楼观书记》等；教育学有《靖江学务实行改良政策》《七个学年单级教授法》《范教及试教之教授案》等教育专著。

《寰球旅行记》，笔者所见为1925年10月10日出版，无锡锡成公司印刷，无锡竞志女学校发行，上海商务印书馆、中华书局、世界书局等代售。

⊙ 著名书法篆刻家寒厓为该书题签手迹

当年上海最著名的三家出版社都肯代售侯鸿鉴的这本游记，可见其影响之大，名声之广。寒厓为该书题签。全书上下2册大开本。竖排，开本17.8×25.2厘米，页数122页（上册56页，下册66页），插图21幅，照片38张。定价每册2元，合计4.00元。全书有《乘桴浮海记》《美利坚记》《续美利坚记》《英吉利记》《法兰西及比利时记》《德意志记》《瑞士记》《意大利》《航海归帆记》，共计9卷42章。书前刊有寒厓于甲子（1924）年立冬撰写的《为病骥题寰球旅行记》及廉泉1924年秋撰写的《病骥表弟寰球旅行记征题次韵》诗各一首。侯鸿鉴在1924年10月撰写的《寰球旅行记自序》说道："余之好游也，始念拟遍游中国，而后作欧美游。以全国游毕，为幼稚园毕业；以世界游毕，为国民学校毕生。乃屈指廿年来，仅游行省十六，特别区三，而云、贵、川、桂、甘、新之六省，热河川边之二特别区，犹未尝游。今乃欲作寰球游者，暮春三月，由沪鼓轮东行，过日本，渡太平洋，抵美国西方，既登岸，横新大陆而东，凡所止之埠六：曰西雅图，曰三蕃市，曰芝加哥，曰华盛顿，曰波士顿，曰纽约。由美而渡大西洋，历英之伦敦及苏格兰，法之巴黎及里昂，过比利时，抵德

⊙ 侯鸿鉴先生（病骥老人）画像

⊙ 插图

之柏林。由柏林而游瑞士，抵意大利之罗马，而还法之马赛。乘船而经地中海，入苏伊士运河，过红海，泊非洲埃及之朴赛港及法属之吉波的港，渡印度洋而登锡兰之哥伦布岸，经南洋群岛，而北行越南之西贡，入七洲洋，而至香港，返掉沪江，则江浙风云方起，卧病沪寓者凡两旬。秋风八月，绕道还乡，屈指时日，自春而秋，凡百五十七日，海陆舟车，寰球九万零七百里，耗资金钱三千一百七十枚，自问所得者几何，仅此旅行记九卷。"可知侯鸿鉴是个旅游爱好者，年过半百不顾舟车辛劳，历经 150 余日行走 9 万余里完成环球游的壮举，又完成 9 卷本游记，令人赞颂和景仰。

像宵皇敎之選新馬羅

山火之彼邦利大意

⊙ 插照之一

攝君李薛同無嵩士旅病
影之三胆鄉錫僭頓波轍

像念之羅蘿納省幅加開
銅紀挨壙派堤尼利創

⊙ 插照之二

侯鸿鉴记述白汉金宫道："白汉金宫者，英皇之宫也。宫室庄严，前临通衢，侍卫之武装，有特制者，头戴一尺五六寸之高冠，披以黑毛，远望之，如发下垂也。肩枪立，腰缠子弹，雄纠之状。"读到这里也令我联想起 2015 年秋我携妻同游英国之旅,记得也曾好奇的站在伦敦白汉金宫前,望着穿戎装、扛枪的卫士,惊奇不已,久久不愿离去。

　　侯鸿鉴不仅擅长散文,还长于吟歌赋诗,在书中他经常有见景赋诗的记录,如他从苏伊士进入红海时就触景生情的赋诗3首,其之一《咏红海》曰:"亚非分辟天然界,缓缓经行四日程。尽是绿波渺无际,胡为红海假其名。水因酷热骄阳艳,岸积横沙赤地平。过此三千六余里,炎炎暑气渐清明。"一首七律,充满诗情画意,将红海的水文、气候和景色特点展示得淋漓尽致,一览无余。

俄宫见闻记

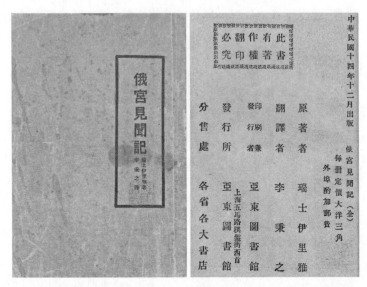

版权页竖排文字：

中華民國十四年十二月出版

俄宮見聞記（全）
每冊定價大洋三角
外埠酌加郵費

原著者　瑞士伊里雅

翻譯者　李秉之

印刷者兼發行者　亞東圖書館

發行所　亞東圖書館
上海五馬路棋盤街西首

分售處　各省各大書店

此書著作權有翻印作必究

封面：俄宮見聞記　瑞士伊里雅著　李秉之譯

⊙《俄宫见闻记》封面、版权页，上海亚东图书馆 1925 年 12 月初版

　　李秉之，1870 年生于湖北武昌。清末贡生。1911 年后，任湖北省省县中小学校长及国文历史教师 15 年之久，其间不仅教书育人，还翻译出版《俄宫见闻记》等多种作品。1927 年后，李秉之举家迁居杭州。抗战期间，携家眷漂泊于渝、蓉等处。曾任湖北省文物整理保管委员会会员、湖北省人民政府文史研究馆馆员。

　　《俄宫见闻记》，笔者所见为上海亚东图书馆（上海五马路棋盘街西首）1925 年 12 月初版。瑞士人伊里雅著，李秉之译。竖排，开本 12.8×18.2 厘米，页数 168 页，书末插图书籍广告 11 页 16 种，定价大洋 0.30 元。全书有《宫内初次之授课》（1905 年秋）《皇太子于克雷姆之居留》（1911 年秋—1912 年春）《太子之病势》（1913 年秋）《皇后亚历山大费多罗夫那》《佞人拉司普金之历史》《皇村内之生活》（1913 年—1914 年冬）《拉司普金之权势》《罗马尼亚之行，法总统来俄对德宣战》《战争开始时之皇族情,莫斯科之行》(1914 年 8 月)《战争开始之前六月》《俄陆军之败退,俄皇亲任总帅》《太子亲临阵地参观战线》(1915 年 9—12月)《俄皇出席国会》(1916 年)《政治之旁午,拉司普金遇害》(1916 年 12 月)《革命军起,尼古拉二世逊位》(1917 年 3 月)《俄皇尼古拉二世被监视》《亚历山大宫中之革命,俄皇回往皇村》、《皇村内五阅月之监禁》(1917 年 3—8 月)《吾辈于特波里斯克之拘留》(1917 年 8—10 月)《吾辈于托波里斯克囚禁之终结》(1918 年 1—5 月)《俄皇及皇族被戮于耶克且林堡》(1918 年 7 月 16 日夜间)《侦查肇事被戕之情形》等,共计 22 章及《附录》。作者伊里雅在书中以"余"的称谓,叙说了他 1904 年秋至1918 年期间担任皇宫内法文教师及俄皇尼古拉二世和皇族被杀戮的见闻。

书前有李秉之撰写的《例言》,共计有五条,其一、二、五较为重要,现抄录如下:一、"是书原名《尼古拉二世及其眷属之厄运》,因原文过长,遂改今名"。二、"是书因求内容之简明,多系义译,且偏重于客观之记述体裁,凡枝蔓冗长与本文无甚关要之处,与著者个人附加之感想评论,均酌量删去"。五、"译者力求缩短篇幅,以谋读者时间之经济;故舍语体而译以浅显之文言"。从以上所叙三条,可知中文版书名《俄宫见闻记》为译者李秉之所改定,此书也是一种"力求缩短篇幅"的半白话半文言的节译本。书前还有刘知非民国十四年(1925 年——编者注)腊月撰写的《序》和李秉之民国十四年(1925 年——编者注)撰写的《序》。刘知非在《序》中说道:"《俄宫见闻记》一书,诚可为世之凭藉强权,悍行专制者之高坛蘗镜也。俄皇尼古拉二世之身家骈戮也,举世之人,莫不哀其惨祸。盖当其君临全俄之时,专制国中,侵略域外,不惟俄人罔敢批其颔下鳞,而一言一动,且足惹起世界列强之注意,一世之雄。何其盛也!乃自欧战发生,革命变起,一朝势去,身世遽非,虽下诏罪己,逊位誓天,而人不相谅,亦徒唤奈何而已。夫以万乘帝王之尊,至末路欲求降为庶人,以考终命,而不可得;且并其帝子王孙,天潢贵胄,而亦同时谪徙,骈首就刑,扬骨灰于朔漠,浸碧血于寒潭,其惨变不且较之望夷宫中,马嵬坡下,为尤可哀哉!"刘知非生平不详,但他画龙点睛的指出俄罗斯帝国末代沙皇尼古拉二世,对内"悍行专制",对外穷兵黩武,导致民怨鼎沸,社稷分崩离析,结果导致尼古拉二世及其皇后和子女也都遭杀戮的可悲下场。这种对沙皇尼古拉二世"悍行专制"的点评和批判,无疑对后人有警示作用。

该版书的末尾附录了多达 11 页的上海亚东图书馆的出版预告,为研究上海现代出版史和广告史提供了极高的文献参考史料。

归航

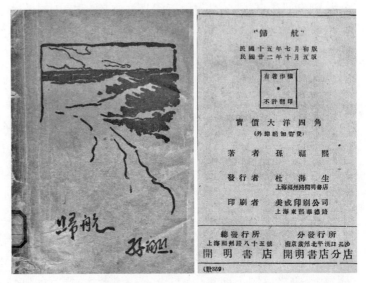

⊙《归航》封面、版权页，开明书店 1933 年 10 月 5 版

《归航》，孙福熙著，开明书店（上海福州路 85 号），1926 年 7 月初版，笔者所见为 1933 年 10 月 5 版。横排，开本 13.2×18.9 厘米。页数 148 页，定价 0.40 元。全书有《送别》《我的舱房》《地中海上的日出》《变把戏的老人》《红海上的一幕》《旅程中》《海港一角》《印度洋中的风浪》《帆船》《海面的星星》《求画》《新加坡》《船中的小孩们》《在湄公河上》《吃中国饭》《怒涛》《安南兵》《亲爱的中国》《太平洋上之雾》《别离了四年》等，共计 36 篇。

青年时代孙福熙的散文以游记为主，而且又以异国风光情景、情调和感受为主，这与他早年留学欧洲有密切的关系。孙福熙的第一本书《山野掇拾》，就是他留学法国期间写成的，全书 82 篇以游记的形式记录了作者在 1922 年暑假期间，从里昂到 Savoie 乡村去画山野风光时的种种见闻。《归航》却记述了孙福熙从法国马赛上船回国途中的所见所闻,行程历时一月有余,时间虽有点长,但用作者的话来说:"我路上极其快乐。"那年他 27 岁,那么的年青,一路上他长了见识,对欧亚风土人情和社会状况有了一个大致的了解,并在邮轮与阿拉伯人、非洲人、英国人、土耳其人、印度人、马来人、安南人等有了近距离的接触,尽享人生旅行的快乐。他在《变把戏的老人》中描绘道:"这阿拉伯人走向我所在舱上来了。因为他的祖先的缘故,因为命运支配他不得不常在烈日下奔走的缘故,所以他只能有一种红黑的皮色;散乱的短发与蔓延口边与颊上的胡子都已是白的多于黑的了,干燥的一笑,露出满口的牙齿,而且眼边折叠细细的条纹,忽然上下唇紧闭而两眼如汽车头上的两盏电灯了。"将一个幽默风趣、爱玩把戏的阿拉伯老人惟妙惟肖的展现出来,给人留下难以磨灭的印象。

孙福熙对海上的日月风光也作了生动的描绘,如描述地中海日出时写道:"这一线微光从黑暗中透出,怀着无穷的勇气,显然划出黑暗与光明的界线。然而他的最大本领还在他之可惊天动地而不使人惊动。大多数人正在别的地方寻找太阳的时候,他已在开始做伟大的事业了。"在这里孙福熙不仅讲述太阳"划出黑暗与光明的界线"的功效,还将太阳的功能比喻为人生的事业,无私的给人们带来光明和希望。

这本开明书店 1933 年 10 月第 5 版的《归航》,还有与众不同之处,其目录页与其他书的设置不一样。通常书的目录是置于书前的,而此版目录却置于书尾,别具一格,令我颇感意外和好奇。此外书中还刊登了开明书店即将出版的日本文学博士盐谷温所著《中国文学概论讲话》的新书广告。

巴黎鳞爪

⊙《巴黎鳞爪》封面、版权页，新月书店 1930 年 1 月 3 版本

　　1920 年秋，正在美国哥伦比亚大学留学的 23 岁徐志摩为追随罗素，放弃博士学位，漂洋过海来到英国。可惜未能如愿，却意外来到康桥（即剑桥），在皇家学院做特别生，直至 1922 年 8 月。他一直未能忘怀康桥，在成为诗坛名家后，他仍说，是康桥教会他睁开了双眼，拨动他的求知欲。于是，他 1927 年 1 月 15 日以追忆似水年华的情致补写了游记名篇佳作《我所知道的康桥》，并以细腻流畅的笔调，描绘了康桥的天然景色："它那脱尽尘埃气的一种清澈秀逸的意境可说是超出了画图而化生了音乐的神味。再没有比这一群建筑更调谐更匀称的了！"

　　在康桥徐志摩说他虽不像陆放翁有做地方官"传呼快马迎新月，却上轻舆趁晚凉"那般风流潇洒，却也自有风流。夕阳西下时，徐志摩骑着车，迎着天边日头直追。那自然不是效仿夸父逐日的荒诞，而是如痴似醉的偷赏晚霞的温存。

一次,羊群放牧归来,他心头顿感神异性的压迫,竟然对着渐渐下沉的金光,跪在大路上。此情此景,让徐志摩的灵性显现了——"人是自然的产儿""人不要遗忘自然",人能够在自然中卸去"肩背上的负担",在自然中求得解脱:"一别两年多了,康桥,谁知我这思乡的隐忧?也不想别的,我只要那晚钟撼动的黄昏,没遮拦的田野,独自斜俯在软草里,看第一个大星在天边出现!"徐志摩完全被康桥晚霞美景所陶醉了!

《巴黎鳞爪》,徐志摩著,新月书店(上海四马路中市)1927 年 8 月初版,笔者所见为 1930 年 1 月 3 版。竖排,开本 13.1×18.5 厘米,页数 182 页,定价 0.60 元。全书收有《我所知道的康桥》外,还有《巴黎的鳞爪》《翡冷翠山居闲话》《吸烟与文化》《拜伦》《罗曼罗兰》《达文骞的剪影》《济慈的夜莺歌》《天目山中笔记》《鹞鹰与芙蓉雀》《生命的报酬》《从小说讲到大事》等,共计 12 篇。封面由志摩好友闻一多设计,世人称誉闻一多先生,曰诗人,曰学者,曰战士;然而倘以其为新文学书刊所做的装帧设计观之,可冠以装帧艺术家之称也不为过也。

"五四"以来的新文学书籍中,徐志摩的书做得都非常漂亮,尤其是封面画均十分亮眼,这其中便有闻一多的贡献。扉页上印有徐志摩妻子陆小曼题签的"巴黎的鳞爪"五个楷体字,醒目端庄,别具一格。书前还刊有徐志摩 1927 年 8 月 20 日撰写的一封给小曼的短信:"这几篇短文,小曼,大都是在你的小书桌上写得的。在你的书桌上写得:意思是不容易。设想一只没有遮拦的小猫尽跟你捣乱:抓破你的稿纸,踹翻你的墨盂,袭击你正摇着的笔杆,还来你鬓发边擦一下,手腕上龈一口,偎着你的鼻尖'爱我'的一声叫又跳跑了!但我就爱这捣乱,蜜甜的捣乱,抓破了我的手背我都不怨,我的乖!"可见徐志摩与陆小曼的感情是如胶似漆,这本书的文章也都是在这种热恋氛围中写成的,因此充满着浓烈的、美好的情调。

书中第一篇《巴黎的鳞爪》,开篇便以华丽辞章抒发巴黎的香草、春风、微笑,写巴黎各种的好,徐志摩说"它那招逗的指尖却永远在你的记忆里晃着。多轻盈的步履,罗袜的丝光随时可以沾上你记忆的颜色",紧接着又告诉读者,这一切不过是"浮在上一层"的"光明",黑色才是巴黎或生活的底色,"沉淀在底里阳光照不到的才是人事经验的本质;说重一点是悲哀,说轻一点是惆怅。"志摩将笔触伸入社会底层,讲述了一个美丽、聪慧又洒脱的女郎和一个穷困潦倒却又对生活充满希望、独具怀抱的画家的故事,从而道出了巴黎人的独特之处:失意而不失志,洒脱而不猥琐,这正是巴黎不和谐中的和谐,也正是这座城市的魅力所在。

《巴黎鳞爪》也记录了徐志摩对社会的思考,有对诗人和作家的讴歌,说明他是个有思想、有信念的散文家,但书中更富有艺术感染力的篇章是对大自然景色和美丽风光的描绘和抒发,因此他是个具有开创性的游记散文家和诗人。书中还收录志摩写于 1926 年 9 月的《天目山中笔记》,这也是一篇不可多见的游记佳作。在文中他抒发了对山景风光之美的个人见解,认为山之美不在于"清静",而关键是在于特色。他认为天目山的特色是"庙宇在参天的大木中间藏着,早晚间有的是风,松有松声,竹有竹韵,鸣的禽,叫的虫子,阁上的大钟,殿上的木鱼,庙身的左边右边都安着接泉水的粗毛竹管,这就是天然的笙箫,时缓时急的参和着天空地上种种的鸣籁"。山中万物的唱鸣声,营造出天地间令人心醉的悦耳动听音乐声。接着他又热情地说:"山居是福,山上有楼住更是修得来的。我们的楼窗开处是一片蓊葱的林海;林海外更是云海! 日的光,月的光,星的光:全是你的。"作为游者的徐志摩,置身于有竹、有松的林海中,又可登楼观赏云海美景,自然是乐得流连忘返了!

    徐志摩的散文美,诗也美。请听其脍炙人口的《再别康桥》诗篇:"轻轻的我走了,正如我轻轻的来;我轻轻地招手,作别西天的云彩。那河畔的金柳,是夕阳中的新娘;波光里的艳影,在我的心头荡漾。软泥上的青荇,油油的在水底招摇;在康河的柔波里,我甘心做一条水草! 夏虫也为我沉默,沉默是今晚的康桥! 悄悄的我走了,正如我悄悄的来;我挥一挥衣袖,不带走一片云彩。"全诗以离别康桥时感情起伏为线索,抒发了对康桥依依惜别的深情。语言轻盈柔和,形式精巧圆熟,诗人用虚实相间的手法,描绘了一幅幅流动的画面,构成了一处处美妙的意境,细致入微地将诗人对康桥的爱恋,对往昔生活的憧憬,对眼前的无可奈何的离愁,表现得真挚、浓郁、隽永,是徐志摩诗作中的绝唱。

菲律宾考察记

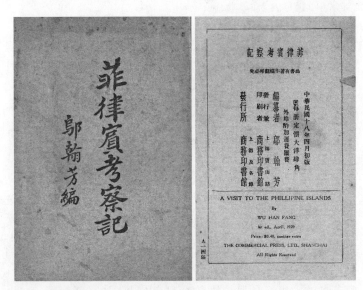

⊙《菲律宾考察记》封面、版权页，商务印书馆 1929 年 4 月初版

邬翰芳（1893—1953），浙江临海人。我国现代地理学教育家。其父邬景琦于清光绪年间购入临城睢阳街望鳌楼潘宅后，邬翰芳随其迁居城内（即现在的继光街 41 号）。邬翰芳就读于河北临海县公立北山两等小学堂，清宣统二年（1910）十二月初以优等成绩毕业于该校。自 1912 年曾先后进入私立回浦高等小学校、省立第六中学就读，1915 年 12 月毕业，任私立回浦高等小学校回浦学会会计。1921 年与项士襄联袂考入北京高等师范学校第八届教育研究科史地系。

民国时期在西方男女同校教育的影响下，中国先进知识分子开始关注女性，戒缠足、办女学，重视女子教育，他们把女子教育和国家的救国图存联系起来，把男女同校看成是实现男女教育平等的重要途径之一。1921 年 4 月，邬翰芳在上海《申报》上发表《男女同校的原理》一文，倡导男女学生在同一学校一起接受新式教育的思想，促使大学男女

后皇美最之中會華年嘉屆歷拉尼瑪

⊙ 插照之一

是他游记代表作。

《菲律宾考察记》，笔者所见为商务印书馆 1929 年 4 月初版。竖排，开本 12.8×19.0 厘米，页数 127 页，定价 0.40 元。书前刊有照片 13 幅，全书有《考察菲岛的动机》《马尼拉湾的咽喉》《好热闷的气候》《海关严厉的检查》《海滨乐园》《游水族馆与动物园》《访国民党领袖奥斯米拿君》《菲岛椰子的富源》《东方教育发达的国家》《谒麦哲仑墓》《热带里的温泉》《菲剧的欣赏》《喷台的名胜》《山岳中人的生活》《菲岛文化

同校制度的产生。1924 年 8 月，经教育部专门教育局第三科核定准邬翰芳自备资费前往英国留学。1925 年夏，邬翰芳游学菲岛，任教于菲律宾宿务学校，回国后常辗转在各地从事史地、政治等系教学。1929 年入上海大夏大学史地系任教。1931 年，暨南大学史地系成立，开设了中国地理教学，邬翰芳成为该系的教学骨干。此后，他又先后在福建协和大学、天津南开大学、兰州大学等任人文地理教授和政治系教授。1952 年 6 月经全国高等学校的院系调整后寓居上海。邬翰芳一生著有多种游记和地理等专著，《菲律宾考察记》

真寫之賓律菲在者著

⊙ 邬翰芳像

士女賓律菲

⊙ 插照之二

最高的民族》《吃喝不见得高明》《清洁的习惯》《菲律宾的妇女》《斗鸡与赌博》《嘉年华会》《中菲合璧的一个美满家庭》《街市一瞥》《菲律宾人之崇拜英雄与爱国》《沸岛民族性之观察》《归途》等，计 63 篇。全书记录邬翰芳自 1925 年 7 月 6 日从上海吴淞口码头乘"披司总统轮"出发，在菲律宾历时近一年考察活动中的所见所闻，内容涉及政治经济、文化教育、风土民俗、名胜古迹、历史地貌、物产特色等，可谓是一本菲律宾百科全书式的读物。

南洋游记

⊙《南洋游记》封面、版权页,开明书店 1930 年 1 月初版

　　刘薰宇,名家镕,1896 年生,贵州贵阳人。他从小爱好数学,1919 年毕业于北京高等师范学校数理系,从此走上数学教育和研究道路。历任河南省立一师、湖南常德二师、上海大学附中、浙江春晖中学、立达学院教员。他也爱好文学和编辑工作,1926 年,与夏丏尊、叶圣陶等人一起筹备出版了《中学生》《新少年》等青少年期刊,成为当年开明书店的编辑之一。同年 12 月,刘薰宇开启了梦寐以求的南洋之游。但他也并没忘记自己学有所长的数学专业,1928 年赴法国留学,在巴黎大学从事数学研究。1930 年回国后,重返立达学院,并兼课暨南大学、大夏大学、同济大学等。后到贵阳高中、西南联大任教。中华人民共和国成立后,曾任贵阳中学校长、贵阳市人大代表、政协委员。1950 年调人民教育出版社任副总编辑。主要著作有《初中代数》《文章作法》(与夏丏尊合著)和散文集《苦笑》《南洋游记》等。

《南洋游记》，笔者所见为开明书店（上海四马路望平路口）1930 年 1 月初版。竖排，开本 13.2×19 厘米，页数 112 页，插图 12 页，照片 13 幅，定价 0.40 元。全书有《出发的一天》《到香港》《西贡》《抵新嘉坡》《欢乐园和新世界》《不爱江山爱美人的柔佛马来王》《拉佛尔博物馆》《孔圣人》《上海书店》《行路难》《海珠寺》《蛇庙》《良宵夜宴》《海滨丽影》《马来美人》《移上归舟的夜》《从吴淞到江湾》等，共计 55篇。记录了刘薰宇 1926 年 12 月 4 日从上海江海关码头登上法国邮轮赴南洋考察和旅行至 1927 年 4 月 16 日归来，一路上所见所闻。书前有《自序》落款："南游归来十二年五月作于月下蛙声中"字样，其中"十二年（1923）"有误，因为 1923 年刘薰宇尚没出游南洋，哪来"南游归来"之事，故"十二年"当为"十六年（1927）"之误。《自序》长达七页半，叙述了他在南洋"旅行期间随时的感想"，也不乏精辟的思想和言论。如他认为"中国人到马来半岛比现在它的英国人早得很多，这是事实；马来半岛的开垦全仗中国人这也是谁都承认的"。他认为"中国人从今以后若不能从文化上努力，不但在南洋要被挤出来，恐怕在地球上也不能长久立得住"。这不是刘薰宇危言耸听，也不是鄙视自己是中国人，而是恨铁不成钢的民族自醒和呐喊。

刘薰宇这次所谓的南洋之行，也仅仅只是马来半岛，即新加坡、马来西亚之行。他在《自序》中也坦诚地说："我的足迹所曾到过的——不过是马来半岛。"虽然足迹没达南洋全境，但刘薰宇对马来半岛的考察却是够精彩的。他途经香港、越南西贡、新加坡、马来西亚柔佛、槟榔屿等众多的城镇和岛屿，历时四个多月，先后深入山川大地、公园、游乐园、博物馆、学校、工厂、商场、公馆、书店、庙宇，甚至华侨家庭等进行参观和考察，并作了认真的记录。在《公园》篇中，他对槟榔屿沿途风光和景色描绘道："沿路树木花草都很繁盛，极有一种幽静的气象。山的上半，有瀑布蜿蜒泻下，万绿丛中显着一条白色流动的影子，非常引人入胜。"为我们勾画出一道树木繁茂、瀑布飞溅、环境幽静、气象万千的美景图。在《西贡》篇中，对当年法属西贡城市面貌也有记录："虽马路不清洁，微风一起，即有尘土飞扬，也不使人生厌，马路开阔而长，两旁都种有枝叶繁盛的树，隔数十丈望去，总以为彼端必有园林。"马路虽不够干净，却开阔而长，有枝叶繁盛的树，也是一道耀眼城市风景线。

作为教师和编辑的刘薰宇在记录和描绘城市风光同时，也不忘对城市文化风貌的记载和描绘，书店毫无疑问是城市的一道靓丽风景线。在新加坡的上海书店自然也便成了他关注的景点，为此他特地撰成《上海书店》一文，讲述了当年中国上海书店在新加坡发展的状况："半年以前，新加坡只有中华书局和商务印刷馆两家的分店。它们除推销各本馆所出的教科书和文具书外，中华书局分店也寄售别家出版的书，但大半都是如文明书局所印行的各类无关于新文化的。因此，南洋的教育界要想得到国内新出版的书籍也极感困难。上海书店在这时，就应运而生了；国内如开明,北新,泰东,光华,创造社所出的书籍,都特约代卖,几个月中,推销了不少的新出品。"在刘薰宇笔下流露和展现了当年上海书店从市场需求出发,及时拓宽我国图书在异国他乡的销售渠道及中国与新加坡文化交流的情景。

在书中刘薰宇不仅有描绘自然风光和城市书业文化的文字,还有抒情咏志,寓意深刻,回味无穷的佳篇。比如在《红豆》篇中,刘薰宇对在槟榔屿上得到友人赠送的红豆描绘道:"三四十粒,把玩久之,爱不忍释,这固然由于得之不易,而它的玲珑光润也实有一种引诱的力量。新状的形,殷红的色,坚实的质更加表面上露着两条淡纹,真不愧为相思的象征。"并巧妙地道出了红豆之所以能引发相思的缘故:红豆与相思在形、色、质上具有密切关系,因此古人称"此物最相思",是有道理的。

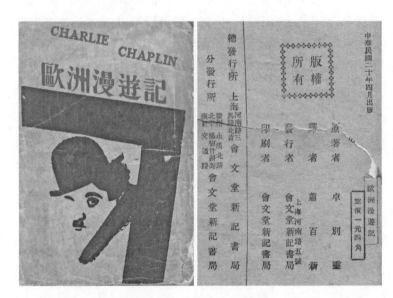

⊙《欧洲漫游记》封面、版权页，会文堂新记书局 1931 年 4 月初版

　　《欧洲漫游记》，卓别林著，萧百新译，笔者所见为会文堂新记书局（上海河南路三马路北首）1931 年 4 月初版。竖排，开本 13.2×19.1 厘米，页数 294 页，插图 8 页，定价 1.40 元。全书有《也来尝试旅行的风味吧》《向欧洲出发》《按抵伦敦》《幼时的街道》《不可或忘的伦敦夜游》《巴克和威尔斯》《德国纪行》（目录误印《法国纪行》）《由巴黎飞往伦敦》《飞往巴黎再别伦敦》《再见再见》等，共计 14 章。书的目录上印有《序文》，然而我过眼的《欧洲漫游记》，却不见刊有序的文本，因此不知序文是由于破损导致荡然无存，还是本来就没有序文刊载，令人有些费解或惋惜。卓别林的这次欧洲之行的时间大致是 1930 年，即《城市之光》（这是卓别林第 74 部，也是最后一部无声电影）在伦敦首映前夕。此行从英国泻尔布尔海港上岸，然后进入伦敦和欧洲大陆的。当年卓别林已是美国著名编导和演员，他的一举一动

自然已成为影迷、记者们争相追逐报道的热点新闻。在《欧洲漫游记·上岸》篇中也记录了他当时受到观众欢迎的火热场景："突然间好像潮涌山崩似的！各种各类的人们，个个手里都拿着日记本，铅笔，照相机，电影镜头之类，在这个混乱的当儿，口口声声都说要探望卓别林。"在伦敦其所受欢迎程度更为热烈，"那狂热的群众，硬把我高举着。'万岁！来得好呀！'这种声音好比敲钟似的，只看见到处飞着手巾"。可见卓别林在欧洲民众中影响之大。

世界的爱人

⊙ 插照

伦敦之行对卓别林是故地重游，所以记述道："伦敦那一条一条的街道，一排一排的房子，都现在我眼帘了。我胸膛里只是浮动着。看来还是往时那些旧规模，并没有什么变化。我以为伦敦必定大改变了，很难知道往时的路径了。其实不然，英国经过了那么一场欧洲大战（第一次世界大战），居然还和我出国当时全然一样。"第一次世界大战主战场大多发生在欧洲大陆，英国是悬在大陆外的岛国，又是战胜国，英国伦敦所遭毁坏自然不大。在伦敦他结识了"极端聪明的"巴克，并与威尔斯等人一起游玩了伦敦地区的多个景点。一度卓别林还萌发去俄罗斯旅游，后经威尔斯劝说："于今不是游俄的时期，因为马上就要发生恶劣的气候呢。"卓别林放弃去俄国旅行，踏上去德国的旅程。一战后的德国伤痕累累，经济凋零，许多工厂倒闭和工人失业，最遭殃和受罪的是伤残军人。卓别林在进入柏林北区时呈现眼前的是："在往来通衢的路上，我们看见了一群五体不全的人们，总现着阴惨的面貌。他们横视着我们，以为我们对于求助大约是一毛不拔断然拒绝的，使着那样的眼光，两脚完全被切断的也很不少。却还穿一身军服，有一位兵士，向我们乞怜求施了，这就是战争的余韵吧。这种情景，在柏林是到处可以看见的。"

卓别林的这次欧洲漫游的最后一站是法国。他不仅游览"巴黎的古城门"和观瞻举世闻名的法兰西国宝维纳斯，加深了对法国历史文化的认知。然而卓别林自感最大的收获是在一家酒楼里意外发现了一个很有演员天赋和才质的美女。其在书中以欣赏的文字叙述道："这个处女，看起来无美不备了。她的脸色可说无以复加了，她的气节和品格，在那歌声上也可以窥见若干出来。时而崇高，时而悲痛，也有温和，也有狂暴。——她的歌声完毕，满场拍掌如雷，这里那里，都要求再演。"卓别林为之向她伸出橄榄枝，邀请她去美国好莱坞发展，美女也欣然答应了。此后，卓别林再次转回伦敦，原"想把伦敦的大街小巷都要走尽，非玩得十分畅快不放手呢"。然而因为伦敦流感盛行的缘故，卓别林大概是怕被染上，故只好忍痛割爱，留点遗憾，从英国返回美国了，也结束他的欧洲漫游。

莫斯科印象记

⊙《莫斯科印象记》封面、版权页，新生命书局 1931 年 8 月 20 日初版

　　《莫斯科印象记》是我国现当代知名记者、编辑、作家、社会活动家胡愈之先生创作的一本游记集。1931 年初，35 岁的胡愈之在访问法国回国途中，对苏联莫斯科进行为期七天的参观和访问，回国后撰写出版了这本《莫斯科印象记》。

　　《莫斯科印象记》，笔者所见为新生命书局（上海海宁路传薪里）1931 年 8 月 20 日初版。竖排，开本 13×18.6 厘米，页数 216 页，定价 0.80 元。全书有《跨进普罗之国》《莫斯科车站》《莫斯科苏维埃》《住宅荒》《艰难的过渡期》《无产者旅行社》《五日休息制》《社会主义的生产竞赛》《标准工人住宅》《无产文艺者的〈家〉》《纺织工厂》《列宁墓》《工厂生活》《托儿所》《国家银行》《两世界》等 41 篇及书籍广告。书前有胡愈之 1931 年 7 月 28 日撰写的《序》："苏维埃联邦正在改造的途程中，它的将来，还没有人能知道。但是单就目

⊙《莫斯科印象记》扉页，新生命
书局 1931 年 8 月 20 日初版

前说，十月革命却已产生了许多奇迹。而就我所见，最大的奇迹是人性的发见。在莫斯科使我最惊奇的，是我所遇见的许多成人，都是大孩子：天真，友爱，活泼，勇敢。有些人曲解唯物主义。以为苏维埃的生活是冷酷的，机械的，反人性的。我的所见，恰巧是相反。我在那里是一个生客，但是住了一二天，就觉得个个人是可亲的，坦白的，热情的。但想起来这也并不足以惊异。因为苏维埃革命，是以废除掠夺制度，奴隶制度为目的的。掠夺制度一旦废除以后，有手有脑的人，不必再为生活而忧虑，人不必依靠剥削别人或向人求乞而生存；这样成人与孩子间的鸿沟自然是给填平了。奴隶打破了锁链以后，奴隶便是大勇者。不然对于苏联产业改造的超亚美利加的速率，便无法解释了。要是我们的知觉未完全麻痹了，当着这伟大的创造和这些诚实勇敢，热烈的创造者的面前我们不免要面红耳赤的。为了表示我的惊奇与愧怍，并为了酬答莫斯科的朋友们的礼让与善意，我才写了这本小书。"胡愈之这次是作为世界语学者，单枪匹马访问了莫斯科，虽然时间仅仅只有七天，却深入工厂、农村、学校、机关、旅行社等基层参观和调查研究，并以自己所见所闻的第一手的材料，成功撰写和反映了当年正在建设中的社会主义苏联的最新情况。胡愈之以先进思想和敏锐的观察力，反映了社会主义制度下的新事物和新气象，也为后人了解和研究苏联当年社会制度和人民生活提供了可贵的文献资料。

读完全书，我的第一感触和印象，当年的苏联与我国改革开放前的社会状况和人民生活有惊人相似，这大概是我们建国初期学习"苏联老大哥"的结果。如在《住宅荒》篇中讲到游客住宿难的问题，僧多粥少，酒店一房难求。胡愈之第一天到了莫斯科后，就遇到了这样的麻烦，在接待方和自己四处奔走借宿下，结果还是没借到个人单间房，只好住进了简陋的 10 人一间的统铺旅馆。这与我国 20 世纪 70 年代外出旅行或出差一样，能住上旅馆或招待所的统铺房间也就不错了。当年苏联的工厂就像个小社会，有生产场所、宿舍、食堂、学校、医务室、幼儿园等。如在《工厂生活》篇中叙述道："像阿摩厂那样的几个模范新工厂，却已颇接近理想的境地了。他们每天清早进厂，除在工场内做七小时的工作以外，就在厂内的食堂进餐，在厂内的俱乐部、会议厅、娱乐集合，在厂内的补习学校、图书馆补习，乃至洗衣、游泳、运动、阅报、交际、疗病、育儿，全在工厂内部。他们的孩子于每日清晨带到厂内的托儿所,直到晚间方一同回去睡觉。不用说,这样的集团生活于劳动者心理的影响是很大的。"这在当年胡愈之眼里自然是新奇的,也是欣赏和认可的。因为当时的中国根本没有这样优越的生活配套工厂,工人的工作时间也远不至七个小时,更谈不上学习、洗澡和娱乐的福利。当年的苏联不仅工人生活稳定和安逸,而且知识分子的家庭生活和住房也是安稳舒适的。例如胡愈之在《d同志的家庭》篇中写道:去大学教授兼工业报主笔d同志家做客,其"房屋是一间卧室,和一个小厨房。客室里的装饰,算不得十分华丽,却是足够的舒适。有沙发椅,有无线电收音机,有留声机架,有名贵的油画。木器全是上等的。"应当说d同志作为当年莫斯科生活的知识分子中是有代表性的,居住舒适,生活安逸,体现当年苏联政府对知识分子是爱护和关怀的。

从书中对当年苏联旅行社的运行情况的叙述,我们可发现当年苏联已有国际和国内旅行社的区分,其国内旅行社又称"无产者旅行社",主要服务于广大工人、农民及劳动人民,因为有"国家津贴"所以可经常为国内游客提供价廉物美的旅游服务。因为当年的苏联政府认为,发展旅游业可从"旅客数目的增加以谋铁道运费及财政收入的增益,除此以还有更大的目的",即促进全民族的

莫斯科革命博物馆

⊙ 插照

相互交往,因为苏联是个地域广阔,又是个多民族的国家,鼓励工人到农村去旅行,农民到城里去旅行,这对促进南北、民族、城市与农村、工人与农民的交流起到了积极的作用,其客观上可促进社会经济的发展。苏联不仅积极创办国内旅行社,也创办国际旅行社,目的是为争创更多的外汇。当年能到苏联旅游的外宾,大多是资本家及富人,旅游的收费标准往往颇贵。

黄海环游记

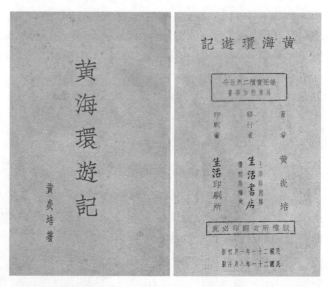

⊙《黄海环游记》封面、版权页，上海生活书店 1932 年 8 月再版

　　1993 年 5 月 15 日，我国邮电部发行了一套《爱国民主人士》纪念邮票，其中有我国著名的民主革命家、教育家黄炎培的一枚肖像票。邮票设计者采用横式票幅，正面角度，突出刻画了黄炎培的头部形象；那微笑的嘴唇，那慈祥的双目，生动地展现了黄炎培和蔼的性格特征，平易亲切，具有较强感染力量的形象。黄炎培也是个旅行家，长于撰写游记的散文家。他于 1931 年 3 月 19 日至 4 月 24 日，历时 37 天，环游黄海周边城镇，写成这本《黄海环游记》。

　　《黄海环游记》，上海生活书店（1932 年设于上海华龙路环龙路转角处，1934 年迁至福州路 384 弄内）1932 年 1 月初版，笔者所见为 1932 年 8 月再版本。竖排，开本 13.3×19.2 厘米，页数 87 页，书末刊有书籍广告 5 页，定价 0.25 元。全书共计 19 个章节，主要记述 1931 年 3 月至 4 月期间，黄炎培游览和考察中国青岛、大连、沈阳；朝鲜京城、釜山;日本东京、箱根、碧海、西京、大阪、神户、长崎等三国 12 个城市和乡村的所见所闻及其感触。书前有黄炎培 1931 年 11 月 23 日撰写的《初序》及 1932 年 7 月 1 日撰写的《再序》。在《再序》中黄炎培说道:"吾文初登过《申报》(1931 年 5 月 13 日至 6 月 13 日),今单行本由初版而再版了,起来看看山河破碎到什么地步? 寇气深入到什么地步? 吾文脱稿,在民国二十年(1931 年——编者注)五月,漫游初归,脑海间满载惊人消息,东奔西走,与人言辄不省。不多时,'九一八'祸作了。吾书初版作序时,辽(宁)吉(林)虽去,锦州无恙。现在锦州怎样了? 庄严灿烂之闸北与吴淞又怎样了? 今吾再序吾书,耳中但闻彼方袭取平津之呼声。'国狗之瘈无不噬',那里还有止境? 哀吾中华,难道吾政府永远无准备,不抵抗么? 难道吾老百姓永远安心让政府永远无准备,不抵抗么? '这时候不是写文章的时候了。'掷笔大叫。"这篇《再序》不长,仅有 250 余字,却揭露了日本帝国主义侵略野心及国民政府不抵抗的丧权辱国政策,也再现了黄炎培忧心如焚的爱国情怀。

在书的开篇中,黄炎培说"好游,是我的天性",并认为"旅行是最足使人兴奋的一件事,但也有几个条件:(一)要有相当的同伴;(二)对于所到的地方,先有相当的认识;(三)要有相当的体格和精神"。当然这是黄炎培对旅游要素的一家之言,外出旅行固然需要先做些准备和功课,也需要体格和精神,但对普通市民而言,更需要有一笔资金支撑。这次远行,黄炎培是搭乘大连丸号邮轮从上海出发的。一路上是海鸥成群相送,诗兴大发,赋《成鸥三章》,抒发道"碧海兮无云,白鸥兮成群"相伴的快乐情趣。然而自然生态环境虽然和谐美好,社会环境却不太平,种种迹象表明日本欲侵吞东三省的狼子野心蠢蠢欲动。

黄炎培在书中也记录了他访问和游览韩国、日本的情景。他在抵达韩国釜山后写道:"釜山为海陆百货南向输出入的总汇,在全(朝)鲜商港中居第一位,庆尚南道厅在此。人口十一万六千余,而日本倒有四万二千余,竟占三分之一以上,前文说日本移本国民于南鲜,这是一个证据。"这也说明 1931 年的朝鲜已完全沦落为日本的殖民地。黄炎培对日本的见闻是秉笔直书,在揭露其军国主义卑劣行径外,也不忘对其在城市和乡村的环境建设及国民素质加以叙述和分析。如在描绘日本马关至东京的一路情景写道:"车行二十小时,道旁所见,无一片旷土,不必说。所过村落,四围花木,整洁中更有美感。三等车这班车没有寝台,男女老幼满满地几百人危坐了一夜,无高谈狂笑声,无咳嗽声,秩序好极了。沿途樱花已怒开,但山顶积雪犹未融解。"寥寥几句,把东京沿途花木茂盛和整洁的环境及日本人守秩序的好习惯跃然纸上。

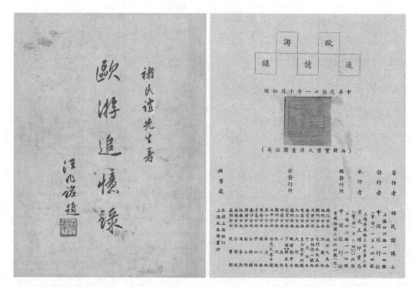

⊙《欧游追忆录》封面、版权页，中国旅行社 1932 年 10 月初版

褚民谊早年远渡重洋学医，后投身国民革命，嗜好旅行和文学，曾"旅欧土，先后二十有三年"，故对欧洲有深入的了解和研究，撰写欧游记也是顺理成章之事。

褚民谊（1884—1946），浙江湖州市南浔镇人。年少时在苏州学西医，后回乡读于明理学塾和浔溪公学，接受新学和新思潮，得到同乡张静江的赏识和资助，1904 年东渡日本求学。1906 年随张静江赴法国，途径新加坡时与张氏一起加入同盟会。到达巴黎后，即在张的支持下与李石曾、吴稚晖等人创办中国印书局，出版《新世纪》周刊、《世界》画报等刊物。1912 年 3 月，褚民谊被推为同盟会上海总部总干事。1912 年到比利时就读布鲁塞尔的自由大学。留学期间与李石曾、吴稚晖、蔡元培、张静江、汪精卫等人发起和组织留法勤工俭学活动。1914 年到南洋，主持《苏门答腊报》笔政。1915 年回到上海，参加倒袁活动。因袁世凯要抓张

香港大学

西贡花园之建筑

尼罗江滨之钓客

戴宗龄博士与李贞敬名医刘与褚民谊

⊙ 插照一

静江，便随张出走日本，与孙中山等革命党人汇合。同年第三次赴法，在巴黎与蔡元培等组织华法教育会，并入巴黎医科大学预科，毕业后即入波尔多医科大学。1920年负责筹建里昂中法大学，任副校长，并就读于里昂医科大学，后转入斯特拉斯堡大学继续求学。1924年秋，褚民谊在法国获医学博士和药剂师学位后回国，与陈舜贞结婚。1925年任广东大学教授、代理校长、广东医学院院长等职。1926年1月当选为国民党第二届中央候补委员。2月任广东大学校长和教育行政委员会委员。同年7月国民革命军誓师北伐，蒋介石任总司令，他任军医处处长。北伐结束后，他于1928年2

本书著者褚民谊博士近影

⊙ 褚民谊像

月国民党二届四中全会上任中央执行委员。

1931年"九一八"事变后，蒋介石与汪精卫联合成立南京国民政府，褚民谊1932年至1935年任行政院秘书长。1937年至1939年兼任全国经济委员会委员、上海中法国立工学院院长等职。1937年抗战全面爆发，褚民谊留在"沦陷区"上海法租界内主持中法立工学院院务，并协助维护沪上教育。汪精卫从重庆出走河内，1939年夏到沪后，唆使褚民谊加入汪伪政权，褚氏也就堕落为汉奸。1940年3月汪伪国民政府在南京成立，褚民谊出任"行政院"副院长兼"外交部"部长，后任驻"日本大使"，1941年9月回国继任"外交部"部长。1945年4月他辞去"外交部"部长，改任伪广东省省长等职，7月到任。8月抗战胜利后，褚民谊以汉奸卖国罪被捕，并押在苏州第三监狱。1946年8月23日在苏州狮子口第三监狱刑场被执行枪决。

《欧游追忆录》，褚民谊著，笔者所见为中国旅行社（上海四川路114号）1932年10月初版。竖排，开本19.3×26.3厘米，页数102页，插图75幅，书末附有"上海银行国外汇兑处"等广告，定价1.50元。全书图文并茂，文体结构上不设章目，却以时间和航程为序，叙述了他从上海登上邮轮出发，途中游览香港、西贡、新加坡、哥伦布、吉坡提、开罗、苏伊士、马赛、里昂、巴黎等国家和地区的所见所闻。书前刊有影印的吴敬恒1932年7月撰写的11页手迹序文和《陈序》《赵序》及褚民谊1932年夏于国民政府行政院撰写的《自序》："十八年（1929年——编者注）秋，余由欧洲考察卫生归国，息影沪滨，旅行杂志编辑赵君君豪嘱为撰短篇游记，用以充篇幅。爰就数度欧游经历所及者，撰为西欧漫游录，于每期杂志副刊前，辄写三数千言，计十二期，达五万余言。有时于忙中抽暇为之，中间幸无间断。然后卒以其事务日繁，未尽全功，余之足迹所经，几历欧洲全部，斯书所写者，仅法国一部耳，拟他日稍有暇暑，继续为之，完成全部。兹闻赵君言读旅行杂志者对西欧漫游录，颇饶兴趣，希望能出专书，俾得人手一册，因不惮简陋，将以草成之部分重加整理，成为专册，付之手民，又书名为游记，实则忆念所及，任意落笔，初未拘于一格，而书中尤以叙述往事为多，故徇精卫先生之意，更改今名为《欧游追忆录》云。"褚民谊有四次赴欧的经历，这些文章大致写成于1929年即第四次旅欧之后，先发表于沪上旅行杂志上，后在赵君豪鼓动下时隔3年才整理集书出版。此书虽名西欧游，其实主要还是倾注于法国的见闻录。例如对架设于法国里昂虹江、淞江上的20余座桥梁，记曰："其形式各殊，有吊桥、有平桥、有为石制者，有为铁制者。而建筑之坚固，结构之华丽则一，令人行经其上，美术之观念，不期而生，为之流连光景。"对巴黎记曰："法国以文化美术著称，巴黎乃法之首都，自为人文荟萃之所。盖巴黎自其外观之，不过一繁盛之都市耳。实则为学术昌明之地，对于学术上之贡献极大，其地大学规模之宏阔,各国罕有其匹,设立皆已五六百年。而藏书楼之丰富,博物院之完美,虽经年累月,浏览其间,亦能探讨不穷,流连忘返。"所记皆为法国风光、文化和景观。

巴黎凯旋门之鸟瞰

巴黎大学

巴黎二十年前女眼镜

拉丁森区之江滨之旧书摊(最高建筑为圣母院)

⊙ 插照二

《欧游追忆录》是一本具有个性特色的游记,其主要特点不仅点缀出法国五光十色的城市文化风貌,还对中国上海去欧洲旅行的海程途径及经纬度线的记录极其详细。在开篇中褚民谊叙述说从上海赴欧洲之途径有三条:"其一,由沪至日本,经美国或加拿大而达。其二乘西伯利亚火车,经过俄国而达。其三经南洋、印度洋、红海、地中海而达。此三种路线,以时间言,则第二线为最短",费用也最省,但途中换车、验护照、查行李及办手续极为烦琐,而第三条线路却可途中免去换车、查行李的麻烦,从上海直达法国马赛。所以褚氏自己的欧洲之行是选择了第三条出行线路,这也为他旅途中清晰记录海行之时间、路程和经纬度具备了可能,如他记新加坡至哥伦布说道："向西驶，航行一千五百七十海里。"又记新加坡、哥伦布经纬度分别为 103、79 度。这种严谨的记录是其他欧游读物所罕见的，具有较高的航海参考和启示作用。此外书中对中国旅行及旅游意义的研究和评说、议论也极具启发性。其说："游之一事，在吾国中古时代，即有行动著效者，如汉司马迁游历名山大川，其文章乃瑰伟奇特，自谓得力于游者居多。自后文人学士，每効其所为，登临游眺，不远千里，以为学问之余，兼应游历。惟游学并重，始能增益见闻，恢宏志气，则游之为义大矣。"

印度周游记

⊙《印度周游记》封面、版权页，新亚细亚学会 1933 年 4 月初版

　　《印度周游记》是被印度总理英·甘地夫人称之为"伟大学者"，又有"现代玄奘"之称的谭云山创作的一本游记。

　　谭云山对中国古典文学、诗词、佛教和印度哲学造诣很深，留下著述甚丰：《海畔诗集》《世界历法与历法革命》《印度周游记》《印度丛谈》《印度六大佛教圣地图志》等 38 种英文及《印度周游记》等 10 余种中文长篇著作，文笔流畅，饱含哲理，具有很高的文学和文化学术价值。

　　《印度周游记》，笔者所见为新亚细亚学会（南京四牌楼蓁巷一号）1933 年 4 月初版，新亚细亚学会丛书之二。封面书名为戴传贤题签，扉页书名由蔡元培题签，此外还有于右任挥毫撰写的"中印民族与中印文化之联络员"的题词等。竖排，开本 15×21 厘米，页数 250 页，插图 34 幅，定价 1.00 元。全书有《记前》《由伽岭崩到大吉岭》《加尔各答小憩》《国大话旧》《穷恒河考佛迹》《上德里看新都》《真理学院

⊙ 甘地上身露像

之一宿》《巴多利见甘地》《西过孟买》《南至麻打拉斯》《复返加尔各答》《总结》，及《附录》《印度加尔各答之华侨》《印度国际大学概述》《印度佛教之现状与六大圣迹》《游印指南》。书前有《印度地图一幅》及仇鳌 1932 年 12 月撰写的《序》等。值得一提的作者谭云山首赴印度时间是发生于 1928 年，可他真正实现"周游印度"的宿愿是在 1931 年。这一点在《印度周游记·记前》和《印度周游记·总结》中都有记载。

在《巴多利见甘地》中，谭云山既描绘甘地相貌特征："他那副枯瘦的脸，那个弱小的身躯和那抑扬顿挫的声音，从此便在我脑子中留了一个更深刻的印象。"因为对甘地的"深刻的印象"，也导致谭云山对甘地作了一次成功专访。

这次专访是发生在巴多利的甘地府上，时间是 1931 年 4 月 27 日的上午。据谭云山记述："我去的时候，他是光头赤足，裸着上体，只腰膝间围一块白布，正在坐着纺纱。这是他日常的功课，也是他见客的规矩。我们遂谈到关于中国和印度的事情。关于中国，他说：'我因为自己国家问题太多，没有工夫专心去研究中国的事情。但我知道：中国的历史文化，是很悠久很丰富的；中国的民族是很伟大很和平的。这种伟大和平的民族，将来定能替世界担当和平的大责任。'"甘地真是个有远见卓识的政治家，他称赞中华民族是"伟大和平的民族，将来定能替世界担当和平的大责任"，这是极具深邃政治眼光的。

⊙ 插照

梅兰芳游美记

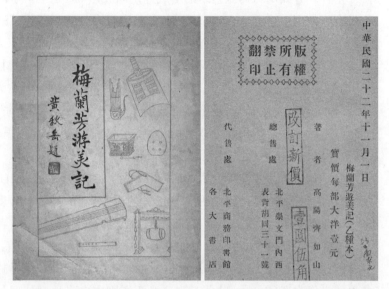

⊙《梅兰芳游美记》封面、版权页,北平商务印书馆 1933 年 11 月 1 日初版本

　　齐如山(1875—1962),早年留学欧洲,曾涉猎外国戏剧,归国后致力于中国戏曲研究工作。他知识渊博,治学严谨,不满足于书本的研究,而是在现实生活中广泛搜集资料,并与书本记载相参照,得出确切的结论。他曾先后访问过京剧界老角名宿三四千人,记录了丰富生动的原始材料,并从古代经籍、辞赋、笔记、风土志,以及西方有关的心理学、戏剧理论著作中寻找线索和印证,最后整理归纳为著作,主要有《说戏》《观剧建言》《中国剧之组织》《京剧之变迁》《脸谱图解》《梅兰芳艺术之一斑》《梅兰芳游美记》等 30余种。他提出的"无声不歌,无动不舞"论点,是对中国传统戏剧最精练、最准确的概括,他晚年的著作《国剧艺术汇考》内容丰富,考据周详,更修订了他早期研究中的一些不成熟的看法,将有关京剧艺术的种种问题,予以客观精审的考证,为京剧研究提供了一部充实完备的参考书。1912 年,

他在北京遇到尚未成名的梅兰芳,发现梅氏是个有天赋、又勤奋好学的京剧演员,遂决心帮助他的事业发展,并为梅兰芳编纂剧本。1916 年至 1936 年的 20 多年中,他为梅兰芳编创的剧本及改编的传统戏有《天女散花》《霸王别姬》《西施》《凤还巢》等 20 余种。齐如山对梅派艺术的形成并走向成熟竭尽心智,功不可没。可以这样说,没有齐如山中途的介入,也就不会有名满海内外的"伶界大王"梅兰芳! 同样,倘没有梅兰芳全力的配合,齐如山也不可能有如此深入地研究京剧艺术的机缘,成为一代著作等身的戏剧大师。梅兰芳的数次出国演出,齐如山都协助策划,并随同出访日本与美国等国家和地区。1930 年协助梅兰芳出访美国尤为成功,社会影响巨大,《梅兰芳游美记》的出版更是推波助澜,好评如潮。全书负责记录的齐香也是个才女,当时她仅是一位在校读书的少女,却才华出众,早在孔德学校就读时已在校刊上发表习作。后任法国文学教授。

笔者所见《梅兰芳游美记》,1933 年 11 月 1 日面世,由齐如山自费出版,北平商务印书馆代为销售,总销售处为北平崇文门内西裱背胡同某号,即齐宅。竖排,开本 18×25.7 厘米,页数 221 页,定价大洋一元。分甲乙两种,前者宣纸线装,后者报纸平装。笔者所见为乙本,封面绘有古代乐器图案,书名题签者为黄秋岳。全书共计四卷:《出国以前的筹备》《到美国后的布置和情形》《各界的提倡欢迎(上)》《各界的提倡欢迎(下)》。附录五篇:《谈西洋剧之电光》《观达佩尔女士独角戏记》《梅兰芳接受博士学位记详》《飞来福别庄小住记》《加大里那岛游记》。全书记述1930 年,齐如山伴随梅兰芳出访美国五个多月期间的见闻及梅兰芳访美演出的策划、筹备、经过和成果。齐氏在开篇中说:"梅君兰芳这次到美国去,总算大成功了。这不但是梅君个人的荣幸,凡我们中国人都该怎样的喜欢呢! 因为这是国际的光荣。这次在美国的大概情形,我曾经给国内各报馆通讯报告,并且都经登载出来,想来有很多人已经看见了。但那都是片段不完全的文字,现我要把它有系统的写出来,报告给关心这件事的朋友们。但在未报告在美国的事情之前,对于未出国以前七八年来筹备的情形:曾费了多少人的心血,用去了若干的时间,我似乎也该补述出来,好把梅君怎么样的想出国,和怎么样才能够出国的经过,让大家明了明了。但是我深知写出来之后,大家必以为我是自己丑表功;然而这宗事情,自始至终,都是我一人经手办理的,所以知之最清,我不来写,让谁来写呢? 难道说这样大的事,回国来连个报告也没么? 所以我才决意来写,却顾不得别人怎样议论我了。"显然,齐如山出版《梅兰芳游美记》,其目的是为了将轰动美国、具有"国际的光荣"的梅兰芳访美记,告知天下,让国人"明了"分享这种光荣和幸福。

为了克服这次出访经费上的困难,梅兰芳表示"就是破了产,我也要到欧美一游",反映了梅兰芳弘扬中国京剧的决心和爱国情怀。当然最终促成梅兰芳访美成功有着多种因素。据说这次游美的最初动机是源于当年徐世昌总统与美国公使芮恩施的一次饯别酒会上,芮公使在席上演说:"若欲中美国民感情益加亲善,最好是请梅兰芳往美国去一次,并且表演他的艺术,让美国人看看,必得良好的结果。"这段话也引起了齐如山的兴趣和梅兰芳的怦然心动。后经多年准备和努力,又得到燕京大学校长司徒雷登博士极力帮忙及中美人士的赞助,才得以成行。

梅兰芳访美是成功的。他先后在纽约 49 号街戏剧院和国家戏剧院演出了 5 个星期,芝加哥公主戏院和旧金山自由戏院演了 3 个星期,罗森联音戏院和檀香山美术戏院演了 24 天。演出受到美国各界的空前欢迎,例如在华盛顿演出的那一晚场景,记述道:"那天晚上,所有国务院全体官长,各国大使,地方官绅,大约一共有五百多人,都来看戏;并且都看得非常满意。"梅兰芳一行"到旧金山的时候,市政长本来出外办公事去了,特地赶回来,到车站欢迎"。演出不仅受到各界观众的赞赏,也得到美国各大报刊的赞美,如《纽约时报》"向来不注意戏剧,尤其不登戏评,这次竟作一篇长文章,对于中国剧和梅君个人都极力称赞;并且还把这篇文章登在报面,占了两大行"。可见美国各界当年对中国京剧和梅兰芳的敬重和欢迎。《梅兰芳游美记》也自然成了研究梅兰芳京剧人和中美文化交流珍贵的文献史料。

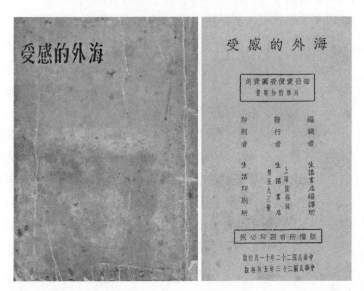

⊙《海外的感受》封面、版权页，生活书店 1934 年 5 月再版本

　　《海外的感受》，生活书店编译所编，由生活书店 1933 年 11 月初版，笔者所见为 1934 年 5 月再版本，竖排，开本 13.3×18.6 厘米，页数 560 页，插图 15 幅、文学书籍宣传广告 3 页，定价 1.10 元。全书选录 1931 年 7 月至 1933 年 1 月期间，旅居海外华人所见所闻所感而撰写的游记和感想文章 97 篇。

　　《海外的感受》第一部分《法国》，征言、胡尔、依伯等人撰写的《海外的感受》《日撤上海驻军的真因》《旅行和消费》《流落海外的参战华工》《在印度洋中》《旅法之第一印象》《乡间》《法国的陆军军士》《在法的日货与在法的中国小贩》等 16 篇。第二部分《德国》，谭孟衍、王光祈、韫辉等人撰写的《德意志民族的偶像》《柏林病院四旬记》《战机尚未成熟》《御侮之武力》《德游印象》《柏林大学》等 12 篇。第三部分《英国》，俞柳枕、炳然、冰岩等人撰写的《国防分区管见》《世

界经济恐慌中的英帝国主义》《自侮》等5篇。第四部分
《比国》，征言撰写的《小巴黎的普鲁塞尔》《环游比利时
一周》《村镇式的卢森堡公园》《几个特点》等五篇。第五
部分《瑞士》，公振撰写的《途中的中国代表团》等篇。第
六部分《苏联》，都佩撰写的《苏俄的工人生活近况》一
篇。第七部分《游欧通讯》，庄泽宣撰写的《起程》《海上
见闻》《锡兰与印度》《亚非欧三洲交点》《独游罗马》《从
意大利到瑞士》《从瑞士到法国》《巴黎与伦敦》《丹麦的
印象》《汉堡与柏林》《欧游漫笔》等27篇。第八部分《美
国》，公望、仲雨、平庸、寄君等撰写的《暴日寇沪时在美
见闻一束》《如此纽约》《美国家庭》《美国西点陆军大学
游记》《十九路军在美的威名》《沪战爆发后之美国社会》
《美国失业之一斑》等23篇。第九部分《日本》，君一、成
之、衡之、济川等撰写的《"一目了然的对支问题一览

⊙ 莫索里尼像

表"》《日人编的"打倒日本"》《民穷财尽的日本》《日本社会的不安》《两个印象》《日
本的大学生》等7篇。这本书具有三大特点：一是出于多人之手的游记选本；二是
记录欧美日社会、文化和风土人情集；三是记述中国人在他国异乡奋斗和生存的感
受集。

　　由此可知，本书这些作者大多是当年国内驻外的记者或留学生、博士生。比如
征言、胡尔等是记者，谭孟衍便是《民报》记者兼主笔；王光祈是留德博士，庄泽宣是
美国普林斯顿大学教育与心理学博士。当年他们风华正茂，深入异国社会生活，以
敏锐的眼光捕捉社会的信息，以手中的笔记录和描绘出许多社会新闻和自然风光。
征言在《环游比利时一周》中描绘比利时小城浦玉聚更是娓娓道来，细腻生动："全
城环绕了很多小溪，街道狭隘，走十
步的路，也许要过两个桥，有时小屋
之旁，流水潺潺，陪衬着郁绿的鲜
草，红晕的落日。轻妙幽雅，真是一
幅天然图画，任你不是诗人画家，也
要伫足而观，流连赏玩，因此有许多
艺术家，不在浦城生长，却被浦城自
然之美所引诱，而来此工作，于是有
浦城画派的创立。"庄泽宣在《巴黎
与伦敦》中将巴黎与伦敦、纽约作了

⊙ 插照

对比，认为一战后的伦敦、纽约比巴黎更繁荣。他说："也许在数十年一百年以前，巴黎胜于伦敦、纽约，在现在看来，或者有所不及。以人口而论，伦敦、纽约争称世界第一，都比巴黎多。以建筑而论，巴黎的房舍大都是四五层，伦敦的就有十层的，纽约的还有近百层的。以公园而论，巴黎四郊虽有大森林，城的中心并没有像伦敦的海德公园，纽约的中央公园那样大的公园。"寥寥几笔，却把一战后欧美地区的城乡风貌和发展现状，勾画得一清二楚。

征言在《海外的感受》的开篇中说："置身于异国人的堆里，任凭你的言谈举止，怎样的温雅谦敬，但是还要不时遭到白种人对有色人种或是强国对于弱国人民的轻视，特别是在祖国多事之秋，真使一般被压迫民族在国外的寄侨，无处容身！"但当"九一八"事件爆发的消息传到巴黎，广大的华侨就不顾个人的安危，"结队去驻法日本大使馆门前游行示威"，展现出与国家民族共命运的爱国热情。谭孟衍在《厄耗传来》中也记道："（1931年）九月十九日清晨，房东送早餐进来，照例我是问他，报上有什么关于中国的消息，他说：'有的，中日开战了！'"接着谭氏又一针见血的指出："他们（日方）的国际宣传，同军事一样的急进。"揭示出日本人一贯善于颠倒黑白，制造舆论的卑劣伎俩。日本的谎言绝不能掩盖它的侵略野心和尾巴，也不能欺骗和蒙蔽住世界人民的眼光。当年的《德国日报》就刊文指出："在国际联盟与《开洛公约》的时代，突然向一有自主权的国家，采用作战的行动，这无论如何是没有充分理由的。巴尔干一声枪响，欧洲大战突然爆发；这次沈阳的炮轰，也将成为二次大战的导火线。"德国这家报纸是有眼光的，不幸言中，日军炮轰沈阳发起侵华战争，后来也被远东国际法庭认定为日本是挑起第二次世界大战的罪魁祸首。

因此《海外的感受》之妙，不仅是一本图文并茂的游记，还是一本揭露日本是发动第二次世界大战的罪魁祸首。铁案如山，历史不可篡改！

萍踪寄语

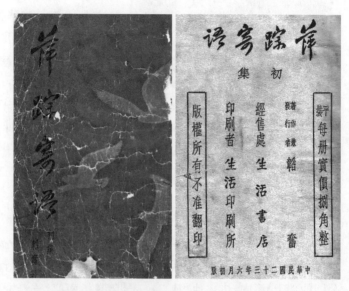

⊙《萍踪寄语》封面、版权页，生活书店 1934 年 6 月初版

《萍踪寄语》，邹韬奋著，笔者所见为生活书店 1934 年 6 月初版。竖排，开本 13×18.6 厘米，页数 299 页，插图 36 幅，定价 0.80 元。全书有《开端》《首途》《到香港以后》《到新加坡》《到哥伦坡》《月下中流——经苏伊士河》《海程结束》《威尼司(斯)》《世界公园的瑞士》《巴黎的特征》《英伦的休战纪念日》《继续努力解放的爱尔兰》《英伦杂碎》等，计 51 篇。书前有邹韬奋 1934 年 2 月 7 日于伦敦撰写的《〈萍踪寄语〉初集弁言》："记者自去年(1933)七月十四日离国赴欧以来，转瞬已经半年了。记者此次除自己存着学习的态度到欧洲来，还想常就自己观感所及，尽力写些通讯，藉《生活周刊》报告给国人，写到现在，以英国为一段落，已积有五十一篇，共约十万五千言左右。不幸《生活周刊》于去年十二月间'迫于环境，无法出版'，《萍踪寄语》仅登出一小部分，暂时搁置，现在先把以英国为段落的编成初集出版，就

愛爾蘭總統凡勒拉

⊙ 凡勒拉像

正于国内外的读者和朋友们。这些《寄语》虽然是'拉杂写来'的零篇短简,但是记者在观察研究的时候,在持笔叙述的时候,心目中常常涌现着两个问题:第一是世界的大势怎样?第二是中华民族的出路怎样?中国是世界的一部分,我们要研究中华民族的出路怎样,不得不注意中国所在的这个世界的大势怎样。这两方面显然是有很密切的关系。关于这两个问题的答案,记者很想于《寄语》全书末了的总结论里,就浅见所见,提出一些和国人共同讨论。"可见,邹韬奋是怀着"世界的大势怎样"及"中华民族的出路怎样?"这样的两大问题去欧洲旅行和考察的。其实,邹韬奋此行也是出于无奈近于流亡。

邹韬奋不忘自己的记者使命,深入走访调研社会民情,也不忘忙里偷闲游览欧洲的名胜古迹,如意大利古罗马斗兽场、西方文艺复兴的圣地佛罗伦萨、旅游名城威尼斯及法国的凯旋门等景点,同时还感受了一番自由行的旅游情趣,如在《世界公园的瑞士》篇中,讲述他"独自一人带着《指南》",凭着娴熟的英语成功游览瑞士的情景。在欧洲旅行不仅要懂英语,还要懂法语。邹韬奋颇有体会的说道:"游历欧洲,只有英国用得着英文,其余各处,英文随处'碰壁',法文最便,几于可通行全欧各国,其次要算德文。"这种现象至今依然如此,记得2009年我去意大利威尼斯旅游,用英语问路也是处处碰壁。

欧游杂记

版权页文字（竖排）：

民國二十三年九月初版發行　民國三十三年二月桂一版發行

開明春文明刊　"記雜遊歐"

印翻准不權作著有

定價國幣一元四角（乙種）（外埠的加運郵費）

著者　朱自清
發行者　桂林環湖北路開明書店　范洗人
印刷者　開明書店

總發行所　桂林環湖北路十七號　開明書店

分發行所　西曾蕰藏　安慶隆郢　江甯鎭昆　山陽縣明　開明書店分店

(68p.) 桂一　歐87303

⊙《欧游杂记》封面、版权页，开明书店1944年2月桂林第1版

　　《欧游杂记》是继《踪迹》之后朱自清撰写的又一本游记，开明书店1934年9月初版，笔者所见为1944年2月桂（桂林环湖北路开明书店）第1版。竖排，开本11.9×16.6厘米，页数126页，定价1.40元。当年桂林地区印刷条件困难和落后，故印刷纸张、排版、开本等不够大器，甚至连沪上原版中的插图都没有了，封面也简单素雅得很，有点太"别具一格"。

　　《欧游杂记》收录有《威尼斯》《佛罗伦司》《罗马》《滂卑故城》《瑞士》《荷兰》《柏林》《德瑞司登》《莱茵河》《巴黎》《西行通讯》（属附录）等，计11篇。书前有朱自清1934年4月于北平清华园撰写的《序》："这本小书是二十一年（1932年——编者注）五月六月的游踪。这两个月走了五国，十二个地方。巴黎待了三礼拜，柏林两礼拜，别处没有待过三天以上；不用说都只是走马看花罢了。其中佛罗伦司，罗马两

⊙《欧游杂记》封面，开明书店
1934年9月初版

处，因为赶船，慌慌张张，多半坐在美国运通公司的大汽车里看的。大汽车转弯抹角，绕得你昏头昏脑，辨不出方向；虽然晚上可以回旅馆细细查看地图，但已经隔了一层，不像自己慢慢摸索或跟着朋友们走那么亲切有味了。滂卑（庞贝）故城也是匆忙里让一个俗透了的引导人领着胡乱走了一下午。巴黎看得比较细，一来日子多，二来朋友多；但是卢浮宫去了三回，还只看了一犄角。在外国游览，最运气有熟朋友乐意陪着你；不然，带着一张适用的地图一本适用的指南，不计较时日，也不难找到些古迹名胜。而这样费了一番气力，走过的地方便不会忘记，也不会张冠李戴——若能到一国说一国的话，那自然更好。自己只能听英国话，一到大陆上，便不行了。在巴黎的时候，朋友来信开玩笑，说我'目游巴黎'；其实这儿所记的五国都只算是'目游'罢了。加上日子短，平时对于欧洲的情形又不熟悉，实在不配说话。而居然还写出这本小书者，起初是回国时船中无事，聊以消磨时光，后来却只是'一不做，二不休'而已。所说的不外美术风景古迹，因为只有这些才能'目游'也。游览时离不了指南，记述时还是离不了；书中历史事迹以及尺寸道理都从指南抄出。"

朱自清的文笔和文采之好，早在上世纪二三十年代已是名扬遐迩。读这篇序文，就令人赞叹不已。其写得何等的朴素缜密，文笔清丽，而且开篇就直奔主题。

纵观朱自清的游记，其文开头往往喜欢提纲挈领，以简练文字，画龙点睛的笔法，点出旅游目的地的风貌特征。这一点在《欧游杂记》中也展现得淋漓尽致。在《庞贝故城》中，其开门见山的说道："纪元七十九年，维苏威（火山）初次喷火。喷出的熔岩倒没什么；可是那崩裂的灰土，山一般压下来，到底将一座繁荣的庞贝城活活地埋在底下，不透一丝风儿。那时是半夜里，好在大多数人瞧着兆头不妙，早卷了细软走了；剩下的并不多，想来是些穷小子和傻瓜罢。城是埋下去了，年岁一久，谁也忘记了。到现在这座城大半都出来了；工作还继续着。"朱自清娓娓道来，把庞贝故城的来龙去脉，演说得清清楚楚。在《巴黎》篇中，不仅如数家珍般地道出了游览和参观卢浮宫、凡尔赛宫、枫丹白露宫、埃菲尔铁塔、巴黎圣母院和塞纳河两岸街道小巷及散落其间的博物馆、艺术馆的名胜和景点。现在，我们都称巴黎为"浪漫之都"，而当年的巴黎亦有其别称，为"艺术城"。朱自清这样说道："巴黎人谁身上大概都长着一二根雅骨吧，公园里，大街上，有的是喷泉，有的是雕像，博物馆处处是。"可想而知,艺术在当时的巴黎有多么盛行灿烂。巴黎的建筑也充满着艺术气息,如把花草围成精巧花纹的砖厂花园,以及颇有气势的凯旋门等,景物数不胜数,看了令人赏心悦目。

《欧游杂记》值得称道的不仅具有游记美文欣赏的价值,而且还是欧洲游的一本极佳指南读物。如《德瑞司登》该文朱自清写成于1934年,当年德瑞司登(德累斯顿)旧城尚未遭到二战盟军的猛烈轰炸,1945年2月13日后这里被炸为平地,摧毁殆尽,至2013年德国政府才将德累斯顿恢复了历史原貌。所以《欧游杂记》也是一本研究二战前德累斯顿历史原貌的珍贵文献。

欧行日记

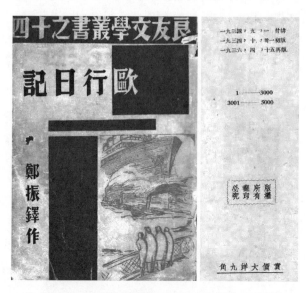

⊙《欧行日记》封面、版权页，上海良友图书印刷公司
1936 年 4 月 15 日再版

　　梁羽生在《笔·剑·书》一书中，对郑振铎在中国新文化运动发展中的贡献给予了高度的评价："'五四'时期，对中国新文化运动发生极大影响的两个文学团体，一个是郭沫若、郁达夫等人组成的'创造社'；另一个就是郑振铎、沈雁冰（茅盾）、耿济之、叶绍钧等人组成的'文学研究会'。前者着重在创作与文艺思潮的介绍，后者着重在文学名著的介绍、研究与古典文学的整理，对中国新文化运动的贡献，可说是各有千秋。"

　　《欧行日记》，上海良友图书印刷公司 1934 年 10 月 31 日初版，笔者所见为 1936 年 4 月 15 日再版，良友文学丛书第十四种。布面精装竖排，开本 12.8×17.8 厘米，页数 214 页，印数 3 001—5 000 册，定价 0.90 元。书前有郑振铎 1934 年 9 月 8 日于上海撰写的《自记》："这部日记，其实只是半部之半。还有四分之三的原稿，因为几次的搬家，不知散失到什么地方去，再也不能找到。仅仅为了此故，对于这半部之半的《日记》，自不免格外有些珍惜。写的时候是一九二七年；到现在整整的隔了七个年头，老是保存在箧中，不愿意，且也简直没有想到，拿去发表。为的是，多半为私生活记载，原来只是写来寄给君箴（郑振铎的妻名）一个人看的。不料，隔了七年之后，这陈年老古董的东西却依旧不能藏拙到底。一半自然是为了穷，有不得不卖稿之势；其实，也因为这半部之半，实在漂泊得太久了，经过的劫难不在少数，都亏得君箴的细心保存，才能够'历劫'未毁。今日如果再不将它和世人相见，说不定再经一次的浩劫巨变，便也将和那四分之三的原稿一样，同埋在灰堆火场之中。这些破稿子不足惜，却未免要辜负了保存者之心了。故趁着良友向我索稿的时候毅然的下一决心，将它交给良友出版了。"欧行首日是 5 月 21 日，从此日起，基本都有日记，直到 8 月 31 日，而郑氏在欧洲年余，所佚者当是此后的日记了。那么这本日记体游记也就是始记于 1927 年 5 月 21 日至 8 月 31 日的郑振铎欧洲之行的所见所闻。原先郑氏记日记的目的"只是写来寄给君箴一个人看的"，所以文中也夹杂着一些真挚的对妻子的思念之情，也真因如此，所以读起来反倒不至于枯燥。

郑振铎的这次欧行，首先是出于无奈，带有被迫流亡和躲避白色恐怖的目的。"四一二"反革命政变后，郑振铎、冯次行、章锡琛、胡愈之、周予同等学者联名发表公开信，谴责国民党当局的野蛮暴行，为此引起当局的不满。为了免遭不测，郑振铎在老丈人高梦旦先生和朋友叶圣陶、王伯祥等的力劝下，才有了此次欧洲之行。其二，这也正好成全了郑振铎的一次欧洲问学记。那年郑振铎 29 周岁，正值而立之年，颇有一番作为和抱负之年的岁月，正如他在日记中所言："希望把自己所要研究的文学，作一种专心的正式的研究……希望能走遍各国大图书馆，遍阅其中之奇书及中国所罕见的书籍，如小说，戏曲之类。"他在日记中作了记录和透露，共列出了四项，其中最主要的一项便是去各处图书馆"搜索阅读中国书"。6 月 30 日，郑振铎一到法国便去法国国立图书馆办了四个月的长期阅览卡，第一次借出来看的是敦煌抄本。此后的几个月，郑氏的大部分时间都是在图书馆度过的。这些中国古书，据日记中提及的主要为中国宋元明清以来的各种通俗小说及戏曲古籍善本，如七月五日记曰："到图书馆去。借出《京本忠义水浒传》，又仔细的读了一遍，抄了一部分下来。又借了《续水浒传》（即《征四寇》）及《李卓吾批评水浒传》，《金圣叹批水浒传》"等。这也为他后来撰写和编纂《插图本中国文学史》等专著奠定了基础。

郑振铎此次欧行，船上的同伴就有四人，其中"一个是陈学昭女士"，她也是一位作家，后在 1934 年获克莱蒙大学文学博士。上海到马赛，船要走一个多月，"我们决定多写些文字，每到一处，必须要寄一卷稿子回去，预备为《文学周报》出几个Athos 专号……这提议在昨晚（5 月 21 日）傍晚，而今天下午，学昭女士已写好了一卷《法行杂简》。写得又快又好。"Athos 是他们乘坐的轮船。在日记中的最后的一天（即 8 月 31 日），也写到了陈学昭："和杨太太及学昭女士同到喜剧院看《维特》。"这是在巴黎的日子。郑氏欧行之人中，还有梁宗岱、戈公振、朱光潜诸人，像 6 月 27 日日记："又在路上遇敬渔隐、梁宗岱二君，同来旅馆中闲谈了一会。"7 月 2 日日记："杨太太请我和朱光潜、吴颂皋等在万花楼吃晚饭……晚后，光潜、宗岱及元来谈，十时走。"因此郑振铎在法国有朋友，过得也不寂寞。郑振铎文笔颇佳，这本日记体游记也是文字流畅，光彩夺目。像 5 月 25 日记南海风光时叙述道："早起，天气甚好。海水作蔚蓝色，皎洁无比，与香港海中之水色又不同。一无波浪，水平如镜，小波纹粼粼作绉，不似在大海中，乃似在西湖。"把风平浪静的南海风光特色，描绘得淋漓尽致。在巴黎他除了去图书馆外，还参观和游览了许多博物院和名胜古迹。像卢森堡博物院、洛夫博物院、罗丹博物院、巴黎圣母院、凡尔赛宫、凯旋门等等。

郑振铎更是个喜好逛旧书店、淘旧版书的书迷。远在万里之外的巴黎，他也不忘回想过去曾去旧书铺淘书的情景和感触，如在 6 月 10 日所记的附记：《回过头去——献给上海的诸友》一文中记道："有几次独自出门，酒是没有兴致独自喝着，却肆意的在那几家旧书铺里东翻翻西挑挑。我买书不大讲价，有时买得很贵，然因此倒颇有些好书留给我。有时走遍了几家而一无所得，懊丧没趣而归，有时却于无意得到寻找已久的东西，那时便如拾到一件至宝，心中充满了喜悦。"这种淘书的喜悦情趣，只有真正爱书家才会有这样强烈的真切感和快乐感，因此郑振铎不仅是个爱旅行的学者，更是个爱藏书的学者。

欧游漫忆

⊙《欧游漫忆》封面、版权页，生活书店 1935 年 4 月初版

据倪墨炎先生《现代文学丛书散记(续三)》记载："生活版《创作文库》，在三十年代文坛中，这套丛书有一定的影响。傅东华主编，生活书店出版。1934 年 5 月出版第一本。《生活书店、读书出版社、新知书店革命出版工作五十年》所载书目，收这套丛书的 18 种；上海图书馆根据该馆藏书编的书目，收这套丛书的 22 种；笔者收集了 23 种。"又据《欧游漫忆》生活书店初版本书末刊登广告记载，截止 1935 年 4 月已有巴金《旅途随笔》、老舍《小坡的生日》、张天翼《反攻》、沈从文《边城》、靳以《青的花》、吴组缃《西柳集》等 15 种或即将出版。小默《欧游漫忆》能被列入其中，也是够荣幸的了。

《欧游漫忆》，小默著，笔者所见为生活书店 1935 年 4 月初版本，竖排，开本 11.1×16.9 厘米，页数 198 页，定价 0.40 元。全书有《楔子》《船上的小悲剧》《船上的小喜剧》

《威尼斯的水和"水"》《维也纳之春》《神秘之街》《十字街头的风景》《别了,维也纳》《梅茵河畔之城》《暴风雨前夜的柏林》《赴欧途中的花絮》等,共计13篇。书前有小默于1935年1月17日撰写的《自序》,序文不长抄录如下:"无意要写的东西,写来不觉有好几万字,在《文学》登刊过一大部分之后,还要出单行本,这的确是有点意外。把全部从头校阅一遍,自喜还不算文不对题,所写的纵然是或有其事,然也只是它的模糊的印象,歪曲与否不敢保证,'忆'而且恐怕流于'臆'了,所忆的人物由维也纳臭虫,到我们的领袖希特勒,两者在齐物论者眼中虽然是平等齐观,不过也尽'漫'之极致,由苍蝇谈到宇宙的语堂大师当引我为同调。近来游记一类的货色在文学市场售出不少,单是欧洲游记,也有好几种,恐怕快可以上'游记年'的封号了。太平盛世,的确是'呒啥'好写,游历名山大川,使将来的文章添点雄奇之气,倒也不俗。在下自然不敢妄冀太史公,然印行一本准游记之类的东西,凑凑热闹,想还不至投错了机吧? 上头所说,自然是闲话的闲话,老实话还有下文——我写这篇东西,老实说,还是为'漫忆'我在欧洲偶然遇到的几个朋友,和与他们共享的氛围,风光——至少现在觉得是这样。他们都是昨日和明朝间的青年,他们的姿态虽有多少不同,但却有同样的命运的黑影追随着。热情和孤冷使我们在空气比较自由的异国里聚合起来。我们彼此发见了彼此的缺憾之美,我们因此就成了朋友。我们常在一块谈,一块玩,共同发泄了一些有聊和无聊的思想,做了一些有聊和无聊的事。然而我们终要先后的相别了! 我们日后纵然还有碰头的日子,但至少不是'月与灯依旧'了,我现在已有'出门天地窄'之感,他们的处境恐怕也好不了多少,所以那适得其反氛围和风光是'弥足珍贵'了。谨以至诚把这本薄薄的小册子献给我在欧洲偶然结识的朋友们,让他们读了好重温我们的旧梦吧!"

读完序文,虽然还无法知晓作者"小默"是何许人? 也不知其生卒于何年何月? 但这也已不重要了! 因为从上述中我们已可知道小默是热爱旅游、热爱自由生活,对朋友的友情也很真诚的人。再从上述:"近来游记一类的货色在文学市场售出不少,单是欧洲游记,也有好几种,恐怕快可以上'游记年'的封号了。"这段话中可透露出20世纪30年代的上海确实掀起了一股旅游的浪潮,为此出版界也是推波助澜出版了多种中外游记读物,如朱自清《欧游杂记》、郑振铎《欧行日记》、芮麟《东南环游记》、刘薰宇《南洋游记》、赵君豪《游尘琐记》、邹韬奋《萍踪寄语》、梁得所《猎影记》、黄炎培《之东》等都是那个年代的产物和作品。同时,也可从字里行间的"呒啥"、"明朝"等沪语常用的词汇中,大致可得知他也是个典型的上海人。

据小默《楔子》记载:"半以自己的脑汁半以人家的血汗换来的十八月的欧陆游,经过回国后沪上的数旬的淹滞,几已尽成陈迹,再加上预期的生活的折磨,恐怕连这淡淡的影子也急速地消逝。"可见作者是靠自己和他人的资助完成历时一年半的这次欧洲之旅,也是回沪后才开始想到写作这本欧游记的。文中虽说"几已尽成陈迹",实际并非如此,他对欧洲之行的印象还是深刻的,文中流露出的细腻记载也足以说明了这一点了。例如,他对南海靠近新加坡的海上月圆之夜叙述道:"月华冉冉初上,一道银色月光织成的微颤的桥,从近月处搭出,跨过万顷的汪洋,远处仍是一片黝蓝。在这水银似的夜气中,不特日间的暑气全消,而且使人起一种莫名的幽微之感。"寥寥几句,把站在邮轮上观赏南海淡黑色夜空中的皎月的美景及小默的感受跃然纸上。可知假如没有深刻记忆和印象,小默事后是写不出如此生动的感受和场景的。

小默的笔下不仅记载了一路船上的见闻,也记录了法国、意大利、奥地利、德国等国城镇的风貌。例如,他在描绘意大利威尼斯的马古斯广场,即今译为圣马可广场时,其描述道:"广场上有一了望全城的高塔,塔上和广场中飞着走着千百的鸽子。广场上的游人不少,鸽子见了人来也不惊飞。"威尼斯又有"水城"之称,所以有人说:"威尼斯的风情总离不开'水',蜿蜒的水巷,流动的清波,宛若默默含情少女,眼底倾泻着温柔。"这固然没错,但对一个第一次踏上威尼斯的游人,广场上飞着走着的成群鸽子,往往是更吸引人眼球的。这一点我本人也是深有感触的。2009年初,当踏上威尼斯最吸引我的也是广场上这群鸽子,因为这是我人生第一次见到如此多的鸽子与人和谐相处,让我感到既欣赏又惊讶,印象深刻。

⊙《智利与阿根廷》封面、版权页，商务印书馆 1935 年 6 月初版

　　《智利与阿根廷》，美国 20 世纪二三十年代著名旅行家、游记作家卡奔德所创作的"卡奔德世界游记"之一。

　　1929 年至 1935 年期间，卡奔德足迹已深入欧美澳、亚非拉等数十个国家和地区，边旅行，边考察，将所见所闻及各地区的风貌特点作了详尽的记录，先后著有《坎拿大及纽芬兰》《不列颠三岛和波罗的海诸国》《澳洲新西兰南诸岛游记》《从坦支尔到黎波里》《从法兰西到斯堪的那维亚》《从开罗到乞斯曼》《日本与朝鲜》《圣地记叙利亚》《中美洲和西印度群岛》《阿拉斯加》《巴拉那亚马孙沿途详记》《智利与阿根廷》等 10 余种游记，还被译成英、法、中等多种文本，震撼世界旅游界，成为不同肤色旅行爱好者争相购阅的游记读物。

　　《智利与阿根廷》，林淡秋译，笔者所见为商务印书馆 1935 年 6 月初版，竖排，开本 13×19.1 厘米，插图 15 页、照片 16 幅，页数 298 页，定价 0.65 元。全书有《绪言》《智利安第斯山脉的门户》《今日的智利》《智利的中枢》《智利的铁路》《全世界极南的城市》《在麦哲伦港中》《火车越过安第斯山》《阿根廷的大草原》《首都的上流生活》《在一所田庄上的一天》《全世界第二羊业国》《美丽的海滨》《一个新王国的建设》等39章。书前有卡奔德《绪言》,其在开篇中说:"本书所根据的一切游历,是我两度环游南美洲的一部分的旅程。我每次都是从巴拿马出发,沿着太平洋岸悠然南下,又从各处重要口埠折入内地,藉以考察乡村的风俗民情。"这是卡奔德旅行和考察南美洲智利、阿根廷两国城乡民俗民情的所见所闻的一本游记。

巴塔哥尼亚虏原驼,为该地华黑安人食物皮货之来源,驼羊毛长而细软,可作毯毯。

智利是美女国,她们善作入时装束。图中女郎所披的,是一种整缝倒行诵的斗篷(manto),她们爱在拉了,而代以普范的巴黎式,著者雄引焉倾来。

阿根廷人在大草原经营畜牧既可致富裕,则在都城中或其近郊建筑园囿,设计有采用照马式的,五十人的宴会,在富有之家是常见的。

世界文化比阿拉加勞非人更低下的,是很少见,他们多瞩黯陌小船住在水上,身上则锋海豹的油取暖,而不著衣服。

铜矿在智利的企业,是使世界殆侗强人饶羡得以属复的原因,本图据赛定置(Sewell)地方的矿厰(Braden)铜矿,这是格孔亚亨(Gnggenhelm)大矿厰的一部分,产额极富。

显尼利·得翡哥的遮烧人身及六呎,就是旅行家故事中所称的巴塔哥尼亚巨人(Patagonia giant),他们顼阪原驼(Guanaco)为楫及食,有时割姜致我白人的牺牲。

⊙ 插照之一

使硝酸钠堆垒整齐置于光桿所铺石块放在水槽中,使钝潜
化化硅,于是为矿水抽去,使之变纯,则所得自如葡萄雪的化学
品,即为纯真的硝酸钾。

瓶流聚满的门户多侧,宜植葡萄,故在买累上是一個极大的
葡萄园,每年着烟酒的产量为七千五百万加仑。

阿根廷盛铜和银镍,铜境内工厂约有五萬所之多,其殿立
在佰洛斯爱勒者佰百分之九十五。佰洛斯爱勒有工業學校一
庭,教授各项农業。

⊙ 插照之二

　　智利是位于南美洲西南部的国家,其东同阿根廷为邻,北与秘鲁、玻利维亚接
壤,西临太平洋,南与南极洲隔海相望,是世界上地形最狭长的国家,也是世界上产
铜和出口铜最多的国家,享有"铜矿王国"之美誉。书中对智利的城市、乡村和矿藏
都有记录。例如第六章《智利的中枢》中对首都圣地亚哥记叙道:"散地牙哥(即圣
地亚哥)是智利社会的政治和商业的中心。它是该国的脉搏,而当地人民的激动就
是它的脉跳。它包容着本国所有的政治家和大部份的财富。它是一切伟大的运动
的中心。它的一切都日形华丽,日形进步。它已推广了所有的街道,而在街面上涂
以地沥青。阿拉美达是一道壮丽的林荫路,中心横贯一个花园,两旁都是马车路。"
当年的圣地亚哥不仅集中展现智利的政治、文化、商业等的首都功能,还是个山地、
富饶和风景秀丽的城市:"全城躺在平坦的山谷上,四周围着崎岖的青山。它高出
太平洋水面一千七百尺,可以很清楚地望见安第斯山。美普勾河沿山谷一边流着,
下面是马伊波,再远一点,就是这广大的中心山谷的肥沃农田、果园和葡萄园。"有
山有水,谷中果树林立,好一派生气勃勃的美丽景象。

　　书中记录了阿根廷首都布宜诺斯艾利斯上流社会灯红酒绿的奢华生活,也记
述了阿根廷大众的困苦生活,因为他们大多数人没能像意大利、西班牙人那样有去
干"机械上的工作"机会,故长期以来只好在农场或牧场上干活谋生,这也造就了阿
根廷人长于放牧的本领,也使阿根廷成为世界肉类主要出口国之一。这一点书中
都有所记录和反映,如在第二十九章《在一所田庄上的一天》中在记述圣胡安农场
时写道:"这所广大的牧蓄农场上有六千多头良种的母牛和好几百头纯粹的种牛。

这所田庄专门用作生殖牛种的场所,许多别的大牧场上的畜类都是发源于这儿的,在那些大牧场上,共有十万头左右的母牛,同时每年还卖出好几千头肥胖的牝犊。"阿根廷不仅畜牛业发达,牧羊业也很发达,在第三十四章《全世界第二羊业国》中阿根廷的牧羊业有生动的叙述:"在全世界诸羊国中,阿根廷将来有居首席的可能。她现在有了八千万只羊,国内每一个居民可以平摊到十只左右,而且它还有机会可以大大的发展。"为我们展现了阿根廷一派牧羊大国的形象,令人神往。

译者林淡秋(1906—1981),浙江三门人。1922 年考入上海大同大学,后转入上海大学攻读英文。1927 年四一二反革命政变后,上海大学被封闭,林淡秋与柔石等在宁海中学义务教书。1928 年初南下广州,以中山大学旁听生名义,在中山大学图书馆阅读了多种五四以来新文学著作。半年后返沪,进上海艺术大学英文系学习。当年冬季,因支持德租界电车工人罢工,被羁押一周有余。获释后,至新加坡华侨中学任教,兼任校图书部主任。1930 年春回上海,从事文学活动。1933 年开始发表小说、散文与评论。同年,加入中共领导的社会科学者联盟。1935 年转入"中国左翼作家联盟",任"左联"常务委员、组织部长。1936 年春加入中国共产党。抗日战争爆发后,带领上海文化界内地服务团前往江、浙、皖,进行抗日救亡宣传。之后,在夏衍创办的《译报》做编译工作,创办《新中国文艺》《奔流》等刊物,与于伶等主编《文学与戏剧》。1942 年春,奉命转移至新四军根据地与游击区,先后任《知识青年》主编、《滨海报》社长与《苏中报》《抗敌报》总编辑。抗战胜利后,在上海《时代日报》任主编,兼管副刊《新文学》。解放战争开始后,发表延安电台广播的新华社电讯与"国统区"各界人民"反饥饿反内战、要民主"等真实消息,1948 年 8 月报社被查封,随后改办《时代半月刊》。中华人民共和国成立后,历任《解放日报》编委兼驻京办事处主任、《人民日报》副总编辑兼文艺部主任。1958 年后先后任杭州大学副校长、中共浙江省委宣传部副部长、浙江省文联党组书记等职。1979 年出席全国文学艺术工作者第四次代表大会,当选为全国文联委员、中国作协理事,并任《辞海》编辑委员会委员。其翻译作品有《布罗斯基》《列宁在一九一八》《丹麦短篇小说集》(与柔石合译)等。

胡蝶女士欧游杂记

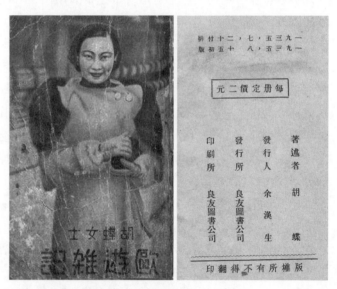

一九三五，七，二十付排
一九三五，八，十五初版

每册定价二元

著述者　胡蝶
發行人　余漢生
發行所　良友圖書公司
印刷所　良友圖書公司

版權所有不得翻印

⊙《胡蝶女士欧游杂记》封面、版权页，良友图书公司 1935 年 8 月 15 日初版

　　《胡蝶女士欧游杂记》，胡蝶口述，陈亦云撰，笔者所见为良友图书公司 1935 年 8 月 15 日初版。精装竖排，开本 13.4×18.9 厘米，页数 129 页，彩色插页 62 页，图片 104 幅，定价 2.00 元。全书不见有目录，但正文中却有《苏俄》《德国》《法国》《英国》《日内瓦》《意大利》《回国途中》七个标题，可知全书分为七个章节。书前有胡蝶撰文记道："我临去欧洲之前，良友公司便早约定，请我回来的时候，把欧洲的见闻集成一本集子给他们出版。时日忽忽，几个月欧游的生活又成过去，沿途见闻感想不少。现在特把这欧游期间内的感想和照片等搜集给良友出版，同时也算是纪念我这次的欧游。"书末陈亦云也有一段《附识》："记者承良友公司之嘱，将胡女士口述各节一一笔记如上。虽承胡女士作最后一一校阅，惟记者才学浅陋，文笔拙劣，关于胡女士所述者或有笔误，及未能达意之处，均请读书鉴谅，是幸。"

全书生动地叙述了胡蝶作为中国电影史上第一个出访代表团的团员,从上海出发去苏联参加莫斯科国际电影节。之后又到德国的柏林、法国的巴黎、英国的伦敦以及日内瓦和罗马进行友好访问所见所闻所感。这次出访始于 1935 年 2 月 21 日,同年 7 月 8 日回国,历时四个半月,在胡蝶的电影生涯中,称得上是具有历史意义的浓重一笔。从书的装帧形式上看,可称得上是豪华精装本。说起这次出访,与 1933 年那场"电影皇后"的选举有些关联。当时有一位年轻的报人陈蝶衣,为了打开自己新办的小报《明星日报》销路,而想出票选"电影皇后"这一招,将投票人、被选人以及选票数字逐日刊登在

⊙ 胡蝶像

报纸上。一些读者看到自己的名字居然能和明星名字并列,所以投票活动相当踊跃。一开始 3 位当红女星——明星公司的胡蝶、联华公司的阮玲玉、天一公司的陈玉梅不相上下,票数非常接近。等到 2 月 28 日揭晓时,胡蝶脱颖而出,以得票最多优势,一举夺魁,中国"电影皇后"的桂冠理所当然地戴在她的头上。选举揭晓后,本来准备举行一场隆重加冕仪式,但因胡蝶本人一再谦辞而取消。最后决定将这一庆祝活动和"航空救国游艺茶舞大会"结合在一起进行。胡蝶本人十分注意自己的社会形象,答谢之后演唱了一首新歌《最后一声》,表达了自己拳拳报国之情。歌词中写道:"亲爱的先生,感谢你殷勤,恕我心不宁,神不静,这是我最后一声。你对着这绿酒红灯,可想到东北怨鬼悲鸣? 莫待明朝国破恨永存,今宵红楼梦未惊! 看四海沸腾,准备着冲锋陷敌阵,我再不能和你婆娑舞沉沦,再会吧,我的先生! 我们得要战争,战争里解放我们,拼得鲜血染遍大地,为着民族争最后光明!"随后又手托礼帽现场募捐,其爱国情怀淋漓尽致地表现出来。

《胡蝶女士欧游杂记》主要叙述了胡蝶欧洲之行的所见所闻及感触和印象。请听胡蝶说道:"在莫斯科除参观了各剧院电影院及制片所等地之外,还到过红场,列宁墓,克里姆林宫等多处。在苏俄的印象觉得很好。我学了许多新的东西,也见了许多前所未见的事物。尤其是他们给我们的热忱,使我更不能忘记。无论在莫斯科或列宁格勒,每次在公共场所,戏馆或跳舞场等,进出的时候,人们总热烈地鼓掌表示他们欢迎的热情,我觉得世间像没有恰当的字眼好用来表示我的谢意。"她的苏俄之行,对建设和发展中的苏维埃留下了深刻的美好印象,见识了许多新事物,也与苏联人民建立了良好的友情。在德国柏林她称赞了"德国人爱运动,爱天然,有康健的精神,有活跃的意志"的生活作风和品质,还对柏林城郊环境大加赞赏:

⊙ 胡蝶与友人

"市内树木多,可是郊外还更多。而且所植的树都是高茂异常,很觉壮丽。"在法国她颇有感触的说:"法国人有许多处很像中国人。他们好闲谈,好喝茶,不修边幅,和中国人没有两样。所以巴黎的咖啡座特别多,五步一楼,十步一阁,有过无不及之势。"遍布街头的咖啡座,成为法国人"好闲谈,好喝茶"的最佳休闲处,也成为巴黎街头一道亮丽的风景线。

胡蝶认为巴黎不仅咖啡座多,而且"喷水池特别多,几乎随处可以见到。如博物院的附近,卢森堡公园里,以及凡尔赛宫中等,都有很大的喷水池。最容易引起巴黎的印象的,当然要算那铁塔。"胡蝶对巴黎如数家珍,一一道出,在她眼里巴黎是个很适宜于人们休闲旅行的都市。她对英国伦敦的印象甚佳:"马路上的行人都有点绅士气派,举动矜持,态度沉着。有些日夜都穿着礼服,更觉得身份的严正。我们看见的地方还有著名的惠斯敏尼士特礼拜堂,这礼拜堂是有千年以上的历史的,建筑非常庞大。里面有历代帝王和伟人的坟墓,著名文学家和诗人等都是葬在这堂内的。"寥寥几句,将英国人的绅士风度及崇尚英雄名人的特点和英国历史名胜跃然纸上,也展现出胡蝶不仅是个优秀女演员,还是个有文化、有思想、有见识的旅行家。

南洋三月记

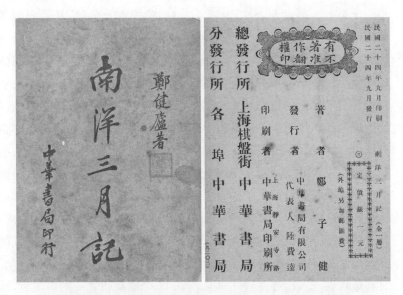

⊙《南洋三月记》封面、版权页,中华书局 1935 年 9 月初版

　　《南洋三月记》是继《桂游一月记》之后郑健庐创作的一本海外游记,笔者所见为中华书局 1935 年 9 月初版。竖排,开本 13.2×18.8 厘米,页数 344 页,插图 81 张,定价1.00 元。全书收有《自香港首途南行》《抵星洲海口》《英属马来亚概略及华侨状况》《游星洲新世界》《星洲夜市场》《参观星洲陈嘉庚公司制胶厂》《游柔佛新山及柔佛概略》《环游星洲郊外及市区》《到吉隆坡》《游吉隆坡名胜及游戏场》《榕城概略》《游槟城升旗山》《从榕城往曼谷途中》《游曼谷市区及拉玛第一世纪念桥》《暹罗概况》《游榕城春满园》《游棉兰市区及新建市场》《棉兰之脚踏车及马车》《参观棉兰书业同行》《从棉兰网游马达山》《爪哇概略》《游巴城市区》《游万隆市区》《游林邦风景》《游览日惹土王故宫》《游日惹市区》《游梭罗王城》《游高宾风景》《游三宝垄市区》《游泗水市区》《游文特风景》《从巴城回香港》《爪哇土人之生活状况》《南洋华

侨之美德》《安抵香港》等，共计 247 篇。

书前有郑健庐于 1933 年 9 月 1 日在香港中华书局撰写的《自序》，他说道："奉中华书局总经理陆费伯鸿先生命，南游英、暹、荷属，所历星（新）加坡，柔佛，吉隆坡，巴生，巴生港，怡保，笃亚冷，红毛丹，槟榔屿，曼谷，勿老湾，棉兰，马达山……大小三十余处。多者十余日，少者一二日，除视察业务外，凡历史沿革，地理概略，移民条例，入境手续，物产工艺，名胜古迹及华侨社会状况，土著生活风俗，所见所闻，拉杂记录。"这段序文虽然不长，然而传递出的信息却颇有价值：其一，透露了作者郑健庐是受中华书局总经理陆费伯鸿之派遣，赴南洋考查和旅行的。据《曼谷晨钟日报》记载，郑健庐出访的头衔为"上海中华书局特派粤、桂、滇、港、叻（新加坡）分局监理"，揭示了郑氏这次是以"中华书局特派"监理身份考察南洋的。伴随岁月的演绎，郑健庐的生平已鲜为人知，我曾查阅了多种人物和名号工具书却也毫无收获。好在书中的这一鳞半爪的记录，让我们可窥探到他当年的职业和身份也算得上是中华书局高级职员了。其二，涉及南洋国家和地区的风貌特点及社会情况记载也较为全面。此次郑健庐属因公出访和考察，所以他在出访的经费和时间上是富裕的，故几乎笃悠悠的走遍了南洋各国和地区，是目前我所见读物中记载南洋国家和地区最多的一本游记读物。其三，叙述有特色，做到点面结合，既有总论概说又有条目细说。比如在叙述马来西亚 13 个联邦州之一的槟城时，既有《槟城概略》的总论，又有《参观槟城光华日报》《参观槟城丽泽社》《参观槟城华侨各学校》《游槟城升旗山》《游槟城极乐寺》等 8 篇专题介绍，为我们充分展现了槟城的城市风光、教育机构、文化社团、景观特点等特色。为读者提供一个较为完整的南洋城市风貌和景观特点。

作为出版社特使的郑健庐也不忘自己的使命，还深入考察了南洋地区多个城市的书店和书铺。像在曼谷他参观了开设在天外天街上新华、世界、明明、谦和祥四家书局的现状和情景后，称道："各书店均能陈列整齐，争奇斗胜，以谋推广，尚有小书店数家，在三聘街，规模较小。际此商业不景，经济恐慌，书业亦大受影响，足见海外文化，亦不易发展也。"在棉兰市他参观了开设于此的国华书局、中国国货书局的书店后描绘道："两店门面，陈列整齐，惟营业颇难进展，据云：学校教课书，获利既微，亏折立见。至各种新书，须受审查更难充量推广。"在巴城他考察了中国人开设在那里的大成书局、中西书局、华英书局，南侨书局及在泗水的大成书局、中国书局的门店，这些书店大多以经营和销售教科书为主，以维系生存。

当年中国出版的新文学和新社科作品要在南洋出版发行和销售也是困难重重，因为中国版的书，要在书店上架出售，必须先得到英、法、美、荷等殖民当局的苛刻审查，难以通过；再加上出版物从中国漂洋过海，运费成本高，缺乏市场竞争力。

因此他对中国书业在南洋发展前景并不看好。东边不亮西边亮,市场运行规律也是如此。他通过访问和考察著名爱国华侨陈嘉庚成功创办的规模宏大的制胶公司后,感悟到南洋商机依然无限,中国人凭借自己的勤俭和智慧,兴办实业和制造业一定大有作为的。

最后补充一句:书末附有2页刊登了中华书局出版的《古今游记丛抄》《曲阜泰山游记》等6种出版广告,素雅别致,令人心动,也展现了中华书局书籍的风格特点。

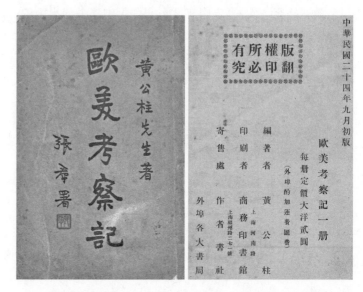

⊙《欧美考察记》封面、版权页，商务印书馆 1935 年 9 月初版

　　黄公柱（1889—1954），又名宫柱，广东惠阳县人。早年东渡日本就读于日本陆军士官学校。他在日本就参加孙中山领导的同盟会，投身于反帝反封建的民主革命斗争的洪流中。曾参加了辛亥革命的武昌起义。1926 年国民政府组建国民革命军，黄公柱出任国民革命军第六军（军长程潜）副官长兼军法官。1928 年 6 月 8 日任军事委员会军政厅军械处少将处长，军备厅中将厅长。1932 年与王灿芝（秋瑾烈士女儿）结婚，黄公柱也成了秋瑾迟到的女婿。1933 年任宁波警备司令。1935 年 10 月任湖北第八区行政督察专员兼保安司令。1936 年 10 月 3 日出任广东第四区第一任行政督察专员、少将保安司令兼惠阳县县长。1937 年 9 月，他调离广东，改任军事参议院参议。1939 年 2 月至 1945 年 7 月，任重庆抗日游击总司令部中将总司令，成为对日抗战中的一位战将。他于 1946 年 7 月退役。著有《欧

美考察记》等。

《欧美考察记》，笔者所见为商务印书馆 1935
年 9 月初版。竖排，开本 14.2×21.2 厘米，页数
412 页，插图 210 幅，定价 2.00 元。国民党元老张
群为书名题签。全书收有《香港》《马尼拉》《新加
坡》《哥伦布》《孟买》《苏彝士》《埃及》《意大利》《瑞
士》《德国》《捷克斯拉夫》《奥地利》《匈牙利》《南斯
拉夫》《保加利亚》《土耳其》《俄罗斯》《波兰》《荷兰》
《比利时》《法国》《英国》《美国》《加拿大》《檀香山》
《日本》等 26 篇。标题简洁明了。全书记录了黄公
柱作为中国陆军大学校长杨耿光为团长的访欧美
军事代表团成员，一路上所见所闻的观感录。书前
有何成浚 1934 年 11 月撰写的《序》、陈仪 1934 年 8
月于福州省政府撰写的《序》、杨揆一 1934 年冬撰

⊙ 黄公柱像

写的《序》、黄慕松 1935 夏撰写的《序》及黄公柱 1935 年 5 月于湖北省府撰写的《自
序》，其《自序》曰："余自束发授书，即慕骞长风之志，稍长负笈扶桑，肆习陆军。久
耳(闻)西方之文明，恒思一游，藉偿素愿。诚以世界之大，非身历不能究其底蕴，非
目击不能穷其奥颐。溯自通商之约定，西方学术思想逐渐输入吾国。数十年来，捭
阖乾坤，旦暮今古，风谲云涌，奇幻错综。国人网征实际，徒袭皮毛，得鱼忘筌，终鲜
实效。迩来列强阳假军缩(裁军)之美名，阴作侵略之准备，且发明杀人利器(如死
光毒气)，月异日新，凡前人所梦想弗及者。今兹一一呈诸眼里，逆料将来战争，仅
用少数兵力操纵其新发明之利器，足以销(消)灭敌国而有余。残酷如是，非复人
境，偶一念及，怒焉如捣。返顾吾国，值兹外侮日(及)，国难方殷，而民气不振，泄沓
如故，益知军事之不可或缓。毅然出国考察，借助他山。"

为此黄公柱在这次欧美考察中，对一战后迅速崛起的军事强国意大利、德国的
考察很全面和认真，从军工企业、军事设施和装备，到军事院校教育等都特别关注。
对当年的西方社会现状风貌和山水景色也作了记载。如对奥地利维也纳记道："在
欧洲颇具有悠久之历史，且一度执欧洲之牛耳。城市繁荣，街道宽广，人民皆具礼
让之德，待人接物，颇和蔼可亲。"在叙述保加利亚风光写道："风景幽丽，山石清奇，
惟河流甚浅，深不盈尺。"对莫斯科冬季记载道："苏俄最大之都城，人口三百余万，
街道宽阔，积雪盈途，行走困难，地道车行，正在建筑中。"对巴黎描绘道："道旁皆植
树木，则青葱可爱，妇女多娇小玲珑，婀娜妩媚者，惟不及德俄妇女之刚健而英锐
也。现在德俄之妇女，多摒除脂粉，以天然之素为美矣。"记伦敦道："有大小公园甚

多,小者约占全城面积三分之一,以海格公园,克有花园,利耻门特公园等为最著名。"记纽约道:"行人拥挤,商业繁荣,层楼则上耸云宵,灯火则荧煌星斗,较之旧大陆,则觉其另有一种新气象焉。"寥寥几句,却将欧美都市或乡村风貌特点概括和谐写得清清楚楚。其对坐落于美国和加拿大交界处尼亚加拉瀑布的叙述更是生动传神:"高约一百六十英尺,共宽一千英尺,真是翠岭珠联,苍崖玉碎,银河直泻,白练垂空,挂千尺之飞流,落九天之远液。"把大瀑布气势磅礴的景观展露得淋漓尽致!

海行杂记

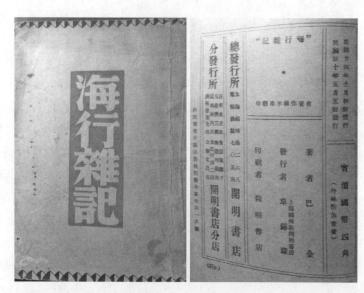

⊙《海行杂记》封面、版权页，开明书店 1941 年 5 月第 5 版

《海行杂记》初名《海行》，由新中国书局 1932 年初版，开明书店 1935 年 11 月重排出版时，更名为《海行杂记》。这是巴金 1927 年 1 月 15 日从上海登上法国邮轮"昂热"号赴法国巴黎途中给哥哥的信改写的游记，也是巴金的处女作。它记录了巴金 44 天海行途中所见所感和初到巴黎后的印象记。

笔者所见是开明书店 1941 年 5 月第 5 版。竖排，开本 12.8×18.4 厘米，页数 102 页，定价 0.40 元。书后有书籍广告 1 页。全书刊有《一月十五日》《狭的笼》《"再见罢，我不幸的乡土哟"》《香港或九龙》《船上的友伴》《西贡》《植物园》《安南之夜》《新加坡》《威司利》《锡兰岛上的哥伦波》《印度洋中的〈茵梦湖〉》《繁星》《"我们旅行了非洲了"》《红海不红》《海上的日出》《通过苏彝士运河》《波赛》《海上生明月》《乡心》《到了法国》《马赛》《病榻看雪》《巴黎》等，共计 39

⊙《海行杂记》中的广告

篇。书前有巴金1932年10月于上海撰写的《序》："这本游记是我五年前的旧作，前半部在法国邮船Angers号的三等舱膳厅中写成，后半部则写于巴黎拉丁区的一个旅舍里。那是1927年1月和2月，我还不曾开始写小说，而且更想不到以后曾给自己起了'巴金'这个名字。所以我写这书时，全没有想把它发表的心思。我不过写它来给我的两个哥哥看，使他们明白我是怎样在海上度过了一些光阴，并且让他们也领略一些海行的趣味。"在书中，巴金描绘了从上海出发，漂洋过海，经过香港、越南、新加坡、锡金、印度洋、苏伊士运河、地中海等，最后到达法国巴黎全过程中的异国情趣、海洋风光、民俗民风和船上生活。那年巴金才23岁，青春岁月，风华正茂，对世界和社会充满着一种向往和新奇感。因此，当邮轮在沿途港口停泊靠岸时，他就会抓住机遇上岸作走马观花的参观游览，观赏和了解异国城镇风貌和民俗民风。在登上法国马赛那一刻，他说道："街道么，宽敞而整洁；建筑么，高大而有秩序；人物么，两边步道上来往的有无数服装比较整齐的男女。"简洁的话语，把马赛街道、建筑物及市民着装特点，跃然纸上。

此前当巴金踏上越南土地时也写道："我的第一个印象便是：一切都是十分鲜明的。太阳好像永远不会落，树木也永远长青。到处是花，到处是果，到处是光，到处是笑。"他把所见异国美好的一面淋漓尽致展现出来。然而巴金眼光是锐利的，他既看到当年法属殖民地越南西贡的自然美，也发现和披露了旧时代越南社会阴暗面，毒品泛滥，肆虐街坊。请听："一间店铺，外面有门窗，两旁设了长排的竹坑，铺了凉席，像死鱼般地睡了许多人，曲起双腿在那里吞云吐雾。"那么导致越南社会如此腐朽的原因何在？巴金在《西贡》篇中以一个海外游子犀利眼光揭示了法国殖民统治是导致社会腐朽和败坏的关键因素，即"政治压迫和经济的剥削两方面同时并进。人要纳税,房子要纳税,生小孩也要纳税。鸦片烟倒是可以公开买卖的,甚至设立公烟局,烟话处,鼓励安南人吸食鸦片。"巴金对社会上吸毒贩毒现象是深恶痛绝,不畏强权,敢于直言,不隐瞒自己的思想观点,反映出他敢讲真话的一贯作风和品行。

乘邮轮海上远行,在船上休息、聊天、阅读花费的时间也会多。巴金当年乘坐的是三等舱位,一间"共有八个床铺,每一面是上下两个",空间狭窄,拥挤嘈杂,巴金幽默的称其为"狭的笼"。为摆脱船舱狭窄和闷热的困扰,巴金常会爬上三层楼高的甲板上,靠在椅子上阅读、观海和休息。巴金在船上读的最多是克鲁泡特金的著作,克鲁泡特金是俄国革命家,是无政府主义的重要代表人物之一,也是"无政府共产主义"的创始人。当年巴金如此热衷于《伦理学》的阅读,是为了把该书翻译成中文介绍给中国读者。晚年巴金曾沉痛地认识到世界观和伦理学对于现代性实践的重要意义。这也是巴金晚年在《随想录》写作中所寄予厚望的思想,一是民族理性的回归,二是个人道德的完善和社会道德的重建,而民族理性的回归最终仍要归结到社会道德的重建上来。

巴金在书中有关邮轮上夜观星月、晨曦看日出的记载也是丰富多彩,处处有闪光点。其中描绘星星最著名的当数《繁星》篇:"在海上,每晚我都和繁星相对。我把它们认得很熟了。我躺着舱面上,仰望着天空。深蓝色的天空里正悬挂着无数半明半昧的星。船在动,星也在动,它们是那样低,真是摇摇欲坠呢!渐渐地我的眼睛模糊了,我就像看见无数的萤虫在我周围飞舞。在星的怀抱中我微笑着,我沉睡着。"巴金被夜空中满天繁星的美景所陶醉了,微笑着沉睡了!那样的"夜是柔和的,是静寂的,是梦幻的",海上的夜航,因为有繁星相伴,所以巴金显得格外安稳和愉悦。

晨曦的日出,巴金在《海上的日出》篇中也有细腻、生动和绝妙的描绘:"天空变成浅蓝色,很浅很浅,转眼间天边现了一道红霞,慢慢儿扩大了它的范围,加大了它的光亮。我知道太阳要从那天际升起来了,便不转眼地望着那里。果然过了一会儿,冲破了云霞,完全跳出了海面。那颜色真红得爱人。"简洁的文字,传神的描绘,把巴金观赏日出情景和向往光明的强烈愿望,尽情的展现出来。也正因为他观察时全神贯注,看得仔细,先后有序,所以写出了海上日出这特有的精彩景象。《海上生明月》更是一篇极富诗情画意的航海游记,巴金从特定的视角观月,以特殊的心情赏月,观月的体察与赏月的情思熔铸成一个令人陶醉、引人神往的艺术境界。开篇先渲染月出前静寂的环境,"突然间,一轮红黄色大圆镜似的满月从海上升了起来",接着动态描写月升情景,以淡淡的色彩、疏朗的笔调绘出皓月之美,抒写孤客之情,感叹人生不能像月轮一样依然故我,真羡慕那些以海为家的人们,却又欣慰

"我虽不能以海为家,但做了一个海上的过客,也是幸事。"

《海行杂记》作为一本游记散文,也不乏对鲜艳花木、湖上风光及浪花景观的描绘,在《海上生明月》中,他描述了一片特异的梦幻般海上夜景:"远远的一盏红灯挂在一个石壁上面。这红并不亮。后来船走了许久,这盏石壁上的灯还在原处。难道船没有走吗?"后来知道"红灯"不是灯,"是一轮明月,先前被我认为石壁的,乃是层层的黑云"。可以说把一种新奇的构思寄寓在朴实无华的文字里,也是巴金在景物描写方面的特色。

西行逐日记

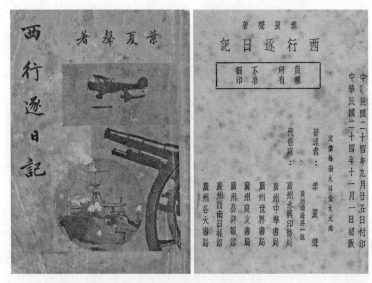

⊙《西行逐日记》封面、版权页，广州永兴印务局 1935 年 11 月 1 日初版

  叶夏声，字竞生，1882 年生，广东番禺江村人。早年就读于日本东京法政大学、日本户山军校骑兵科等。1904 年回国，先后在广东法政学堂、两广方言学堂和高等警察学堂任教习，1905 年加入同盟会。1912 年起任广东都督府参议、教育司司长、司法司司长、南京临时政府总统府秘书、国会众议院议员。1914 年在日本加入中华革命党。1917 年 9 月任广州大元帅府秘书、广东军政府代理内政部次长。1921 年任云南北伐军参谋长，1922 年返粤任广州大本营秘书长、驻粤滇军北江警备司令、滇桂联军西江军务督办。1926 年任国民革命军第七军参谋长、骑兵教导师中将师长、东北先遣军司令，其间"首占北平，旋以骑兵远征内蒙，出塞三千里"。1929 年编遣退役，赴欧美考察。

  1936 年叶夏声归国后，又任广东高等法院院长，兼广东省立法政学校校长，当选立法院立法委员等职。抗日战

影近者著

泉之口入山金葫纸船

⊙ 插照之一

争爆发后,任军事委员会中将参议,赴冀北、苏浙进行联络工作。1945年底任国防部派驻上海执行整肃官员。1947年回粤,开办律师事务所,兼修国史,任孙中山学社常务理事,1949年到香港居住,至1956年74岁驾鹤西去。

《西行逐日记》,笔者所见为广州永兴印务局(广州靖海路一号)1935年11月1日初版。竖排,开本13.1×18.9厘米,页数402页,插图30页、42幅,定价1.20元。全书记叙叶夏声自1934年4月24日至1935年1月1日,共计254天,在日本、美国、英国、德国、瑞士、意大利、埃及、菲律宾等国的游览见闻。书前有萧佛成、邹鲁、邓青阳等10人联合撰写的《介绍:叶夏声先生著西行逐日记》文章,也有萧佛成民国二十四年(1935年)小阳春之月于梅花村寓次撰写的《萧序》,邹鲁民国二十四年十月于国立中山大学撰写的《邹序》,古梅谢英伯撰写的《谢序》,叶夏声民国二十四年十月十日撰写的《自序》。萧佛成、邹鲁等人在《介绍:叶夏声先生著西行逐日记》篇中评道:"叶夏声著成《西行逐日记》一书,凡廿余万言,用笔潇洒脱俗,文词并茂,议论精警,新旧淹通,为游记中别开生面者。业在广州公评报馆按日刊出,并附以党国重要人员影片及欧美各地人物、名胜图片百余帧,琳琅满目,美不胜收,甚为读者所称,允推杰作,纷纷函请出版。嗣该书历数月之久始得刊竣。同人等以报纸刊载多属散失难全,颇为致憾,因请叶先生将曾在公评报馆刊行各稿编纂成帙。"由此可知,《西行逐日记》这本图文并茂的游记,先在报纸上连载,后为读者所称赞和推崇,故也就有了编纂成帙的这本《西行逐日记》。

《西行逐日记》是一本名副其实的日记体游记,叶夏声做到每天一记、每记一篇、每篇一题,有始有终,也实属不易,展现出当年52周岁叶夏声的认真和执著精神。叶夏声在每篇题后对游览城市和景点也都作简明扼要记叙,甚至还浮想联翩发一番议论。例如在《第九日·横滨夜游》中记录了日本横滨夜景:"雇乘汽车遍行横滨繁盛街道,灯光如炬,密如繁星,通衢大路其广袤无殊上海南京路上,远胜神户,无何,车过游廊,女闾林立,不下数百家,皆帘栊低垂,红灯掩映,翠袖红颜露半面,花枝烛影间,莺声呼过客。"呈现了当年横滨城市灯红酒绿、醉生梦死的繁荣景象,同时也对日本广大市民所面临失业的悲凉情景及中国在日侨民甲午之战后的尴尬和困苦处境作了论述。作为游记,叶夏声笔下记录最多的还是欧美的城乡风光和生活场景。在《第一百零四日·乡居之乐》中，他在记叙美国芝加哥附近乡村情景时描绘道："村落住民，均无不享田园庐舍之乐，中人之家，皆有汽车一辆，庖厨浣濯，悉以机器代手工，独自来水则以机器凿井，而就井上设风车辘轳，绠以汲之，滤而清洁，俾适卫生，此为较异都会者，然舍此之外，实无一而不优于市井间。"为我们展现出当年美国乡村居民既可享受田园风光之乐，又可居家做菜做饭有机械化之助力，出门还有私家车代步的幸福和快乐场景。

叶夏声在书中不仅绘声绘色地展现一路上的美丽风光外，也对一些欧美等著名人造景观提出了不同看法，甚至是质疑和批评，例如法国巴黎高高耸立的埃菲尔铁塔是世界著名的景观，在叶氏眼里却是一项劳民伤财的工程。

街市約纽

⊙ 插照之二

⊙《阿比西尼亚印象记》封面、版权页，上海良友图书公司 1936 年
2 月 20 日初版

　　阿比西尼亚是地处非洲东北的一个国家，即今日的埃
塞俄比亚。它与一般非洲国家不同，埃塞俄比亚在第二次
世界大战被意大利入侵之前，一直维持其古老的君主制度，
并未受到殖民主义浪潮的吞噬。1974 年，一次军事流血政
变才将 1930 年以来一直统治埃塞俄比亚的皇帝海尔·塞
拉西一世推翻以后，实行社会改革，建立埃塞俄比亚联邦民
主共和国。非洲联盟（非盟）总部位于埃塞俄比亚国首都亚
的斯亚贝巴。

　　莱狄斯拉斯·法拉果所著的英文版《阿比西尼亚印象
记》原书于 1935 年 8 月在伦敦出版，周新翻译的中文版由
上海良友图书公司 1936 年 2 月 20 日初版。法拉果是匈牙
利人，博学多才，是个精通匈、德、英、法四国文字的记者，曾
任德国联合通讯社的记者。1935 年 1 月，法拉果遵奉伦敦
通讯社的命令出发到阿比西尼亚采访，也就有了这本印象

记的出版和问世。全书为精装竖排本,开本 13.2×
19.1 厘米,页数 390 页,插图 20 页,定价 1.00 元。
全书为三个部分 30 个章节:第一部分《地方》,共有
《出发》《阿狄斯·阿巴巴——暗影的城》《采访消息》
《阿狄斯·阿巴巴的欧洲人》《一个有着二百万牧师
的教堂》《基比——阿皇的堡垒》等 9 个章节;第二部
分《人民》,共有《觐见犹大的狮子》《阿皇的家庭》《非
洲的拉斯普丁》《全世界最年青的军队》《阿比西尼亚
之贫与富》《阿皇的梦想》《意大利在阿比西尼亚》《阿
比西尼亚的"白人皇帝"》等 14 个章节;第三部分《战
争》,共有《再会,阿狄斯·阿巴巴》《哈拉的叛变》《沃
迦登的黄色地狱》《猴战》《沃迦登的五个问题》《杜安
尔的旗帜》等 7 个章节,插图 20 幅,地图 3 幅。

⊙ 海尔·萨拉西像

　　书前有译者周新 1936 年 2 月 1 日撰写的《译者
序》:"阿比西尼亚和中国同是一个独立的国家,在过去,两国同是为一般帝国主义
觊觎的目标,在目下,两国同是受到一个列强的军事进攻。自从不幸事件开始爆发
以来,在中国已经有了四年余的历史,阿比西尼亚还只一年的历史,在时间上论,中
国是难兄,阿比西尼亚是难弟。意大利进攻阿比西尼亚所持的最大藉口是说阿比
西尼亚是一个野蛮的国家,以野蛮的国家列入文明国家的队伍里,在文明的国家是
可耻的。阿比西尼亚固然是一个野蛮的国家,文化落后的国家,然而他们的政府知
道一个独立国家政府所有的责任,他们得为维持自己政治的独立与领土的完整而
抵御一个闯入的侵略者;他们的人民也知道一个独立国家人民所有的责任他们得
跟从他们政府的意思,准备对于侵害他们的敌人,予以坚决的抵抗。随后当 1935
年 10 月 3 日意大利的军队正式侵入了阿比西尼亚的边疆后,他们的政府看到了和
平的绝望,决定为自卫而奋斗时,虽然他们军备的不完全,然而每一个人都应声而
起,奋不顾身的向前杀敌。"中国和阿比西尼亚都是有着悠久历史的国家。1931
年,日本侵略军在东北挑起"九一八"事件,开始发动对华战争;1935 年 10 月 3 日,
意大利法西斯对阿比西尼亚发动侵略战争,因此,周新在《序》中称道:"在时间上
论,中国是难兄,阿比西尼亚是难弟"是贴切和有道理的,但不同的是日军对中国入
侵,国民政府是消极抵抗,而意军对阿比西尼亚入侵却遭到政府和人民的积极抵
抗。因此,周新在 1936 年即日军欲发动全面侵华战争前夕翻译出版中文版《阿比
西尼亚印象记》无疑具有积极意义的,目的是要唤起中国政府和人民同心协力的抵
抗日军的侵略,捍卫祖国的领土完整和民族独立的尊严。

阿国唯一铁路上所用之机面

⊙ 插照

《阿比西尼亚印象记》记录了作者 1935 年 1 月赴阿比西尼亚历时三个月采访的所见所闻。当年，莱狄斯拉斯·法拉果从欧洲马赛乘轮船到达吉布提，然后才踏入阿比西尼亚的国土，先后走访和游览了阿狄斯·阿巴巴、沃迦登等城市和地区。阿狄斯·阿巴巴是当年阿比西尼亚的首都，它给作者的印象："是世界上最合于卫生的一个城市。它的地位高出海面八千英尺，但整个城市还在许多更高的山峰包围着的一个山谷里。空气是极清净的，谁要是走上山顶，在这美丽气候（环境）中，便会感到特别舒适的。我想开了窗睡。在外面，我看到月光反射着阴吐吐山的轮廓，照耀得格外的明亮。微微的清风在屋内送进了胶树的芳香，但夜的寒气也跟着侵袭了进来，使我感着极大的惊诧的，在非洲我竟感着冻得发颤了。"这是个干净、美丽、凉爽、舒适，很适宜于人居住的非洲城市。这也许是被阿比西尼亚皇上选为首都的重要原因吧！法拉果在这里还觐见了阿皇海尔·塞拉西。当年阿皇 45 岁，可"看去似乎比这个岁数年轻的；在阿比西尼亚人中，他是被认为一个漂亮的人物。他的皮肤是褐色的，就像一个给太阳爆成了褐色的欧洲人一样。他有着一种超众的容貌，在他的纤薄的皮肤下面一些细小的血脉正在急激地跳动着，他的举止是贵族式而带着琚傲的样子，但在他的面上所流露出来的却是一种深忧的表情。"显然阿皇"深忧"着的是国家的命运，因为 1935 年"意大利军队已不断的遣至邻近"即对阿比西尼亚的边疆进行骚扰。

　　法拉果从沃迦登离开阿比西尼亚结束采访和旅行时，墨索里尼的法西斯军队虽然尚未向阿比西尼亚发动全面入侵，但意大利欲入侵阿比西尼亚的野心已昭然若揭。为此阿皇动员和组织了 20 万军队准备与意大利侵略军作殊死搏杀。后在阿比西尼亚政府和人民的坚决抵抗下，痛击了侵略军，捍卫了国家的独立和民族的尊严。

新大陆游记节录

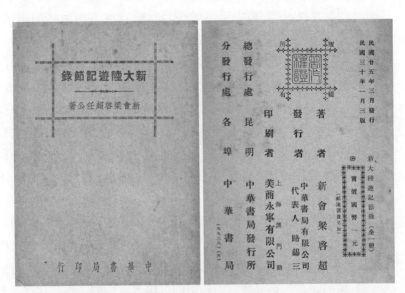

⊙《新大陆游记节录》封面、版权页，中华书局 1941 年 3 月第 3 版

　　《新大陆游记节录》，梁启超著，中华书局 1936 年 3 月初版，笔者所见为 1941 年 3 月第 3 版。竖排，开本 13.2×18.5 厘米，页数 207 页，定价 1.00 元。全书收录《由横滨至加拿大》《由加拿大至纽约》《由纽约至哈佛、波士顿》《由纽约至华盛顿》《由纽约至费城》《由纽约至波地摩、必珠卜》《由必珠卜至先丝拿打、纽柯连》《由纽柯连至圣路易》《由圣路易至芝加高》《由芝加高至汶天拿省》《由汶天拿省至舍路、钵仑》《由钵仑至旧金山》《由旧金山至罗省技利》《归途》等，计 14 章，以及《附录》：《记华工禁约》《夏威夷游记》《游台湾书牍》。书前有徐勤于清光绪二十九年（1903）12 月撰写的《徐序》。徐勤（1873—1945），字君勉，广东人。康有为十大弟子之一，维新派的报刊活动家之一。此外，又有作者梁启超癸卯年（1903）除夕撰写的《自序》和甲辰年（1904）正月撰写的《凡例》。梁启超在

《自序》中说道："余游新大陆,日拉杂有所记,将诠次为一小册。君勉（即徐勤）至纽约尼余曰:子毋尔。凡游野蛮地为游记易,游文明地为游记难。子以尔许之短日月,游尔许之大国土,每市未尝得终一旬淹,所见几何？徒以辽豕为通人余笑耳领其言,欲中止者屡,顾性好弄翰,有所感触,不能不笔之,积数月,碎纸片片盈尺矣。自一复视,虽管蠡之见,可笑实甚,然容亦有为内地同胞所未及知者。宋人之献其曝,曝宁足贵,惟献焉者之愚诚欲已不自己也。因积两旬之力,诠次丛稿,既成,乞序于君勉而布之,志余愎谏之咎,且以自赎。"梁启超在《自序》中言简意赅的讲述了其不顾友人徐勤劝阻,执意撰写此书目的是要把游新大陆所见所闻及新思想、新事物传递给广大"内地同胞",为他推行维新的政治思想路线服务。其之所以请徐勤为该书写序,不仅徐勤是梁氏此次新大陆之行的同行者,更重要的是徐氏也是维新派活动家,是志趣相投的同道人。故徐勤在《徐序》中也说道："余与之同游者月余,任父将为游记,余尼焉,既乃见其稿,则皆余之所欲言而不能言者也。"

1903 年,年仅 30 岁的梁启超从日本横滨出发,横穿太平洋,到北美新大陆游览和考察。此时的梁启超已经历了"百日维新"的失败及 1899 年 9 月开始的十余年逃亡过程。变法的失败和祖国的积贫积弱的现状必定沉甸甸的压在他心头。此次考察,梁启超是当作寻找救国强国的方法来看待的。他的这次考察是双向的,一方面考察西方先进国家的先进之处,寻求合适的"药方";一方面以西方先进国家为镜子,对照自己的国家和民族,找出差距和"病因",促进我国社会变革。所以初到纽约,梁启超说道："从内地来者,至香港、上海,眼界辄一变,内地陋矣,不足道矣。至日本,眼界又一变,香港、上海陋矣,不足道矣。渡海至太平洋沿岸,眼界又一变,日本陋矣,不足道矣。更横大陆之美国东方,眼界又一变,太平洋沿岸陋矣,不足道矣。此殆凡游历者之所同也。"可见此次考察带给梁启超的震动是极大的。这种震动是多方面的。首先引起他注意的自然是这个处于飙升期美国城市的规模、交通的状态。这些数据在书中或散见于文字,或集中于表格。而这些也更能从本质上反映一个地方的繁盛。文中对于风景的描写保留的不多,印象中比较深刻的有哈佛和华盛顿,但也很简短："一入哈佛,如入桃花源""华盛顿——美国京都,亦新大陆最娴雅一大公园也"。对于托拉斯的利弊、纽约的两极分化、共和制以及选举的利弊、美国领导人庸才居多的原因、大量移民对于美国可能的坏处、黑奴问题,乃至宗教等等。梁启超对美国的批评也是激烈的,例如说："夫美国争总统之弊,岂直此而已。其他种种黑暗情状,不可枚举,吾游美国而深叹共和政体实不如君主立宪者之流弊少而运用灵也。"又说："美国政治家之贪黩,此地球万国所共闻也。而其最腐败者莫如市政。"如纽约等城市,"常为黑暗政治之渊薮"。这样的话显然说明在梁启超眼中美国绝对不是中国所应该学习的榜样。中国必须找到自己的道路,这是梁启超在 110 多年前游历美国后的深刻体会。在游历的过程中,梁氏的心中是装着祖国的。如参观波士顿的博物院时,他说道:"最令予不能忘者,则内藏吾中国宫室内器物最多者。"

欧行杂记

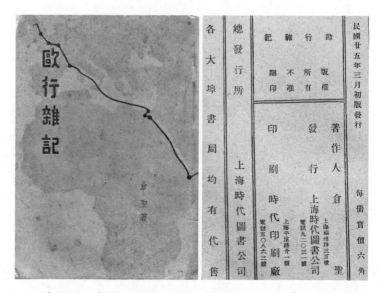

⊙《欧行杂记》封面、版权页，上海时代图书公司 1936 年 3 月初版

　　仓圣的生平不详，但据他在书中以"记者"自称，估计他当年曾是沪上某报记者，后又转向其他领域发展。

　　《欧行杂记》，仓圣著，笔者所见为上海时代图书公司（上海福州路 300 号）1936 年 3 月初版。竖排本，开本12.4×17.4 厘米，页数 297 页，定价 0.60 元。全书有《别了上海以后》《香港一瞥》《西贡记游之一》《新加坡》《再说船上生活》《哥伦坡》《开罗记——金字塔及其他》《过地中海》《到马赛》《闲话巴黎》《伦敦杂碎》《不列颠博物院内的支那瓷》《表面华丽的都市的背后》《牛津学校生活琐谈》《英国古城约克巡礼》《泰恒流域及其工业近况》等 30 篇，及附录《开罗游览别记》《剑桥漫谈》。书前有 1935 年岁暮仓圣撰写的《小序》："这是我短期欧游中的一些通讯，当时是由《人言周刊》主编郭明先生嘱托而写成的。这种肤浅的文字，实在没有发行单行本的价值，而且我回国了以后又没有从前那种大胆继续再写其他各国和其他各地的游踪,这不完全的游记更不必再印成书了。然而多承郭明先生的厚爱,又蒙《人言周刊》读者的纷纷来函赐教,现在决定由上海时代图书公司出版而和读者相见了。我在这里想说一些关于本书的内容,自己觉得犯了一个极大的缺点:这本书正像是一册《旅游指南》,只开了一笔账目,而没有表现深刻的印象。但是我在未出国之前,看了许多别人的游记,大都是印象记而不是《旅游指南》,使我自己也不大满意。所以我决定注重多写指南式的记载而少写空泛的感慨,我自愿写得像《旅游指南》,读者们请也当一本《旅游指南》看好了。"这次仓圣欧洲之行,1935年1月26日从上海乘法国邮轮出发,途经广东、香港、西贡、新加坡、哥伦坡、开罗、马赛、巴黎、伦敦、牛津、约克等国家和地区的都市或城镇,并将沿途所见所闻撰成的稿件先在《人言周刊》上陆续发表,受到读者欢迎,并在主编郭明的鼓励和支持下得以集成出版。仓圣本来想把这本书编写成《旅游指南》的性质,但实际上还是编写成了旅行印象记。书中所记各国和地区的轻重不均衡,偏重于英国的叙述和记录,故所谓"欧行",还不如说是"英国行!"全书的篇幅约近一半在记述英国的社会经济文化和城市风光。

在《开罗记——金字塔及其他》中写道:"缓缓地骑上一条斜坡就是沙漠了。不远就是那最大的金字塔。这就是第四王朝帝王所造的吉石金字塔。这金字塔的构造真是伟大,一块一块重约有二吨或三吨的长方岩石,堆成了在地的四边有七百多尺的方形,一层一层的循着四面等边三角的斜线筑到有四五百尺的高度。这是四千七百年以前的营造工程,谁也想不到这整块巨石是怎样开采的,怎样运输的,以及怎样搬上去的。"

仓圣这次游金字塔是费了好大的劲,首先,要得到船长批准;其次,成团人数不可少于8位游客数;其三,需补付一笔费用;其四,需要办理护照的新签证;其五,需在规定时间内搭乘火车从开罗赶到波赛登上原船。仓圣如愿以偿,但他最后的感受并不是他原先向往的那么好,而是落得一句"不过如此"的感叹!然而他接下来又说道:"每年到埃及去瞻仰这不过如此的金字塔的各国游客仍是络绎不绝地来往着,不都是在发疯吗?并不!这大概是人类的欲望是追求的,在追求的时候谁都怀抱着一团高兴,然而等到他们所追求的实现了,方才觉得平凡得可怜。所以在没有实现他们追求时,这里有一种不可思议的吸引力,这里有一种不能形容的乐趣,这便是我所说的奥秘。"确实如此,好奇的欲望往往是驱动人们去旅行的一种动力。

仓圣在法国马赛登上岸后,才开始了他真正意义上的欧洲之行。在巴黎他先后参观游览了凡尔赛宫、圣母院、凯旋门、埃菲尔铁塔等名胜古迹,然而欧洲让他最眷恋的是英国伦敦,为此他撰写了《伦敦杂碎》《不列颠博物院内的支那瓷》等篇章。仓圣游览了伦敦众多的名胜和人文景观,其中让他流连忘返的不是教堂和皇宫,而是举世瞩目的英国国家博物馆。他在书中叙述道："这里所陈列的美术工艺以及农工物品，既有世界各地广阔的搜集，又是上溯前古下至现代都有代表时代的珍物，能够寻出古今文明发展的步骤，以至对于各种时间与空间的影响，就是这大宝藏所有的最大特点。"应当说，仓圣对博物馆的叙述毫无夸张和溢美之处。2015 年 10 月，我携妻也曾去英国国家博物馆参观过，其馆内藏品之丰富、品质之精美、历史之厚重、时间跨度之长、馆堂规模之宏大，可谓世上罕见。为此我们走马观花的参观了一天也没看全，只能留下点遗憾了。

创新固然需要，然而传承和发扬古人经典和经验，取其精华，弃其糟粕，更具有时代的和现实的意义。

赴日考察记

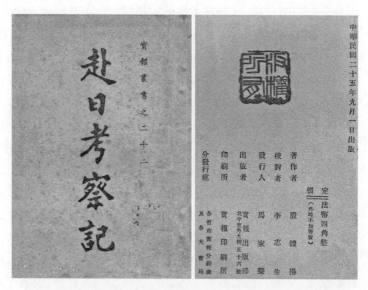

⊙《赴日考察记》封面、版权页,实报出版社 1936 年 9 月 1 日版

殷体扬,浙江温州金乡镇人,1909 年生。1932 年毕业于暨南大学,同年任《新夜报》市政副刊编辑。1935 年被北平大学法商学院聘为讲师,主讲市政学,主编《华北日报》的《市政问题》周刊,逐渐成为市政学专家,发起组织了中国市政问题研究会,被选任为会长。后《市政问题》改为《市政评论》,任总编辑。抗战期间,《市政评论》曾先后在杭州、重庆出版。抗战胜利后,《市政评论》在上海恢复出版,为国内权威性市政学术刊物。殷体扬一生致力于市政研究,立志"振兴城市,强国富民"。1981 年秋,他上书国务院副总理万里,建议恢复城市建设部,创办市长短训班,开办城镇建设学院等,均被采纳。1983 年春,应邀到首届全国市长研究班作《建设具有中国特色的社会主义城市》学术报告,并对市长学员作研究辅导。1984 年被评为中国国民党革命委员会全国先进代表,荣获"志在腾飞,无愧前人"奖状。1987

年被聘为上海市文史研究馆馆员,著有《城市管理学》《赴日考察记》等。

《赴日考察记》,实报出版社(北平宣外大街 56 号),笔者所见为 1936 年 9 月 1 日出版,为"实报丛书之二十二",日记体游记。《实报》为管翼贤 1928 年在北京创办的一份闻名一时的小型报纸,发行量最高时曾达 10 多万份,居华北各报之首。后并入《华北新报》。《赴日考察记》,竖排,开本 13×18.6 厘米,页数 94 页,书前刊有城乡景观插图 4 页,书末刊有《现代中国名人外史》等图书广告 3 页,定价 0.40 元。全书记录殷体扬先生 1935 年 9 月 24 日至 10 月 28 日期间随北平市政府考察团访问日本的所见所闻,所记以一日一记为主,偶有数日一记。书前有管翼贤撰写的一篇《叙言》:"秋北平市政府组织赴日考察团,团员由市政府及各局处职员遴选十五人,商会辅大亦参加,洵盛举也。殷体扬先生时任市府秘书,代表市府问题研究会,计偕东行。先生具高瞻远瞩之识,负闳中肆外之才,在北平大学任市政学教授,有声于时。得膺斯命,知其必有周详之调查,极缜密之报告,纲举目张,以灌输吾人脑海。行前,特请先生将沿途所得之印象,随时记录,交由实报披露;藉资阅者知识上之粮食。先生慨允,遂将游东途中按日观察所及情形,条列缕析,邮寄实报,用公同好,阅者莫不叹为扶桑观日,得未曾有焉。"殷体扬作为市政研究专家,这次有机会参加北平市政府赴日考察团,关键他是市政专家,所以在考察期间他对日本东京、京都、日光、箱根、名古屋、奈良、大阪、神户、别府等城市建设及旅游景区建设较为关注。这一点在书中的字里行间的记载也特别详尽,不像普通日记光有时间、地点、人事点到为止,而是有感触、有议论、有分析,甚至还有与中国城市建设联系起来加以比较,给人以启示和思考。例如在东京三越地区逛大百货商场时,他记道:"细细观察,无论奢侈物品,或是日用物品,没有一件不是日本国产的。我们在回头一看上海三大公司,虽然也是辉煌夺目,但东西洋货物品,充满目前。人家是国货推销场,我们是洋货推销场。"

殷体扬在日的考察是认真的,他每到一个城市都深入考察市政和景观建设。如 9 月 29 日他在东京上野公园地区参观游览时,为这里遭受大地震后再建的科学、宏大市政规划和重建工程表示赞赏:"上野公园的四周,在东面是东京科学馆,西面是美术馆,南面是动物园,北面是帝国博物馆。这四周伟大的建筑物,都是地震后的产物,实予市民无穷的知识,使人人头脑中,充满科学上的印象,共同走进现代的世界里去生活。"在殷体扬笔下,既有市政建设的风貌,也不乏乡村风景的描述:"一片碧绸的稻田,青山绿树,没有一块黄土未经垦植的,可谓极尽地利之能事。"对旅游景区及温泉和名胜古迹的记录更是不惜笔墨,如对东京日光公园景区描绘道:"该地有大瀑布,由升降机下降一百八十多尺,由下上观,瀑布飞奔尤有奇趣。登楼远望,中禅寺湖水平如镜,群山相包,湖水下流,就是造成刚才所见的瀑布。"对温泉胜地大涌谷记述道："白烟由山洞中冒出，硫磺气味扑鼻，泉水沸腾，涌流而下，石面成为黄白色。"

殷体扬不仅描绘所见城乡建设风貌和名胜古迹，还深入日本企业参观访问，调查其发展状况。在东京地区，他先后参观专门生产建筑材料的清住制材所及日本制糖东京工场、鹤见制糖果工厂、芝浦制作所、小型汽车制造厂、加藤电球株式会所及名古屋地区毛织会所等七所中小企业，发现日本政府很重视中小企业的发展。为此，殷体扬认为中国政府也要重视中小企业的发展，为中国经济发展助力。同时，殷体扬不仅参观了工厂的企业设备和生产流程，还考察和调研当年日本企业职工的工资及福利现状。例如日本毛织会所的工人，"每日工资八毛，十小时的工作，女工占百分之六十，每星期六举行娱乐一次。最可令人赞美的，就是工人宿舍的清洁雅静，每九人一室，室内空气甚佳。所有物件，均收拾在大柜内，确是符合各处公共场所悬挂的'清洁整顿'等标语。"当年日本经济在国际经济萧条的背景下，也陷入低谷时期，职工失业状况严重。那么日本又是如何应对和解决失业危机的呢？为此殷体扬也作了专门调查，发现当年东京劳工有三万人，只有一万人有工作。政府采用的对策是劳工"每三天总有工作一次，每次工作所得一元二十钱至一元五十钱工资，可维持三日生活。"采用轮流上岗下岗的工作方法，以缓解职工就业矛盾和危机，当然这不能从根本上解决日本当年面临的社会和经济的危机。为此当政的帝国政府铤而走险，企图通过发动侵略战争的手段以摆脱困境。

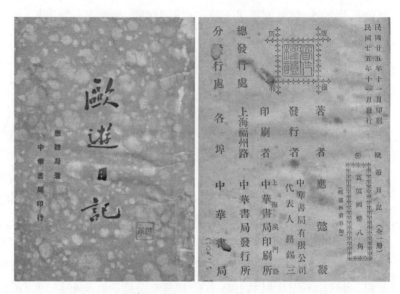

⊙《欧游日记》封面、版权页,中华书局 1936 年 11 月第 1 版

　　1927 年,应懿凝毕业于上海慕尔堂女子高等专修学校,她的赋诗、绘画、戏曲、写文才艺,虽不谓"家",却也不俗,所作诗文得到过胡适之和易君左指导和鼓励;绘画入大风堂门下,从张大千学;戏曲曾请教于梅兰芳,并与同为票友的张伯驹多有交流。她的好学出于天性,对任何学问或任何技能,不学则已,学则必孜孜不倦,力求其精,故享有民国才女之称。

　　《欧游日记》,笔者所见为中华书局 1936 年 11 月第 1 版。竖排,开本 13.3×18.5 厘米,页数 308 页,插图 74 幅,书末附有书籍广告 4 页,定价 0.80 元。全书有《自上海至威尼斯》《瓦痕湖》《初访柏林》《重返瓦痕湖》《明兴》《再访柏林》《苏俄之行》《三访柏林》《捷克》《伦敦》《巴黎》《瑞士》《意大利》《归途》14 个章节。有应懿凝撰写的《弁言》:"中华民国二十三年(1934 年——编者注)夏,外子(旧时妻对丈夫的称呼)奉政府命,赴德出席国际道路会议,及参加德水利专家恩格斯氏为我国举行之黄河试验,余因偕行。留欧凡六阅月,历大小十余国,舟车之暇,偶尔涉笔,积日累月,缀以成编;惟是取材凌杂,文笔芜陋,本不敢出以示人,徒以斯行之机会难得,沿途之见闻颇多,虽记载所及,仅限个人,然各国之风尚习俗,可窥一二。爰付梨

第七届国际道路会议开幕典礼

⊙ 第七届国际道路会议会场

枣,藉省抄胥,管窥蠡测,幸大雅弗识焉。"1936 年春,应懿凝在上海撰写的《跋》文中记道:"髫龄时稍稍识字,每见诸兄就灯写日记,心羡甚,苦不能书。及年十二三,虽略能执笔为文,然已不复以写日记为趣。一日,偶见报载有某书局闺秀日记之广告,心不觉为之动,自思我亦闺秀,乌可无日记?于是向母乞得糊窗纸数张,裁订一小册,自题曰《幽闺日记》,复另署别号曰'豆花疏雨山房主';豆花疏雨山房者,余童时旧居处也。一二八时,复写日记月余,此后遂不复有一字。余之无恒心,可知!以上为余生平写日记经过之小史。余无恒之病,既如上述,今余之欧游日记,居然以终篇者盖非余之病除也,实由于外子君怡督促勉励有以成之也。忆未出国前,怡即与约曰:'此次西行,凡专门之记载,责固在我,而一切琐杂之记事,须由子负之!'余曰:'诺。'及抵德,甚感写日记之烦,颇引为苦,每思中辍,怡必婉勉之,且曰:'子记犹为余记也。'遂不得不勉之。计自念三年(1934 年——编者注)六月起,迄念四年(1935 年——编者注)正月止,七月之中,足迹几遍全欧,而余之日记,亦竟成峡矣。"

应懿凝的丈夫沈怡也不俗,他 1921 年留学德国,1926 年回国后担任上海市政府工务局局长,为国民政府中不可多见的学者型官员,勤恳实干,广受好评。1949年后,沈氏夫妻移居台湾。1951 年,应懿凝在香港拜张大千为师,在《应懿凝自述》中记道:"拜师的礼节十分隆重,写门生贴需列三代履历,拜师时须燃香烛行大礼,而且所邀的宾客需列席观礼,然后张筵宴客极尽隆重。"可见她对大千先生的敬重和学画的认真。

书中应懿凝不仅记录了丈夫在德国参加第七届国际道路会议的忙碌的情景,如 9 月 4 日记道:"晨餐甫毕,怡即匆匆赴会,至午膳时始归;下午有小组会议,故膳毕,又匆匆前往。"在应懿凝笔下对欧洲各国城市风光和名胜古迹的记录也丰富多

彩。7月22日其游德国无愁宫记道:"宫虽不大,而金碧辉煌,备极富丽,陈设器具,类多以金银嵌制,自是富贵皇家之排场。地板雕刻极精细,洁滑鉴光,各室不同,故游人入内时,必须易彼处所备之履,庶不致有所损坏耳。"把德国宫殿高雅富丽堂皇展现得惟妙惟肖。11月7日逛捷克布拉格都市商铺记道:"商店之最引动人者,厥为水晶磁器铺,光彩耀目,式样玲珑,似尤胜于前在威尼斯所参观之水晶玻璃厂。"11月15日在伦敦街头寻找住宿时记道:"曾见一中国饭馆,似距旅舍不远,乃徒步而往,见路上车辆,前后接衔,犹如过江之鲫,加以街衢狭窄,而高架公共汽车又众,穿一交叉路,往往车马塞道,非停候数分钟,不能通过,是虽咫尺之距,亦需久久始得达,交通之阻碍,莫过于此。"信手拈来,将伦敦车水马龙情景和交通不畅的"都市病",展现得淋漓尽致。11月24日逛巴黎香榭丽舍大道记道:"大道宽坦,树木荫翳,犹似初秋之景。车至湖滨,舍车,旁湖行,夹道苍松丹叶,一望无际,小丘起伏,幽径通人,垂柳板桥,错落入画。湖中轻舸往来,鸳鸯成群,循小径,迤逦前进,树木聚密,野草丛生,时而风过,落叶打头,此身如入深山。"

马可波罗行纪

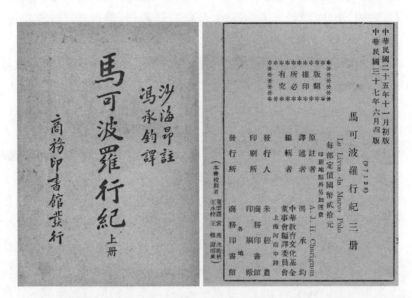

⊙《马可波罗行纪》封面、版权页，商务印书馆 1948 年 6 月第 4 版

　　中文本《马可波罗行纪》，笔者所见过的最早版本是北平正蒙印书局 1913 年 1 月第 1 版，由梁启超题名曰：《元代客卿马哥博罗游记》。自民国初以来，该书有多种汉译版本传世，尤以著名史学家和翻译家冯承钧先生的这个译本备受推崇。该中文版本，以选择审慎完备、翻译考订有机结合、译述风格文质相兼、附注文字丰富等享誉我国翻译界和文坛。笔者如今叙述的就是由沙海昂注、冯承钧译的中文本《马可波罗行纪》，商务印书馆 1936 年 11 月初版，笔者所见为 1948 年 6 月第 4 版。竖排，开本 14.8×20.4 厘米，页数 865 页，定价 20 元。全书为上、中、下，3 册 4 卷本。每卷分章，全书计 229 章，每章叙述一地的情况或一件史事，涉及的国家、城市的地名达 100 多个。第一卷《马可波罗自地中海岸赴大汗忽必烈驻夏之上都沿途所经之地及传闻之地》，从第一章《波罗弟兄二人自孔士坦丁堡往游世界》至第

74 章《上都城》,计 74 章,记载马可波罗诸人东游途中见闻,直至上都止。第二卷《记大汗忽必烈及其宫殿都城朝廷政府节庆游猎事,自大都西南行至缅国记沿途所经诸州城事,自大都南行至杭福泉州记东海沿岸诸州事》,从第 75 章《大汗忽必烈之伟业》至第 156 章《刺桐城》,共计 81 章,记载蒙古大汗忽必烈及其宫殿、都城、朝廷、政府、节庆、游猎等诸事;从大都南行至泰州、扬州、镇江、苏州、杭州、福州及东地沿岸及诸海诸洲等事。

冯承钧在《第二卷译后语》赞道:"《马可波罗书》四卷以此卷为最长,而难题亦以此卷为最多。此卷专记中国事",如第 105 章《苏州城》记道:"苏州是一颇名贵之大城,居民是偶像教徒,臣属大汗,恃商工为活。产丝甚饶,以织金锦及其他织物。"又《蛮子国都行在(杭州)城》记道:"城中有一大湖,周围广有三十里,沿湖有极美的宫殿,同壮丽之邸舍,并为城中贵人所有。"落笔不多,却把苏州织锦和杭州西湖风景的特点展示得清清楚楚。书前有冯承钧 1935 年 2 月 20 日"命儿子先恕笔受讫"的《序》及《叙言》。此书第一卷中的开篇《引言》,具有较高的史料价值,其叙道:"欲知世界各地之真相,可取此书读之。历代之人探知世界各地及其伟大奇迹者,无有如马可波罗君所知之广也。故彼以为,若不将其实在见闻之事笔之于书,使他人未尝闻见者获知之,其事诚为不幸。余更有言者,凡此诸事,皆彼居留各国垂二十六年之见闻。迨其禁锢于吉那哇狱中之时,乃求其同狱者皮撒城人鲁思梯谦诠次之,时在基督降生之一二九八年云。"从上述可知,《马可波罗行纪》约成书于 1298 年的中古时代。

欧美十五国游记

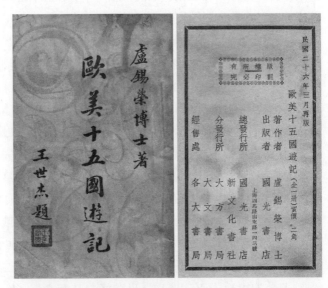

⊙《欧美十五国游记》封面、版权页，国光书店 1937 年 3 月再版

卢锡荣，字晋候，1895 年生，云南陆良县中枢镇人，博士、教育家。从小聪明好学，1914 年 19 岁就获公费资助，留学美国哥伦比亚大学政法学专业。1919 年又获政治经济学、哲学博士学位。1922 年回国后，先后任云南省教育司参事，东陆大学（今云南大学）副校长。1928 年任云南省教育厅厅长。他亲自拟订《县教育局长考试暂行条例》，规定教育局长必经考试合格才录用，使真才实学者得到重用，推动了云南教育事业的发展。1929 年，龙云把个旧锡矿卖给法国，要求各厅厅长签字，卢锡荣却坚持独立之思想拒绝签字，后调任中央大学法学院院长。

1932 年后，卢锡荣又调任国民党中央内政部礼俗司司长，后受教育部派遣，赴美、法、德等欧美 15 国考察。1937年，卢锡荣在南京中央大学创办设立新闻系。1943 年调任云南旅沪同乡会理事长。为了发展上海的教育事业，于

1945 年在上海创办私立光夏中学(今五四中学)、光夏大学,任校长;1948 年 6 月,创办了中国法商学院,任院长兼教务长。不久又创办复兴中学和新中国大学。1950 年,朱德视察上海,卢锡荣当面把学校移交国家,后调上海文史馆工作。云南乡人称赞卢锡荣:"籍位南滇官分北直,名隆东亚才显西欧。"主要著有《欧美十五国游记》及《思想革命》等传世。

《欧美十五国游记》,笔者所见为国光书店(上海四马路山东路 143 号)1937 年 3 月再版。时任国民政府教育部长的王世杰题签。竖排,开本 10.7×16.9 厘米,页数 188 页,定价 0.20 元。全书第一编《导言》,收录《日本的印象》《新大陆的印象》《英伦的印象》《巴黎的印象》《瑞士与德奥等国的印象》《意土匈俄等国的印象》6 篇,皆完成于上世纪 30 年代的中期;第二编《新大陆游记》,记录卢锡荣 1913 年 7 月 29 日从香港搭乘邮轮赴美至 1918 年 2 月 17 日读完哥伦比亚大学政法学学位期间的见闻;第三编《欧土游记》,收录《英》《法及瑞士》《比德》《捷奥意土俄等国》4 篇,主要记录卢锡荣 1922 年 4 月 15 日由美国纽约搭乘邮轮赴英国、法国、瑞士、比利时、德国、捷克、奥地利、意大利、土耳其、罗马尼亚、俄罗斯等国考察旅行至同年 11 月由东北返回国内的见闻。书前有卢锡荣手书的《自叙一》和《自叙二》,其在《自叙一》中写道:"余生平有二奇癖:一喜读天下名书,二喜游天下名山大川。十余年来,足迹遍大地,不有以记之,恐贻好友林涧之愧,故记之。"这篇短叙,既表明卢锡荣是个既爱读书又嗜好旅行的文人学者,同时也表述了卢氏足迹"遍大地",假如不作记录,有愧于好友的期望,为了弥补这一遗憾,才有了这本游记的整理出版。书后又有学者、龙文书店总经理许晚成 1936 年 2 月 3 日撰写的《跋》:"卢博士此著,行文简洁,所记包罗万象,欲游学欧美者不可不一读。卢博士游欧多年,斯编都是隽味珍贵的记载,凡没有到过欧美者,尤宜人手一编,以增世界知识。卢博士前曾任云南教育厅长,中央大学、大夏大学教授,现任内政部礼俗司司长等职,是国内有数学者,此编风行,实意料事,附此介绍。"笔者也认为此书最大特点正如许晚成所说:"行文简洁""包罗万象",即简洁的文字中,却含有丰富多彩的思想内涵。如在《日本的印象》篇中,写到东京的见闻时说道:"日常所见的一切,似乎皆是小字的表现:火车小,铁轨小,房屋建筑小,一切皆小。"寥寥几句,把日本小巧玲珑、节俭的风格和特点展示得淋漓尽致。

作为一本游记,卢锡荣在书中对欧美的城市风貌及各国人文道德特点也作了记录、描绘和分析。他在《英伦的印象》篇中说道:"近代国际无道德,以欺诈为道德,以巧取豪夺为道德,英国人是天生的外交家,美国人是快人快语的小孩子。美国是新民治的新社会,他们的礼貌是很脱略的,也许是很粗俗的,他们有牧牛的罗斯福,也有裱墙的哈丁;英国是旧贵族的旧社会,他们的政治虽是民治,他们的社会则仍是贵族。"揭示当年世界列强虚伪道德及美英间的不同民治的社会特点。

　　卢锡荣是从俄罗斯跨越乌拉尔山脉，穿越广袤的西伯利亚后，才返回到中俄交界的满洲里，然后又辗转哈尔滨、长春、北平、南京、上海等地回到云南故乡的。卢锡荣这次远行是海上去陆地返回，横穿亚非欧美四大洲，饱览欧美亚 15 国风光，又留下一本丰富多彩的游记，在当时也算得上是个旅行达人了。

苏莱曼东游记

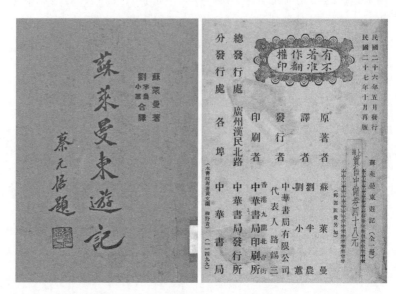

⊙《苏莱曼东游记》封面、版权页，中华书局 1938 年 10 月再版

  《苏莱曼东游记》，刘半农、刘小蕙父女合译中文本，中华书局 1937 年 5 月初版，笔者所见为 1938 年 10 月再版本，广州中华书局（广州汉民北路）总发行。

  蔡元培先生为该书题签。竖排，开本 13.2×18.6 厘米，页数 124 页，定价 48 元中储券（中储券是抗日战争时期汪精卫伪政府中央储备银行发行的纸币，与南京国民政府发行的法币同时行用）。全书共两卷，第一卷：《故事的链子》《关于印度及其国王的消息》等 8 章（此书苏莱曼著于 851 年）；第二卷：《关于中国和印度的消息》《关于爪呱加城的记载》《续叙关于中国的消息》《关于印度的几个见闻》《桑高地方》《琥珀》《珍珠》《关于印度的别种传说》（哈生补著于 916 年）。书前有刘半农 1927 年 5 月 12 日和 1928 年 11 月 12 日于北平撰写的《序一》，刘小蕙约于 1936 年末撰写的《序二》。

刘半农,1891生,江苏江阴人。现代著名的文学家、语言学家和教育家。筹建了我国第一个语音乐律实验室。刘半农博学多才,著作丰硕,所作新诗多描写劳动人民的生活和疾苦,语言通俗。1925年,他编著了我国第一部丝路敦煌学著作《敦煌掇琐》,并著有摄影理论书《半农谈影》,另有翻译作品《法国短篇小说集》等。他还是个富有创新意识的学者,1927年又组建了我国第一个"中国西北科学考察团",注重理论和实践相结合的科学考察研究。

刘半农所以翻译《苏莱曼东游记》,大致是鉴于阿拉伯商人、旅行家苏莱曼长于旅行考察的缘故,惺惺相惜吧!故刘半农在《序一》中说:"苏莱曼是阿拉伯商人,以公元八五一年(唐宣宗大中五年——编者注)东游印度、中国等地,作游记一卷。至九一六年(后梁末帝贞明二年——编者注)有哈生者,就所知晓,为撰补注一卷。一九二二年,法人费郎据巴黎国家图书馆所藏阿拉伯写本第2281号译为法文。即依原次分为二卷:卷一为苏氏书,卷二为哈氏补注。原本有简省不可通处,费氏寻绎文义,为之贯穿一二;或缺略甚多,则为参据他书,加以增补。"

刘小蕙在《序二》回忆道:"在最初的时候,当我开始写一点东西或翻译一些小东西的时候,父亲曾经向我说过:'好好的写,好好的译,将来我们出一本刘氏父女合作的东西。'当时我听了十分的喜悦,觉得能同父亲合作是十分的光荣,同时暗暗的感激着父亲对于我种种的希望,但当时又怎会想到这部《苏莱曼东游记》便成了,我们最初而又是最末的合作品呢?能承了父亲的意思把这部书完成了固然可喜。但是这喜悦常常的引起了我的悲哀,引起了我不断思念父亲的悲哀!父亲是死了,离开我们已经两年了,然而他希望我上进的心,却永远深刻地留在我的心中,使我念念的不会忘去。这便是我特别看重这部书而宝贵他的缘故。"所以这是刘小蕙继承父亲遗愿完成的一本书,也是刘半农父女合作翻译的唯一作品。刘半农父女感情颇深。这在刘小惠后来所著《父亲刘半农》一书中有生动的回忆和叙述。刘小蕙将其父一件件鲜为人知的生活小事拾掇起来,敷衍成篇,为今人留下了一幅幅反映刘半农思想、抱负、人品文章、道德风范的生动画卷。书不仅提供了刘半农创作与生活背景材料,而且是解开刘氏奋斗历程与情感世界的一把钥匙。拿来读一读也颇多收获。

《苏莱曼东游记》是关于中国历史情况的最早一部阿拉伯文著作,也是先于《马可·波罗游记》约4个半世纪问世的关于远东的一部最重要的著作。我国史学家范文澜、白寿彝在他们的著作中也引用过这本书中的游记史料,可见其影响之大。全书用了近三分之一的篇幅,记述了中国唐朝的政治、经济、文化和风俗人情,文内提到了中国国土辽阔,人民勤劳,京城长安的繁华,丝绸和陶瓷工艺精湛,文化发达以及尊重穆斯林的风俗习惯等等。中国唐代盛产丝绸和陶瓷,也是中国最具有代表性的纺织品和工艺品,这一点在书中也有记载:"中国人不论大小,不论冬夏,都穿丝绸的衣服。但是,最好的丝绸是留给国王的;余下的大众都可以穿——能穿多少就穿多少。这是为了(当地的)湿气很重,所以要把下体这样保护。夏天时,他们只穿一件丝绸的,或者类似于丝绸物的裤子。""中国有一种品质很高的陶土,把它做碗(或杯),可以做得和瓶上的玻璃一样薄,里面放了流质,外面可以看得见。"书中也有记载:"在中国所出产的多量的货物之中,国王所专利的是盐,是干草(茶叶),可以用热水(泡了)喝的。无论那一个城里,都有人出卖这一种草的干叶,而且数量极多。这种草的名目叫茶。"

《苏莱曼东游记》又被译为《中国印度见闻录》,所以书中讲中国也说印度,有许多记叙中作者还喜欢将两国加以比较,如在建筑物上,"中国房屋的墙壁是用木头做的;印度人造(屋),则因石头、石灰、砖头、粘土等。有时候,中国也造这样的屋。"

⊙《欧美透视》封面、版权页，世界书局 1938 年 6 月初版

詹文浒（1905—1973），浙江诸暨人。教员和资深媒体人。早年毕业于上海光华大学哲学系，之后赴美国留学，荣获哈佛大学硕士学位。1937 年詹文浒学成回国，先在嘉兴秀洲中学任英文教员，不久赴上海，在世界书局工作，担任编译所所长，负责《英汉四用辞典》的主编工作。1939 年 8 月，《中美日报》社长吴任沧先生聘请其为《中美日报》总编辑，1941 年 12 月，该报被查封停办，他前往重庆，任《中央日报》副社长。1943 年，任国民党中央军事政治学校新闻系主任。不久调任国民党中央宣传部普教处处长一职。抗日战争胜利后，受国民政府委派，以国民党中央宣传部上海特派员的身份，返回上海，接收新闻影视等行业媒体，任《新闻报》总经理。1973 年在西宁去世。著有《欧美透视》《报业经营与管理》等。

《欧美透视》，笔者所见为世界书局 1938 年 6 月初版。

竖排,开本13.2×18.6厘米,页数346页,插图10余幅,定价0.50元。全书有《哈佛大学》《剑桥的一个小暴动》《美国的一般生活》《英国的统治阶级》《英国的社会主义和法西斯蒂党》《伦敦杂记》《法国人的特性》《到德国去》《柏林生活素描》《希特勒的私生活》《三大亨》《1937年的莫斯科》《斯大林和托洛斯基的争斗》《从捷克说到中欧问题》《维也纳巡礼》《匆匆赶到水城》《欲归不得》《独裁大师墨索里尼》《上火山》《归航》等35个章节。书前有詹文浒1938年6月撰写的《自序》:"是去年(1937)十一月十四日的一个上午,载我们五十几位中国同学回国的那艘邮轮,终于到了上海了。那时,国军已退了好几天,上海的街头,到处都充满着悲恻凄凉。南市方面的大火,每天总有十几处焚烧着,一到晚上,从青年会的宿舍望过去,简直令人看了发呆。街头的难民,流离不知所止。从南市浦东方面逃来被拒在法租界铁丝网外边的同胞们,不论天晴落雨,成千成万地,挤在难民地带,每天靠着租界方面丢过去的大饼油条,勉强过活。……我这次出国,目的是到美国哈佛大学去念书,念书告了一个段落后,就从纽约渡大西洋而到欧洲;先到伦敦,次到巴黎,又经布鲁塞尔而到柏林,更从柏林经华沙而到莫斯科,列宁格勒,然后重回柏林,再经普拉哈,维也纳,日内瓦,罗马,威尼斯,佛罗伦萨诸地,在意港那帕利上船,渡苏彝士运河,经孟买,新加坡,香港,而至上海。……我写这本书,本想专记个人在各地的观感所得,后来,因恐专写这些事情,难免在实质方面,太空泛些,所以加入几章关于欧洲政治内幕的秘事。"从上述序中透露了两点非常有价值的史料:一是揭示了1937年"八一三"上海抗战的战场激烈及日本法西斯在上海南市等地所犯下的滔天罪行,导致许多市民无家可归,忍冻挨饿,痛苦不堪;二是清晰地展现了作者欧美旅行的历史踪迹。

在书中詹文浒把他在欧美留学和旅行中所见所闻作了归纳和分章节的展现。例如在《美国的一般生活》这一章中,他指出:"美国是个很复杂的国家,它的国民,几乎包括全世界的各民族。"即美国是个吸纳不同肤色、不同民族开放性的民主国家。又通过三个视角展现美国社会的生活风貌。如在《美国城市的特色》中,通过英格兰人的"沉默"、苏格兰人的"诙谐"、日耳曼人的"粗大"、意大利人的"小巧"、法国人的"合乎逻辑"、犹太人的"富于资产"、中国人在旧金山一带"占据特殊势力"的特点,反映出美国城市是个多国籍、多人种、个性纷呈的社会。在《美国的日常生活》中,叙述道:"美国人的饮食,都比较简单,普通的全菜,不过一汤,一菜,一点心,一饮料。"所以普通美国人的家庭生活也是很节俭的。在《美国的各种饭馆》中,说道美国饭馆最多的是"专售三明治等简单食品"的夫妻店,价廉物美又方便。因此美国人大多是追求简单生活和讲究办事效率的人。说到欧洲,詹文浒去过伦敦、巴黎、柏林等许多名城,最欣赏的城市是柏林,他喜爱该城市的缘故:一是柏林气候好,特别是夏天很适宜人居住;二是柏林住宅,高大开阔,整齐清洁;三是街道不仅整洁,而且非常清静;四是市政管理合理,晚上八点居民家锁大门,十点一般人都入睡,所有无线电、留声机不准开;五是城市交通便捷,尤其是高架车十分迅捷,而且价格便宜;六是柏林的房东对中国留学生较欢迎,因为中国学生守纪律,也"肯花钱"。詹文浒也去过苏联,在书中他用多个章节对苏联作了描述,他是以旅行者身份进入苏联的,并接受苏联国际旅行社提供的吃住行接待服务,他感觉住得舒适,吃得满意,只是对参观游览不太满意,尽是些幼儿园、工厂、农场、学校、革命博物馆等场景,缺乏历史文化性和娱乐性,1937年莫斯科的城市生活质量和交通工具"拙劣得可怜"不及西欧,但却有"一幅熙熙攘攘活泼生动的景象,印在你的心头"。给人一种自信和充满幸福的感觉。当年工人的工资虽然不及西方工人的高,但他们的住房和看病都不花钱,所以生活稳定有保障,与沙俄时代相比幸福得多了。因此詹氏在书中批评西方人对莫斯科认识有偏见,一叶障目,不见泰山,"只知从横剖面去批评,不知从历史的演进方面去批评",这是有道理的,也客观上反映出当年苏联人民和工人所喜所欲的真情实感。

《欧美透视》还有一大看点,就是对20世纪30年代政治巨头斯大林、希特勒、墨索里尼等人个性作了画龙点睛的勾勒及精准的点评,如说斯大林是鞋匠的儿子,具有健康的体魄,铁的意志。希特勒爱音乐,不爱书籍,不爱穿,也不容易和周围人接近,所以他个性孤僻,是个有点神经质的人。墨索里尼是铁匠的儿子,特别注重养生,所以在54岁时还非常健康,他没有社交生活,也没有富有的朋友;"虽喜听人说话,但绝少采取他人的意见,一切都由他自己裁断。"因此,詹文浒称墨索里尼是个"独裁大师",也是贴切的,反映出詹氏是个很有政治洞察力的智者。

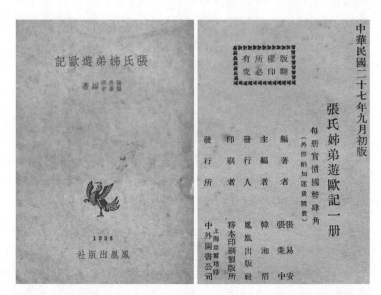

⊙《张氏姊弟游欧记》封面、版权页，凤凰出版社 1938 年 9 月初版

　　《张氏姊弟游欧记》，张易安、张秉中著。笔者所见为凤凰出版社 1938 年 9 月初版。竖排，开本 13.1×18.9 厘米，页数 171 页，插图 15 页，刊有 37 幅照片，定价 0.40 元。全书收录《到欧洲的途中》《到了欧洲法国》《埃及》《意大利》《葡萄牙国》《西班牙国》《德国》《波兰》《竹坡和但泽自由市》《捷克和奥国》《归途》。书前有"易安和秉中的妈妈韩湘眉书"写的致《亲爱的小读者们》的引言："民国二十二年（1933年——编者注）的初冬，易安和秉中跟着我们到欧洲去，看到各种各色的景物，走过十一国，结交了不少的朋友，长了很多知识。民国二十六年（1937 年——编者注）回来后，他们常想把一切有趣的事物告诉本国的小朋友们。又因为我在欧洲时曾经介绍过给他们一本书。那本书是三个美国小朋友著的。……易安和秉中很喜欢那本书。他们想也要著一本书，写他们在欧洲的生活，给中国小朋友看。碰巧盛际

唐先生提议请他们作一游记,郭虞裳先生赞助,所以他们就请我帮助他们,作成这事。我答应他们以后,就开始工作,又请了许乐女士帮忙,她为此书努力不少,只可惜我们太匆忙,有不少遗漏的地方,请诸位原谅。"

1933年,张易安6岁,张秉中才4岁,他们的父亲被国民政府派往葡萄牙出任驻该国公使,年幼的姐弟俩跟随父母漂洋过海,也有了这次历时5年的欧洲之行和生活。在欧洲期间鉴于其父的特殊身份和社会关系,使他们过上舒适和安逸的生活,经常出访和旅游,接触广泛社会事务和景物,为以后著书奠定基础。当然要完成一部10万字以上游记的创作,光靠年幼尚未成年的姐弟俩是难以完成的,关键在于她们有个好母亲韩湘眉女士。韩湘眉(1901—1984),山东历城人,是个才女,与冰心、林徽因、凌淑华并称民国四大才女之一。她1920年考取山东籍的官费留学生,1926年获得英国文学硕士学位。同年回国,执教于南京东南大学,成为我国最早的大学女教授之一。

1927年与获得美国哈佛大学博士学位的张歆海教授结婚。1935年,她随丈夫出使欧洲,成为公使夫人。1937年因遭诬陷,随革职的丈夫回国。1938年至1940年,任教于上海光华大学。1941年离开上海,移居美国洛杉矶。1942年至1945年,到处奔走,游说,宣传中国的抗

⊙ 插照

日战争。1945年移居长岛,主持联合国电台的对亚洲广播工作。1960年,第一次回国探亲,受到廖承志的热情接待。1972年回国时,其丈夫病逝于广州。1978年回国探亲时,受到宋庆龄的殷切关怀。1984年,病逝于美国波特兰。韩湘眉为《张氏姐弟游欧记》倾注了大量心血,使该书得以出版问世。所以该书作者署名虽姐弟俩,真正的幕后第一作者应该是他们的母亲韩湘眉。该书巧妙之处还是以姐弟俩口吻叙述和描绘,故这是一本很适合于少年儿童阅读的欧洲游记。

在书的末章《归途》中还披露了张歆海、韩湘眉夫妇与徐志摩之间友谊及姐弟俩记忆中对徐志摩印象:"我们在归途中,又到意大利的翡冷翠(即佛罗伦萨)去玩了几天,这真是一个好地方。妈妈最欢喜这个地方。……爸爸妈妈有一个姓徐的朋友(即徐志摩),我们都叫他徐伯伯,可惜几年前他从飞机上跌下来死了。他人很好,朋友很多。他待我们真好,所以我们听见他死了,都很悲伤。"徐志摩曾一度倾

心于韩湘眉，但后来把主要精力转移到陆小曼身上，韩湘眉则也嫁给了张歆海。韩湘眉是一位思想观念极其现代的女性，即使结婚之后，她也和徐志摩保持着密切联系，丈夫与徐志摩也是朋友，所以徐志摩与张歆海、韩湘眉夫妇始终有交往和走动，因此姐弟俩也会亲热的称徐志摩为徐伯伯，并对徐志摩遇难身亡而深感悲伤。

欧游散记

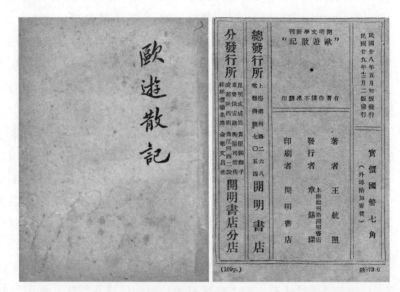

⊙《欧游散记》封面、版权页，开明书店 1940 年 12 月第 2 版

　　《欧游散记》，王统照著，开明书店 1939 年 5 月初版，笔
者所见为 1940 年 12 月第 2 版。竖排，开本 12.4×17.3 厘
米，页数 211 页，插图 4 幅，定价 0.70 元。全书有《旅途》
《华侨教育之一斑》《"拉荒"》《三位黑衣僧》《失业者之歌》
《厨子的学校》《工人与建筑师》《荷兰鸿爪》（包括《夜车》《阿
姆斯特丹之初旅》《王宫与博物院之名画》《起重机之林》《乡
人一夕话》《吉慕顿》《柳岸花村》《爱丹》《两个异样的渔村》
《海牙一瞥》）等，共 8 章，18 篇，及附录《新诗七题》《旧诗十
二题》两组诗。书后有王统照 1939 年春末撰写的《后记》。
这篇《后记》不长，却对了解作者撰写全书的过程及其特点
颇为清晰明了，故现将《后记》全文抄录如下："两年前拟将
欧游时所见闻用诗歌笔记体裁择要记述，略留'鸿迹'。至
于琐屑纪程，食宿游览，一般风习，作者已多，故少缀及。回
国后人事匆匆，已写成刊布者不过此数，其他或撮要记于日

记册中,或有题未暇笔录。原备全文完成后付印,自经战事,无心为此,零稿单篇易致散失,故不计序,集为此册。随时掇拾,十无二三,名以《散记》,盖符其实。附内新诗若干首虽经载入他集,而新印颇有增损,旧体诗则具未发表。旅程纪感,取其方便,过后复视,殊觉无谓;因识前综,尚不'割爱',积习如此,大可笑叹!他日心情少(稍)佳,或能再记留为续集;然时过境迁,故不易也。"

以自己独特眼光和视角来记述所见所闻,甚至透过现象来揭示西方社会本质。这一点王统照在书中把握得极为出色,例如在《失业者之歌》中叙述道:"在伦敦的中等街道上常常有面容憔悴,蓬发粗手的工人来往徘徊,或是顺街疾走。到处想找点小机会可以弄到这一天买面包的辨士(钱币)。我遇到的不止一次了。他们搭讪着同你说话,给你引路,末后要讨几个。其实比起那些站在小饭店门外手托火柴等着施舍的乞人尤为难过!因为这些徘徊或疾走的失业者,有很好的体力,也有工作的经验与技能,他们还不肯作一个社会上的废人,向人前求乞,也不同残废者只望着别人可怜的同情,然而他们拿什么吃饭呢?流离失所的壮士,连找事情吃饭也不易办到,是呀!"王统照以画龙点睛之妙!揭示了第一次世界大战后,即使老牌帝国英国首都伦敦也是社会萧条,民不聊生。

王统照在欧洲旅行中对荷兰城市和自然风光也是情有独钟。在书中对荷兰第三大都市海牙叙述道:"这个都城有她独具的风格与趣味。可用'幽静'与'和平'四个字形容她。"说其"幽静",因为这里"没有惹人烦厌的东西,只有平整的楼房,质朴安闲的面孔,有树,有花,有人家房子上的飞鸟。"至于"和平",不是因为这里有解决国际诉讼的万国法庭,而是"这地方绝无欧洲各大城中的斗争,淫靡,纷乱,使人紧张与过度兴奋的情调"。王统照还在书中记载了海岛村落的风光:这里"草色,树色与海色互相渲染,互相拂动,街道弯曲不平,多是用碎石砌成。有专售本地制造的儿童玩具的铺子,与粗磁器店,这都是为游客开的。房子几乎完全用木料盖成,有的下面用砖泥作墙,也薄得很。"把海岛街道、居住环境及自然风光展现出来,让人有沐浴原生态的愉悦感。

王统照是个小说家,散文家,也是个诗人。在《欧游散记》中,他用多首新旧诗词体巧妙的记录了他旅途中的见识和心境。限于篇幅,现选录两首如下:其一《船行印度洋望月》:"天南浪迹易思家,览物从知感岁华。大海圆涵明月影,春风初发故园花。饮冰难漱中肠热,行远空怀吾愿赊。欲把杂碎付迢递,彩云飞处积天涯。"其二《自日内瓦寄》:"异乡晓梦觉啼莺,绿树春荫绕水城。云里雪峰呈幻彩,湖边垂柳系杂情。中原烽火惊传讯,湖上坛坫负旧盟。独对清波羞照影,空怀飞动负平生。"抒发了王统照独在异乡他乡触景生情的思家和爱国情怀。

东西洋考察记

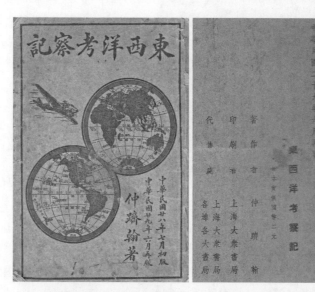

⊙《东西洋考察记》封面、版权页,上海大众书局 1940 年 6 月再版本

《东西洋考察记》,仲跻翰著,上海大众书局 1939 年 7 月初版,笔者过眼的是 1940 年 6 月再版本。竖排,开本 15×22 厘米,插图 44 页,照片 167 幅,页数 176 页,定价 2.00 元。全书有《初上征程》(30 篇)《美国的花絮》(85 篇)《横渡大西洋到伦敦》(32 篇)《在德国》(83 篇)《匆匆过西欧》(43 篇)《归途》(54 篇)《日本考察记》(80 篇),共计 7 章 407 篇。书前有《作者附白》,薛笃弼题识(手迹),陶镕 1939 年 1 月于昆明军校、楚溪春 1939 年元旦于晋西防次、黄冈曾延毅 1938 年 12 月于昆明旅次、刘砚池 1938 年 12 月 24 日于桂林寓处、康杰 1939 年元旦于昆明中央银行撰写的《序》及仲跻翰《自序》。

仲跻翰在《自序》中说:"余以身许国久矣!生当忧季,心切隐忧,早岁从军,涉历戎行数十年,续习航空,办晋绥空军亦有年,察知中国之军事及政府教育工艺交通大端,终以

303

著者近影
⊙ 仲跻翰像

故步自封，绩效未宏；而彼先进各国，方拥其大好师资，开方便之门，以供人寻求而效仿之，未尝有吝色。不见夫日本效仿之而维新，由卑弱一跻乎强大，岂非明证？故余谓：救今日之中国，当自效仿先进之诸国始。余决心于先进各国之考察矣，廿四年（1935年——编者注），作东瀛游，于彼我之较，已自恍然。廿六年（1937年——编者注）复乘杨虎城先生考察欧美军事之便，备员同往，遍游英美德法意诸国，觅获其关于军事，政治，教育，工艺，交通之各项材料。本拟择要条陈若干事呈请中央采择施行；乃承友好怂恿，以为考察所得应公诸社会，以俾借鉴，余不敢辞，谋之剞劂，卒以东西洋两次汇集成刊。"仲跻翰在《自序》中以半文言的简洁语言，叙述了他撰写和出版这本书的经过和目的，即为国人和国民政府执政者提供一份学习西方先进治国治军思想的读物。

曾任河北保安司令部中将参议的仲跻翰1937年受国民政府派遣与西北军将领杨虎城等一起考察欧美国家的社会、军事制度等。为此仲氏先后参观和考察了欧美国防部、军事装备和军火企业，如在美国考察了其空军装备和军费支配、新兵教育和培训、打靶设施等；在英国考察了皇家空军的组织、编制和分布等情况；在德国则深入容克斯飞机厂、克鲁伯兵工厂及柏林海军陈列馆，直接参观它们飞机、大炮的军火生产线；在法国考察了欧洲战场和法国空军现役装备等。同时还在书中补充和记录了他在1935年单独去日本及1937年欧美考察归国途中路过日本时参观和考察的见闻，其间他还参观了日本陆军兵工厂、航空第五联队、海军航空队、明野陆军飞行学校等军队、军校、军工企业等。在整个考察过程中，仲跻翰深入社会和机关企业考察，认真做笔记，并带着相机拍下了许多现场珍贵资料，回国后为政府提供了一本图文并茂的参考资料，也为他编书提供更直观的素材和图片。同时，仲跻翰还参观和游览了多处城市秀美风光。其在《华盛顿城》篇中记述道："在全城之中央，街道由此分为经纬路，由东西南北，对中央划分四区，南北大街，呼为第一第二等数字，东西则以abcd等字（母）名之，……每路交叉中心，成三角形，或圆形，以为小公园，花卉草木满植其间，中央多立有名人铜像。"将华盛顿城市街道特点勾画得一清二楚。

仲跻翰还深入社会底层，考察和了解企业职工工作、生活和福利待遇。在《工人待遇情况》篇中，对德国工人的工作和福利待遇记叙道："总厂办公处各部职员，

（圖七二） 克魯伯兵工廠十五公分之榴彈砲

（圖七三） 克魯伯兵工廠十公分五之重砲

（圖七四） 霭益吉工廠利用瓦斯女工炊爨室   （圖七五） 克魯伯之煉鋼爐

⊙ 插照

共三千余名，工人工资以小时计算，每小时由五角起，至一元五角，每日平均工作八小时，至少工价每日四元，至多十二元。每月除星期例假外，每月得薪水自一百元至三百元。……各处设立公立医院，凡就医者，除特别病（花柳病等）外，看病不纳医药费，此为公共卫生设备之一种。"当时德国工人的工资不高，但生活和医疗上已有了基本保障。这与第一次世界大战后德国经济恢复较快有关。

印度古佛国游记

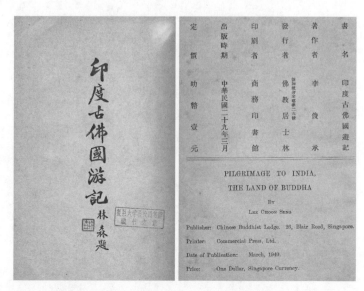

书　名　印度古佛國遊記
著作者　李俊承
發行者　佛教居士林　新加坡梳律街二六號
印刷者　商務印書館
出版時期　中華民國二十九年三月
定價　助幣壹元

PILGRIMAGE TO INDIA,
THE LAND OF BUDDHA
BY
LEE CHOON SENG

Publisher: Chinese Buddhist Lodge. 26, Blair Road, Singapore.
Printer: Commercial Press, Ltd.
Date of Publication: March, 1940.
Price: One Dollar, Singapore Currency.

⊙《印度古佛国游记》封面、版权页，商务印书馆 1940 年 3 月出版

　　李俊承，法号慧觉，1888 年生，福建泉州永春县人。历任新加坡中华总商会会长、新加坡佛教总会主席、新加坡佛教居士林林长、永春会馆会长、新声诗社名誉社长、菩提学校董事主席等职。李俊承 17 岁随父到马来亚芙蓉佐父经商。父去世后，在新加坡先后创办太兴有限公司、太安实业有限公司，收购泰丰饼干厂，拥有马来亚森美兰州垦植橡胶园数千亩。1931 年经济危机中，应聘出任和丰银行总理，与陈延谦等协议，将和丰、华侨、华商三家银行合并为华侨银行，任副董事长。1933 年起，任华侨银行董事长、董事主席。一生热心公益事业。民国初年，遵照母亲意愿，独资修葺永春通仙桥（东关桥）。1927 年独立负担新编《永春县志》全部印刷经费。民国 19 年（1930 年），又捐资助建德化云龙桥。"一二八"事变后，他在新加坡发起成立救济上海伤兵难民筹赈委员会，任主席。后出资 10 万元购买救国公

债,并将公债票献给中国中央研究院作为奖励基金。新加坡筹赈会成立,他任副会长,后又出任"南侨总会"执委和第二届常委。1940 年,陈嘉庚率领南洋华侨慰劳视察团回国,他一度任"新加坡筹赈会"代会长,成绩显著。同年,新加坡总督汤姆斯特在立法院颁授勋章,以表彰他对社会的贡献。日军占领新加坡后,他曾被拘禁七天,获释后发动佛教徒施粥施药,收容难民并赈济 70 岁以上男女老人。他曾独资重建印度鹿野苑中华大佛寺。1966 年在新加坡病逝。

塔 小 之 旁 塔 光 大 瑞　第 十 四 圖
(Small pagodas around Shwe Dagon Pagoda)

路 基 陵 郡 之 答 各 爾 加　第 十 七 圖
(Chowringhi Road, Calcutta)

印 物 博 度 印　第 十 八 圖
(The Indian Museum)

⊙ 插照之一

《印度古佛国游记》,笔者所见为佛教居士林(新加坡勿来耶律 26 号)1940 年 3 月出版,商务印书馆印刷。国民政府主席林森挥毫题写书名和"俊承先生印度古佛国游记,淑世仁踪"15 个字。精装本竖排,开本 15×24 厘米,页数 123 页,插图 60 幅,定价 1.00 元(新加坡币)。全书记录了李俊承 1939 年 1 月 21 日从新加坡乘邮轮出发,至 3 月 8 日返回新加坡期间访问缅甸、印度的所见所闻,一日一记,并且每日一记都有标题和附或阅、参观等,即有日期、地点和内容等。例如标题:"一月廿七日抵仰光(附缅甸概况及诗)"、"一月三十日赴加尔各答船中阅《印度现代史》"、"二月二日留加尔各答(参观印度博物馆)"。书前有李俊承 1939 年在新加坡撰写的《自序》和《发凡》。《自序》长达 10 页,主要讲述他印度古国行目的和收获。首先,讲述他在印度加尔各答建筑"中华佛寺"目的。一是发扬佛教精神。二是联络中印间的民族感情。三是联络缅甸、泰国、越南、尼泊尔、锡金、不丹等国之间的感情。

鹿野苑达麦塞率堵波 第二十三图
(The Dhamek Stupa in Sarnath)

第二十四图 鹿野苑古蹟之一 (Buddhist ruins in Sarnath I)
(小亭内为阿育王石柱破段余为古寺遗址)

⊙ 插照之二

　　李俊承撰写《印度古佛国游记》意义大致有四：一、他认为此次印度之行长达两个月，所见所闻，"不乏可惊可喜之事"，值得记下供友人共享。二、"印度佛教发源既早，荒落亦久，故其遗迹淹没不明，成为史家聚讼之资。"他此行呕心沥血，寻觅考证，又得向导之助，收获匪浅，编之刊印，便于后来者参考。三、古印度佛教遗迹即为历史遗迹，他此行几乎走遍了恒河流域历史文化遗址，还拍下大批的照片，"以供

第四十五图 蓝毗尼摩耶夫人庙其一 (Temple of Buddha's Mother in Lumbini)

第四十四图 蓝毗尼阿育王石柱 (Asoka's Column in Lumbini)

第五十一图 菩提伽耶大塔 (The Great Pagoda of Bodh Gaya)

⊙ 插照之三

历史家之参证，其于学术或不无小补也"。四、印度宗教艺术除其本教外，还因历史上遭受到希腊、大月氏等国家和地区侵入的影响，导入了西洋石雕艺术，并得以保存至今，其珍品也可以作为研究西方文化的可贵资料之一。所以此书不仅是一本佛国游记，也是一本印度历史文化史书。

南洋牙拉巅游记

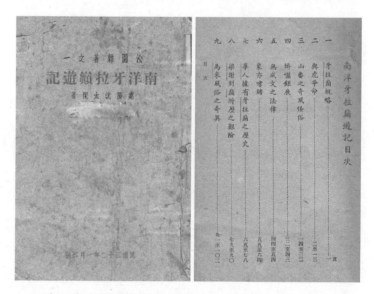

⊙《南洋牙拉巅游记》封面、目录，北京华侨协会 1943 年 1 月版

沈太闲，原名智夫，原籍广东惠阳人。1889 年生于吉隆坡，已属旅居马来亚的第三代华侨。1894 年在祖母带领下回国就学。1904 年考入广东惠州丰湖中学读书。1906 年考入马来亚的维多利亚学院学习。1907 年参加孙中山组织的同盟会。1911 年回国参加光复广东之役。1913 年返回马来亚，被马来亚雪兰莪、彭亨两州的华侨选为代表回北京参加当时国会的参议院议员的选举会，同年当选为华侨参议员，因袁世凯解散国会，又返回马来亚。1917 年，黎元洪召集国会，复来北京出席，不久张勋复辟，遂跟随孙中山回粤参加护法之役，直至 1920 黎元洪复位，召集国会，才回北京出席。

1922 年沈太闲奔丧回到马来亚，在马来亚办理家务后，于 1930 年携妻子回到北平居住，在南郊万泉寺邨购地 30 亩，开辟为果园，展开园艺研究。1936 年沈太闲出任北平市自治第十四区分所所长。1937 日寇入侵北京沦陷,因不愿在敌伪底下做事,遂辞去职务,迁入城内居住。在敌伪期间因生活困难被迫将万泉寺房屋园地全部卖出维持家人生计。中华人民共和国建立后,他曾任北京市广东会馆财产管理委员会副主任委员兼任工作组组长、1961 年和 1962 年两届北京市归国华侨联合会代表。1962 年被聘为北京市文史研究馆馆员。1970 年在北京逝世。著有《词谱新编》《赫丑百态吟咏录》《古今联语拾穗》《沁园诗词稿》等书稿,唯有《南洋牙拉巅游记》出版,稀罕可贵。

《南洋牙拉巅游记》,沈太闲著,笔者所见为北京华侨协会 1943 年 1 月出版。竖排,开本 13×19 厘米,页数 191 页,因此书破损严重,故不见版权页和定价。全书有《牙拉巅概略》《与虎争命》《山番之奇风怪俗》《蟒噬巨鹿》《无成文之法律》《象亦嗜赌》《华人据有牙拉巅之历史》《梁谢到巅所历之艰险》《马来风俗之奇异》《总话事人与自治》《知有母而不知有父》《牙拉巅空前盛举》《使人留恋之蛊术》《金矿之丰与洪门之盛》《归途失伴》《牙拉巅之余韵》等,计 16 篇。书前有朱枕薪 1942 年冬在古都(北平)宣南撰写的《序一》、杨仙洲壬午初秋于燕都(北平)宣南撰写的《序二》,还有沁园主人(沈太闲)1942 年秋撰写的《自序》。沈太闲在《自序》中说:"昔陶潜作《桃花源记》,虽属寓言。然高士骚人,羡慕至今,恨非武陵渔父。盖其能感动人之性灵至深故也。不图今日尚真有桃花源在?惜其不在三湘五泽间,而在南海炎荒。不名桃花源,而名牙拉巅耳。民四(1915 年——编者注)予曾寻至其地,勾留凡三阅月。所见所闻,直成另一世界。其幽美淡泊,隔绝人寰,与桃花源无二致。而民情风俗,俨如太古,则超乎桃花源而上之。在今日战争与饥馑之悲惨世界中,尚有此牙拉巅在,则以之为桃花源,当无不宜。高士骚人,可毋须徒羡武陵渔父焉。至沿途之险阻艰难,见闻之离奇怪异,当时曾一一记之。汇成而帙,都九万言。民十八(1929 年——编者注)曾刊载于《北平晨报》,未及半,即以事搁置。当时读者均引以为憾。迩来日长多暇,当从事整理旧稿,以资排遣。曾读此游记之友好,纵容先从《沁园杂著》中摘出,刊印单行本。"从这段《自序》中大致可知,从小居住于马来亚的沈太闲,1915 年曾去寻访和游览过南洋的桃花源——牙拉巅。他一路上跋山涉水,道路崎岖,荆棘丛生,野象、巨蟒、虎狼挡道,险象环生,历时三个多月才完成了此次艰难旅程,并不顾沿途之艰辛,将所见所闻一一记录在案,返回故里后,逐渐整理成稿,其中有的部分文章已于 1929 年在《北平晨报》上发表,受到读者和朋友的好评,也是在友人的"纵容"和鼓励下,才促使《南洋牙拉巅游记》出版。

牙拉巅是马来亚中的一处"桃花源",其具体究竟是在什么地方?现已无法考证!但据沈太闲记录,牙拉巅大致地处"马来半岛彭亨州之西北隅"的吉兰丹,吉兰丹即是马来西亚在马来半岛东海岸的一个州属,其北接泰国,东北为南中国海,西接霹雳州,南接彭亨州以及东南为登嘉楼州等这一批土地上。《牙拉巅概略》篇中记说:其"面积约数百里。入其中,远山环抱,檀竹交辉;湖泽澄清,野花如锦;兼之薰风习习,鸟语喈喈;已无车马之嚣尘,复鲜迷漫之烟瘴;在骄阳如曝之炎荒中,别饶清幽天地。故曾至其地者,莫不以桃花源拟之。"看来这里确实是一块山清水秀、鸟语花香、环境幽雅的旅游胜地。沈太闲描绘自然生态之美之时也不忘描绘当地的风俗习惯和衣装,《无成文之法律》中叙说道:"此间男子,貌均诚恳,妇女则性多婉嬺。彼等所穿之衣服,与八里庄无甚差异。上身穿一无领短袖对襟之小褂,下束一短不及膝之小袴,或围一颇短之'纱囊'。其布多为麻制,极粗疏,映于日光,身上形态,莫不毕露。其布盖巅人之所自织也。"描绘细腻精妙,将牙拉巅男女的穿着打扮特点叙述得清清楚楚。

沈太闲在讲述了他对居住于牙拉巅华侨历史的采访和研究。据他对当地老华侨采访所记道:"我(指当地老华侨)等祖宗均为明朝子民,世居广东之河婆县。"老华侨的祖辈们为躲避鞑人围剿和杀戮,漂洋过海,躲藏于此。并在牙拉巅桃花源中安逸和快乐的度过了数百年的漫长岁月。沈太闲的牙拉巅之行,不仅发现了这块风景如画的土地,还在他的努力下为当地办了一件好事和实事,即兴办了一所学校。这在《牙拉巅空前盛举》篇中也有详细的记载,鉴于篇幅,就不作赘述了,欲知详情可借《南洋牙拉巅游记》一读为好。

伦敦杂记

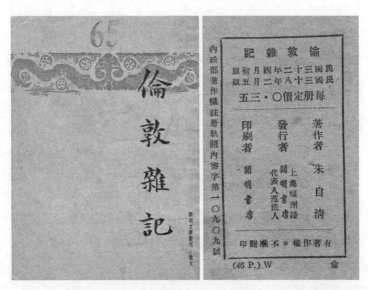

⊙《伦敦杂记》封面、版权页，开明书店 1949 年 2 月第 5 版

　　《伦敦杂记》，朱自清著，开明书店 1943 年 4 月初版，笔者过眼的是 1949 年 2 月第 5 版。竖排，开本 12.3×16.9 厘米，页数 81 页，定价 0.35 元。全书收文《三家书店》《文人宅》《博物院》《公园》《加尔东尼市场》《吃的》《乞丐》《圣诞节》《房东太太》。书前有朱自清 1943 年 3 月于昆明撰写的《自序》："一九三一到一九三二年承国立清华大学给予休假的机会，得在欧洲住了十一个月，其中在英国住了七个月。回国后写过一本欧游杂记，专记（欧洲）大陆上的游踪。在英国的见闻，原打算另写一本，比欧游杂记要多些。但只写成九篇就打住了。现在开明书店惠允印行；因为这九篇都只写伦敦生活，便题为伦敦杂记。当时自己觉得在英国住得久些，尤其是伦敦这地方，该可以写得详尽些。动手写的时候已经在回国两三年之后，记忆已经不够新鲜的，兴趣也已经不够活泼的。这九篇里除《公园》《加尔东尼市场》《房

东太太》三篇外,都曾登在中学生杂志上。那时开明书店就答应我出版,并且已经在随排随等了。记得'七七'前不久开明的朋友还来信催我赶快完成这本书,免得彼此损失。但是抗战开始了,开明的印刷厂让敌人的炮火毁了,那排好的杂记版也跟着葬在灰里了。直到前些日子,在旧书堆里发现了这九篇稿子。这是抗战那年从北平带出来的,跟着我走了不少路,陪着我这几年。"

朱自清毕竟在英国生活了七个月,对英国社会和人物有了较多的了解,这本杂记除记录城市建筑、自然风光外,更多的是记录和叙述了人物,写到了民风民情,如《乞丐》《圣诞节》《房东太太》等,便不是一般游记,而是记人记事的散文。比起《欧游杂记》来,《伦敦杂记》更具有朱自清散文的个人特色,文章也更为活泼耐读。《三家书店》中以细腻笔调和洋溢情感描述坐落于伦敦街头的著名书店:"伦敦卖旧书的铺子,集中在切林克拉斯路;那是热闹地方,顶容易找。路不宽,也不长,只这么弯弯的一段儿;两旁不断的是书,玻璃窗里齐整整排着的,门口摊儿上乱哄哄摆着的,都有。加上那徘徊在窗前的,围绕着摊儿的,看书的人,到处显得拥拥挤挤,看过去路便更窄了。摊儿上看最痛快,随你翻,要看好的还得进铺子去。进去了有时也可随便看,随便翻,但用得着'劳驾''多谢'的时候也有;不过爱买不买,决不至于遭白眼。说是旧书,新书可也有的是;只是来者多数为的旧书罢了。最大的一家要算福也尔,在路西;新旧大楼隔着一道小街相对着,共占七号门牌,都是四层,旧大楼还带地下室——可并不是地窖子。店里按著书的性质分二十五部;地下室里满是旧文学书。这爿店二十八年前本是一家小铺子,只用了一个店员;现在店员差不多到了二百人,藏书到了二百万种,伦敦的《晨报》称为'世界最大的新旧书店'。两边店门口也摆着书摊儿,可是比别家的大。最值得流连的还是那间地下室;那儿有好多排书架子,地上还东一堆西一堆的。乍进去,好像掉在书海里;慢慢地才找出道儿来。屋里不够亮,书又多,离窗户远些的地方,白日也得开灯。可是看得自在;他们是早七点到晚九点,你待几个钟点不在乎,一天去几趟也不在乎。只有一件,不可着急。你得像逛庙会逛小市那样,一半玩儿,一半当真,翻翻看看,看看翻翻;也许好几回碰不见一本合意的书,也许霎时间到手了不止一本。"朱自清是爱书人,故将淘书的情趣能描绘得惟妙惟肖,绝妙无比。

朱自清淘书情趣意犹未尽,接着他又进入第三家书店彭勃思书铺继续淘书,请听他说:该书店"开设于一七九〇年左右,原在别处;一八五〇年在牛津街开了一个分店,十九世纪末便全挪到那边去了,维多利亚时代,店主多马斯彭勃思很有名气,来往的有迭更斯,兰姆,麦考莱,威治威斯等人;铺子就在这时候出了名。"这篇 600 余字小文,将伦敦三家新旧书店的特点及作者的淘书情趣,展现得淋漓尽致,令人印象深刻。《加尔东尼市场》写得更是平淡生动,幽默风趣,境界不俗。夏奈蒂在

《读"伦敦杂记"》中评论道:"冲淡自然,若纤尘不染,复不见人工斧痕,凡有所言,都自自在在,老老实实,合了一句'文如其人'的老话,你在他的文章里,有时真可以读到一个久居北平做学问的人的音容笑貌。平淡,也许,可绝不平凡。从头至尾,干净利落,细腻真切,倘非火候到家,又那里能达此境界?"朱自清无愧为书话散文高手。

朱自清喜爱旅游,认为"旅游也是刷新自己的一贴清凉剂"。为此,他很欣赏梁绍文的一段话:"我们不赞成别人整世的关在一个地方而不出来,所以我们主张:能够遍游全世界,将世界上的事事物物都放在脑筋里的炽炉中锻炼一过,然后才能成为一种正确的经验,才算有世界的眼光。"朱自清认为所谓"秀才不出门,能知天下事"稍嫌旧式的了。他主张"来个新的,'看世界面'上,我们来做个'世界民'吧"。

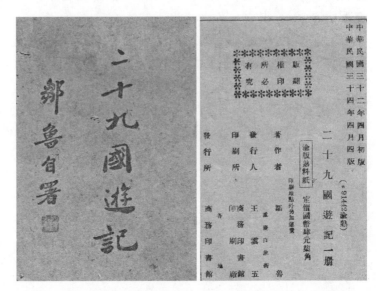

⊙《二十九国游记》封面、版权页，商务印书馆 1945 年 4 月第 4 版

邹鲁，原名邹澄生，1885 年生，广东省大埔县人。历任国民政府财政厅厅长、国立广东大学校长、国民政府国防委员会常委等。著有《二十九国游记》《中国国民党史稿》《教育与和平》《邹鲁文集》等多种。

《二十九国游记》，商务印书馆 1943 年 4 月初版，笔者所见为 1945 年 4 月第 4 版。竖排，开本 14.7×20.2 厘米，页数 288 页，定价 4.70 元。全书有《日本、檀香山》《美洲五国：美利坚、墨西哥、巴拿马、古巴、加拿大》《法兰西》《瑞士》《意大利、摩纳哥》《奥大利（奥地利）》《匈牙利》《捷克斯拉夫》《德意志》《瑞典、挪威、丹麦》《德国汉堡》《荷兰》《比利时、卢森堡》《英吉利》《葡萄牙、西班牙》《地中海东岸诸国——非洲——印度洋岸——太平洋岸：希腊、土耳其、叙利亚、巴力斯坦、埃及、印度、新加坡、安南、香港、广州、台湾、上海》《旅行意见》。书前有邹鲁 1942 年 11 月 11 日于重庆复兴居撰写的《改版自序》、1928 年 11 月 11 日撰写的《序言》及没有落款时间的《赘言》，书后附有《索引》《中西文人名地名对照表》。邹鲁在《赘言》中写道："兹篇逐日在途中记载，陆续寄上海报纸发表，非在一室一气编成，故词句章法，间有重沓。"虽然稿件随写随发，有不完善之处，但也有可贵之处，正如邹鲁在《序言》所说："斯篇所记，纯为事实，不加论断，愿国人由事实而鉴别，由鉴别而取舍，而不囿于一人之见也。"即为国人打开了一扇了解世界的窗口，故受到国人的关注和喜爱。为此他于 1928 年底计划分别出版日记式的《环游二十九国记》和"以检讨国际政治为中心"感想而写成的《旧游新感》。商务印书馆 1943 年版的《二十九国游记》是在上述两书合而为一基础上，修订和编纂而成的，全书更为丰满和完整。其涉及国家之多、内容之丰富、见识之精辟，在民国游记中是不多见的。尤其是邹鲁在书中所采用的按语形式，更是别具一格，起到画龙点睛之妙。如《匈牙利》这一章，有按语曰："匈牙利人，一千余年以前，原与吾人同在东亚。当时，彼等舍弃东方故居，想见其沿途跋涉之辛劳，而创业于白种人群中，不为白人所消灭与同化，尤佩其刻苦奋斗之精神，欧人称为'魔鬼子孙'可以概见。"把匈牙利游牧人的历史及其刻苦、顽强、奋斗的性格特点，尽情地展现出来。在叙述法国人时，他在按语说："法人崇尚自由，故法国随处塑自由神。"点出法国人是崇尚自由和文化艺术的民族。在说到瑞典当年的历史背景时其按语道："瑞典为第一次世界大战之局外国。"点出瑞典在大战中保持中立的地位，故免遭战火蹂躏和生灵涂炭的灾祸。

《二十九国游记》作为一种游记读物也不乏对城市风光的记录和描绘。他对战后的斯得哥尔摩叙述道："所经处，街道树木甚少，且多狭窄，惟海湾回环，沿海山坡，尽是茂林，风景至为秀美。"点出瑞典首都是个地处海湾和风景秀美的城市。对维也纳描绘道："入其中，道路宽，房屋伟丽，园林路树，整齐可爱，车水马龙，繁庶依旧。"展示维也纳富丽和繁荣的景象。对捷克国都布拉格记录道："林虽不少，但不如西行之整齐，田园之修治，似亦稍逊。"展现了欧洲城市风貌和居住环境的特点。邹鲁不仅记录欧洲名城，也记录了美洲、阿拉伯等地城市风貌，如古巴都城亚湾拿（哈瓦那）记述道："港口甚窄，入港后，水复汪洋，有如大湖，海岸建筑甚佳。"对贝鲁特记载道："房屋整齐，人民殷富，法国统治全叙利亚之总督于此。"寥寥几个字，将城市一隅的风光展现得淋漓尽致。

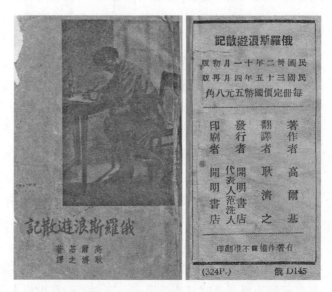

⊙《俄罗斯浪游散记》封面、版权页，开明书店 1946 年 4 月再版

　　《俄罗斯浪游散记》，高尔基著，耿济之译，开明书店 1943 年 11 月初版，笔者所见为 1946 年 4 月再版本。竖排，开本 12.3×17.3 厘米，页数 642 页，定价 5.8 元。全书有《人的诞生》《流冰》《女人》《海行》《混乱》《英雄》《丑角》《观众》《快乐的人》等 31 个章节。无序无跋。高尔基以其独特的艺术手法，塑造了一个个性格迥异、栩栩如生的人物形象，如在《女人》篇中他是如此描绘女人的："她的脸是不寻常的：巨大的黑眼一直在那里游戏，几乎每分钟必要变换神势，一会儿凝聚地，严正地望着村路旁边的某处，和狂风飞扬着的沙原，忽然又匆遽地在人脸上开始有所寻觅，以后又惊慌地眯细些，美丽的唇旁驰过一阵微笑，——女人垂下头去，将脸藏起来了，等到重新举起的时候，——她的眼睛又是新的样子，竟恼怒地扩大起来，细眉之间隐着尖角的折缝，整齐的嘴上的烤焦的唇固执地紧闭着，直挺的鼻子的两

个柔细的鼻孔里吸进空气，声音响得像马嘶一样。”毕竟是大文学家高尔基的手笔，寥寥数句将一个心境焦虑的女人神态惟妙惟肖的描绘出来，令人称妙，印象深刻。尤其令人叹服的是高尔基对俄罗斯自然景色的描写，几乎每篇都以生动活泼的形象、丰富多彩的文字、美妙隽永的比喻，描绘出一幅幅大自然的图景，使人犹如身临其境。如在《海行》篇中，对海景的描绘妙趣横生：“绿油油的海从浪水的白袈裟里透露出它的肉体，不住地呼吸着。帆鼓成球形，上面的补缝轧轧地发响，帆架吱吱的低叫，绑得很紧的索具弹出弦乐的声音，周围的一切全在紧张的，迅遽的飞驰中，云也在天上驰骋，银色的太阳在云隙里洗浴；海与天相像得奇怪，——天也沸腾着。”绿油油、浪水、帆、云、海与天，这些词汇，将蓝天白云和沸腾的海洋描绘得淋漓尽致，给人一种尽兴的大自然美景的享受。

耿济之（1899—1947），原名耿匡，生于上海。伴随社会的变迁和时间的流失，大多数人对他的生平已知之甚少。其实他可是我国著名的文学家和翻译大家。他可是五四爱国运动的学生领袖之一，也是大名鼎鼎的文学研究会的发起人和沟通中俄文化交流的著名外交家。早在 1917 年至 1919 年期间他在北平俄文专修馆学习时，就热衷翻译俄国文学作品。1921 年与郑振铎一起从俄文直接翻译了《国际歌》。从俄专毕业后，被派往苏联，先后在赤塔、伊库茨克、海参崴，列宁格勒和莫斯科等地任副领事、领事、总领事、一等秘书和代理大使。曾会见过高尔基等苏联著名作家。1935 年梅兰芳访苏，耿济之亲自为梅兰芳翻译，与梅兰芳结为莫逆之交。1937 年因病辞职回国。抗战期间与梅兰芳、郑振铎、王统照、赵家璧等人被困在上海的租界“孤岛”上。由于他在社会上的知名度，日寇经常到他家里骚扰。面临着敌伪的威胁利诱，处境险恶。他隐名埋姓，以开“蕴华阁”旧书店为掩护，躲避日伪的查询，继续翻译俄罗斯文学。

1945 年抗战胜利后，他在《民主》周刊上发表文章，公开向国民党政府提出四项要求：一、确保公民最低生活的保障；二、严厉惩办曾直接或间接贼害国家与人民的汉奸；三、实行人民集会结社言论出版自由；四、立即实现民主，建立为一个现代国家。1947 年，他终因积劳成疾，贫病交加，客死沈阳。耿济之人生短短 50 年，却翻译了世界上 28 位著名作家的 90 多篇作品及不计其数的短篇著作，对翻译和介绍苏俄文学做出巨大贡献。

⊙《访英日记》封面、版权页，商务印书馆 1945 年 9 月上海初版

　　《访英日记》，王云五著，商务印书馆 1944 年 7 月重庆初版，笔者过眼的是 1945 年 9 月上海初版。日记体。竖排，开本 12.8×18.8 厘米，页数 109 页，插图照片 1 幅，定价 2.20 元。全书叙述 1943 年 11 月 18 日至 1944 年 3 月 19 日王云五访英期间的所见所闻。书前有"作者在英国会上下议院欢迎会中致词"的一帧照片及王云五 1944 年 6 月 12 日撰写的《自序》："余以民（国）三十二年（1943 年——编者注）十一月十八日出发访英，三十三年（1944 年——编者注）三月十九日返陪都（重庆）；中间去程占两星期，归程兼访土耳其、伊朗、伊拉克三国历时约七星期，计留英为七星期。逐日举动见闻，略有所记；惟应接愈紧之日，可记之事愈多，而能供记述时间愈少。事过境迁，辄难追忆，自不免缺漏。归国后，拟著《战时英国》一书，以目击耳闻之英国战时努力，分题叙述，以告国人，俾资借镜。今属稿将毕事，觉

日记所载者,除去程归程之记载不属《战时英国》范围外,即留英时期所记未能归纳于该书者亦十之七八;盖一为系统的著述,一为随时之记载,前者按题发挥,后者巨细不遗,自难尽同也。两月以来承各方相约演讲,多至二三十次;而酬酢之余,辄复以观感相询,足见关心于英国近状者至众。又中东近东各国渐为国人注意,垂询及此者自亦不鲜。余因就此行日记,包括留英去程归程,旁及中东近东之访问,除已详见于《战时英国》一书者应于删节以避重复外,一一列举,刊为小册。当世君子,关心访英经过,亚西情况,以及旅途琐闻,东西风尚者,或不以其不文而弃之。至书名《访英日记》,从其简也;内容巨细并列,存其真也。"《访英日记》要比《战时英国》更详尽,更细腻和完整,也是一本全面展现王云五访英全貌的书。

王云五,1888 年生于上海,出版家。1944 年 11 月 21 日重庆《工商日报》刊文称赞他:"一个事业上的天才。在经济界看,他是第一流的商人;在工业界看,他是科学管理专家;在学者看,他是百科全书;在国故家看,他是小学(古文字)家;在文化界看,他是保姆;在少年人看,他是工程师、发明家;在教育界看,他是前辈;在另一些老前辈看,他是白发青年;在参政员诸公看,他是'宪政叔叔';在国民外交看,他是和平使者。"他太完美了! 当然在我眼里他首先是著名出版家,因为他在出版上取得卓越的成就,才受到学者、读者和少年学子的广泛赞誉,也能成为商界、教育界的楷模与外交和平使者。这次他是作为国民政府代表团成员之一出访英国的。这次中国访英代表团从重庆乘飞机辗转云南、印度加尔格德、埃及开罗、葡萄牙里斯本等地,于 1943 年 12 月 3 日才抵达英国,受到了各界欢迎,也受到英国国王亲切接见及国会上下议员的热情款待,王云五还代表中国访英代表团致词,可见他的地位和影响力之大。

在英期间,王云五先后访问伦敦、曼切斯特、伯明翰、爱丁堡、格拉斯哥等多个城市的公园、博物馆、企业等,广泛接触社会,收获、启示和感触也颇丰。如他在游览伦敦著名的海德公园时,不仅对公园的草坪、绿树和整洁的环境留下美好的印象,对园内露天政客演讲也印象深刻。他先后参观了伦敦中央图书馆和剑桥大学本部图书馆等。在书中对剑桥图书馆记道:"藏书一百余万册;中文部藏汉文书籍约六万册,中有元朝版本一种,稿本抄本颇多;其中最有参考价值者为 1805 年至 1860 年中英交涉档案,计有百册左右,又收藏太平天国所印之书颇多。"王云五眼里善本书不仅包括元本古书,还包涵近代"中英交涉档案"和研究太平天国版的书籍等。同时,揭示了剑桥大学藏书之富。在英国除有剑桥、牛津大学图书馆外,爱尔兰都柏林圣三一学院图书馆也非常著名。2015 年末,我曾去过圣三一学院图书馆参观和访问,记得图书馆"长厅两侧最吸引眼球的是高耸的上下两层敞开式书架,气势磅礴、宏伟壮观,复古的橡木书架上收藏着近 20 万册古老的旧书,琳琅满目。跨入长厅殿堂，犹如步了书海林立的迷宫之中。"我曾撰成《令人震撼的图书馆》刊发于 2016 年 1 月 26 日《新民晚报·夜光杯》上，颇受读者关注和好评。因此世界一流大学不仅要拥有一批高水平的教授，还必须拥有藏书丰富的大学图书馆。出版社也是同样如此，王云五也很看重这一点，所以在这次访英活动中，他还为商务印书馆选购了许多英文版的书。他在 1943 年 12 月 9 日记中记道："午前余开始向书店选购书籍。"准备回国后组织力量翻译和出版一批介绍西方思想和学术的精品丛书。

王云五学识渊博，他不仅精通古籍版本，对中国古代名家书画鉴赏的造诣也颇深。在这次访英过程中使他有意外的收获。书中记道，1943 年 12 月 31 日他在伦敦博物院附近的一家出售东方书籍的书店内以 20 英镑和 5 英镑价格分别购得一轴元代仿宋画《尧民击壤图》和一幅赵文敏（赵孟頫）所书《嵇叔夜绝交书》，并对《嵇叔夜绝交书》鉴赏和考证道："字迹飞挺，确系赵文敏手笔，而乾嘉两代内府藏印及明末梁清标藏印与文敏印章，亦复迫真，虽手边无可供客观的考证，十九当真品。"王云五能在英国旧书店捡漏也不奇怪，凭他厚积的古文化的学识和功力，也是理所当然的事。

访英简笔

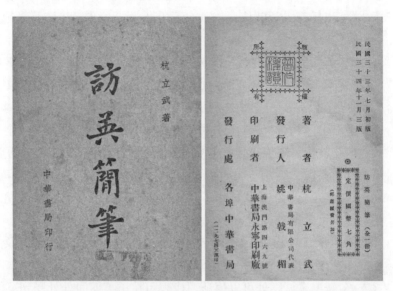

杭立武 著

中华书局印行

民國三十三年七月初版
民國三十四年十一月三版

版權所有

著者 杭立武

發行人 中華書局有限公司代表 姚慤楷

印刷者 上海澳門路四六九號
中華書局永寧印刷廠

發行處 各埠中華書局 （三九七四四號）

訪英簡筆（全一冊）
（郵運匯費另計）

定價國幣七角

⊙《访英简笔》封面、版权页，中华书局 1945 年 11 月第 3 版

　　杭立武（1902—1991），安徽滁州人。自幼聪颖，早年受到父亲的启蒙熏陶和私家英文教师的传授，这样奠定了他在中英文上的基础。1913 年，杭立武进入滁县基督中学读书。1916 年又进入南京金陵中学求学。1919 年以优秀的成绩直升金陵大学。1925 年杭立武考取安徽省公费留学生，赴英国伦敦大学进修，获得硕士学位。任威斯康辛大学名誉研究员，并获该校硕士学位。后返英继续攻读政治学获博士学位。1937 年兼任金陵大学董事，在他的倡议下组成南京安全区国际委员会，负责保护困在危城中未及撤离的居民。日军进逼南京时，杭立武受命抢救故宫博物院的文物，水陆兼程运至大后方之川、滇等地。当时军情紧急，炮火逼近北门码头，他排除万难使万余箱文物一一妥善搬运。西方记者目睹当时险象环生的惊险场景，赞扬他在炮火下奋不顾身抢救国宝的精神，称其："非常人所能奏其

功者。"

1940年,杭立武出任蒋介石对英国的联络人,曾面晤英国首相丘吉尔,并达成了由英方重开滇缅公路的协议。1944年任国民政府教育部常务次长。1949年任教育部部长。1951年至1956年,杭立武担任台湾"总统府"国策顾问。后创办东海大学,出任首届董事长。1991年病逝台北。著作有《访英简笔》《政治学概要》《政治学典要义》等。

《访英简笔》,中华书局1944年7月初版,笔者过眼的是1945年11月第3版。竖排,开本12.8×18.4厘米,页数36页,定价0.70元。全书有《英人友情》《战时空气》《胜利第一》《社会情态》《战时及战后之英国》《三数可记之事》《盛会难逢》七个章节。书前刊有《访英往返途程简图》《英国旅行简图》两种。全书叙述了作为国民政府访英代表团成员之一的杭立武,1943年末至1944年初历时两个月走访和游览战时英国20余个城市的所见所闻,同时对当年中英关系和英国社会的政治、经济、军事及国民生活状况作了分析和介绍,也为后人研究二战期间的英国史留下了一部不可多见的参考文献。

书的开篇首先叙述了当年英国人民对中国人民的友好情谊及共同抗击法西斯的战斗精神。当杭立武踏上伦敦的土地,就颇有感触的说:"英国人民对中国人民之友好,普遍真诚随处可以信证。"代表团在访英期间处处受到英国各阶层的欢迎和热情接待。值得一提的是中国代表团还受到了英国首相丘吉尔的接见,丘氏在交谈中强调指出:"必以军力迫使暴日无条件投降求饶,方算对得起我们这一代和下一代。"

在书中杭立武记录了二战期间伦敦被轰炸后的悲壮情景,在《战时空气》篇中记载道:"今虽断瓦残垣,扫拾已尽,但被燃烧破坏之建筑,随处可见。有若干地带,甚至整段街衢,皆成余烬。"英国本土虽遭受战火的摧残,但杭氏却从英国战时所采取的"节约""课税与储蓄""增加生产""农产自给""全民动员"等举措中,还是看到了英国战胜法西斯的胜利曙光。在上述举措中,"全民动员"显得尤为重要,当年"英国人民于出钱之外,尚许出力,根据法令,凡十八至五十一岁之公民,不论性别,政府皆可随时征调为战时之服役,或入军队,或充民团。英国人口共四千六百七十五万,适合工作年龄即十四至六十五岁之男子一千六百万,女子一千七百二十五万,共计三千三百二十五万,在此数额中,军队服役,工厂工作,机关服务,以及担任各项专任职务者,达二千三百五十万。"全民的参与和投入是战胜一切法西斯和侵略者的根本力量,世界反法西斯的胜利也再次证明这一真理。

杭立武对英国社会形态的观察和分析也是入木三分,惟妙惟肖,令人印象深刻。杭立武认为当年的英国社会具有守秩序、人心镇定、公民责任性强、物价稳定、生活简单、阶层混合等特点，他在《社会情态》中叙述道："在英旅行二十余城，汽车之外，亦乘火车、电车，或地道车；参观处所，机关、学校、工厂、公共团体不下七八十，接触人士，代表各种社会阶层，所见所闻，除感觉战时空气浓厚，战时工作紧张外，尤深感在此紧张情绪之背后，有不可摇动之安宁秩序，即在一九四零年法国崩溃后，一面伦敦空袭频仍，一面沿海各区域，随时有被侵略危险，而伦敦市民，除着踊跃参加民团，积极准备保卫祖国外，仍皆各安其业，并无惊慌摇动之像，此盖沉着冷静之民族性，临危愈能表现也。"这反映出英国人是个极具"冷静"性格的民族，所以即便伦敦遭受空袭，也按部就班的学习和工作，显得淡定稳健，没有发生丝毫恐慌和杂乱的现象。当然人民如此淡定不害怕，除性格上因素外，也与人民对国家拥有强大空军和防御能力为后盾是分不开的。

⊙《战时苏联游记》封面、版权页，中外出版社 1945 年 9 月上海
再版本

　　抗日战争爆发后，美国记者埃德加·斯诺任英国《每日
先驱报》和美国《星期六晚邮报》驻华战地记者。1942 年，
他又去中亚和苏联前线采访，也就有了这本《战时苏联
游记》。

　　《战时苏联游记》译者孙承佩，原名耿殿文，1915 年生，
山东桓台人。学生时代，他就关心国家前途和命运。他拥
护中国共产党提出的抗日民族统一战线的主张，积极参加
"一二九"学生爱国运动，作为北平大学法商学院的代表当
选为北平学联执委，在中国共产党领导下建立的抗日救国
组织——中华民族解放先锋队工作，从此走上革命道路。
卢沟桥事变发生后，受中华民族解放先锋队总部指派，他到
山西十九军做政治思想工作，后又到陕西宜川"民族革命通
讯社"工作，自此以笔为枪，为抗战时期的新闻事业和党的
宣传文化工作竭尽智慧才华。1943 年初，孙承佩来到重

庆,担任重庆《新蜀报》主笔,撰写了许多国际时事评论和通讯。由于视野宽广,观察敏锐,文笔犀利,他的文章很受好评。抗战胜利后,孙承佩来到北平,充分利用自己在文化界的关系,以在北平美国新闻处任职为掩护,继续从事革命工作。1945年,孙承佩等办起了中外出版社,出版进步书刊。1946年,他加入九三学社。同年春加入了中国民主革命同盟。1947年2月,徐冰和骆瑛同志介绍孙承佩加入中国共产党,实现了他多年的追求和夙愿。

北平和平解放后,孙承佩成为《光明日报》社务筹备委员会成员之一。他历任《光明日报》社务委员、采访部主任、总编室副主任。1958年,孙承佩调九三学社中央任专职秘书长。此后,他数十年如一日,兢兢业业、不辞辛劳,全身心投入到民主党派工作之中。他先后担任九三学社中央副主席、执行局主任、常务副主席,协助许老(德珩)、周老(培源)主持九三学社中央的日常工作20余年,直到1990年猝然去世,为统一战线和多党合作事业倾注了无数心血,为九三学社的建设与发展做出了不可磨灭的贡献。

中文版《战时苏联游记》,中外出版社1945年7月重庆初版,笔者过眼的为1945年9月上海再版本,竖排,开本13×18.4厘米,页数264页,印数2000册,定价100元。全书包括《横贯大草原》《解放顿河》《火焰》《斯大林格勒的史诗》《后方》《莫斯科之冬》《敌人》《苏联与日本》《苏联内幕》九章。书前有《译者前言》:"美国名记者埃·斯诺,中国读书界是很熟悉的。本书是斯诺新著《people on our side》的一部。原书共分三部分,第一部谈印度,第二部谈苏联,第三部谈中国。一、三两部皆不便出版,故只能将第二部译出,易以今名。这是关于战时苏联一个生动,深刻,有力的报告,接触的方面很广,前方后方各种场面都接触到了,发掘的程度很深,苏联人民的意志,精神,情绪都有栩栩如生的体现,著者不但报道了苏联的胜利,他更完美的报道了胜利是如何争取,如何创造的。读过之后,我们可以深切的体会到'人民战争'的意义,可以深切的知道,苏联的胜利是势有必至,绝非偶然,决非幸致。本书最后一章,综述了有关苏联的重大问题,材料丰富,论述着力,在苏联研究上,是最有价值的参考。"可见,《战时苏联游记》是对二战时期苏联"发掘的程度很深"的一本专著,极具文献参考价值。尤其是本书第九章《苏联内幕》中的《苏联为什么打胜仗》写道:"在物资,训练,武器各方面,红军和一切现代军队不无多大差别。使它成为胜利者的决定因素也许在这一切外在条件之外。据我在苏联所见的,结局决定的原因仍是那些在势均力敌的战争中决定胜负的东西,那就是士气,那就是影响并决定一个国家动员她的人力物力去克服生存危险的方法与方式。在莫斯科之战中,苏联有更好的士气,在斯大林格勒也如此,这两次战役决定了纳粹的命运。在斯大林格勒苏联人不把它叫做士气,而叫做'坚定'。假若没有相同后方的坚定,假若苏联人民没有集中一切在决定的地点生产出最大捶击力,那么'坚定'及其一切牺牲也不曾有什么用处的。"苏联红军的士气和一定能战胜德国法西斯的"坚定"信念,是最终胜利的根本原因。作为一个美国记者的斯诺当年能看到这一点,难能可贵。这与他能写出《西行漫记》同出一辙,是思想和观念上没有偏见,忠于客观事实,敢于说真话的结果。

苏联纪行

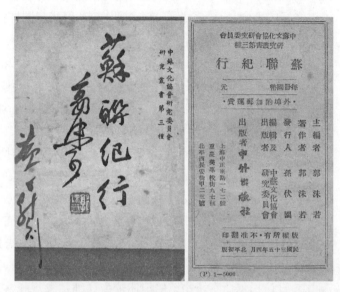

⊙《苏联纪行》封面、版权页，中外出版社 1946 年 4 月北平初版

《苏联纪行》是郭沫若先生于 1945 年应苏联科学院的邀请，赴莫斯科、列宁格勒参加苏联科学院 220 周年纪念大会及会后访问苏联所见所闻的日记体游记，完稿于 1945 年 6 月 9 日至 8 月 16 日期间的苏联、重庆。原载《新华日报》1945 年 10 月 10 日至 1946 年 1 月 22 日，同时刊载于 1945 年 10 月 19 日至 23 日《建国日报》晚刊，后汇编成书。

《苏联纪行》，笔者所见为中外出版社 1946 年 4 月北平初版，被列为"中苏文化协会研究委员会研究丛书第三种"，封面为套红印刷，由郭沫若自题书名，下钤"郭沫若"篆书白文印章。竖排，开本 12.7×18.1 厘米，页数 216 页，插图书籍广告 2 幅，印数 5 000 册。全书共计 76 篇日记。书前有郭沫若撰写的《前记》："（1945 年）5 月 28 日的晚上。苏联大使馆的费德林博士来访，他递给我一封信，是苏联科学院邀我去参加第 220 周年的纪念大会。会议在莫斯科与列宁格勒两地联续举行,自 6 月 16 日至 28 日,会期半个月。各国的学者除掉法西斯国家之外都受了邀请,我国有两位,除我之外,另一位是丁燮林先生。这自然是很光荣的事情,多年的宿望得到了这样意外的满足。朋友们都替我庆贺,开会欢送,设宴饯别,整整繁忙了十天。我自己是抱着唐僧取经到西天去的精神到苏联去的,有了这样好的机会,应该多学了一些东西回来,但我却同样抱憾。苏联值得学习的东西太多了,时间毕竟太短。自己的准备也太不够,尤其是言语不通,要全靠朋友翻译,耳朵又聋,连译辞也听不完备。"这次郭沫若之所以被邀请,是鉴于他在考古学方面的成就及经典史学名著《中国古代社会研究》的影响力。

当年郭沫若是乘美国军用飞机离开重庆,途经昆明、印度等地而至莫斯科。由于路途上的耽搁,6 月 25 日才到达莫斯科,这时纪念大会已经移到列宁格勒举行了。26 日晚上,他飞到列宁格勒时,仅仅赶上了大会的闭幕。虽然有些重要的学术报告没有听到,苏联当局却特别招待他到各处参观。在苏联参观访问的 50 天旅途历程中,他先后到过斯大林格勒游览了伏尔加河,到过乌兹别克首都塔什干和旧都撒马罕等地。在这期间,参观过苏联革命博物馆、东方文化博物馆、历史博物馆、军事博物馆、克里姆林宫博物馆;参观了作家奥斯特洛夫斯基博物馆、诗人莱蒙托夫博物馆和大文豪托尔斯泰博物馆;参观了列宁图书馆、画馆、天文台等等。其中7 月 25 日访托尔斯泰博物馆的记述较为详细:"参观托尔斯泰博物馆。天雨,在途几经探询,始得馆址。馆共十室,一老年妇人担任说明。据云馆舍建于 1817 年,为意大利工程师格里哥列所设计,但托翁生平并不曾在这儿居住。第五室,关于《战争与和平》,原稿共 2500 页,改稿 11 次,费时 5 年。其中鲍尔孔斯基公爵的模特儿即是托翁的外祖父,大眼睛玛丽亚即是他的母亲。第六室,关于《安娜·卡列尼娜》,48 岁时所写,曾经修改 4 次,在此时期中已为农民及儿童写作教本。第七室,晚年生活。第八室,关于《复活》。第九室,关于《哈德儒·牟朗谟》及临终前后。第十室德寇暴行。陈列资料极为丰富。铜像、画像、照片、画片、原稿、校稿、日记、书简、印本、各国的译文,外国学者或作家的来信,印本中的插画底稿,各项著作中的环境与模特儿,无不应有尽有。"读来生动、丰富,犹如亲临其境,特别清晰感动,让人看到文学巨匠托尔斯泰成功背后是他艰辛的创作。

在苏联期间,郭沫若应邀作了多场学术报告。7 月 5 日在苏联历史研究所,作了《战时中国的历史研究》;7 月 26 日在苏联东方语文大学,作了《中国文学的两条路线》;7 月 27 日在苏联对外文化协会作了《战时中国的文艺活动》等等。这些报告受到各方的好评和欢迎。在苏联的 50 天中,郭沫若始终沉浸于兴奋和愉悦之中,对苏联的社会发展和科学事业赞赏不已,他在向苏联科学院致祝辞时说:"在这儿,科学院是纯粹为人民服务的,科学和人结合了,这便增加了科学的力量,也增加了人民的力量。这便是苏联建国成功的一个主要因素。"是的,科学与人民的结合,在苏联是做到了,科学应该为人民服务,科学才能获得正常的发展;人民要被科学武装,人民才能发挥伟大的力量。同时,在访苏期间郭沫若还结交了许多新的朋友、会见了许多老朋友,并看望了老战友李立三。并充分感受到苏联人民的深厚友谊。在莫斯科的博物馆参观的时候,郭沫若为拿破仑的石像题了几句诗,对于穷兵黩武者,极尽讽刺。诗云:集工艺之美,聚珍宝之光,帝王生活诚然富丽堂皇,到今朝尽归诸人民玩赏。试问权威何在? 春梦几场? 最可怜是拿破仑一世石像,一个永远的俘虏自行送上! 苏联今天对于世界已经不是一个谜了。它有那么多的成绩给人看。

《苏联纪行》后又有太岳新华书店、裕民印刷厂的版本印行。1949 年 10 月,另题名《苏联 50 天》(删削本),由大连新中国书局出版问世。

初访美国

⊙《初访美国》封面、版权页，生活书店 1947 年 1 月第 3 版

《初访美国》，费孝通著，生活书店（上海重庆南路 6 号）1946 年 6 月初版，笔者所见是 1947 年 1 月第 3 版。开本 12.6×18.2 厘米，页数 182 页。全书收录《人生的另一道路》《贫困的早年》《自由之邦的传统》《年轻文化的前途》《劳资的鸿沟》《关于华侨》《文化的隔膜》《老而不死》《男女之间》《眼睛望着上帝》《民主的沉睡》《平民世纪在望》等 16 章及《余笔》。在书中费孝通没有明确讲述和记录他出访美国的时间节点和行程，据《余笔》末尾落款："三十四年（1945年——编者注）八月八日呈贡"的字句，又据《年轻文化的前途》中所说："美国在这次战争中已经长成了世界上第一位的强国，海军和空军暂时是不会遇到一个可以抵抗的敌国。"大致可推测费孝通此次初访美国发生于第二世界大战结束之后至 1945 年 8 月期间，其在美国主要走访和生活圈是在大都市纽约。现代化的纽约给费孝通留下了深刻的印

象:"到纽约要坐渡船,你站在船面上,四面望望:后面是烟雾笼罩下的巨大厂房,海中心是个美丽的自由女神,对岸是孟汉顿(曼哈顿——编者注)一片耸天高楼,像积木般的堆砌着,这幅景象也许是美国文化最简单的'文摘'。"费孝通在美国关注的不仅仅是名山大川和名胜古迹,还有对社会制度、民主与科学、平等与自由的考察和研究,所以这本《初访美国》不仅仅是普通意义上的游记,而是涉及到社会文化和精神思想层面的游记。为此,费孝通在书末《余笔》中说道:"写完了以上十六章,从头又看了一遍,虽则名称是《初访美国》,可是写下的既不是游记,又不是论文,至多不过是我个人在美国的一年所搜罗的一些零星的感想。"文章虽不免有些零星和松散,却依然不失为别具一格的一本美国游记集,达到旅游和社会学齐驾并驱的境界。

留欧印象

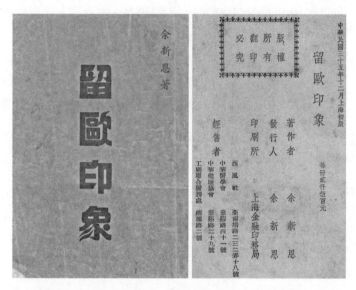

⊙《留欧印象》封面、版权页，上海金融印务局 1946 年 12 月初版

　　余新恩，1908 年生，湖北人。1936 年北京协和医学院毕业，获医学博士。1937 年赴奥地利维也纳医科大学进修胸腔外科，其间不仅学到治疗肺痨病的专业技能，还走访和游览了维也纳、柏林、伦敦、巴黎、日内瓦等欧洲多个都市名城和地区。1940 年学业完成归国后，他将二战阴影下欧洲所见所闻撰写成多篇游记小文，先后在《申报》《大公报》《西风》《旅行杂志》《大陆月刊》等报刊上发表。1945 年，他在担任《中华医学杂志》总编辑之职期间，在编好医学杂志的同时，还把已发表于报刊上的游记收集汇编成了这本《留欧印象》。他还有《人体哲学》《新医知识》等医学专业著作传世。

　　《留欧印象》，笔者所见为上海金融印务局 1946 年 12 月初版。竖排，开本 13×18.4 厘米，页数 130 页，插图照片 1 幅，定价 2 500 元（法币）。全书收有《印度朋友》《十天在开罗》《睡城》《维也纳割尸记》《维也纳咖啡馆》《希特勒到维也纳》《捷京回忆》《柏林》《伦敦割肺记》《三次危急时在巴黎》《日内瓦》《世外桃源塔佛斯》《从欧洲归来》《忆伦敦》等15篇文章。书前有序两篇,第一篇序是时任上海圣约翰大学教授黄嘉德1946年11月25日所撰写的《留欧印象序》。当年黄嘉德不仅在圣约翰大学任教,同时还与胞弟黄嘉音及林语堂创办西风社,兼任《西风》月刊的主编。黄嘉德在序中说:"余新恩医师于民国二十九年(1940年——编者注)留学英伦三岛及欧洲大陆归国,曾把欧游观感写成文章多篇。这些文章多数在我所主编的《西风》月刊,及《西风》副刊上登载。现在余医师把历年来所发表的作品选辑成集,要我写一篇序文,这个差事我是很愿意担任的。在过去的中国杂志界,写文章者几乎仅限于文人;不是文人便不写文章。……西风创刊的一个主要目标,就是要打破非文人不写文章的风气。"黄嘉德创刊的这本《西风》杂志是达到了预期目的,《西风》在刊物上开展的征文活动,激发了当年许多非文科专业的知识分子撰写通俗文章的兴趣,余新恩就是其中一位较有代表性的人士。据说余新恩撰写的第一篇作品《维也纳割尸记》在《西风》月刊第五十期刊载后,因内容充实,文笔流畅,描述生动,格调清新,曾受到读者的关注和欢迎。第二篇序是余新恩1946年11月于中华医学会撰写的《自序》,他说道:"当二十六年(1937年——编者注)出国之前,曾遍访各书店,很想找一本有关欧洲大陆旅行的见闻录,以供参考,并作为入境问俗的准备;结果颇使我失望,竟找不到这样一本渴望的专册。在留欧的四年期间,除了自身的职务之外,在各地的观感颇多,许多新见闻也都是身历其境而始获到的,加以正值国际形势日趋恶劣之秋,终于二次世界大战爆发,因身逢其盛,额外的添了些战事经验,深刻有加,等到回到国来,回忆既往,一切历历如在目前,欲忘不得。"因为有了这种"欲忘不得"的创作激情,故作品犹如涓涓细流不断涌现,发表的文章多达数十篇。《留欧印象》仅仅是从中选录出的一部分文字,不包括余新恩发表过的所有旅欧观感文字。书的扉页上还附有一帧作者与瑞士大学肺痨疗养院院长福天恩博士、秘书昆拿特先生在该院门口的合影照。

《留欧印象》叙述和展现了20世纪30年代后期欧洲社会政治经济和城市文化风貌的一些特点,比如在《柏林》篇中叙述道:"柏林是欧洲一个很不可轻视的大城市……街道是那么样宽大整洁,路政是那样井井有条,丝毫不乱。"并说,"柏林的街道是宽畅整洁的。地上没有果皮纸屑,街头没有候等乞丐,这是伦敦、巴黎所不及的。"在《日内瓦》中记载说:"日内瓦的繁华盛衰,随着各时不同情景而转移。自然,当日内瓦在举行什么重要国际会议时,顿时市面上就要繁华逾常;车站上将是人山人海,各旅馆饭店皆告客满,湖中游艇来往不绝,晚间商店的灯亮有如白昼。"然而到了欧战爆发后,日内瓦却是"孤独寂静得真可怜;大好美丽的湖山没有人去欣赏,最令人感慨的是当年最权威的国际联盟,曾几何时,却剩得这般冷落"。二战的爆发使原先繁荣热闹的旅游景地日内瓦也沦落为孤寂和冷清不堪的状况,令人惋惜和痛心。同时,他在书中也介绍了柏林、日内瓦等地的城市交通、店铺、餐馆、舞厅、戏院、博物馆、车站、旅馆、中国餐馆,等等,以便读者从中获得欧洲城市吃住行游的信息,这也使这本书成了名副其实的旅欧指南书。

余新恩还生动地记录和反映了二战期间法西斯主义在欧洲弥漫的恐怖气氛,如《捷京回忆》在描绘沦陷后的维也纳时写道:"因它的忽然沦亡,改变了我的行程;不但是我个人改变了计划,千千百百的人都是这样。维也纳不再有它已往的那种美了!自由,和爱,闲情,也都随着奥国的沦亡消逝了。代有的是不自由,党纪律,服从,工作,德意志高于一切。随处所见到的是飘扬满空的国社党旗帜,希特勒肖像,青年团的狂叫游行。"展现当时法西斯的政治空气弥漫着整个奥地利和德国。余新恩在书中不仅揭露了法西斯的嚣张气焰,还记录了侵犯人权、迫害犹太人的罪行。在《希特勒到维也纳》篇中描绘道:"晚上十一二点钟的光景,我们正在四楼预备就寝,忽听见下面商铺的窗门开着的响声。这使我们很奇怪,铺子不早已关了门吗?乃探首下望,果然这些铺子,犹太铺子,尤其是衣衫店,汽车脚踏车店,都被国社党员拿着枪强迫开门,不一会汽车开出屋外,车上满载衣物飞驰而去。"揭露德国法西斯的强盗行径。

《留欧印象》1946年初版,距今也有70多年了,也属稀罕版本了。作为这样一本富有历史感的通俗游记散文集,在我国却长期没有受到有关研究中国现代文学史专家们的重视,甚至贾植芳、俞元桂主编的《中国现代文学总书目》中也没有被收录进去,这实在是令人费解的。因此,我撰写此文,就是要呼吁我们的研究者,在关注中国现代名家学者作品的同时,也不要忘记对这些出于知识分子及平民百姓之手所创作作品的关注和研究,以便更好、更全面、更完整的展现中国现代文学史的风貌和特征。

南洋猎游记

⊙《南洋猎游记》封面、版权页，金屋书店 1947 年 6 月初版

《南洋猎游记》，陈佐耳著，笔者所见为金屋书店（上海北京西路 650 号）1947 年 6 月初版，"金屋儿童文学丛书"之一。作者生卒不详。竖排，开本 13×18.4 厘米，页数 59页，插图 5 幅、广告 2 页，印数 2 000 册，定价 2.00 元。全书有《长夏的南洋》《马莱朋友》《山林魔王》《猛虎的末日》《干杯》《一片漆黑的森林》《一条黑影》《可怕的蚊难》《罗罗茜河》《大鳄鱼上了钩》《警报》《却利失踪了》《响尾蛇》《蛇的舞蹈》《逃出了坟头地》，共计 15 个章节。这是一本有趣的狩猎游记，主要记录和叙述了 20 世纪 40 年代初期陈佐洱与当地狩猎者一起深入南洋丛林狩猎和考察过程中的艰险经历和所见所闻，文字简洁流畅，叙述生动活泼，故事惊险有趣。

当年，陈佐洱从上海码头乘邮轮启航，经过十余天的海上颠簸，登上了南洋马来半岛的口岸。他在书的开篇中叙

你看我道一管百发百中的猎枪

⊙ 插图之一

述说："在南洋，一年四季，都是赤日炎炎的天气。住在这里的人，从来不想到大衣、围巾，连夹衫也不知道是什么，随时随地看见青葱的树林，高而且长的椰子条，多干（杆）的老橡树，和可以榨取饮料的旅人木，树林里又躲着许多爬虫走兽，斑纹的老虎，铁塔似的猩猩，近视的犀牛，贪吃的鳄鱼，阔嘴的河马，和月光下成群结队出浴的野象，一天到晚的吱哩吱哩的猴子，还有那些绕在大树上等候俘虏的巨蛇，也有立刻致人死命的响尾蛇和蝎子。"这对"见猎心喜"的陈佐洱无疑充满着诱惑力。对马来人，陈佐洱是颇为认可的，认为马来人生活简单，日常吃些兽肉、果子，喝些山泉、池水，一条短布护身，一所茅屋，就可过上一辈子。他们的性格虽粗暴，爱打架，可一旦相交相知，倒也很和气。在朋友的引荐和介绍下，陈佐洱因此与当地马来人建立了友谊，从此好客的马来人经常送大串的香蕉给他品尝。陈氏见他们既友善又是丛林狩猎高手，于是就和他们结伴进入丛林作一场考察和狩猎活动。

这场考察活动一路上虽然险象环生，也充满刺激和趣味。他们进入丛林首先遭受"山林魔王"老虎的侵扰，也勾起了他早年曾见到过的一场狮虎斗的回忆。在他的印象中狮子虽有"百兽之王"之称，但老虎的猎食本领却不逊狮子，因为老虎"身体的构造却更为坚实，虎的颈项和嘴，特别强大有力，所以'老虎头'是出名可怕的"。在陈佐洱眼里老虎才称得上真正的"百兽之王"，因此陈佐洱认

不要放它跑掉！不要放它跑掉！

⊙ 插图之二

为虎与狮单打独斗能占上风，但"老虎是孤独的，狮子是合群的"，所以失群的老虎与成群的狮子相斗显然无优势可言。其实，老虎与狮子的遭遇也是不多的。因为有些地区只有狮子却不见老虎的。2009年秋，我去肯尼亚动物王国旅行，据地接导游介绍说整个非洲只有狮子没有老虎。这次南洋狩猎游，不仅陈佐洱在丛林中遭遇老虎，还在与虎的遭遇战中凭借手中的猎枪将它击毙了。陈

却利遇是吹他的箫，那样地镇静～

⊙ 插图之三

佐洱在《南洋猎游记·猛虎的末日》这个章节中记述道："我们仗着人多器利，不愿放松它。枪声始终没有断过，火药的气息也渐渐浓厚了。突然一声又惨厉又愤怒的怪叫，接着是沉重而痛苦的呻吟，发生在我的旁边，只见像小黄牛一般大的那只猛虎，满身鲜血，正在一箭之远的地上作最后的挣扎。"

陈佐洱一行不仅在丛林中受到虎的袭击和侵扰，还受到沼泽地上爬行的凶残鳄鱼骚扰和成群讨厌的蚊虫叮咬。然而最让他们胆战心惊的还是出没无常的毒蛇。南洋丛林中最凶毒的蛇是一种响尾蛇。《响尾蛇》记述了他们同行中一位马来人被响尾蛇咬伤的恐怖情景："忽然走在我前面的一个土人，怪叫起来，似乎受到了猛烈袭击，我们都是惊弓之鸟，受不了惊吓。我想：或许是野人来了，对他放射了什么毒箭。于是我便跳在身边的大树背后，先找了掩护，预备迎敌。"结果土人不是遭遇野人袭击而是被响尾蛇咬伤了。咬伤者被睡放在担架上，"脸色很难看，他的右小腿肿了起来，在那里有一个小洞眼，不住的向外淌着血"。陈佐洱出于同情和关爱，"先给他喝了一点略带麻醉的止疼药水，又给他吞下了多量的消毒的药片"，但心里还是觉得难过，陈佐洱心里明白"对于他是无能为力的"，这些药只能暂时舒缓伤情，必须去毒才能挽救中毒者的生命。伤者疼痛呻吟，不断引起人们对蛇的恐怖。而且一路上响尾蛇似乎老跟他们作对，一听到它可怕的"铃"声，他们立刻变了脸色，不敢向前了。

好在原先离队的一个叫却利捕蛇的高人归队了。却利他自信的说："有我在这儿，它（蛇）再也不会伤害你们的。"说罢，他挑了较空旷的一片地，席地而坐，从腰间抽出一枝怪形的箫，非常文雅地吹弄起来。那蛇游到却利前，似乎很高兴的欣赏这

乐曲，蛇也渐渐地舞动起来，摆动着昂起半个身子，一点一点的舞得快起来，其头部便膨胀起来了，原来它发怒了，集中所有的毒汁在毒囊里。一会儿箫声更急促更尖锐了，像一根鞭子似的在空中挥舞着，蛇的头涨得更大了，这形状太可怕了。他们在斗法，确是神秘的魔术。又过了两分钟，蛇似乎疲倦了，它昂起的半身，慢慢地萎缩，支持不住了！这时，陈佐洱在却利暗示下用军刀一挥，砍死了这条毒蛇。惊心动魄的人蛇之斗，以捕蛇者的胜利结束了！

伴随胜利的脚步，穿越浓密森林，他们终于望见了村落的灯火。此时身临其境的陈佐洱很有感触的说道："在这黑暗笼罩下的森林中，对于一个想归家的旅人，有什么能比灯火更宝贵，更美丽，更可爱呢！"南洋狩猎游，够惊险，够刺激，也够精彩！

日本半月

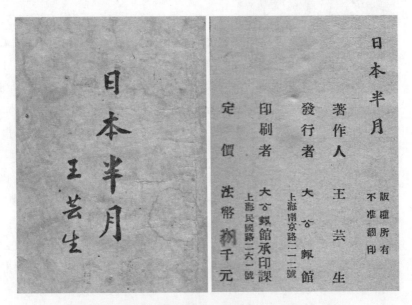

⊙《日本半月》封面、版权页，大公报馆 1947 年 6 月版

王芸生，原名德鹏，1901 年生，天津人。自称"彻头彻尾的新闻人"。他因出身贫寒，早年辍学在天津当学徒，但从小酷爱读书，尤其对报纸有兴趣，自学成才。五卅运动中，王芸生和天津各洋行的青年员工发起组织"天津洋务华员工会"，被推为宣传部长，主编工会的周刊，因鼓动爱国热情，进行反帝宣传而受通缉。1926 年 3 月被迫停刊，南走上海，与共产党人先后主办《亦是》《猛进》等周刊与《和平日报》。1926 年底返回天津，任国民党天津市党部宣传部副部长，经常给《华北新闻》写社论。1929 年 8 月 22 日应《大公报》总编张季鸾之请进入《大公报》，成为一名职业新闻记者，从此他的人生就和《大公报》无法分开了。

《大公报》总编辑张季鸾向以"老谋深虑"著称，他写的社评能抽丝剥茧，层层深入，文章常有对仗的警句，以理服人。而王芸生的文章则如江河奔泻，给人以痛快淋漓之感。

⊙ 大公报馆标识

张、王互相辉映,蔚成《大公报》社评的特有风格。1935 年,王芸生一跃成为《大公报》编辑主任,仅在张季鸾之下。抗日战争期间,王芸生在武汉、重庆协助张季鸾主持《大公报》笔政。1941 年任重庆《大公报》总编辑,成为该报言论的主要撰稿人和该报评论委员会主任委员。抗战胜利后,王芸生任上海版《大公报》总编辑。1947 年 2 月 27 日至 3 月 15 日,王芸生以《大公报》总编辑身份参加中国赴日记者团,也就有了《日本半月》这本游记。

《日本半月》,笔者所见为大公报馆(上海南京路 212 号)1947 年 6 月版,大公报丛书之一。竖排,开本 12.8×17.9 厘米,页数 84 页,定价 8 000 元(法币)。全书收录《暗淡险巇的前路》《由硫磺岛到东京》《战后日本人的思想及其对华的感识》《通货膨胀与黑市经济》《教育与文化急剧变化中》《大可忧虑的赔偿问题》《易货与贸易》《华侨与留学生》《凭吊原子城》《远东国际法庭与战犯》《日本议会与党政人物》《一串感想》等,共计 12 篇。书前有王芸生 1947 年 6 月 10 日于上海撰写的《前言》:"这本小书,是我旅行日本十六天的报告,曾发表于沪津渝三地的大公报。现在印成单行本,是为了便利读者的保存与参考。这本书内的十二篇报告,是一个中国新闻记者在日本投降一年半后的视察报告。其中自然不免含有中国人的感情与见解。日本纵然已战败投降,这个国家今后对于远东尤其对于中国的关系仍然是极其重大的,且绝对有其不可轻视的重量。日本现在盟国管制之下在走着一条路,这条路虽然险巇暗淡,其前进的足迹是极其值得每个中国人加以注视的。我深幸得到一看战后日本的机会,谨以这本小书贡献国人,以为注视这个关系我们国运至极重大的邻人的参考。"王芸生是以《大公报》记者的身份,奉命参加由美国麦克阿瑟元帅邀请的这次访日记者团,同行的有陈博生、牛若望、王云槐、崔万秋等 10 人,于 1947 年 2 月 26 日自上海起飞至 3 月 15 日返沪,历时半月有余,时间不长,感受颇深。他是个博学多才的新闻人,也是个研究日本问题的专家,早在 1931 年至 1932 年间王芸生便写出七卷本《六十年来中国与日本》,而名扬中日史学界。王芸生是个职业新闻记者,也是个有思想和学识的《大公报》总编辑,为了捍卫民间报纸"文人论政"的传统,他曾主张报纸要超党派,并不是超政治,无立场,而是敢言政治,反映民众的活动,成为民众喉舌。王氏以"敢言"著称,他的文章更多带有文人论政的性质,他的言论立足点就是黎民百姓和国家的利益。这种个性和理念在《日本半月》中也得到充分的展示,令人景仰。

王芸生在日本对沿途所见的风光和城市风貌的记录往往点到为止,例如对横滨工业区沿途记道:"汽车沿途所见,雄壮的高架电线,破坏的工厂,宽宽的马路,两旁疏落落的小房子。这是经过轰炸后渐渐恢复整顿的样子。"对当年东京城市风貌叙述道:"银座街上,则人多如鲫,显得有些杂乱,人们大都是信步所之的逛逛。大百货店内,人潮如流,而手上却很少有拿着东西的。溜溜逛逛,似若陶醉,这是一种虚无景象。"落墨不多,却将战后日本破败、冷落和萧条不景气的社会现状,展现得一清二楚。二战中日本本土虽然受到盟军飞机的轰炸,可大多数地区尤其是乡村山区并没受到战火摧残,依然保持着良好美丽的生态环境。王芸生记录道:"由镰仓至箱根,过小田园,至浅间山,车沿山坡盘升,公路一线,蜿蜒而上,碧山苍松,大山深涧,由斜阳驶入黄昏,既无战争痕迹,也没有工业的烦嚣,偶然停车,听涧中流水,看山坳炊烟,苍静劲美,景象悠然。"可见当年日本本土除广岛遭原子弹毁坏外,其他地区基本保持完好,这也为日本战后经济迅速恢复创造可能。

　　王芸生这次旅行则把更多的精力投入到对日本战后思想文化的考察和研究,他对日本民族的性格了如指掌,不仅见解精辟,预见也极为精准。他说:"日本人民的吃苦耐劳,清洁整齐,守秩序,是可佩的,只是他们容易无选择的顺从强力行进,陷于悲剧而无悔。过去他们跟着天皇走,跟着军阀走,演成日本民族的悲剧。今后假使再是无选择跟着一种强力走,而且日本的封建势力已在有意识的引导日本人民行进一条暗淡险巇的投机冒险的路,会不会再给日本民族招来一个更大的悲剧呢?"

旅美鳞爪

⊙《旅美鳞爪》封面、版权页,天津大公报馆 1947 年 9 月初版

　　严仁颖,1913 年生,天津人。他天资聪颖,自幼受到家风的熏陶,从幼稚园到小学、中学,再到大学,经受过严格的教育和培训;又亢奋好动,多才多艺,不论是戏剧表演,还是体育活动都表现出超人的才华。1931 年,严仁颖因主演话剧《谁的罪恶》,被称呼为"海怪"。此后,又主演了《财狂》一剧,在剧中,他用喇叭般的嗓子、坛子般的块头、矮矮的个子、滑稽的服饰,把一个忠厚的仆人演得活灵活现。天津《大公报》曾以较多的篇幅加以报道和介绍,称赞此次演出是"华北文艺界的盛事"。此时的严仁颖已是南开的名人,也是天津卫的名人。1934 年 10 月 10 日在天津市举行第十八届华北运动会。南开大学校长张伯苓担任这次运动会的筹备委员会副会长兼总裁判长,作为"南开啦啦队"的队长严仁颖承担着繁重的组织工作和排演的创意工作。当时,日本帝国主义的侵略铁蹄已从东北逐步向华北蚕食,华北

岌岌可危。严仁颖对啦啦队表演的创意思想，主要集中在抗日爱国、保家卫国上，借以唤起民众的抗日激情。

1936年初夏，严仁颖到上海《大公报》任体育记者兼编辑体育版面，开始了他的记者生涯。1941年11月29日，他离开重庆到美国大学进修和采访。在近四年的旅美生活，他的足迹几乎遍及美国各大州和都市，为《大公报》撰写了多篇游记和大量的通讯及人物专访，均受到国内读者的欢迎。1945年10月4日从美国返回天津。此时天津《大公报》正准备复刊，严仁颖担任了副经理的职务，主持经理部的工作。1948年9月，他辞去副经理的职务，只身赴美国纽约，与家人团聚。1953年8月9日因脑溢血病逝美国，年仅40岁。

《旅美鳞爪》，笔者所见为天津大公报馆（第一区罗斯福路）1947年9月初版。竖排，开本13.1×18.9厘米，页数136页，书籍广告3幅。全书收录《初抵金门》《美国的报纸》《哈德森河畔的春天》《赛珍珠会见记》《访问罗斯福夫人》《访问纽约时报》《蒋夫人在纽约》《如何促进中美关系》《威尔基先生会见记》《好莱坞的中国热》《一条需要兵士的前线》《再访白宫》《由纽约到天津》等22篇，及附录《燃起运动场上的烽火》《由"威尔逊传"看美国民主政治》《"七二八"十周年》等5篇。《初抵金门》中叙述道："在那风云日紧的太平洋上，我们海行了三十四日，一个初冬的夜晚，泰莱总统号把我们载到了新大陆的门户——旧金山。"从上海乘邮轮出发赴美，历时34天的海上颠簸，于1941年11月29日才到达美国旧金山，这时距"日本偷袭珍珠港"爆发仅有8天时间！太平洋战争爆发后，使往返中美之间的海上交通受阻，也断了严仁颖回国的通道，直至日本无条件投降二战结束他才得以返回天津故里。所以上述严氏的文章大多是完成于1941年12月至1945年11月的美国。

严仁颖在美国期间正处于太平洋战争爆发的历史背景下，因此他的走访也围绕着中美对日作战和中美关系的人物和事件。太平洋战争爆发后，为了支援前线，在美的中国人纷纷报名参军投身对日作战，严氏在《哈德森河畔的春天》篇中记载说："纽约市一处中国人被征的，最近这次就有六百人，大家都很快乐的去入伍。有一位华侨入伍，赶到车站，新兵列车已经开走，他就跑到警察局去报告。美国警长就问他：'如果你答应杀死十个日本兵，我就派人送你去入营。'这位华侨答应：'我答应你最少杀死二十个日本鬼子。'警长大笑，于是就派了两个警察，送他去入营。中美国民感情之融洽，由此可见。"文章生动的展现了当年中美两国人民团结一致，抗击日寇的坚定信念和爱国情怀。书中给我留下较深印象的要数《访问罗斯福夫人》，该文记录了严仁颖1942年10月14日，在华盛顿采访罗斯福总统夫人的情景。当他在白宫一间客厅里采访罗夫人时，给他留下的第一印象是夫人的和蔼与直率，高高的身材，身着草绿色便服。当天严仁颖预先准备了16个问题，但终因时间的关系,只谈了 12 个问题。其中有关战后世界问题意义深刻。罗斯福总统夫人认为要建立世界新秩序,即在"各个国家,各个民族都要互相尊重,互相了解"基础上,建立一个"公平而合理的国际新组织",这即是后来于 1945 年 10 月 24 日成立的联合国组织,为各国提供了一个对话平台。

鉴于严仁颖是记者的身份及又处在战争年代,因此书中有关美国景观的记载不多,偶尔也会有之,点到为止。例如叙述纽约哈德森河畔的景色特点:"绿草布满岸上,大小树都吐出绿芽。"文字寥寥,却把纽约早春的景象就呈现和交代了。书中多的是对政治人物和报社的记载和叙述。像《赛珍珠会见记》《访问罗斯福夫人》《蒋夫人在纽约》《威尔基先生会见记》等篇,都记录了对中外政治人物和作家的采访,而且叙述详尽细腻,如对罗斯福夫人采访不仅记录过程,还记录了罗夫人对中国妇女的问候和敬爱:"她说:'请你告诉中国的妇女们,我时时在慕念着她们的伟大。她们一方面奔波在战争的环境里帮助国家,帮助她们的父兄,丈夫,去抵抗敌人,去改善战时的艰苦的新环境。在另一方面她们仍然替政府做着建设的工作,如教育,看护,做工等,和平时一样。'"这段话既展现了中国妇女为祖国抗战胜利所做出的贡献,也把罗夫人赞赏中国妇女情感展现得淋漓尽致。

严仁颖走访名人,也走访报社。在《美国的报纸》《访问纽约时报》等篇中记录了他对《纽约每日新闻》《纽约时报》《芝加哥论坛报》等多家报社的采访和考察,其中还记载了我国侨胞在美国出版的中文报纸,像《民气日报》《华侨日报》《纽约商报》《少年中国》《国民日报》等 10 余种,并称赞《民气日报》和《华侨日报》为最努力和成功的,折射出当年华侨在美国也具有一定的社会政治影响力。

欧氛随侍记

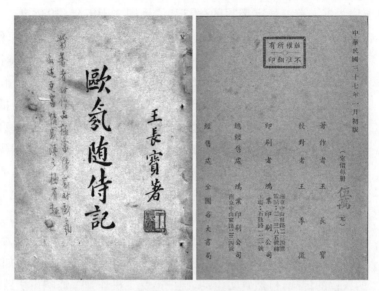

⊙《欧氛随侍记》封面及版权页，鸿业印刷公司1948年1月初版

　　《欧氛随侍记》作者王长宝，她是民国著名外交家王景歧的大女儿。王景歧，字石孙，号流星，福建闽侯人。曾于清末两度留法，回国后，先后供职于北洋政府农林部、外交部。1919年参加"巴黎和会"。1921年任驻比利时公使、国民党旅欧总支部执行部长等。1929年任劳动大学校长。1936年任驻瑞典兼挪威公使。1938年转任驻波兰公使。德国入侵波兰时，辗转经比利时、法国等国到达瑞士。1941年病逝于日内瓦。

　　《欧氛随侍记》，笔者所见为鸿业印刷公司（南京市中山东路234号）1948年1月初版。竖排，开本12.8×17.8厘米，页数348页，定价5万元（旧币）。日记体。全书始记于1939年7月1日德军入侵波兰华沙及至1946年7月1日从美国旧金山返回中国的见闻及重大事件，历时7年。王长宝以时序为经，以事件或见闻遭遇为纬，设计篇目：《华沙二十一日炮火中之惊险》《战时德境一瞥》《六星期丹京之滞留》《汉堡海牙所见》《奉令暂留比京》《亚眠遇险》《避居法国圣吕丝小城》《日内瓦侍父养疴》《日内瓦别灵》《西班牙及葡京之旅泊》《取道大西洋》《珍珠港空袭之目击》《五艘军舰六架飞机保护下折回美国》《纽约杂述》《奉母归国》等，计18篇。书前有邵力子1947年撰写的《序》，书末有王长宝撰写的《附记》："民国二十五年（1936年——编者注）秋，余父石孙公奉命出使瑞典、挪威，越二年调使波兰，随侍双亲西行，不意华沙役作，展转播迁，余父于三十年（1941年——编者注）八月以积劳殉职，余奉母归国，道经檀香山，忽遭珍珠港事变，折回纽约，羁居四载有余战事敉平，遄抵淞滨，时三十五年（1946年——编者注）七月一日也，家人登舟迓母，忍泪扶将，抵寓后，忆余父所著《流星集》，谓人生有如流星一语，益为怆然，曩余随侍留学比京时，尝作日记，久不经意，旋亦散佚，是役乃复握管为之，凡战灾惨状，及各邦民情风尚，悉所目睹身经者，或在地窖，或在舟车，拾残褚濡秃管，按膝疾书，文不求工，要皆悲哀惊险，奔凑而来，且于先父遗训，多所记述，是以弗忍弃捐，爰即删订汇并，并将散失旧稿仍就记忆所及补录附入，题为《欧氛随侍记》，敬以为吾父之纪念。"

《欧氛随侍记》的出版，即有表达女儿纪念父亲的孝心，也为后人留下了一部记载二战期间欧美战火风云和社会现状的珍贵文献和史料。例如德国法西斯对华沙的入侵的记载，自然真实生动，她把遭受飞机炸弹爆炸响声所致的惊吓心境也描绘得出神入化，震撼心灵："九月七日，飞机共来七八次，下午四点至五点空袭最为猛烈，在此一小时间，无不惊魂四散，即稍平静，犹如惊弓之鸟，偶闻顽童敲击木板作巨响，便吃了一惊。"德国法西斯飞机的野蛮轰炸给民众带来的恐惧感，令王长宝女士历历在目，刻骨铭心，犹如噩梦难忘。

自德军进入华沙后，王长宝伴随父母一路向柏林、汉堡、丹麦、比利时、法国、日内瓦等国家和地区转移或滞留。途中她不顾旅行的艰辛，或在汽车的颠簸中，或在地窖中，挥毫不止，记录欧洲各国在战争阴影下的动荡不安和食品匮乏的情景。她1940年1月10日在比利时记道："比时局，非常紧张，星期日晚闻说军队已全行秘密运往前线，布告各地，假期内之士兵，即行进营，有的通知立刻启程，下午咖啡店一律停业。德军驻扎荷兰边境，约一百二十五万，嗣复增一万机械化军队，荷兰报纸称，处此形势，荷兰不能不为保守中立而抵抗"的情形；又对法国里昂记载道："今日（6月21日）牛油遍寻不得，食物缺乏，店中罐头食品，一洗而空，购者不得随意出入，须按次序而进，提筐携篮，等待半天，尚恐不能买得一二件，满街丘八老爷，这批都是波兰军队，退出法境，将于一二日前往英国，波军五十六万人，以国破家亡，奋不顾身，与法军并肩作战，五十六万人，得生还者，仅余六万人，观此六万余生之英勇丘八，散步街头，体格强壮，精神活泼，不禁令人钦佩。"这里既展现战时食品匮乏、民众生活艰难的惨状,也展现出比利时、荷兰、波兰、法国、英国等国军民被迫抵抗德军的决心及面临国破家亡波兰军人依然奋不顾身继续战斗精神的称赞。

同时,王长宝对所见国家城镇的状况和特点也作了生动的描绘和记录。她对丹麦记载道:"是一片平原的国家,非常清洁,没有一点小坡或弯曲路径,并且没有荷兰那样道路窄小而且多水,无数大桥小桥,路皆东转西弯,自行车虽多,较之丹麦则如小巫之见大巫,此地路径是一直线平地,道路分三种,汽车道,自行车道,人行道,每日到了上工或散工时间,自行车成群结对,来来去去,举目皆是";又对西班牙巴塞罗那夜晚感受作了描绘:"夜半犹如白昼,这一晚真难好睡,三点起床,俯瞰街中,还是游人如织。此地水果甚美,葡萄尤佳,价目亦廉,市街马路整洁并且很宽阔,小巷小街也很多,据说此是昔日古城遗迹。"书中以《珍珠港空袭之目击》为标题,叙述了"珍珠港事件"。1941年12月7日珍珠港空袭发生的那天,王长宝和她母亲所乘的邮轮就停靠在檀香山珍珠港附近准备靠岸,亲眼目睹了日军战机轰炸珍珠港的场景,书中记道:"一颗炸弹,落在海面,距我们船不及二十公尺,炸弹落海,与水中猛力相击,海水往上直喷,黑烟亦一大堆往上直冲,全船是水,如在暴雷急雨之下,船全身东倾西颠",邮轮险遭不测。脱险后,王长宝等又辗转来到纽约,在这里她发现"珍珠港事件""犹如当头巨棒,震动全美,人民认为奇耻大辱",必欲雪此恨。

最后还值得一记的是该书封面上留有一位无名氏读者手迹曰:"此书著者对作品极富情感,对欧氛叙述更富情感,读之极有趣。"可见这本书在读者心目中是一本具有真情实感,又极具历史文献价值的二战历史纪实读物。

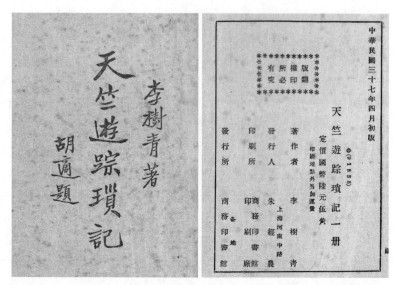

⊙《天竺游踪琐记》封面、版权页，上海商务印书馆 1948 年 4 月初版

　　李树青，1906 年生。据其在《从加尔各答的神牛说起》中自叙道："从辽宁南部乡村间的一个破落书香家世的孩子起，奋斗考入大学乃至考取了全国性的清华公费出洋，因参加抗战这一点热诚与信念，不顾一切地从美国跑回了重庆、昆明，又到了目前再度的去美（国）。"由此可见，李树青是一个奋发向上的知识分子和学者。他 1935 年毕业于清华大学社会学系，1937 年又获美国威斯康星大学硕士学位。因爱国心切，1938 年回到重庆投身于抗战活动。1940 年任教于昆明西南联合大学社会学系，并在经济系开设土地经济学课程。在西南联合大学任教时，生活和教学并不平静，甚至还经常遭受到日军空袭的危险，据他回忆在某次日军空袭过后，发现房间已被洗劫，包括公文包里一部 20 万字的关于中国土地问题的手稿，也不知去向。在此期间他还结合抗日战争时期社会变动等问题撰写了一系列学术论文，

后大部分编入《蜕变中的中国社会》一书中。后又任清华大学教授。1950 年获芝加哥大学社会学系博士学位。

李树青 1951 年至 1978 年,先后在美国俄勒冈州立大学、圣路易华盛顿私立大学、芝加哥大学东方学院、密苏里州立大学东南专科学院、南达科他州立大学及俄亥俄州立大学任教和做研究工作。1978 年被俄亥俄州立大学授予荣誉教授职衔。1982 年应邀回中国探亲和讲学,曾在北京大学及华中理工大学社会学系等处作《人文社会学与行为科学》等专题报告。从社会学的传统、研究主题、研究方法等角度,阐述了社会学应该注重人与人的行为的研究。他指出,社会学是一门研究人类行为的科学,也是一种人文社会学,社会学就是人文科学,将来社会学迟早会走到行为科学这条路上来。著作还有《土地经济学》《天竺游踪琐记》。

《天竺游踪琐记》,笔者所见为上海商务印书馆 1948 年 4 月初版。胡适题签书名,竖排,开本 12.7×17.8 厘米,页数 208 页,插图 10 幅,定价 6.50 元。全书有《飞渡过驼峰》《从加尔各答的神牛说起》《喜马拉雅山巡礼》《佛教的圣城——伽耶》《波罗奈城与仙人鹿野苑》《德里的旧城与新城》《阿格拉的宫堡及陵墓》《王舍城与灵鹫山》《那烂陀寺的遗迹》《国际大学一瞥》《印度的社会问题鸟瞰》《环绕了半个地球》12 章。书前有李树青 1947 年 3 月 1 日于"美京国会图书馆"撰写的《自序》,此文长达 11 页,现选摘如下:"我自飞越过驼峰以后,居留在印土各地共达十个星期。住得日子愈久,观察到的事情愈多,我愈觉得现实的印度和我从前所想象的不同。有许多现象使我感觉惊奇,亦有许多事情使我感着失望。然而正因为如此,在中国文献上面增添了我这几篇游记,或许在增进相互同情了解与友谊上对于中印双方都是不无裨益的。印度这头大象目前正在挣扎着想象要挣脱捆缚在身上的绳索,向着独立自主的路途上迈进。虽然这条绳索是世界此类绳索中最坚韧的一条,而在这头巨象的路程上也还充满了不少的荆棘与障碍,然而我们有充分的理由相信它迟早总有获得自由独立的一日。所以中印两大民族的文化合作与政治携手,或许即系不久的将来的事情。这次的得以当真实现我的远游'佛国'的梦想,并得停留在该邦两个多月向各处旅行的,我不能不感谢以下两个机关:第一是国立清华大学。因为这个学府的休假制度,使我在任教五年之后,得以摆脱一切的课业,远游异国。其次是美国的国务院。若不是该院供给优异的旅费,像我这家徒四壁的'一个寒酸',绝无余资可供在印遨游的代价,即或能够休假去美,恐怕也只好局蹐于印度的旅馆里面等待着搭船罢了(注:即只好乘船而无钱乘飞机回美国度假)。"李树青是华裔美国学者,他的这次印度之行可谓幸福美满,也圆了他游印度的梦。

1945 年 6 月 22 日刚步入不惑之年的李树青,是从云南乘机飞越喜马拉雅山到达加尔各答的,开始了对英属殖民地印度历时 70 天的访问和游览。一路上,他先后游览加尔各答城、新旧德里城、佛教圣地伽耶、释迦首次说法的鹿野苑、古城阿格拉、如来居住地灵鹫山、印佛教研究中心那烂陀寺、泰戈尔创办的国际大学及恒河风景区等名山大川、名都名城、名胜古迹、佛教寺院、学校教育设施等，也记录了各地区的风光风貌及所见所闻。李树青对旧德里城区记载道："在狭隘而不洁的街上巡行着：望着两旁典型的印度人的商店，与在路旁悠然起卧的神牛。偶然听到自娱乐场所传来的音乐，悠抑凄婉。我总觉着是一种靡靡的格调。街道旁照例坐着许多人，经营各种不同的小生意，围着喊着，在招引过路的顾客。是的，这是德里旧城，这是真正的印度。"在李树青妙笔之下，将 1940 年代中叶旧德里的街道风貌跃然纸上。

李树青笔谈德里，也不忘对喜马拉雅山大吉岭地区道路和风光的细腻描绘："路面相当狭仄。建筑在绝巘危峰的中间，车行其上，有时爬行于悬崖之巅，有时环绕在石壁之下，凭窗外望，骨悚神惊。加以山势既十分高峻，向下望去。全是茫茫云海，不见溪谷。"狭仄、绝巘、悬崖、高峻、云海，十个字把道路险峻和风光无限呈现得淋漓尽致。同时，他还在大吉岭附近的一个印度人的村庄中，参观和走访了"一个西域的佛寺和华侨的关帝庙"。足见当年中国文化在印度的魅力和影响力。

李树青在书中对阿格拉古宫堡观察和描述也是细致深刻，写道："1565 年时，蒙兀耳王朝的阿克拔大帝即正式建都于阿格拉，开始建造这座宫堡，以后经过约一个世纪又半以上的繁荣时期，几个蒙兀耳帝王继续加以经营建造，才留下现存的规模与形式。宫堡有内外二重城墙。外墙高四十英尺，内墙高七十英尺，均有堞堡，引河水环流而成。城开四门，现存二门。一为德里门，门顶城墙上建有许多阿拉伯式的楼阁，想系原来的主要入口。现由英军占据城内部份宫殿，因而此门亦仅准英兵出入。另一门为阿玛辛门，在宫堡的南端，为目前游人所经由的通道。城内的宫殿，密密层层，有如蜂房栉比，游人进入其中，正如进了北平的故宫一般，不能尽看，尤不能尽记。"寥寥数句，将印度历史之悠久、城墙之高大、宫堡规模之宏伟的情景展现得淋漓尽致，让人难以忘怀。

李树青在书中对印度社会发展史及印度人思想文化特点也作了阐述与叙述，并提出了个人的思想见解。

《天竺游踪琐记》不仅是一本游记名著，也是研究印度社会和佛教文化思想的一部极具文献价值的专著。

战后西游记

⊙《战后西游记》封面、版权页，正中书局 1948 年 5 月初版

　　胡叔异，江苏昆山人，曾任民国教育部儿童教育科科长。据其侄女署名"纽约桃花的博客"叙述：胡叔异出身于书香门第，是教育家、南社著名诗人胡石予的第二子，继承了其父亲的文学才华和画梅的本事，并在新学的追求上走在潮流的尖端，曾赴美留学取得哥伦比亚大学硕士，回国后长期从事教育工作。著有《战后西游记》外，还有《东瀛考察记》《论英美德日四国儿童教育》《国民学校教师手册》等多种游记和教育书籍，故也称得上是个名副其实的游记作家和教育家。

　　《战后西游记》，笔者所见为正中书局（上海分店设在福州路 384 弄的复兴里）1948 年 5 月初版。竖排，开本 13.2×18.5 厘米，页数 132 页，定价 3.20 元。全书收有《寂寞的旅行者》《加尔各答纪游》《伦敦的君子之风》《伦敦的神秘之街》《街头的景色》《纽约的地下城》《纽约的静》《美国唯快以为宝》《海滨浴场中的游泳热》《整齐清洁的华盛顿街路》《雅淡的白宫》《国会图书馆》《联合国大会侧影》《伦敦地道车》《美国人的特殊作风》《江南景色的英国大学城》《访莎士比亚故居》《从旧金山到洛杉矶》等，共计40篇。书前有正中书局总编辑吴峻升1948年4月于正中书局撰写的《吴序》及胡叔异1948年4月于上海撰写的《自序》。胡叔异在《自序》中说道："这本小册子，完全是周游世界时的纪录，没有一定的规律，也没有依照着时间逐日写述，只凭一时所见到的想到的新奇而有趣味的东西，收集成文，所以只是无规律的随笔而已。此次出国，本是奉命考察教育，想不到英美社会供给我如许多新奇材料，一年多的游历，甚至有十年也写不完的回忆，种种五花八门，蓄积在脑海中的印象，极愿意介绍在国人的面前，因此除了写述考察教育的专论以外，更引起我写述本文的动机，并承各报章杂志的编辑先生们，邀我写述英美观感，陆续在《新闻报》的《新园林》，《申报》的《春秋》，《旅行杂志》及《京沪周刊》上发表，其中较有系统的是每日刊载在《新园林》的《战后西游记》，现蒙正中书局总编辑吴峻升先生的协助，把各报各种杂志已发表的收集整理，出版单行本，仍以《战后西游记》为名，以后仍拟续写，预计大概可出版上下二册。本书的完成，首先要谢谢严独鹤先生每日在《新园林》供给宝贵的地位，以及各杂志编辑先生们的合作，又承老同学吴峻升先生在百忙之中，为本书作序，谨在此一并致谢。"可见，这是作者胡叔异访欧美所见所闻后，断断续续写成的游记，曾先后在著名报人严独鹤主编的《新闻报·新园林》上刊载过，读者反响颇佳，也受到吴峻升的好评，请听在《吴序》中赞道："其观察深刻，描叙生动，使读者读其书，想象其境其事，仿佛如置身英伦三岛与新大陆者，则以胡先生此作为首屈一指，此可乐为称道者也。"

《战后西游记》确是一本观察深刻、文字生动的游记读物，例如在《街头的景色》篇中写伦敦街头风光道："我一个人在伦敦街道上，默默地一边想，一边走，看着浸润在露水浪旁树上的黄叶，给刚从东方升起的太阳光，晒射得格外透出鲜艳金黄色，那时我正走向海德公园，后面赶上来的男男女女从笑语声里，听出他们正谈论他们自己的爱侣——各式各样的洋狗。"寥寥几句，把伦敦当年清晨街头上幽雅和自由自在的景色和环境，描绘得如诗如画。这种特点只要读一读上述所列的篇目，也能心领神会了。但也有两点疑问和不足之处值得一提：一是不知道鉴于何原因？书前却没有刊登目录；二是书内每页页面左侧或右侧，都刊有"战后西游记（上）"的字样。这个"（上）"字，联系《自序》中"预计大概可出版上下二册"的话语，大致可知这本已出的《战后西游记》仅仅是上册，胡氏是准备接着出版下册的，遗憾的是随着形势的变化，此书的下册一直没见出版问世。

这本书还有一个怪现象，犹如胡叔异所言："没有依照着时间逐日写述"，再加上没刊载总目录，所以读起来在时间和地点上易出现错乱，好在每篇标题醒目，篇幅不长,内容又独立成章,故读懂也容易,也顺畅。如在《雅淡的白宫》篇中,对当年美国白宫记述:"次晨十时,我已到了本薛伐尼亚路(现译为:宾夕法尼亚大道)1600号——白宫的面前了。白宫的房屋虽不高大,但它连空地所占的全部面积有18英亩。在屋旁的空地上,种了80种不相同的树木,景色美丽极了。除了总统的卧室和办公室外,白宫的其余各室都一律开放,任人参观,富有平民化的精神。白宫的墙壁是用佛基尼亚的灰色沙岩筑成的,漆上白色,所以名为'白宫'"。数行文字,简洁扼要的把白宫建筑特点和"平民化的精神"展现出来了。读完此文也让我脑海中浮现出2011年3月我参观白宫时的情景。

在书中记录的英美景区还有美国的纽约地下城、摩天楼、国会大厦、国会图书馆、联合国大厦、海滨浴场、盐湖城、华盛顿故居、华盛顿街道,英国的伦敦街区、地铁、出租车、美食和牛津大学、剑桥大学、莎士比亚故居等,举不胜举。其中给我留下较深印象的是《访莎士比亚故居》篇,此文不仅赞赏莎翁"是英国文学界的巨擘,全世界剧坛的祖师,他虽然死了三百多年,但是他创造了三十七部不朽的伟大杰作,正像三十七颗光芒四射的明星,永远照亮了文艺界前进的航程"。同时,还叙述了莎翁故居的演变和周边剑街、教堂街等的景区情况,也让我联想起2015年10月去莎士比亚故居参观游览的情景,历历在目。记得莎翁故居坐落于小镇的亨利街北侧,是一座带阁楼的属于伊丽莎白时期都铎式二层楼房。木结构的房屋框架、斜坡瓦顶、泥土原色的外墙、凸出墙外的窗户和门廊,使这座16世纪的老房子在周围装饰一新的钢筋混凝土的建筑群烘托下显得极具历史文化个性和厚重感。

那天在蒙蒙细雨沐浴下,当我来到莎士比亚故居前,发现故居前由大石板块铺成的道路显得格外宁静和整洁,给人一种舒适和愉悦感。故居正门的门框顶端上镶嵌着的黄底色的金笔徽标,显得格外耀眼。这"金笔徽标"是根据当年伊丽莎白女王为表彰莎士比亚文学成就而奖励给莎翁的标志,显示莎翁的荣耀和高贵。如今故居门前的亨利街,也因莎士比亚而获得盛名,每年迎来数以百万计慕名而来的游客;亨利街两侧的书店、餐馆、酒吧和商店也处处闪耀和展现着莎士比亚的文化元素,不管是什么商品,都印上了莎士比亚的人头像和语录,就连巧克力和茶叶盒上也有莎翁的名字。可见莎士比亚在当地人民中所拥有的崇高地位和影响力。莎士比亚是英国人的骄傲,也是人类的骄傲,因为他创造的精神财富,也是全人类的。

中華民國三十七年七月初版

旅美什锦

每册基本定價

著作人　徐葭園

發行人　曹瑛

總

大公報

大中國圖書公司

經售

廣益書局

世界書局

百新書局

中國圖書公司

中國雜誌

五洲書報社

售

全國各大書局均有經售

⊙《旅美什锦》封面、版权页，美华出版社 1948 年 7 月初版

　　《旅美什锦》作者徐葭园生平不详，但据民国小说家毕倚虹主编、周瘦鹃、钱芥尘接办的《上海画报》于 1929 年 6 月 12 日刊发有关徐葭园的新闻，由此可知"徐葭园先生"是当年沪上知名人士。现又据《旅美什锦·中秋节在美国》篇记载："我（徐葭园）在抗战八年中，前四年在衡阳、成都，每逢中秋佳节，敌机一定驾临投弹，无心过节，后四年居留美国，像苏武牧羊，对于持菊赏月，意兴索然。"大致可见抗战全面爆发后，徐葭园就离开上海辗转来到湖南、四川等地担任国民政府的地方官员，抗战后半期即 1941 年抵达美国，又以苏牧自我比拟，故可知他是公派赴美考察的，因此太平洋战争爆发而无法返回才滞留美国的。在美期间，徐葭园不忘祖国抗战，更没有消沉而是入境问俗，深入社会，了解和研究美国社会的世象百态，为祖国建设作借鉴和参考，并辛勤撰写，先后创作和出版了《游美花絮》《美国杂碎》《游美

杂记》《旅美偶笔》《留美生活漫谈》《好莱坞内幕》《纽约夜生活》《旅美什锦》《美国小姐》等十余种旅美系列小丛书。其中《旅美什锦》所涉及的内容更具丰富性和广泛性,是了解和研究当年美国社会经济和文化不可多见的一本游记类文化读物。

《旅美什锦》,笔者所见为美华出版社 1948 年 7 月初版。竖排,开本 12.7×18.3 厘米,页数 62 页。封面设计别具一格,呈现美女歌舞的欢乐场景,给人一种视觉的美感。书末附有"屈臣氏汽水"产品和《海外游踪》书籍等广告 4 页 4 种。全书收录《美国兵不务细节,德人直入军营》《物价统制精神不死》《汽车阶级平民化》《竞选总统怪状百出》《美国之辅助教育》《礼让往来在美国》《房荒严重,解决有道》《集中营成为日侨安乐窝》《吃在美国》《美国礼记》《美国大学的旁听生》《美国的作家协会》《中秋节在美国》《美国市区及公路的交通管制》《街头药房》《美国童工》《美国的主妇》《美国派头,素菜生吃》等精致短文 54 篇。每篇一个主题,简明扼要,生动活泼,趣味横生。旅游往往有三大要素,即吃、住、行,这在书中都有所记录和叙述。比如"吃"的话题,书中有篇《吃在美国》,对当年的美国餐馆和美食作了描绘:"饭馆集中闹市,咖啡店则几乎每条街都有,咖啡店虽不供饭,但三明治也可果腹。饭馆分好几种,有附设在大旅馆中的高贵饭店,进食时有乐队伴奏,这种饭馆每位客人起码三元半;普通没有乐队的饭馆每位客人在一元二角左右,规模较大的咖啡店兼供饭食,最经济而大方的是自助餐厅,规模均极宏伟,足容百余人共餐。"美国的自助餐厅往往食品丰富,价廉物美,是很适合接待旅游团的餐厅。2011 年 3 月我曾携妻赴美国旅行,无论是在东海岸的纽约,还是在西海岸的洛杉矶、旧金山,我们经常是在自助餐厅进餐的,每人每顿 10 余美元的标准,其食品之丰富性足可与国内每人 100 余元的自助餐媲美。所以美国旅游业在吃的方面,在世界上性价比是高的,是有竞争力的。

关于住的问题。战后整个世界在闹房荒,美国也不例外,但没有像中国当年国民政府统治下那么严重,因为美国政府监管法治严厉,没人敢囤积居奇。据《房荒严重,解决有道》记载:美国"当局随时派员调查每户人口及所占房屋,如果房屋间数超过需要,政府有权勒令租出,而且租金是由政府规定的。"当然这项政策是在战争爆发的特殊年代背景下产生的政府令,有助于遏制当年"房荒"的问题,而今租房和旅馆的房价已遵循市场规律回归价值规律了。行的问题,即行车的安全问题是旅游中的头等要素。美国的城市交通有一套较科学和完备的管理制度,这在《美国市区及公路的交通管制》中也有所记载:"在美国是向来看不到交通警察的,红绿灯即是自动开关。汽车阶级也能遵守秩序,美国习惯是汽车等人,人在穿马路,汽车停下来等候行人走过去,中国是人等汽车,看看四下没有汽车风驰雷闪而来,才敢豕奔豹突的跑过马路,我国汽车阶级的不顾行车秩序,间接是对交通警察不敬。"徐菽园对美国与上海交道所作的比较和叙述是非常客观的，不仅当年是如此，如今也是如此。2011年我在纽约、华盛顿、洛杉矶游览，马路上车水马龙却也不见有警察在现场管理和指挥，交通井井有条，安然有序。在纽约过马路时常见汽车都主动停下让我们行人先过马路。上海近几年在这方面也有长足进步，汽车让行人先行过也已成为常态。在这里我想补充一点，在徐菽园的字里行间多处出现将上海与美国作对比，而且很准确，说明他曾在上海是生活过，否则不可能有如此高频率的对照比较。

徐菽园对美国吃住行的描绘也够精彩，对美国教育、邮政、作家协会等的叙述也不俗，甚至给人以启发。像谈到美国私立学校经费来源时说："私立学校得不到政府很多帮助，但也有充沛的经费。富豪为避免重税，宁可把大部分财产，捐诸学校，一方（面）可以逃税，一方可以享名，比无声无息的缴入国库要光荣得多了。"徐菽园对美国大学的旁听生制度也大加赞赏："入学也不必经过考试，可以先读了再说，如果目的不在学分，尽可让你旁听，因此除正式学生外，还有各色人等，如律师、经理、商人、公务员、中学教员，老老少少，应有尽有。他们所选的功课，都与他们的职业有关，一面工作，一面进修，如此可以使工作能力更为精进。"这是一种值得推广的大学教育模式，至今也可为世人借鉴和学习。

徐菽园对美国邮政的服务，用他的话来说是"佩服""崇拜"这四个字。在书中他叙述道，在美国数次搬迁，"信老是跟着我追"，往往一封信转了数十个地方，仍旧会送到收信人手中，甚至金票封入信中贴上三分邮票，不需挂号，也不会遗失。这关键是美国邮政有一套严密的管理制度和一支训练有素的邮政队伍。在美国各大城市中也有作家协会组织，他们也常有在作家府上或餐厅里举办茶话会或聚餐会，完全民主作风，大家都是主人，开展文学创作交流和演讲或互赠著作，甚至还策划和推荐作品出版，使作协成为连接作家、发挥作家才华和成果的舞台。所以《旅美什锦》不仅是一本"旅"字号的书，还是一本美国社会风貌的百态"什锦"图书。

战后苏联印象记

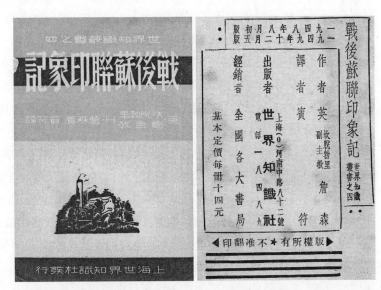

⊙《战后苏联印象记》封面、版权页，上海世界知识社 1949 年 12 月第 5 版

　　《战后苏联印象记》，(英)H·詹森著，宾符译。上海世界知识社(上海河南中路 82 号)1948 年 8 月初版，笔者所见为 1949 年 12 月第 5 版。竖排，开本 12.7×18.1 厘米，页数 360 页，定价 14 元。全书有《到苏联途中》《破坏和重建》《新时代的新人民》《苏维埃成功的工程师》《苏维埃个人的发展》《苏维埃的计划》《苏维埃的民族家庭》《乔治亚》《亚洲》《苏维埃外交政策》《批评家和批评》《结论》，共计 12 章。书前有詹森撰写的《原著者中译本序言》，书后有宾符于民国三十七年(1948 年——编者注)八月一日在上海撰写的《译后记》，陶大镛 1948 年 10 月 25 日于伦敦撰写的《詹森先生访问记》及《勘误表》。

　　詹森是 20 世纪三四十年代英国文化教育界著名的学者和民主人士，也是西方研究苏联问题专家。他自 1917 年始，就潜心苏联的研究。这本书是他在战后苏联经过长时间实地考察以后写成的。他所考察的范围可说无所不包,巨细无遗。就旅行的历程言,北到列宁格勒,南到斯大林格勒,更南到达亚美尼亚等地区。他在本书第一章中自叙道:"二十五年来对苏联密切的同情的研究,获得了负责而热心的苏维埃人民的无数友谊,这是我在三个月广泛旅行和考察中看到了战后苏联的真相,要比别人化上许多年所看到的还多。"宾符在《译后记》中也写道:詹森"写成本书当在一九四六年底和一九四七年初。可说是介绍二次战后苏联情况第一本最详尽最客观的著作,材料都是根据亲身考察的,詹森先生为了写这本书,曾在苏联旅行和考察了三个月之久,他而且还得到别人所难以得到的机会,因此这些材料尤其显得可贵。……本书的美国版原名《战后的苏联》,英国版为《苏维埃的成功》,中译本改了今名,是为了便利发行,实在并不好。我觉得最能标出本书内容的当是《苏维埃的成功》,因为在本书中,作者确曾忠实地详尽地立体地刻画了世界六分之一地面上的人类成功的全貌。作者的学识是渊博的,他的观察是无微不至的,他从苏联的个人生活说到苏联的计划,工业,农业,医学,科学,宗教,文学,以至政治,外交各方面,这无疑是认识苏联一部最完备的著作。"所以,《战后苏联印象记》是詹森战后考察苏联的成果,具有真实性和客观性,也是对当年西方肆无忌惮诬蔑和丑化苏联的有力驳斥,具有权威性和影响力的苏联问题的专著。这本专著不仅展现了詹森的渊博的学识,更可贵的展示了他敢于讲真话的学者风范。

詹森还是个对中国充满友好情意的学者。詹森在《原著者中译本序言》中说道:"我欢迎拙作的这本中译本。……贵国孙中山的三民主义大部分是吸收了现代苏联的思想的。依我看来,贵国的问题是怎样把这些主义付诸实施。我希望,这本书将对一个答案提供若干必要的要点。贵国有古老的文化,可以作为有所期待的伟大基础。我非常熟悉贵国惊人的传统。或许很少有几个英国人曾在贵国土地上像我一样地旅行过这么辽远——在西边经过甘肃到了西藏,还有到北方,到南方。"显然他还是"孙中山的三民主义"的忠实信仰者,认为中国只要忠实地推行"三民主义",并借鉴苏维埃的成功经验,中国就一定能富强起来,成为世界强国。

詹森在 1948 年 10 月与陶大镛交谈中也直言不讳的说道:"贵国同胞的淳厚和苏联人民的热情,在任何国家都很难碰到。我常说,亚洲领导世界的时代,就快到来,苏联与中国,将是全人类的大希望。"

⊙《英国采风录》封面、版权页，观察社 1948 年 12 月初版

《英国采风录》，储安平著，笔者所见为观察社（上海北四川路 1972 号内 1 号）1948 年 12 月初版。竖排，开本 13×18.1 厘米，页数 198 页，印数 3 000 册，定价 4.20 元（金圆券）。全书有《王·后》《国会·上院·下院》《内阁·首相》《贵族·贵族社会》《大宪章·自由主义》《种族·外族入侵遗留之影响》《性格·风度》《雾·雨·潮湿》《乡村生活》《女子·结婚·家庭》，共计 10 章。书前有储安平 1945 年 4 月 10 日于国立师范学院撰写的《序》及 1948 年 11 月撰写的《观察版序》。储安平在《序》中以第二人称写道："本书作于自长沙失守至桂林沦陷这几个月近乎逃难的生活之中。在这几个月中，他及他数以百计的同事，大多将整天的精力花费在日常的饮食琐事之上，心情因局势的动荡极不安定。然而在那种混乱，困顿，几乎无所依归的生活中，有时竟不能不做一点较为正常的工作，以维持一个人生活中

不可缺少的生活的纪律。著者因于离乱之中,每日仍舒卷濡笔,稍事记述;当他执教的学院西迁诸绪勉可复课时,他虽随作随辍,亦终写成了十章。"从上述序文中可知,储安平大致是在"长沙失守"(1944 年 6 月 15 日)至"桂林沦陷"(1944 年 11 月 11 日)期间完成了《英国采风录》的写作。他住在地处偏远的湖南安化县蓝田镇,缺乏参考资料,全凭他 1935 年至 1938 年期间在英国留学时所见所闻的印象撰写而成,记忆力好得惊人,并"以一个中国人叙述英国事"的手法,对中英两国人民的性格、做人做事的精神及中英两国一弱一强原因作了思考和叙述。

全书结构清晰合理,每章涵盖一个重要话题,组合起来便是对英国政治文化概貌的全面描述。尤其是在君主立宪制的叙述中,对君主与国会的介绍,不仅描绘生动,而且史料丰富扎实,或是历史掌故,或是亲身经历,令人有历历在目之感。储安平对英国人种的演绎史的叙述更是不厌其烦,娓娓道来,漫长历史赫然眼前。例如说到英国的诞生:"英人(盎格鲁人,萨克逊人,裘特人)最初并不住在现在的英格兰。他们在五世纪前,分布于今日德国之西北沿海自莱因河至丹麦一带。五世纪起,英人大举侵入不列颠。"后逐渐创立大英王国。英国于 16 世纪才确立女王继承制,玛丽为英国历史上第一任女王。英国的神经中枢是内阁,行使政权的最高机关是内阁。储安平不仅有深厚的史家学识,还有广博的气象知识。在第八章,储安平对英国最不寻常的气候特点也了如指掌,还作了分析和阐述。他认为英国气候的奇特可以分成两类:一类是晴朗、和暖、美丽的日子;一类是潮湿、阴寒、晦涩的日子。每类各占六个月的时间。从四月至九月,属于前一种季节,从十月至次年三月,属于后一种季节。所以在英国,一年之中有半年沐浴在美丽愉快的日子里,另半年则沉浸在暗晦的氛围中。前者是英人的户外生活和适宜外出旅行的季节,十月以后,英人便大都居伏在屋子里,与火为伴。英国每年从十一月以后,开始上雾。伦敦的雾是世界闻名的,但英国别的地方也一样有很浓的雾。

储安平在书中回忆道:1936 年他在爱丁堡过冬,那是个雨雾阴寒的季节,这里的道路宽阔,房屋的建筑式样较之伦敦尤为古老,所有拱门横跨街中,人们都守在屋里烤火,于是在街道中行走,只感觉一片荒凉肃穆。有几次储安平晚餐后上街购物,冷风刺骨,街灯在浓雾中只剩了一点淡黄的颜色。听见电车在钢轨上发出的声音而好久不见电车在何处,终于看见有几盏灯火在混沌中向前摇曳而来,一瞬之间,又复消逝,只听见车声向另一个方向迅速地低微下去。站在街的这边,不容易看清楚对面的铺子。整个的空气是寒冷、昏暗、萧条、荒凉而令人急于回家觅取人生的温暖。值得称道储安平将冬季气候特点和城市风光巧妙的联系在一起加以描述,把爱丁堡冬夜的严寒和昏暗的别具一格景色特点展现得活灵活现。

在储安平脑海里,对英国的气候有所厌倦和难以忍受,但对英国人的性格和风度是极为赞赏的,常有精彩话语呈现:"英人最务实""英人非常现实""英人讲究礼貌"等等,甚至说"英国人所做的工作,较之一般欧人常可多出三倍"。这是储安平与英人交往、观察中产生的个人见解,也只是一家之说,当然这也不是储安平凭空臆断,因为他对英人性格和风度的每条评说,在其后往往都附有一段资料和文字加以印证和论述的,故不是空穴来风的。这也表明储安平在留学英国期间是融入了英国的社会和文化中去的,并建立了与英人深厚的情感,否则不会有这样生动细腻感触和对英人性格画龙点睛的评价。

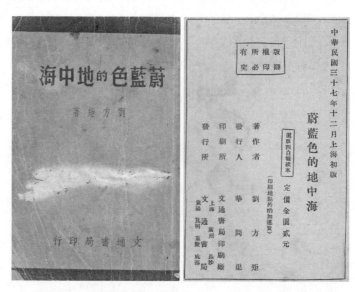

⊙《蔚蓝色的地中海》封面、版权页，文通书局 1948 年 12 月上海初版

　　《蔚蓝色的地中海》，刘方矩著，笔者所见为文通书局1948 年 12 月上海初版。竖排，开本 13.1×18.1 厘米，页数318 页，插图 8 页，定价 2.00 元。日记体，全书有《踏上征途》《从印度洋飞到地中海》《在开罗》《在战场上——和英勇的英第八军相处》《从突尼西亚到阿尔及利亚》《突尼斯附近的战地巡礼》《从突尼斯到阿兰》《在墨索里尼"非洲帝国"的首府》《一个礼拜的沙漠长征》《七天的悠闲生活》《在圣城——耶路撒冷》《值得留恋的海法》《西渡苏伊士》《尾声——归来》等，计 14 个章节。书前有刘方矩 1945 年 5 月8 日在重庆军令部撰写的《写在前面》一文，此文长达 17页，主要叙述了他对第二次世界大战中北非战场的重要性及撰写此书的过程和意义。

　　那么第二次世界大战的北非战场究竟有何意义呢？1943 年 4 月 19 日，盟军在北非集中优势兵力发起总攻。英国第八集团军自南向北实施突击,美、英远征军自西向东发起进攻,经过 18 天的战斗,于 5 月 7 日分别攻占了突尼斯城和比塞大港。25 万德、意军队由于没有运输船只可供撤退,便于 5 月 13 日宣告投降。至此,盟军在北非已全部肃清德、意军队,从根本上改变了地中海的形势,并为尔后盟军在意大利的西西里岛登陆创造了条件。为此对北非战场意义刘方矩也做出了高度科学评价,他认为北非战场和欧亚战场密切相关,都是战胜法西斯的重要战场,并称"北非战场是轴心国和联合国争取生死存亡,荣辱兴衰,敌我决胜的转折点!"因为北非战场对战胜德意为首的法西斯具有举足轻重的战略意义,所以国民政府于 1943 年 3 月派出北非观战团赴北非和地中海战场考察和学习。据刘方矩记载,全团由胡献群、林伟成、黄褚彪、刘方矩 4 人的"陆空各半"组成,胡献群少将为团长。观战团的任务是要在数月中,"从盟军的战场上,观摩近代的战争;从陆军和空军的见地,从不同的角度和方向去观摩,希望在充实我们自己之外,能看到一点足以裨益我们抗战建军的资料"。作为观战团成员之一的刘方矩,不仅深入战场一线,还在"战地的帐篷里"或"在似豆的油灯影下"用心地记录他于 1943 年 3 月 17 日至 8 月 6 日,历时 4 个半月在北非和地中海战场的所见所闻,并撰写了这本别具一格的战场见闻记。

对于为什么会取名《蔚蓝色的地中海》这样没有硝烟味的书名?刘方矩在书中作了解释:"因为,我们那四个多月的生活,完全和地中海发生密不可分的关系,再说,如果在地理上没有地中海的存在,便不会有北非战争,更不会有我们去观战。记得我在从开罗去亚历山大港的途中,汽车疾驰在黄色的西沙漠里,左边是一望无垠的瀚

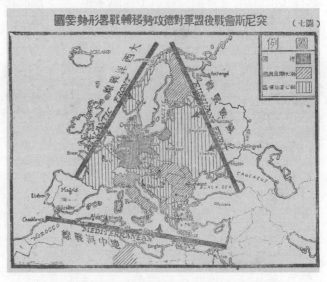

⊙ 突尼斯会战后盟军对德攻势移转战略形势要图

海黄沙,横在右边的,便是从小在地图上就看见过的'地中海'。地中海蔚蓝得那样诱人,那样令人神往。"令人神往的地中海之美,使刘方矩完全陶醉了,脑洞大开,灵光一现取了如此高雅而美丽的书名。

刘方矩一行考察了地中海北非的埃及、阿尔及利亚、突尼斯、阿兰、的黎波里、

耶路撒冷等地的战场和指挥部，也经受了敌机和战火袭扰的考验。例如4月25日在的黎波里英军指挥部访问和参观时记载道："吃饭的时候，前方的炮声，突然密将起来，而且声音似乎越来越近。"在4月28日又记录道："天刚刚亮，来了两架德军'米式'战斗机，他们在这片宿营地的麦田上空，低飞地兜了一个圈子，做了一阵极迅速而短促地扫射便飞回去了。""我们沿着碎石嶙嶙的狭窄溪谷，爬上了营指挥所，见到了营长法谷哈中校和他的僚属。友军官兵们，看到我们来临，显得分外兴奋和愉快；赤膊的战士们，一个个好奇的神情和友情洋溢的微笑，目迎着我们这两位远客。指挥部所在的山洼中，还一排葬着十四个英军士兵的英骸。"在这里既展现了一线战壕的血腥和艰苦场景，又展示了一批反法西斯同盟军战友之间的情谊。

刘方矩不仅深入硝烟弥漫的战场，却也不忘顺道记录北非山山水水的自然风光、民风民俗和名胜古迹。3月28日，他对开罗城市街道记道："街道巷尾，在热闹通衢的人行道旁，卖咖啡和冷饮的花纹大布伞，比比皆是，临街的咖啡店，更是多得数不胜数，走到开罗街上，另一个触目的地方，便是十之八九的房屋全是平顶，而且多半做耀目的白色，这是因为埃及地方，几乎常年不雨，而且夏天很热的缘故。"2009年7月，我曾去过开罗，那里气候确实炎热，建筑物以白色为多，但街头大多数建筑也简陋，郊外的建筑更为简陋不堪，二三层的楼房甚至没有屋顶，据说也是因为这里不下雨的缘故，我却认为关键是当地人为了省工省料的缘故吧。

《蔚蓝色的地中海》是一本日记体的游记，却有与众不同之处，书中每篇所记日记皆有某日和某月的日期，还每段设有一个小标题的提示说明，例如有记曰："五月五日——在十八集团军总司令部"、"五月六日——北非沿海的风光"、"六月十日——再游亚历山大港"等等，也极具标新立异旅行文化味特点。

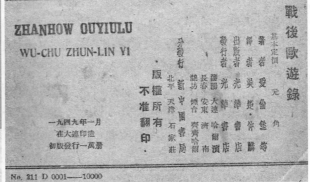

⊙《战后欧游录》封面、版权页，光华书店 1949 年 1 月第 1 版

　　《战后欧游录》（光华丛刊之十），爱伦堡等著，吴楚、仲麟译。笔者所见为光华书店 1949 年 1 月第 1 版。竖排，开本 12.7×18.2 厘米，页数 235 页，印数 10 000 册。全书分为两大部分，第一部分为《欧洲新民主国家游记》，收录爱伦堡《波兰的新生》、列斯涅夫斯基《波兰西境开拓记》、特鲁卡列夫《芬兰访问记》、米杜夫《布拉格农民大会》、彼勒金《南斯拉夫游记》、菲力楚克《克罗提亚游记》、吉尔桑诺夫《新马其顿游记》、柴普利金《保加利亚在建设中》、阿方那西耶夫《从普罗夫迪夫到瓦尔那》、拉波诺哥夫《新生的匈牙利》、英贝尔《罗马尼亚印象记》11 篇；第二部分为《欧洲其他国家游记》，收录穆贺里安《希腊印象记》、维也齐姆斯基《伊斯坦堡游记》、彻齐夫《斯德哥尔摩所见》、布尔柯夫《哥本哈根所见》、萨斯拉夫斯基《布鲁塞尔的一周》、巴拉丁《伦敦所见》、科瓦列夫《德境法占区旅途漫记》、塔达科夫斯基《联区都市环游记》、加尔金《联洲纪行》、特洛扬诺夫《东德旅途漫记》、

赛尔吉耶瓦《罗马杂记》、特洛扬《意大利人民的境遇》、科罗米却夫《伊斯的里雅半岛的港在苦难中》13篇。

《战后欧游录》收录作品的作者中,也不乏当年的著名作家,例如《波兰的新生》的作者伊利亚·爱伦堡(1891—1967),就是当年苏联的一位著名作家。他青年时参加革命,1908年至1917年流亡巴黎,发表诗作。1920年回苏联,作为记者爱伦堡当即被派回巴黎,至1940年一直生活在西欧。1941年回国发表攻击西方的《巴黎的陷落》,因此而获斯大林奖金。卫国战争中任《红星报》战地记者,发表不少反法西斯的政论,还著有长篇小说《暴风雨》《九级浪》等。1954年发表中篇小说《解冻》,回忆录《人·岁月·生活》都是最早公开批评斯大林的作品。

书前有译者1948年7月20日于大连撰写的《前言》,其中有一段叙述道:"第二次大战确把欧洲的面貌大大改变了,一方面,东南欧诸国新生的民主力量正在向着过渡到社会主义社会的大道上迈进;另方面,却是没落的西欧帝国主义国家无法治疗其战争创伤,国民经济的破产,未能恢复到战前甚至连战时苦难的情形也赶不上,长年依赖于大西洋彼岸的金元王国的'恩赐'过活,以至政治经济上沦为其附庸而无法自拔。"这段《前言》清楚的反映出译者的时代政治烙印,对东欧社会主义阵营的赞赏,对西欧资本主义及美帝国主义的鄙视。但当读完全书会发现这本游记并非如译者所言,其总体内容还是较客观的记录了作者们采访和游览欧洲所见所闻及风土人情和二战后的社会变化的状况。在《新马其顿游记》中,作者叙述道:"马其顿是一个既美丽又富饶的地方,丰富的谷类和工业作物都生长在那里的沃野上,山区的牧场又是最好的放牧地,还有很多的果林和葡萄园。"在《新生的匈牙利》中写道:"匈牙利东部有一个名叫基斯哥洛斯的小镇,它有着狭隘笔直的市街,一式红瓦屋脊的平房,远处突出着教堂的尖顶。镇上中心巨大的纪念碑吸引了游人的最大注意,在花岗石座上,站立了高举着手臂的彼多斐铜像,这里是匈牙利最伟大诗人彼多斐的诞生地。"在《斯德哥尔摩所见》中记载道:"斯德哥尔摩的街道上骑车的人最多,公共广场以及林木成荫的大道上都设立了自行车停车处,而且在人行道的边沿上,也装置了支撑着自行车前轮的车架,在通衢大道上也搁满着等候主人的自行车。自行车是瑞典京都居民的主要交通工具。"在《布鲁塞尔的一周》中叙述道:"布鲁塞尔是一个雅致的城市,它的中心区仍然保留着中古时代的形式,而城里的新建筑和马路,却仿效着先前的法兰德斯的格式。每当春天,一层薄雾笼罩了整座城市的上空,街道上布满着翠绿的景色,布鲁塞尔有壮丽的公园和夹道成荫的大马路,城中心的街道清洁整齐。"

我认为这本游记还有一个鲜明的特点,即对二战后新崛起的东欧国家的叙述和介绍倾注了较多的赞赏情调。例如书的首篇《波兰的新生》中说道:"今天,波兰生活在创造的热潮中,许多的新书出版了,杂志上也刊着有趣的争辩和讨论,波兰画家产生出许许多多精彩的新作,新的戏院也开幕了。"战后的波兰文化建设呈现出蓬勃发展态势,经济建设也呈现出迅速的恢复发展的快车道:"工厂全力开工,成千的商店的橱架上堆满着货物,青年男女相继涌入大学。"波兰如此,其他东欧国家也出现了迅速恢复工厂开工的同样情况,如《东德旅途漫记》中在叙述国有化康采仑所属工厂恢复生产时叙述道:"工厂的工人把它恢复起来,同时整个苏占区的居民也帮忙工人的恢复工作。"在东德的农村"自从土地改革后,原先当过斯茨林堡的一百多个雇工都分到土地而升为自耕农了。从第一年起,农民都辛勤地从事耕种了,农民互助委员会的机器日夜不停地开动着,委员还帮助最贫的廿八户农民耕种。到了收获时,柏林工人都下乡来帮忙。"从城市到乡村整个东欧呈现出战后恢复生产的蓬勃向上的浪潮,展现出社会主义制度的优越性。正如这本游记译者所言:"这里所译的二十几篇游记都是新时代周报先后发表的,特别着重于各国政治经济各方面叙述,这和一般游记只重趣味者大不相同,译者认为与其作为游记读,毋宁作为研究各国国情的文章读更为恰当些。"所以《战后欧游录》既是一本游记,也是一本展现战后东欧社会政治、经济和国情的文献读物。

中国海员大西洋漂流记

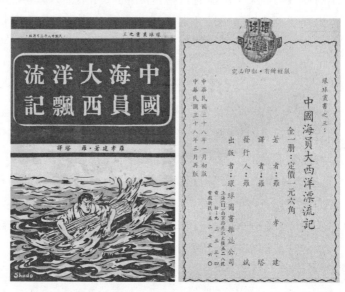

⊙《中国海员大西洋漂流记》封面、版权页，环球图书杂志公司
1949 年 3 月版本

　　罗孝建，英籍华人，原籍中国福建福州市人，外交官、美食家。1913 年出身于外交世家，父亲罗忠诚出任中国驻英国伦敦总领事。6 岁时一度随父亲到过英伦，后回福州在英华中学读书，燕京大学英文系毕业后，1936 年到英国深造，获得英国剑桥大学硕士学位，获英国国籍。第二次世界大战期间，他成为英国 BBC 广播电台有史以来第一位中国广播员。随后，出任中国驻利物浦的领事，照顾那些为盟军服务的中国海员。任利物浦领事的这段工作经历，也为他后来创作《中国海员大西洋漂流记》积累了素材和资料。在伦敦，他除了担任领事工作外，还身兼网球教练和艺术商人，开过美术出版公司，大量翻印徐悲鸿的名画，还作过新闻记者，梦想成为一位作家。他多才多艺，兴趣广泛，还热衷于中国的美食。1954 年，41 岁的他在离白金汉宫 500 米地方办起了英国最豪华的中餐馆"忆华搂"。这家中餐馆供

应的是北京、四川、上海、广东、福州等地菜肴的精华,如香酥鸭、素炒蟹粉、芙蓉鸡等,既丰盛可口,又不油腻。而且经常学习国内新菜肴,介绍新鲜地道的中国菜。通过他和几位中国大师傅炒勺鱼虾海参,奥妙无穷的调味,征服了无数的国际友人。从这位侨居英伦的华人罗孝建身上我们可以看到一种天生的智慧,一股百折不挠的韧劲,一腔对中华民族文化挚爱的情怀。

⊙ 插图

《中国海员大西洋漂流记》,罗孝建著、罗塔译,"环球丛书"第三种,环球图书杂志公司(上海南京路慈淑大楼 528 号),1949 年 1 月初版,笔者过眼的是 1949 年 3 月再版本。竖排,开本 12.8×17.8 厘米,页数 77 页,插图《纽约自由神下的监狱》等讽刺漫画 5 幅、《大飞贼黄莺》广告画多种,定价 1.60 元。全书收录《中国海员大西洋漂流记》《我是纳粹的俘房》《护航队遇敌记》《坏蛋》《失掉了一条腿的海员》《我觐见英皇》《我忘不了英国》《我们上岸了以后做什么》《触霉头》《我回到海里去?》《人海梦》《得庆还生》《一个海员的三部曲》等,计 13 篇,插图 5 幅,书籍广告 2 页。书前有罗孝建撰写的《原序》,罗塔 1948 年 11 月 21 日于沪西朝阳坊撰写的《译者序》。罗孝建在《原序》中说:"第一批蜂拥到英国海岸的中国海员是在 1941—1942年正值新加坡和香港沦入敌手后,大战期中服务于各协约国船只的中国海员约一万五千至一万八千人左右,死伤人数达百分之十,其中至少有百分之五的牺牲是直接由于战争的,有四十余人因其勇敢受到各协约国政府颁赠的勋章。自 1941 年—1945 年到利物浦的我们领事馆里请求帮忙或为他事而来的海员们平均每天有 12

人至 40 人左右,在和他们一两分钟简短的谈话和数周甚至于数月长久的磋商中使我得有机会和成千成万的祖国海员们结交,于是我的办公室也就成了一座海战看台,这个集子里面的故事和断片都是根据在这些重大,富有悲剧性和不可忘却的日子里与他们会面畅谈时的摘记写出。关于他们(中国海员)的生活及其所见,所感,所思,当他们逗留在西方各港口时,无意之中卷入第二次世界大战的漩涡还有别的像他那样的人在数百艘协约国的船只上工作着,运载着必要同时也往往是危险的货物到战场的每一个角落。他们里面有六十余岁的老头儿,也有不满十六岁的毛头小伙子,有的是受过高深教育的教师,大学生,他们对于西方文化都很熟悉,同时也都能够接受,有的是前未离开乡井一步的农夫,工匠,学徒,他们觉得讲英语像鸟叫,至于英文不过是一堆弯弯曲曲的'豆芽菜'罢了。"全书主要记录和叙述二战期间服务于各协约国船只上的中国海员为了抗击法西斯侵略战争,冒着被德军、意军、日军军舰和潜艇炮弹、鱼雷击沉的危险,奋不顾身,为各协约国军队抢运战略物资的真实故事。

书中首篇《中国海员大西洋漂流记》,讲述了 1941 年 11 月 23 日一艘协约国船只从开普敦返航英国途中被意大利潜艇击中爆炸后,服务于船上的中国海员如何靠着木筏救生船,以团结一致,坚强意志,克服和战胜了缺淡水、缺食品困难情景及茫茫大西洋中飘流了 133 天后,才在巴西阿姆孙河口被当地一艘三桅杆的渔船救起的故事。这种被救场景对当事人是刻骨铭心的,"那是他一生永远不会忘记的一早,当他在筏上醒过来的时候,一睁眼,看见一边是森林的陆地,一边是一队渔船,几乎近得一呼可应。此情此景不禁使他热泪盈眶,终于,他得救了。"对罗孝建和听者也是印象极其深刻难以忘记的,所以多年后当罗孝建转述这个惊心动魄真实故事时依然记忆犹新。在书中有海员获救的叙述,也不乏海上风光的描绘,如在《护航队遇敌记·暮色苍茫中敌舰出现》中有写道:"是一个晴天正值落日时分,我们的船离开了哈利发克斯十天,火红的太阳还依依不舍的逗留在西方的水平线上,好像它自己也在冬天的海面上浮动着,射出千支金箭,海天一色,水波不兴,眼前一切仿佛也都预备给人们的安息。"然而大自然赋予人类"海天一色,水波不兴"的美丽、和谐的风光和氛围,却被突如其来的法西斯德军"俾士麦号"战舰上发射的炮弹扼杀和打破了。炮弹把多艘商船炸得火焰冲天,熊熊燃烧,这种不讲国际规则和道义,对商船开火和炮击的野蛮、卑劣的强盗行径,必然受到历史的审判和惩处。

苏联见闻录

⊙《苏联见闻录》封面、版权页，上海开明书店 1949 年 3 月第5 版

　　1946 年末，茅盾夫妇应苏联对外文化协会邀请，准备离上海赴苏联访问。当时上海去苏联的途径，较为便捷的路，还是坐船到海参崴，然后再取道西伯利亚到莫斯科。茅盾走的就是这条线路。1948 年 12 月 5 日清晨，茅盾夫妇在郭沫若、叶圣陶、叶以群、臧克家等友人及苏联总领事夫妇的欢送下，从上海江海关码头登上开往海参崴的邮轮。12 月 25 日，茅盾夫妇终于到达苏联首都莫斯科。茅盾受到苏联政府热情的接待，他到达的当天晚上莫斯科电台就作了广播，第二天《真理报》又发表了消息，并派出苏联对外文化协会副会长叶洛菲也夫等高级官员陪同，到各处去参观访问、观摩演出，此外茅盾还远赴苏联南方高加索的两个加盟共和国，即格鲁吉亚和亚美尼亚参观访问。这些访问和参观活动使茅盾对苏联有了比较全面的认识，对苏联的社会制度及苏联的科学、教育、文艺、人民的生产生活有了比较

深的了解，也对苏联产生了好感和赞赏之情。茅盾返回上海后，他就把访苏的沿途所见所闻所感用日记、游记的形式著成《苏联见闻录》等。

《苏联见闻录》，上海开明书店 1948 年 4 月初版，笔者过眼的是民国三十八年（1949 年——编者注）三月第五版，为曹靖华主编"中苏文艺丛书"之一。竖排，开本 13×18.2 厘米，插图或照片 24 幅，书籍广告 2 页 3 种，页数 358 页，定价 14 元。全书分为：《序》、日记、见闻录三个部分。第一部分《序》，主要写茅盾对苏联的整体认识和感受，其中有一段写道："自有苏联这社会主义的国家以来，造谣家即有了事做。最近的趋势，似乎专在'自由'两字做文章。三年前，我们就听到一种似是而非的论调：'苏联有平等而无自由'。作此说又假装公平，说英美等国'有自由而无平等'。制造这些妙论的人们极力想抹杀一个真理：自由的基础是平等。制造这些妙论的人们又发明了'苏联人不能自己选择职业，都得由政府指定'的神话。不甘受谣言所播弄的最大多数的中国人都渴望认识苏联的真实情形，他们不放过每一个最小的机会，在每一个提问题者的眼光中，我都看到这同样的热忱。受了这样热忱的鼓励，我陆续写下了游历苏联时的见闻。这些一鳞一爪的笔记，当然不够得很；对于渴求知道苏联政治，军事，经济，科学，文艺等等各方面伟大成就的人们，这些笔记是连'画饼充饥'也谈不到的。而我所以还有勇气把这样的浅陋的东西拿出来，一则是由此可以窥见苏联人民生活的剪影，二则是由此也可以知道苏联人民保卫世界和平民主的奋勇与坚决。"显然，茅盾撰写苏联见闻，一是揭穿谣言者对苏联的诬蔑的把戏；二是为了满足"大多数的中国人都渴望认识苏联的真实情形"的期盼和愿望。《苏联见闻录》的出版，很好的完成和实现了他的上述两点目标。

第二部分《日记》（1946 年 12 月 5 日—1947 年 4 月 25 日），茅盾在日记中真实地记载了他在苏联访问期间的经历和感受。茅盾是大作家，凭他的才华记日记自然是举手之劳，然而让人出乎预料的是他的日记记得如此的认真、细腻和精准，例如有一日记道："1947 年 1 月 1 日，星期三，有小雪。上午十一时至大使馆拜年，下午在寓休息。晚七时，叶君来，陪同参观地下铁道。莫斯科'地铁'各车站建筑之雄壮华丽，久闻其名，今得观游，不胜愉快。"2008 年夏，笔者也游览过莫斯科地铁站，发现其车站大多建在距地面数十公尺至百余公尺的深度，而且车站宽敞华丽，成为游览莫斯科不可不去观光的景点。茅盾在日记中不仅记录苏联的景点和社会风貌，更多的是讲述和介绍中苏作家之间文化沟通和交流，在同年 1 月 2 日下午五时由苏联著名作家法捷耶夫（时任苏联作家协会秘书长）主持的茶话会上，茅盾围绕"中国文坛现时主要倾向""中国文艺界统一战线之现状""中国作家生活情形"等问题，与苏联作家作了交流，传播了我国当代作家的活动和创作倾向，也加深了苏联对中国文坛和作家的了解。

莫斯科

红场

大歌院

⊙ 插照

第三部分《见闻录》，共计有《"斯摩尔纳号"》《海参崴印象》《"列宁博物馆"》《"红军博物馆"》《关于"真理报"》《"星火"和苏尔科夫》《列宁图书馆》《"儿童真理报"访问记》《"高尔基世界文学院"及"高尔基博物馆"》《"革命博物馆"》《梯俾利斯的"地下印刷所"》《西蒙诺夫访问记》《"托尔斯泰博物馆"》《列宁格勒的"普希金博物馆"》《乌兹别克文学概略》等 31 篇文章。《见闻录》写得不同凡响，篇篇各具特色，例如在《"列宁博物馆"》篇中不仅叙述博物馆的珍贵藏品，还认为"它是十足的一所学校——适合于各种不同程度的各色人等的一所学校，而这一特殊的学校所发挥的教育作用，其深广与多样性，恐怕不是言语所能形容的。"当年成为很受广大民众喜爱和接受革命传统教育的博物馆，也成为中国共产党人和民主进步人士去苏联游览所喜爱参观的博物馆之一。作为马克思列宁主义的信仰者茅盾，自然不会不去参观列宁博物馆的。在该篇的末尾，茅盾还兴奋的写道："最后，再举一个数目字：1945 年 5 月 9 日，对德战争胜利日，单是工人来'列宁博物馆'参观的，就有九万人！我们试想一想：这意义岂是一个平常的单纯的博物馆所有的么？"这确实如茅盾所言是一所"特殊的学校所发挥的教育作用"的博物馆。当然书中比较著名篇目是《梯俾利斯的"地下印刷所"》，讲述茅盾参观梯俾利斯地下印刷所的所见所闻。这个印刷所是"十月革命"前夕革命者们为同沙皇统治者斗争而巧设的秘密机构。其记道："梯俾利斯（乔治亚共和国京城）市外，这便是 1904—1906 年斯大林及其同志们所经营的一个'地下印刷所'。""秘密就在井口里"，并叙述了从井口到地下那条曲折的隧道和革命者秘密进行工作的情况。继而介绍地下印刷所建造的过程。最后写地下印刷所被沙皇宪兵破坏的经过，以及在苏联卫国战争胜利后被修复的经过。《梯俾利斯的"地下印刷所"》，中华人民共和国成立后被收进中学教科书，作教材使用。

北鲜游记

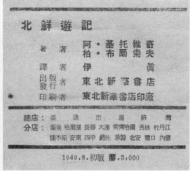

⊙《北鲜游记》封面、版权页，东北新华书店 1949 年 8 月初版

　　《北鲜游记》（苏联）阿·基托维奇、柏·布尔索夫著，伊真译。笔者所见为东北新华书店（沈阳市马路湾）1949 年 8 月初版。竖排，开本 12.8×18.3 厘米，页数 168 页，印数 3 000 册，定价 370 元（旧币）。

　　全书收录《清津、咸兴、平壤》《金日成将军》《访问妇联的女主席》《朝鲜的农村》《三十八度》《金科凤》《康良煌》《天道教》《经理、工程师、工人》《作家与诗人》《伟大的朝鲜舞蹈家》《两个大学》《虎列拉》《在大选之前》《一九四六年十一月三日》等，计 15 篇。无《序》，书末却有《编者后记》和译者 1949 年 3 月 22 日撰写的《附记》。《附记》很短，记道："本书原名为《我们看到了朝鲜》，现名是译者加的。书中朝鲜人名、地名曾得到金万善与崔东振两个朝鲜同志的帮助，特此致谢。"这篇仅 50 个字的《附记》，却透露出这本中文版《北鲜游记》凝聚了中国、苏联、朝鲜三个国家同志之间的协作和友谊。《编者后记》却长达11页，对该书的作者、出版背景及朝鲜的历史和现状作了介绍和阐述，其说道："阿·基托维奇、柏·布尔索夫两人所著《北鲜游记》一书问世时，朝鲜命运问题正激动着广大的苏联和世界舆论界人士，朝鲜民族是否能获得独立，以及它是否能将解放两年多以来在北（朝——编者注）鲜所进行的巨大民主改革推及全国，这一问题也还有待解决。作者曾在北鲜住过一个很长的时间，熟悉了这个国家和这个国家的人民；现在就要与读者分享自己所得之印象了。当然，本书并不希求对朝鲜人民作一全面叙述。这并不是一份调查，而只是一本游记，只是作者在按新方式生活着的北鲜之见闻录。"所以这是一本较真实反映20世纪40年代后期朝鲜人民在劳动党领袖金日成领导下，取得民族解放和独立后的社会政治、经济和人民精神风貌的游记。这本游记最初由苏联青年近卫军出版社出版发行，1949年初才在中国东北翻译出版，也为中国人民深入了解我国近邻朝鲜提供了一本有参考价值的文献资料。

两位苏联作者约于1947年从我国东北进入朝鲜的。当年的朝鲜是被苏美两国占领着，苏联占有"三八线"以北，俗称"北朝鲜"即今日的朝鲜；美国占有"三八线"以南，俗称"南朝鲜"即今日的韩国。作者驾驶的汽车进入朝鲜的领域后，即沿着图们江先后访问和游览了清津、咸兴、平壤等城市和地区，平壤当年已是朝鲜的一座著名都市，给苏联作者也留下了深刻的印象，其述道："平壤，按照朝鲜话的意思是'平坦的土壤'。这个名称并不十分正确，因为这个城市一部分是建筑在平地上，一部分是建筑在小山上，在这些小山中间，最高的就是圣地牡丹峰山。黄昏的时候，我们到了牡丹峰。汽车沿着狭窄的柏油路飞速地爬到山顶上。这里耸立着一座顶盖带翘角的佛庙。四根立柱已被子弹打穿了，因此朝鲜人便传说，在1905年时，日本人与俄国军队曾在这里进行过小小的战斗。从山顶上差不多可以鸟瞰平壤的全貌。平壤城古旧的西部，正浴在晚霞里。像佛庙顶一样，四角尖尖地向上翘着的瓦房顶，宛如古代的小军舰，看上去，好像平壤城离开原地，直同黑色的天空漂浮而去似的。"寥寥几句话把平壤地貌特征及夕阳下平壤旧城的风貌，展现得淋漓尽致。

书中叙述都市风光，也不忘记录田野和山峦的风貌。在《三十八度》篇中叙述从平壤至价川一路上的风光："油绿色的稻田；在路上飞来飞去的雪白色的白鹭；躲在苹果树下的乡村；不愿意给车让路的水牛，一会儿，平原即不见了，又开始了起伏不平的山峦。右边，从一块巨大不毛的岩石上，流下了银白色的细水流。汽车向左边转去，便到了狭窄的山谷。长满了小丛树的山峦，继续不断地退到白色大道的后面去。"

在这次历时5个月的采访和旅行中，作者还采访了朝鲜的重要政治人物，其中包括金日成同志。在《与金日成的首次会面》篇中,对金日成形象描绘道:"出现在我们面前的是一个年轻,宽肩并有着一付非常开朗、明净的面孔的人。他穿着一身白色的宽大的西装,白色衬衣的衣襟是敞开着的。"从形象和穿着上看,金日成是个很平常的青年人,但事实上当时他已是一个饱经风霜的革命家。

此外书中还记载了对另一位抗日革命女战士、朝鲜劳动党创始人之一的金科凤的采访。她1909年加入了朝鲜青年党,投身于朝鲜的革命解放事业。1919年3月1日,她参加了席卷朝鲜的抗日起义,起义失败后,金科凤辗转来到中国东北继续开展抗日斗争。此后用她自己的话概括为"摸索与流浪的时期"(1919—1932)和"手执武器斗争的时期"(1932—1945)两个战斗时期,即在朝鲜与中国东北交界的长白山起,至黄河边止,"流亡的朝鲜人与中国爱国分子建立了抗日统一战线",打击中朝人民的共同敌人——日本侵略军。朝鲜独立后,她领导的人民党和金日成领导的共产党合并组成朝鲜劳动党,共同领导朝鲜人民进行民主改革,推进社会主义建设和发展。